DROEMER

Von Don Winslow sind bereits folgende Titel erschienen:
Missing. New York
Das Kartell
Corruption
Frankie Machine
Jahre des Jägers

Über den Autor:
Don Winslow wurde 1953 in der Nacht zu Halloween in New York geboren. Seine Mutter, eine Bibliothekarin, und sein Vater, ehemaliger Offizier bei der Navy, bestärkten ihn schon früh in dem Wunsch, eines Tages Schriftsteller zu werden, vor allem die Geschichten, die sein Vater von der Marine zu erzählen hatte, beflügelten die Fantasie des Autors. Das Sujet des Drogenhandels und der Mafia, das in vielen von Don Winslows Romanen eine Rolle spielt, lässt sich ebenso mit seinen Kindheitserfahrungen erklären: Seine Großmutter arbeitete Ende der 60er für den berüchtigten Mafiaboss Carlos Marcello, der den späteren Autor mehrere Male in sein Haus einlud. Jeden Morgen um fünf setzt er sich an den Schreibtisch. Mittags läuft er sieben Meilen, in Gedanken immer noch bei seinen Figuren, um dann am Nachmittag weiterzuarbeiten. Winslow sagt von sich, dass er bislang nur fünf Tage durchgehalten habe, ohne zu schreiben. Es ist eine Sucht, die bis heute ein Werk hervorgebracht hat, dessen Qualität, Vielseitigkeit und Spannung Don Winslow zu einem der ganz Großen der zeitgenössischen Spannungsliteratur machen. Don Winslow wurde vielfach ausgezeichnet, u.a. mit dem Deutschen Krimi Preis (International) 2011 für »Tage der Toten«. Zuletzt erschien von ihm »Das Kartell«, die hochgelobte Fortsetzung des Weltbestsellers »Tage der Toten«. Für die *New York Times* zählt Don Winslow zu einem der ganz großen amerikanischen Krimi-Autoren. Don Winslow lebt mit seiner Frau und deren Sohn in Kalifornien.

Don Winslow
GERMANY

Roman

Aus dem Amerikanischen
von Conny Lösch

DROEMER ✪

Besuchen Sie uns im Internet:
www.droemer.de

Vollständige Taschenbuchausgabe Juli 2019
Droemer Taschenbuch
© 2016 Don Winslow
© 2016 der deutschsprachigen Ausgabe Droemer Verlag
Ein Imprint der Verlagsgruppe
Droemer Knaur GmbH & Co. KG, München
Alle Rechte vorbehalten. Das Werk darf – auch teilweise – nur mit
Genehmigung des Verlags wiedergegeben werden.
Redaktion: Antje Steinhäuser
Covergestaltung: NETWORK! Werbeagentur, München
Coverabbildungen: gettyimages / Aaron Foster;
Frank van den Bergh; BanksPhotos
Satz: Adobe InDesign im Verlag
Druck und Bindung: CPI books GmbH, Leck
ISBN 978-3-426-30708-3

5 4 3 2 1

»Man kann nicht alles haben.
Wo soll man's denn hinstellen?«
Steven Wright

PROLOG

Im Gang war es dunkel.
»Tödliche Trichter« hatten wir so was im Irak genannt. Man wusste nie, was einen dahinter erwartete. Das Leben oder der Tod – oder beides? Vielleicht würde jemand dran glauben müssen, möglicherweise man selbst.

Ich hatte nicht damit gerechnet, hier noch mal rauszukommen, aber das spielte auch gar keine Rolle.

Ich hatte versprochen, Kim Sprague zu finden.

Mit ausgestreckten Händen tastete ich mich an der Wand entlang. Über mir hörte ich Flammen knistern und Männer schreien. Zu meinen Füßen quiekten Ratten. Trotz der Kälte stank es nach Abfall und Urin.

Ich zog mein Handy aus der Tasche, um wenigstens ein bisschen Licht zu haben. Ich konnte damit kaum einen halben Meter weit sehen, aber immerhin das. Mir war schlecht vor Erschöpfung, Adrenalin und Angst.

Endlich sah ich Licht.

Schwach drang es unter einem Türspalt hindurch.

Ich blieb davor stehen, wartete, bis sich mein Atem und Herzschlag beruhigten.

Und lauschte.

Leise Männerstimmen. Dann noch etwas.

Jemand summte.

Es dauerte ein paar Sekunden, bis mir einfiel, was es war.

Chopin.

Nocturne No. 1 in b-Moll.
Ich öffnete die Tür und ging hinein.
Mein Name ist Frank Decker.
Ich spüre vermisste Personen auf.

K im ist verschwunden.«
Charlie Sprague klang ein bisschen betrunken.
Ich war den ganzen Tag mit Charlie zusammen draußen an der Biscayne Bay angeln gewesen und danach früh zu Bett gegangen. Sein Anruf riss mich aus einem Tiefschlaf, wie er einem nur nach einem Tag an der frischen Luft vergönnt ist – mit Bewegung und ein paar gut gekühlten Bieren zu viel. Ich war in mein Hotelzimmer zurückgekehrt, hatte kalt geduscht und war ins Bett gefallen. Sogar das Essen hatte ich mir gespart.

Dann klingelte mein Telefon.

Laut der Leuchtanzeige meiner Uhr war es 22:37.

Ich war im Marriott in der Lejeune Road in Coral Gables, Florida, abgestiegen, einem stinkvornehmen Vorort von Miami. Charlie hatte mich eingeladen, bei ihm zu Hause zu übernachten, aber dabei wäre ich mir aufdringlich vorgekommen, besonders so kurz vor den Feiertagen. Als ich seinen Vorschlag ablehnte, bot er mir an, mich in einer Suite im Sheraton unterzubringen.

Geld war für Charlie kein Problem – er war ein milliardenschwerer Bauunternehmer und verheiratet mit einer Schönheitskönigin, er besaß eine Jacht und eine Villa am Wasser, und manche Menschen behaupteten, für Charlie Sprague sei überhaupt nichts ein Problem.

Auch das Angebot mit der Suite lehnte ich ab.

Ich begleiche meine Rechnungen gerne selbst und brauche eigentlich nicht mehr als ein Bett und eine Dusche. Zu dem Treffen der Marines aus unserer alten Einheit war ich eigens aus Nebraska angereist.

Charlie hatte die Idee gehabt, uns alle zusammenzutrommeln, ein bisschen gemeinsam zu angeln, bei ein paar Bier Erinnerungen auszutauschen – jedenfalls die schönen. Er hatte erklärt, dass er bis zum Hals in Arbeit stecke, das größte Bauprojekt seines Lebens – es ging ums Ganze –, und jetzt brauche er einfach mal eine Pause zwischendurch. Ich war nicht sicher, was »das Ganze« in Charlies Fall umfasste, und eigentlich bin ich auch kein Freund von Wiedersehenstreffen oder sentimentalen Erinnerungen, aber was soll's? Semper Fi.

Also packte ich meine Sachen in die 74er Corvette, die mein alter Herr liebevoll wieder hergerichtet und »Blue« getauft hatte. Ich fuhr wahnsinnig gerne mit Blue, weil es ein toller Wagen war und er mich an meinen Dad erinnerte, der ein ebenso toller Mann gewesen war. Viel zu packen gab es nicht, ein paar Klamotten und meinen .38er S&W Model 2, den ich in einen Waffensafe unter dem Bodenblech im Fußraum der Beifahrerseite schloss.

Ohne den .38er gehe ich selten irgendwohin.

Die Fahrt nach Florida war eine Reise durch Raum und Jahreszeiten. Im Winter fuhr ich los und kam im Sommer an. Schnee wurde von Sonnenschein verdrängt, der graue Himmel von einem blauen, kahle Eichen von grünen Palmen, vereiste Flüsse von warmen Meeren.

Da waren also Charlie, Travis Forbes, Ricky Villalobos, Justin Michetti, DeAndre Cooper und ich. Wir hatten Spaß, fingen viele Fische und tranken auf abwesende Freunde, von denen es nicht allzu viele gab. Und lachten über unsere gemeinsame Zeit im Irak und dem Militärkrankenhaus in Landstuhl. Man erinnert sich immer lieber an die Zeiten, in denen es etwas zu lachen gab, als an die anderen.

In Deutschland hatten wir nicht viel gelacht, aber genug, um es zu überstehen.

Das Wiedersehenstreffen war schön.

Die anderen wollten Weihnachten zu Hause bei ihren Familien sein, aber mir bot Charlie an, noch ein paar Tage länger zu bleiben.

»Komm schon, Deck«, sagte er. »Ich kann jemanden gebrauchen, der nicht andauernd nur über kumulierte Kostenabschreibung, Höchstzinssätze oder Pachtpreisanpassungsklauseln mit mir reden will.«

Ich wusste nicht mal, was das war. Zu Hause wartete nichts – und niemand – auf mich, und so beschloss ich, ein oder zwei Tage dranzuhängen.

Irgendwie hatte ich mich darauf gefreut, Weihnachten alleine in meinem Blockhaus zu verbringen. Ein ausführliches Frühstück, ein Spaziergang durch die Winterlandschaft am Fluss, Truthahn aus der Mikrowelle – der mir tatsächlich schmeckt –, ein gutes Buch. Die Einladungen von Freunden, die Mitleid mit dem frisch Geschiedenen hatten, hatte ich bereits höflich abgelehnt.

Wenn ich eins im vergangenen Jahr gemerkt habe, dann dass ich eigentlich ganz gerne alleine bin.

Jetzt wiederholte Charlie: »Sie ist verschwunden, Deck.«

»Bleib ganz ruhig«, sagte ich. »Wie lange schon?«

»Seit sechs Uhr«, erwiderte er. »Sie meinte, sie wolle nur ein paar Weihnachtseinkäufe machen. Aber die Geschäfte sind seit anderthalb Stunden geschlossen.«

»Wahrscheinlich hat sie eine Freundin getroffen«, sagte ich, »und ist was mit ihr trinken gegangen.«

»Ich hab versucht, sie anzurufen«, erklärte Charlie. »Aber die Mailbox ging sofort an.«

»In Bars ist es oft sehr laut. Vielleicht hat sie's nicht gehört.«

»Auf meine SMS reagiert sie auch nicht.«

Wieder versuchte ich, ihn zu beruhigen, aber ich hatte Charlie auch schon vor Falludscha gekannt. Wenn er sich erst mal aufregte, halfen keine beschwichtigenden Worte mehr.

Außerdem wusste ich, dass Charlie seine Frau liebte. Warum auch nicht? Kim Sprague war ebenso liebreizend wie schön. Klug, witzig, herzlich – alles, was Charlie sich von einer Ehefrau nur wünschen konnte.

»Ich bin in zwanzig Minuten bei dir«, sagte ich.

»Nein, wir treffen uns im Einkaufszentrum.«

»Hältst du's für eine gute Idee, wenn du jetzt Auto fährst?«, fragte ich.

»Ich sitze schon im Wagen«, entgegnete er und ignorierte meine Frage. »Kennst du das Merrick Park Village?«

Zehn Minuten die Straße runter. »Wir sehen uns dort.«

Er legte auf.

Ich stieg in meine Jeans, schlüpfte in ein anständiges Hemd und die guten Schuhe, die ich mir extra für den Abend zugelegt hatte, an dem wir alle essen gegangen waren. Wenn Kim wirklich vermisst wurde, dann würden Cops auftauchen, und die schauen zuallererst auf die Schuhe.

Das weiß ich genau, weil ich selbst mal einer war.

Das Merrick Park Village war eine edle Einkaufsmeile mit Palmen, Springbrunnen, überdachten Rolltreppen, Eigentumswohnungen, Restaurants, Bars und Geschäften – Tiffany's, Nordstrom, Neiman-Marcus, Luis Vuitton – das Übliche.

Blue wirkte im Parkhaus neben den neuesten Modellen von Mercedes, Land Rover und Jaguar deplaziert. Sah man im »Village« einen Camry oder einen Focus, dann gehörte er vermutlich einem der hier Beschäftigten.

So war Coral Gables.

Eine der ersten im Zuge des Immobilienbooms 1922 in Florida auf dem Reißbrett entstandenen Gemeinden. Normalerweise fallen mir bei »Immobilienboom« und »Florida« Filme der Marx Brothers ein, die in Sümpfen spielen, in denen es von Alligatoren nur so wimmelt, aber das hier hatte nichts damit zu tun.

Ein gewisser Merrick hatte von seinem Vater weit über tausend, mit Kiefern und Zitrusbäumen bewachsene Hektar am Rande von Miami geerbt und dort eine Siedlung entstehen lassen, in der sich bewusste urbane Planung auf sozial harmonische Weise mit architektonischer Schönheit verband.

An sich keine schlechte Idee.

Die Gebäude wurden und werden größtenteils nach wie vor im neuen mediterranen Stil erbaut – prachtvolle Fassaden, Stuck, rote Ziegeldächer. Üppige Gärten und Springbrunnen an zentralen Stellen, die das Stadtbild prägen.

Aber dann wurde das Ganze in Bezirke aufgeteilt.

Merrick war ein Zonenfreak, der alles strikt in separate Wohn-, Einkaufs- und sonstige öffentliche Bereiche trennte. Er schuf Parks und Golfplätze, gründete die University of Miami und ist bis heute der größte Arbeitgeber in Coral Gables.

Leider war er außerdem auch noch ein Rassist, der freudig dem Tag entgegensah, an dem Miami und Umgebung dauerhaft von sämtlichen afroamerikanischen Einwohnern befreit sein würden, wobei er nie genau umriss, wie dieser Zustand herbeizuführen sei.

Vermutlich mit Hilfe von Bussen.

Und einer hohen Mauer.

Aber ich musste zugeben, dass Coral Gables schön war. Tatsächlich bezeichnet sich die Stadt selbst als »The City Beautiful«. Es leben dort etwas über 50 000 Einwohner, von denen neunzig Prozent »weiß« sind oder aus Kuba stammen, was Merrick sicher sehr glücklich gemacht hätte. Zyniker führen die drei Prozent Afroamerikaner auf das Footballteam zurück, dessen Fan Merrick kaum gewesen sein dürfte.

Charlie stand an Parkplatz 212 neben einem silberfarbenen Mercedes der S-Klasse, Baujahr 2014. Sein eigener Wagen, ein dunkelgrüner Mustang, parkte daneben. Ich konnte mich noch daran erinnern, als er ihn gekauft hatte. Mein Dad hatte mir ein paar DVDs zum Stützpunkt geschickt, unter anderem *Bullitt*. Bei der legendären Verfolgungsjagd meinte Charlie: »Bei Ford gibt's ein Bullitt-Sondermodell, das will ich haben.«

Er loggte sich in den Computer ein und bestellte es sich online.

Einfach so.

Mit der Begründung, dass er sich auf etwas freuen wollte, wenn er nach Hause kam. Da merkten wir zum ersten Mal, dass Charlie aus einer reichen Familie stammte.

Jetzt stand er vor dem Wagen, daneben parkte der seiner Frau.

Charlie war circa eins achtundsiebzig und hatte seit unserer gemeinsamen Zeit bei der Army nur ein paar wenige Pfund am Bauch zugelegt. Sein maßgeschneidertes blaues Hemd steckte in einer beigefarbenen Hose, und dazu trug er Mokassins ohne Socken. Sein lockiges braunes Haar war immer noch dicht und altmodisch lang – seine einzige rebellische Geste, mit der er darauf hinwies, dass er kein fondsverwöhnter Erbe, sondern bereit war, mit Konventionen zu brechen.

Früher hatten Frauen Charlies Gesicht als »jungenhaft hübsch« beschrieben, es war rund und von einer Sorte Falten gezeichnet, die nur entstehen, wenn man sein Leben größtenteils gut gelaunt verbringt. Und das hatte Charlie getan – er war freundlich, positiv, großzügig, lächelte stets.

Jedenfalls auf der rechten Seite.

Seine linke Gesichtshälfte war weder jungenhaft noch hübsch.

Die verhärteten Brandnarben – verschmolzene rote Haut – reichten vom Hals über die linke Wange bis an sein Auge. Die Chirurgen hatten großartige Arbeit geleistet – zunächst die Ärzte im Militärkrankenhaus in Landstuhl, später die besten Schönheitschirurgen des Landes, die Charlies Eltern nach seiner Rückkehr engagiert hatten. Trotzdem konnte man bei seinem Anblick erschrecken, wenn man ihn nicht kannte und nicht wusste, wie es dazu gekommen war.

»Das ist Kims Wagen«, sagte er, als ich ausstieg.

Mir kam es ein bisschen seltsam vor, dass sie offensichtlich darauf verzichtet hatte, den Parkservice in Anspruch zu nehmen, aber vielleicht war bei ihrer Ankunft zu viel los gewesen und sie hatte nicht warten wollen. »Hast du Ersatzschlüssel dafür?«

Natürlich hatte er welche, er war ja Charlie. Er ging immer auf Nummer sicher. Er reichte mir die Schlüssel, und ich schloss die Fahrertür auf, ohne den Wagen zu berühren. Kein Parkschein.

Charlie war schneller als ich. »Ich mecker immer an ihr herum, damit sie ihn mitnimmt. Falls jemand den Wagen klaut.«

Keine Handtasche, kein Handy.

Nichts, was auf einen Kampf oder etwas Ungewöhnliches hinweisen würde.

Keine Schleifspuren auf dem Betonboden.

Ich machte mir keine Sorgen. Ich war immer noch ziemlich sicher, dass mein erster Instinkt richtig war – sie hatte jemanden getroffen und war etwas trinken gegangen, hatte die Zeit vergessen. Wobei ich zugeben muss, dass Kim so was nicht ähnlich sah.

Ich kannte sie nicht gut – ich war Trauzeuge bei der Hochzeit gewesen, hatte sie aber erst während der Vorbereitungen für die Feierlichkeiten kennengelernt.

Sie war eine absolute Wucht.

Blond, blaue Augen, gleichmäßige Gesichtszüge, volle Lippen.

Und eine Figur …

Sie war das klassische »Mädchen von nebenan« aus dem Playboy.

Meine damals Noch-Ehefrau Laura war mit mir zur Hochzeit gefahren und hatte behauptet, sie »hätte das Luder gehasst«, wenn sie bloß nicht »so verdammt *nett*« gewesen wäre.

Das war sie wirklich.

Ein typisches Südstaatenmädchen mit einer Stimme wie zuckersüßer Eistee und einer aufrichtigen Herzlichkeit, die Laura sofort für sie einnahm, obwohl sie sich ansonsten nicht leicht bezirzen ließ. Man hätte Kim, die früher Cheerleaderin, Schönheitskönigin und Model war, für ein typisches Barbiepüppchen halten können, wäre sie nicht auch noch schlau gewesen. Sie hatte einen BA in Grundschulpädagogik mit *Summa cum laude* an der University of Florida gemacht, und das besondere Talent, mit der sie die Wahl zur Miss Florida gewonnen hatte, war nicht etwa Tambourstockschwingen oder Synchronkauen im Chewing-Gum-Contest, sondern Klavierspielen gewesen.

Kim war ein Hauptgewinn und Charlie klug genug, um das zu kapieren.

»Die Frau ist eine Anschaffung fürs Leben, nicht nur vorübergehend gemietet«, raunte er mir zu, nachdem ich sie kennengelernt hatte. Aus dem Mund jedes anderen hätte es anzüglich geklungen, aber Charlie war einfach so. Dann scherzte er: »Als kostenloser Bonus kommt dazu, dass mir Schwiegereltern erspart bleiben.«

Er erzählte mir, Kims Eltern seien bei einem Autounfall ums Leben gekommen, als Kim noch auf dem College war.

»Das erklärt alles«, meinte Laura im Bett unseres Hotelzimmers, wo ich ihr abends davon erzählte.

»Erklärt was?«

»Die Traurigkeit in ihren Augen«, erwiderte Laura.

Mir war sie nicht aufgefallen.

»Der Verlust macht sie gefühlvoll«, setzte Laura hinzu.

Am nächsten Morgen kam Kim schüchtern zu mir: »Deck,

ich habe niemanden, der mich zum Altar führt. Charlie hält die allergrößten Stücke auf dich, und ich finde dich auch so nett, dass ich mich gefragt habe, ob … ich weiß, das ist viel verlangt …«

»Es wäre mir eine große Ehre«, sagte ich.

Die Hochzeit fand vor achthundert geladenen Gästen in der Presbyterian Church in Granada statt. Charlie erzählte mir damals, dass weder er noch Kim eine so große Hochzeit wollten – lieber wäre er nach Las Vegas durchgebrannt, aber er meinte: »Wenn man Charles Hanning Sprague der Dritte ist, sind die Erwartungen hoch.«

Er war zwar Charles Hanning Sprague der Dritte, aber niemand, absolut niemand durfte ihn jemals »Trey« nennen.

Jedenfalls nicht zweimal.

In der Kirche war die Seite des Bräutigams völlig überfüllt, nahm zusätzlich Sitzreihen auf der anderen, der Seite der Braut, in Anspruch.

Charlie gab mir einen kurzen Abriss der sozialen Zusammenhänge: seine Eltern, seine Geschwister und der Rest der Familie, sowie Freunde; weißer angelsächsischer Geldadel aus Miami in pastellfarbenen Blazern und khakifarbenen Hosen; die »Geschäfts«-Freunde, die eingeladen werden mussten, und dann ein bunt gemischter Rest aus altem Geld, Country-, Golf- und Jacht-Club; eine Reihe von Kubanern, die, seit Castro an der Macht war, mit ihren Familien hier lebten; außerdem ein paar Russen, »neureiche Iwanskis«, wie Charlie sie nannte, die er nicht besonders mochte, aber auch nicht uneingeladen lassen konnte.

Dann waren da seine Kumpels von den Marines – ich, Travis, Ricky und DeAndre als Trauzeugen.

Kims Seite war spärlicher besetzt, wie man sich denken

kann bei einem Einzelkind, dessen Eltern bereits verstorben waren. Ein paar Cheerleader und Collegefreundinnen, auch ein paar Bekannte aus ihrer Zeit als Model, aber das war's auch schon.

Man sagt, alle Bräute sind schön, und das stimmt auch, Kim aber sah atemberaubend aus. Ich bin sicher, dass Laura und jede andere Frau das Kleid hätten beschreiben können, aber mir fehlen dafür die Begriffe. Es muss genügen, wenn ich sage, dass es weiß und glamourös war. Als wir am Anfang des Mittelgangs standen, sah ich, dass Kim Tränen in den Augen hatte.

»Denkst du an deine Eltern?«, fragte ich.

Sie nickte: »Ich wünschte, sie könnten jetzt hier sein.«

»Sie haben die besten Plätze im Haus, Kim.« Ich führte sie den Gang entlang zum Altar und übergab sie Charlie. Mir fiel auf, dass sie heimlich die vorgesehenen Seiten getauscht hatten, sodass Charlie den Gästen jetzt seine »gute« Hälfte zuwandte.

»Meinst du, sie zieht das durch?«, hatte er mich am Abend zuvor nach ein paar Whiskeys gefragt.

»Wie meinst du das?«

»Du weißt, wie ich das meine«, sagte er. »Herrgott noch mal, ich seh aus wie ein Bösewicht aus Batman.«

»Two-Face.« In Landstuhl hatten wir Witze darüber gemacht, weil wir dann wenigstens etwas zu lachen hatten, wie Charlie meinte.

»Sie liebt dich, du Blödmann«, sagte ich.

Er grinste. »Ja, das tut sie. Hast du nicht ein paar kluge Ratschläge für mich? Das gehört zu deinen Aufgaben als Trauzeuge.«

»Behandle sie gut.«

Damals dachte ich noch, Laura und ich würden für immer

zusammenbleiben. Zu meiner Verteidigung muss ich sagen, dass ich sie immer gut behandelt habe, bis ich sie verließ.

Der Empfang fand im Coral Gables Country Club statt, zu dessen Gründungsmitgliedern die Spragues gehörten. Es schien, als wären hier noch mehr Leute als bei der eigentlichen Trauung, und ich wollte mir gar nicht vorstellen, was das alles gekostet haben mochte.

Herkömmlicherweise übernehmen natürlich die Eltern der Braut die Kosten der Hochzeit, aber soweit ich wusste, kamen Charlies Eltern gerne dafür auf. Sie freuten sich, dass er jemanden gefunden hatte, und dann auch noch ein so liebes Mädchen wie Kim. Anscheinend hatte es in der Familie »Gerede« darüber gegeben, dass Charlie fast zehn Jahre älter war als seine Braut, aber Charlies Vater hatte dem Ganzen rasch ein Ende gemacht, indem er erklärte: »Ich bin auch zehn Jahre älter als seine Mutter.«

Ich mochte Charlies Eltern. Charlie senior und Evelyn waren unglaublich nett zu mir, als sie ihren Sohn in Deutschland besuchten. Auch für sie muss das eine schwere Zeit gewesen sein, aber sie lächelten immer, wenn sie zu mir ans Bett kamen, und wenn sie Charlie etwas mitbrachten, bekam auch ich etwas. Als ich entlassen wurde, luden sie mich sogar ein, bei ihnen zu wohnen.

Was ich nicht tat, aber ich freute mich darüber.

Das hätten sie nicht tun müssen.

Jedenfalls war der Hochzeitsempfang das, was die Zeitungen unter einem »glanzvollen Ereignis« verstehen. Wer nicht eingeladen war, hatte in der Gesellschaft von Miami nichts zu melden.

Politiker, Geschäftsleute, Berufspromis – alle kamen vorbei, um sich von den Fotografen ablichten zu lassen.

Das Essen war unglaublich – Hummerscheren und Filet

Mignon – selbstverständlich freie Auswahl an der Bar und dazu eine vollständige Live-Band. Den größten Teil der Zeit verbrachte ich mit meinen alten Kumpels von den Marines. Ich schätze mal, wir fühlten uns alle ein kleines bisschen fehl am Platz, aber Kim kam öfter bei uns vorbei, versuchte uns mit einzubeziehen, und Laura drängte mich ein paarmal streng, mich unter die Leute zu mischen.

Vor meiner Trauzeugenrede hatte ich eine Scheißangst.

Ich bin's nicht gewohnt, in der Öffentlichkeit zu sprechen.

Aber ich wusste, dass es zu meinen Pflichten gehörte, und als es so weit war, stand ich auf, klopfte – wie das so üblich ist – mit einem Löffel an ein Glas und räusperte mich. An viel kann ich mich nicht mehr erinnern, nur dass ich meine Rede mit einem Zitat von Sophokles beschloss: »Ein einziges Wort befreit uns von der Last und dem Leid des Lebens, und dieses Wort heißt ›Liebe‹.«

»Sophokles?«, hatte Charlie gefragt, als ich mich wieder setzte. »Wer hätte gedacht, dass du ein solches intellektuelles Schwergewicht bist.«

Das bin ich gar nicht, aber im Krankenhaus hatte ich viel Zeit zum Lesen gehabt.

Jetzt stand ich mit Charlie im Parkhaus des Merrick Park Village und sagte: »Ein paar Bars sind bestimmt noch geöffnet.«

Charlie kritzelte etwas auf einen Zettel und legte ihn aufs Armaturenbrett. »Ruf mich an!«

Wir schlossen den Wagen ab und gingen auf die Einkaufsmeile. Vier Kneipen hatten noch auf – das Villagio, das Sawa, das Crave und das Yardhouse.

Kim war in keiner davon.

»Sonst noch was in Fußnähe?«, fragte ich Charlie.

»Ein Einkaufszentrum, das Miracle Mile«, sagte er.

Wie sich herausstellte, war es nur eine halbe Meile lang, aber wenn man auf beiden Seiten shoppte, kam man vermutlich schnell auf eine ganze und musste sich um kein Wunder betrogen fühlen.

Wobei das, was man landläufig unter einem Wunder versteht, offenbar stark an Wert verloren hat.

Früher war damit so etwas wie die Heilung Aussätziger gemeint, die Auferstehung von den Toten oder ein tatsächlich sinnvolles, vom Kongress verabschiedetes Gesetz, inzwischen aber wurde der Begriff anscheinend nur noch im übertreuerten Einzelhandel verwendet. Vielleicht bestand das eigentliche Wunder darin, dass sich überhaupt jemand dieses Zeug leisten konnte.

Boutiquen, Juweliere, Brautmoden, Cafés, Restaurants

und ein hübsches Theater, die Straße war von Palmen gesäumt. Wir klapperten alles ab, wo Charlie und Kim regelmäßig hingingen, oder wo sich Kim öfter mit ihren Freundinnen zum Lunch verabredete. Tarpon Bend, Season's 52, der Open Stage Club, The Bar, The Local.

Keine Kim.

»Hat sie eine beste Freundin?«, fragte ich.

»Erinnerst du dich nicht an Sloane?«, fragte Charlie. »Ihre Trauzeugin?«

Doch, ich erinnerte mich an Sloane.

Meiner Erfahrung nach haben schöne Frauen auch schöne beste Freundinnen, und Sloane war beides, aber auf ganz andere Art als Kim. Sie hatte dunkelbraune Haare, war sehr zierlich, vielleicht eins zweiundsechzig groß, und hatte eine dank Fitnessstudio und vielleicht auch Schönheitschirurgie perfekte Figur. Ihr Gesicht war braungebrannt, und auf der Nase hatte sie einen winzig kleinen Höcker, der sie interessant machte, aber am auffälligsten waren ihre Augen.

Dunkelbraun und durchdringend sah sie einen direkt an, im vollen Wissen um die Wirkung, die sie damit erzielte.

Wenn Kim liebenswürdig war, dann war Sloane bissig. Wenn Kim sanft war, war Sloane spitz. Wenn Kim mit dem gedehnten Akzent der Südstaaten sprach, hörte man Sloanes Stakkato die New Yorkerin an. Kim war witzig, Sloane scharfzüngig.

Beim Hochzeitsempfang hatte sie es auf die Russen abgesehen.

»Erst haben wir Juden uns Florida unter den Nagel gerissen«, schimpfte sie selbstkritisch. »Dann kamen die Kubaner, wobei die wenigstens noch interessantes Essen und tolle Musik mitgebracht haben und wissen, wie man sich anzieht. Die Kubanerinnen sind *atemberaubend schön*. Aber diese Russen orientieren sich modisch an TV-Wiederholungen von Miami Vice, die Frauen sehen aus wie Statistinnen aus der Copacabana-Szene in *GoodFellas*, und die russische Küche – da fällt mir nicht mal mehr eine Filmanalogie ein, das Zeug schmeckt ihnen ja nicht mal selbst. Wahrscheinlich haben sie ihr Mutterland verlassen, um endlich mal anständig zu essen. Ich meine, schau dir an, *wie* die essen.«

Tatsächlich schaufelten die russischen Gäste Speisen auf eine Art in sich hinein, die man wohlwollend als enthusiastisch hätte bezeichnen können.

Später allerdings sah ich Sloane fröhlich mit einer Russin plaudern und höchstwahrscheinlich über mich und Charlies andere Kumpels von den Marines herziehen.

Aber so war Sloane nun mal, und ich mochte sie sehr.

Jetzt fragte ich Charlie: »Hast du Sloane angerufen?«

»Nein. Da hätte ich aber von selbst draufkommen können.« Er hatte Sloanes Nummer als Kurzwahl gespeichert, und sie ging gleich beim ersten Klingeln dran.

»Ist Kim bei dir?«, fragte Charlie und schaltete die Lautsprecherfunktion ein.

»Nein«, sagte Sloane. »Wieso?«

»Ich kann sie nirgends finden, und sie geht nicht ans Handy.«

»Sie meinte, sie wolle ein paar Weihnachtseinkäufe machen.«

»Wenn du von ihr hörst«, sagte Charlie, »sag ihr, sie soll mich sofort anrufen.«

»Na klar. Soll ich rüberkommen?«

»Nein. Danke, Sloane. Frank Decker hilft mir.«

»Halt mich auf dem Laufenden, okay, Charlie?«

Inzwischen war es 23:48 Uhr, und allmählich machte auch ich mir Sorgen.

»Du bist doch Experte bei so was«, sagte Charlie. »Ist es noch zu früh, die Polizei einzuschalten?«

Die meisten denken, dass eine erwachsene Person mindestens vierundzwanzig Stunden vermisst sein muss, bevor die Polizei eine Meldung aufnimmt. Ich war mit der Gesetzeslage in Florida nicht vertraut, aber in den meisten Staaten nimmt die Polizei eine Vermisstenanzeige auf, wenn es Hinweise auf eine Straftat gibt oder Grund zu der Annahme besteht, dass sich die Person in Gefahr befindet.

Auf Kim traf weder das eine noch das andere zu.

Was Charlie aber von nichts abhielt.

Er rief den Polizeichef von Coral Gables höchstpersönlich zu Hause an und weckte ihn. Ich hörte den armen Mann fragen, wie lange Kim denn schon »vermisst« werde.

»Lange genug, sodass ich Sie anrufe«, erwiderte Charlie. Er lauschte ein paar Sekunden, beendete das Gespräch und erklärte mir, ein Streifenwagen wolle ins Parkhaus kommen.

»Coral Gables ist eine Kleinstadt«, sagte ich, als wir zum Einkaufszentrum zurückgingen. »Gibt es hier ein Kriminaldezernat?«

Charlie zuckte mit den Schultern.

Ich brauchte ungefähr zehn Sekunden, um mit Hilfe meines Smartphones in Erfahrung zu bringen, dass die Abteilung für Kapitalverbrechen in Coral Gables an das Police Department von Miami-Dade County übergeben worden war und sich dort eine Special Victims Unit um Vermisstenfälle kümmerte.

Ich bekam sie gleich ans Telefon.

Und ich kannte die magische Zauberformel.

Ich möchte einen möglichen Entführungsfall melden.

Sergeant Dolores Delgado betrachtete mich wie Kaugummi an ihrer Schuhsohle. Sie war schätzungsweise Ende dreißig, die langen schwarzen Haare hatte sie zu einem Pferdeschwanz zusammengebunden, und jetzt zog sie ein Gesicht, mit dem sie Schiffe hätte versenken können. Dunkelbraune Augen, olivfarbene Haut, hohe Wangenknochen, so scharfkantig, dass man Gefahr lief, sich daran zu schneiden.

Delgado war kaum größer als eins siebzig, strotzte aber vor Kraft. Von Anfang an ließ sie keinen Zweifel daran, dass man sich mit ihr besser nicht anlegte und das nichts mit der Schusswaffe zu tun hatte, die sich unter ihrem weißen Blazer abzeichnete.

Und sie zuckte auch bei Charlies Anblick nicht zurück.

»Wie kommen Sie darauf, dass es sich um eine Entführung handelt?«, fragte sie.

»Die Ehefrau eines Milliardärs verschwindet aus dem Parkhaus eines Einkaufszentrums«, sagte ich, »und Sie denken *nicht* an eine Entführung?«

»Hat es bislang eine Lösegeldforderung gegeben?«, fragte Delgado Charlie und ignorierte mich.

»Noch nicht«, sagte ich.

Jetzt inspizierte sie mich genauer. »Wer sind Sie eigentlich?«

»Frank Decker«, antwortete ich. »Charlie und ich waren zusammen bei den Marines. Ich bin zu Besuch in der Stadt.«

»Und Mr. Sprague hat zuerst Sie angerufen?«
»Ja.«
»Sie wussten genau, was Sie sagen müssen, um vorgelassen zu werden«, sagte Delgado.
»Ich war mal einer von euch.«
»Nur weil ich bei den Pfadfinderinnen war«, sagte sie, »heißt das noch lange nicht, dass ich immer noch Kekse verkaufe.«
Sie wandte sich wieder an Charlie und fing an, ihm Fragen zu stellen. Ich nahm zufrieden zur Kenntnis, dass es die richtigen waren. Charlie erzählte ihr alles von Anfang an, so wie mir auch, nur mit dem Zusatz, dass wir alle Bars und Restaurants im Umkreis abgeklappert und Kims beste Freundin angerufen hatten.
»Hat Ihre Frau noch andere Freundinnen, Mr. Sprague?«, fragte Delgado.
»Natürlich«, sagte Charlie. »Aber mit Sloane ist sie am engsten befreundet.«
»Freundschaften mit Männern?«
»Wie meinen Sie das?«
»Das soll nicht beleidigend klingen, allerdings …«
»Tut es aber«, sagte Charlie.
»Wir müssen die Möglichkeit in Betracht ziehen, dass sie mit jemandem durchgebrannt ist«, sagte Delgado. »Wenn nicht mit einer Freundin, dann vielleicht mit einem …«
»Kim nicht.«
Delgado zuckte mit den Schultern. »Okay. Unsere Einheiten werden nach ihr Ausschau halten. Wir suchen das Viertel ab, überprüfen die U-Bahn-Stationen, die Flughäfen, die Bahnhöfe, die Taxis. Ich lasse den Wagen auf Fingerabdrücke untersuchen. Dann schauen wir uns das Material

der Überwachungskameras an, mal sehen, ob sie irgendwo auftaucht. In der Zwischenzeit schlage ich vor, dass Sie nach Hause gehen und auf eine Nachricht Ihrer Frau warten.«

»Gleichen Sie Ihre Informationen mit denen des NCIC ab?«

Dem National Crime Information Center – der digitalen Datenbank des FBI.

»Wenn sie in den kommenden Stunden nicht auftaucht, ja.«

»Kennzeichnen Sie den Fall als EME«, sagte ich.

»EME« steht für »Endangered«: »eine Person gleich welchen Alters, die unter Begleitumständen vermisst wird, die vermuten lassen, dass ihre Sicherheit gefährdet ist«. Eine Art Mittelding zwischen »EMO«, »Other« – »eine vermisste Person, um deren Sicherheit begründete Sorge besteht« –, und »EMI«, »involuntary« – »Entführung oder Freiheitsberaubung«.

Delgado sah mich eigenartig an, schien aber wenig amüsiert. »Können wir beide mal kurz unter vier Augen sprechen?«

Wir entfernten uns ein paar Schritte von Charlie.

»Wenn Sie Ihrem Freund das Händchen halten wollen, schön«, sagte Delgado. »Aber treten Sie mir nicht auf die Füße. Haben wir uns verstanden?«

»Sie haben sich ja deutlich genug ausgedrückt.«

»Sie wissen ebenso gut wie ich«, sagte Delgado, »dass sich seine kleine Trophäenfrau mit einem Hoteldiener oder Tennislehrer vergnügt. Morgen früh taucht sie mit einer bescheuerten Geschichte auf, warum sie die Nacht bei einer Freundin verbringen musste und ihr Handyakku leer war. Dann stehen Sie beide da wie zwei dämliche Arschlöcher.«

»Ich habe nichts dagegen, wie ein dämliches Arschloch dazustehen«, sagte ich.

Sie dachte darüber nach. »Sie waren mit Sprague zusammen bei den Marines?«

»Im Irak. Und Sie?«

»Afghanistan. Weiter als bis Bagram bin ich aber nicht gekommen.«

»Dann hatten Sie Glück.«

»So hab ich's damals nicht betrachtet«, sagte sie. Sie ging wieder zu Charlie zurück. Sie unterhielten sich kurz, dann traf ein Team der Spurensicherung ein und machte sich am Wagen zu schaffen.

Charlie kam zu mir. »Detective Delgado ist ein ganz schönes Miststück.«

»Sie ist eine gute Polizistin.«

»Meinst du?«

»Auf jeden Fall«, sagte ich. »Ich fahr dir hinterher bis nach Hause.«

»Ich weiß das zu schätzen, Deck.«

»Kein Problem.«

Charlie Sprague hatte mich aus einem brennenden Schützenpanzerwagen gezogen.

Ich verdankte dem Mann mein Leben.

Der Krieg im Irak wurde bekanntlich von reichen Männern begonnen und von den Söhnen der Armen ausgefochten. Charlie allerdings war der Sohn eines reichen Mannes und hatte es trotzdem für seine Pflicht gehalten, für sein Land zu kämpfen. Er hätte sich nicht freiwillig zu den Marines melden müssen, aber er hat es getan, sich in vorderste Front begeben, vor keiner schmutzigen oder gefährlichen Aufgabe gedrückt, und wir hatten alle großen Respekt vor ihm.

Jetzt fuhr ich hinter ihm her, vom Merrick Park Village bis zu ihm nach Hause waren es circa zwanzig Minuten. Eine scharfe Rechtskurve führte von der LeJeune Street auf die Old Cutler Road, dann links auf die Solano Prado, weiter Richtung Osten, dann Süden, dann wieder Osten auf die Halbinsel, die an ein umgekehrtes C erinnerte.

Charlie machte kurz an einem Wärterhäuschen halt, und daraufhin wurde auch ich hinter ihm durchgewunken.

Die geschlossene Wohnsiedlung bestand ausschließlich aus mehrere Millionen Dollar teuren Anwesen und befand sich auf einem Streifen Land zwischen zwei Kanälen, von denen der eine im Norden einen Bogen ins Landesinnere beschrieb und der andere direkt in den Atlantik mündete.

Charlies Anwesen lag links, auf der Südseite der Solano Prado, sodass die Vorderseite seines Hauses zwar der Straße zugewandt war, sich aber hinter einer langen kurvenreichen

Auffahrt verbarg. Die Rasenfläche dahinter reichte bis ans Wasser, hier befanden sich ein Swimmingpool und Tennisplätze.

Ich bog in die von Palmen gesäumte Auffahrt ein. Treppenstufen führten hinauf zu einem breiten, von weißen Säulen flankierten Portal. Das Gebäude war zweistöckig, wobei jeweils links und rechts ein Flügel an den Hauptteil anschlossen. Über den Fenstern waren grüne Markisen angebracht, das Dach war mit Ziegeln gedeckt und der Landschaftsgarten jenseits der Auffahrt üppig bewachsen.

Durch die vordere Tür gelangte man in ein riesiges Wohnzimmer mit Marmorfußboden. Rechts ging es in einen Speisesaal mit bodentiefen Terrassentüren, über die man auf die Veranda nach draußen gelangte, direkt daneben schloss eine große offene Wohnküche mit Esstisch an. Über die Master-Suite links erreichte man eine zweite Terrasse.

Charlie erklärte mir, dass es im Haus sieben Zimmer und acht Badezimmer gab.

»Bisschen übertrieben für zwei, ich weiß, aber wir hoffen, dass wir sie schon bald mit Kindern füllen können«, sagte Charlie.

Er schenkte Whiskey in zwei gedrungene Gläser.

»Im Irak hatte ich keine Angst«, sagte er und setzte sich. »Jetzt schon.«

Es stimmte – ich hatte Charlie da drüben nie ängstlich erlebt. Ich dagegen hatte mir meistens in die Hose gemacht, aber Charlie hatte das alles kaltgelassen. Keine Ahnung, ob überhaupt einer von uns je wieder nach Hause gekommen wäre, hätte es Charlie Sprague nicht gegeben.

»Wir sind ja jetzt unter uns«, sagte ich. »Unterhalten uns wie Freunde … nimm's mir nicht übel … aber ist es möglich … dass Kim eine Affäre hat?«

»Ausgeschlossen.«

»Du klingst sehr sicher.«

»Weil ich es bin«, sagte Charlie. »Du kennst sie nicht, Deck, nicht richtig.«

Er ging zum Kamin und holte ein gerahmtes Foto einer etwas jüngeren Kim in einem schwarzen einteiligen Badeanzug, die einem jüngeren Charlie Sprague vor einem Schnellboot ein keusches Küsschen auf die Wange drückte.

Charlie setzte sich mir gegenüber aufs Sofa. »Hast du schon mal was von Liebe auf den ersten Blick gehört?«

»Gehört und sogar schon erlebt.«

In dem Moment, in dem ich Laura zum ersten Mal sah, wusste ich, dass sie meine Frau werden würde.

Sie brauchte ein bisschen länger, bis sie zu demselben Schluss gelangte.

»Dann weißt du's ja«, sagte Charlie. Er zeigte auf das Foto. »Das war unsere erste Begegnung. Sie hat bei einer Wassersportmesse gearbeitet. In der Sekunde, in der ich sie sah, war ich wild entschlossen, sie zu meiner Frau zu machen.«

»Und?«

»Hat dann noch eine ganze Weile gedauert.«

Er hatte sie um ihre Nummer gebeten, aber sie wollte sie ihm nicht geben. Also tat er, was jeder Baulöwe mit Selbstachtung tun würde – er rief ihre Agentur an und buchte sie für ein Werbeshooting für sein neues Wohnbauprojekt.

Als er dort auftauchte, war sie stinksauer.

Fand es überhaupt nicht witzig oder charmant und teilte ihm dies deutlich mit. Ob er sie für eine ... hielt – sie brachte nicht einmal das Wort heraus –, weil er glaubte, sie einfach kaufen oder mieten zu können? Wenn das so sei, dann könne er sich seine Buchung in die ...

»Was hast du gemacht?«, fragte ich.

»Mich schriftlich bei ihr entschuldigt«, sagte Charlie. »Und dem Brief noch ein Klavier angehängt.«

»Wie bitte?«

»Ich hatte meine Hausaufgaben gemacht und alles Mögliche über sie in Erfahrung gebracht«, erklärte Charlie. »Klavierspielen war ihr besonderes Talent, mit dem sie zu den Wahlen der Miss Florida angetreten ist, also hab ich ihr eins in die Wohnung liefern lassen. Als sie anrief, meinte sie, es sei so groß wie ihr Zimmer, also im Prinzip so groß wie die ganze Wohnung. Aber ich merkte, dass sie sich freute, und ich bat sie, mit mir essen zu gehen.«

Sechs Monate lang waren sie zusammen, dann kniete er nieder, schenkte ihr einen Ring und stellte ihr die Frage.

»In den sechs Monaten«, sagte Charlie, »durfte ich kein einziges Mal Klavier spielen.«

»Ist das eine Metapher?«

»Kim ist sehr gläubig. Sie hat sich aufgespart.«

»Wie kannst du da so sicher sein?« Die Frage war unschön, aber wenn ich meinem Freund helfen wollte, musste ich ihm auch unschöne Fragen stellen.

»Wegen unserer Hochzeitsnacht«, sagte Charlie. »Herrje, muss ich's dir aufmalen? Schau, als ich Single war, hatte ich mit sehr vielen Frauen zu tun, und ich schwöre dir, Kim war nie mit einem anderen Mann im Bett gewesen.«

»Charlie, vielleicht ist das der Grund, weshalb ... ich meine, du bist immerhin zehn Jahre älter als sie.«

»Sie ist glücklich.«

»Was ist mit dir?«

»Was soll mit mir sein?«, fragte Charlie.

»Hast du nebenher was laufen?«

Vielleicht hatte Kim Wind davon bekommen und sich wütend und verletzt aus dem Staub gemacht, um ihm eins

33

auszuwischen. Sollte sich ihr Mann ruhig Sorgen machen, es mit der Angst zu tun bekommen.

Das würde ihm schon eine Lehre sein.

Charlie schüttelte den Kopf. »Ich bin ein Milliardär aus Florida. Mir werfen sich mehr Frauen an den Hals als einem Rockstar. Aber ich liebe meine Ehefrau. Ich betrüge sie nicht.«

»Habt ihr je über Kinder nachgedacht?«

»Seit drei Jahren«, sagte Charlie. »Eigentlich tun wir kaum noch was anderes.«

»Aber …?«

»Kim kann keine bekommen«, sagte Charlie. »Wir waren bei den besten Kinderwunschspezialisten in Südflorida, haben alles versucht. In letzter Zeit haben wir sogar schon an ein Pflegekind oder eine Adoption gedacht, aber jetzt … wo zum Teufel steckt sie nur, Deck? Wo ist sie?«

Nackte Angst stand ihm ins Gesicht geschrieben.

Charlies Arbeitszimmer war mindestens halb so groß wie mein ganzes Blockhaus.

Ein bodentiefes Fenster sah nach hinten auf den penibel gepflegten Rasen und die Gärten, die sich bis zum Wasser und der privaten Anlegestelle hinunterzogen, wo seine Jacht, eine achtzehn Meter lange Viking Convertible mit geschützter Außensteuerstelle, festgemacht war.

Er hatte sie neu für »zwei Millionen und ein paar Zerquetschte« gekauft.

Ich habe auch ein Boot. Ein gebrauchtes, zweieinhalb Meter langes, mit zwei Rudern und einem Außenbordmotor von Evinrude – im vergangenen Jahr hab ich es gegen zwei Ladungen Feuerholz eingetauscht.

Von Charlie aus gesehen auf der anderen Seite des Kanals befand sich der Matheson Hammock Park, eine öffentliche Anlage mit einem künstlich angelegten See, einem Jachthafen, einem kleinen Restaurant und wunderschönen alten Zypressen. Links dahinter bot sich ein umwerfender Blick auf die Weiten des Atlantiks.

Kein schlechter Arbeitsplatz.

An einer Wand hingen Wasserkarten des Kanals, der Biscayne Bay und des Ozeans. Die anderen waren mit architektonischen Zeichnungen, Plänen und künstlerischen Darstellungen von Charlies Großprojekt geschmückt – dem, von dem er eine Pause brauchte. Es hieß »Lumina«. Auf einem

Tisch in der Mitte des Raums befand sich ein maßstabgetreues Modell – hoch aufragende Wohnblocks, Bürogebäude, Geschäfte und Restaurants an der alten Hafenpromenade.

»Es geht ums Ganze«, hatte Charlie noch einmal zu mir gesagt, als wir alleine auf dem Boot waren. »Nicht nur für mich, sondern für ganz Miami und Umgebung. Ein vielschichtiger Komplex, der das Gesicht der Stadt verändern, Kapital, Unternehmen und hellwache junge Menschen anlocken wird. Aber erzähl das mal den alten Säcken von der Planungsbehörde, die für die Zonen- und Bereichseinteilungen zuständig sind. Jahrelang schon bremsen sie uns aus mit ihrem Papierkram, den Anträgen und Umweltverträglichkeitsprüfungen. Weißt du, was schlecht für die Umwelt ist? Leerstehende, baufällige Gebäude. Jetzt verlangt das Bauministerium den Nachweis, dass ein bestimmter Prozentsatz an Fläche für den Bau von Wohnungen für Minderheiten mit niedrigem Einkommen vorgesehen ist. Weißt du, was schlecht für Minderheiten ist? Arbeitslosigkeit. Lumina würde gut bezahlte Jobs bringen, und dann würden wir hier gar keine Sozialwohnungen mehr brauchen.«

Ich ließ ihn schimpfen.

So war Charlie eben.

Er war ein Macher, der sich grundsätzlich im Recht sah.

Meist war er das auch.

Jetzt musste ich mir was einfallen lassen, wie ich ihn beschäftigen konnte, damit er nicht vor Sorge umkam. Wir setzten uns an seinen Computer und gingen Kims Kreditkartenabrechnungen durch. Für die AmEx Black, die VISA Platin und ein paar andere brauchten wir gerade mal eine halbe Stunde.

Worauf ich gehofft hatte, fand ich nicht – Kim hatte in

kein Hotel eingecheckt, keinen Wagen gemietet und auch kein Flugticket gekauft. Tatsächlich stellten wir genau das fest, was ich nicht hatte feststellen wollen – sie hatte ihre Karten nicht benutzt.

»Ist das gut oder schlecht?«, fragte Charlie.

»Weder noch«, log ich. »Ist nur eine Information. Hast du eine Ahnung, wie viel Bargeld sie dabeihatte?«

»Ich bestehe darauf, dass sie immer mindestens zweihundert Dollar einsteckt«, sagte Charlie. »Für den Notfall.«

Sie konnte also in eins der billigen Motels eingecheckt haben, von denen es in Miami Hunderte gab. Oder in einen Bus oder einen Zug gestiegen sein. Oder aber jemand hatte sie im Parkhaus in ein Fahrzeug gestoßen und war mit ihr davongefahren.

Dann gingen wir die Liste ihrer Handyanrufe durch.

Auch das war am Computer kein Problem, wenn man wusste, wie's ging.

Um 16:47 Uhr hatte sie zum letzten Mal telefoniert.

»Das ist Sloanes Nummer«, sagte Charlie.

Ich ließ ihn die Liste nach ihm unbekannten Nummern durchsuchen, aber es gab keine. Am häufigsten hatte sie mit ihm oder Sloane telefoniert, mit Restaurants oder Geschäften.

»Hat Kim einen Computer?«, fragte ich.

»Natürlich.«

Sie hatte ihr eigenes Büro im Haus, wo sie sich ihrer Arbeit für Wohltätigkeitsorganisationen widmete, hauptsächlich an einem Computer mit großem Flachbildschirm und einem Laptop.

»Kennst du das Passwort?«, fragte ich.

»Charlieandme427«, sagte er. »Unser Hochzeitstag.«

Ich öffnete ihr Postfach und fand nichts Ungewöhnliches.

Dann öffnete ich die Chronik, um zu sehen, wonach sie gesucht hatte.

Der Durchschnittsbürger weiß nicht, wie man vom Radar verschwindet – wie man die eigene Identität abschüttelt, sich eine neue zulegt, eine neue Sozialversicherungskarte besorgt, einen Führerschein, Kreditkarten. Das Internet ist voll mit solchen hilfreichen Informationen.

Aber Kim hatte nichts dergleichen gesucht, auf keinem ihrer beiden Computer.

Und war auch nicht gerissen genug gewesen, um die Chronik zu löschen.

»Versteht Kim was von Technik?«, fragte ich.

»Ein hoffnungsloser Fall«, sagte Charlie. »Ich muss ständig meine IT-Leute herbestellen. Du solltest sie mal mit einer Fernbedienung sehen.«

»Was isst Kim gerne, was mag sie gar nicht?«, fragte ich. Was frühstückt sie normalerweise, was isst sie zu Mittag? Hat sie Allergien, muss sie bestimmte Lebensmittel meiden?

Zum Frühstück gab es normalerweise Haferbrei oder Joghurt mit Obst oder Beeren. Zu Mittag einen grünen Salat, manchmal mit ein bisschen gegrillter Hähnchenbrust oder Lachs. Zum Abendessen oft Huhn und Fisch, immer mit sehr viel Gemüse. Ganz selten auch mal rotes Fleisch oder ein mageres Steak.

Kein Brot, wenig Kohlenhydrate.

Ich fragte vor allem, um Charlie abzulenken, aber auch weil Leute ihre Namen, Anschriften, ihre Kleidung und ihr Aussehen verändern, aber sehr selten ihren Geschmack. Das kann bei der Suche nützlich sein.

»Welche Musik mag Kim?«, fragte ich. Besondere Lieblingssendungen im Fernsehen, Filme?

Sie mochte klassische Musik, besaß keinen iPod und sah nur selten fern, die meisten Filme gefielen ihr nicht.

Hobbys, Sport. Sie ging regelmäßig ins Fitnessstudio, machte Yoga, spielte Tennis mit Sloane.

Kim saß in Wohltätigkeitsausschüssen. Wie man das von der Frau eines Milliardärs erwartet – außerdem saß sie im Vorstand des Kunstmuseums und der Bibliothek.

Dann noch ihr Einsatz für Kinder und deren Belange – mit der Stiftung »Make-A-Wish« sammelte sie Geld für den Bau eines Spielplatzes, wobei ihre Lieblingsorganisation, »Keys for Life«, sich um die Musikerziehung in den öffentlichen Schulen kümmerte, besonders in den Problembezirken.

»Sie fährt in die Ghettos«, sagte Charlie. »Liberty City, Overtown. Mich macht das wahnsinnig.«

Die Belange von Kindern, dachte ich.

Psychologisch fast schon zu naheliegend.

Andererseits hatte Laura mir dasselbe vorgeworfen, als ich meinen Job gekündigt hatte und losgezogen war, um Hayley Hansen zu suchen, eine vermisste Sechsjährige. Laura hatte mich gefragt, ob ich damit wiedergutmachen wollte, dass wir nie die Zeit gefunden hatten, selbst ein Kind zu bekommen.

Ich bedankte mich bei ihr für die küchenpsychologische Analyse und wies den Verdacht weit von mir.

Aber vielleicht hatte sie recht gehabt.

»Wer wusste noch, dass sie einkaufen wollte?«, fragte ich Charlie.

»Nur ich.«

»Habt ihr eine Putzfrau? Eine Köchin?«

»Ich kenne Maria und Lupe seit Jahren. Sie gehören praktisch zur Familie, sie würden niemals ... aber wenn du immer noch an eine Entführung glaubst, schalte ich das FBI ein.«

Ich schüttelte den Kopf. »Die können nicht aktiv werden, solange es keine eindeutigen Hinweise darauf gibt, dass Staatsgrenzen überschritten wurden.«

»Bei dem Geld, das ich meinem Senator für seinen Wahlkampf gespendet habe ...«

Unwillkürlich überlegte ich, was passierte, wenn man keinen siebenstelligen Betrag hingeblättert und einen Senator in der Tasche hatte.

Reiche werden gefunden.

Arme nicht.

Ich sagte: »Sobald wir was haben, das den Einsatz rechtfertigt, schalte ich das FBI ein. Aber bis dahin nehmen wir mit Miami-Dade vorlieb.«

»Delgado«, sagte er. »Aber eigentlich ist das nicht ihr Zuständigkeitsbereich, oder? Die Suche nach Vermissten.«

»Sie gehört zur SVU«, sagte ich. »Zur Special Victims Unit. In deren Aufgabengebiet fällt auch die Suche nach Vermissten.«

»Neben hundert anderen Dingen«, sagte Charlie. »Was glaubst du, an wie vielen Fällen sie gleichzeitig arbeitet? Das sind doch nicht nur vermisste Personen, sondern auch Vergewaltigungen und Mord. Wie viele Akten hat sie auf dem Tisch? Zwanzig? Dreißig?«

Eher hundert, dachte ich.

Charlie war jetzt ganz Geschäftsmann, und ich bekam einen kurzen Einblick in das Gehirn, das aus den vom Vater geerbten Millionen Milliarden gemacht hatte. »Ich will meinen eigenen Mann. Jemanden, der rund um die Uhr nichts anderes macht, als Kim zu suchen.«

»Ich kann dir empfehlen ...«

»Scheiß drauf«, sagte Charlie. »Du weißt, was ich meine. Ich will dich.«

»Ich hab ein einziges Mädchen gefunden.«

»Aber du hast sie gefunden«, sagte Charlie. »Genau das. Du hast alles andere dafür aufgegeben – deinen Job, deine Ehe, und du hast sie gefunden.«

Er hatte recht. Ich war aus meinem eigenen Leben ausgestiegen, hatte Blue vollgeladen und war ein Jahr lang durchs Land gefahren auf der Suche nach Hayley Hansen, die alle anderen für tot hielten.

Ich hatte ihrer Mutter versprochen, sie zu finden, und mein alter Herr hatte mir immer gesagt, dass ein Decker seine Versprechen ernst nimmt.

Zum Schluss hatte ich Hayley, aber sonst nichts mehr.

Keinen Job.

Keine Frau.

Gerade genug Geld, um das kleine Blockhaus am Platte River zu kaufen.

Aber es war ein guter Tausch. Wenn Gott dir die Karten in die Hand drückt, dann mach das Beste draus.

Was aber noch lange nicht bedeutete, dass ich Kim finden würde.

Charlie war anderer Ansicht. Vermutlich wird man nicht Milliardär, wenn man sich leicht abwimmeln lässt. »Ich zahle dir, was du willst.«

»Von dir nehme ich kein Geld.«

Er war zu sehr Gentleman, um die Schulden zu erwähnen, die ich sowieso noch bei ihm hatte. »Dann eben Spesen, egal, was du brauchst.«

»Charlie …«

Ich musste es ihm sagen.

Ich war ihm die Wahrheit schuldig.

»Entweder will Kim nicht zurück«, sagte ich, »oder ... sie kommt nie mehr wieder.«

Er begriff. »Ich muss es wissen. Hilf mir, Deck. Hilf mir, Kim zu finden.«

Ich nickte.

Mehr war zwischen Charlie und mir nicht nötig.

Es war ein Versprechen.

Offiziell waren wir Späher, aber das war ein beschönigender Begriff.
Wir waren Killer.

Klar, erst mal ging es darum, Zielpersonen auszukundschaften, aber dann wurden sie »ausgeschaltet«. Dafür waren wir eigens ausgebildet, und genau das taten wir. Mit Gewehren, Pistolen, Messern, bloßen Händen, was auch immer nötig war.

Als ich aus dem Irak zurückkam, machte ich den anderen, sogar meiner Frau, weis, ich sei bei einem »Spähertrupp« gewesen, und damit waren alle zufrieden. Eigentlich wollte sowieso niemand über den Irak reden.

Aber Charlie und ich wussten, was wir wirklich getan hatten.

Man kann sich selbst vormachen, was man will, aber der »Krieg gegen den Terror« war nun mal ein Krieg.

Ein Krieg der gezielten Mordanschläge.

Unsere geheimdienstlichen Informationen waren meist ziemlich konkret – normalerweise verfolgten wir einen Al-Qaida-Anführer, einen Bombenbauer oder einen Folterer. Manchmal ging es darum, die Zielperson festzunehmen und zu verhören, meist aber drangen wir irgendwo ein, um zu töten.

Dann wieder war der Auftrag sehr allgemein – Überprüfung eines Wohnblocks, Räumung der Straße, seht euch an, was in dem ausgebombten Gebäude vor sich geht. Das waren die schlimmsten Einsätze, weil wir nie wussten, was uns erwartete. Nie wussten, ob der Schatten, der um die Ecke bog, ein *haji* war – ein Zivilist – oder ein Tango, ein Terrorist, der die Absicht hatte, uns in die Hölle und sich selbst ins Paradies zu befördern.

Nie bin ich alleine irgendwo rein.

Immer mit Charlie.

Mit Forbes, Villalobos, Michetti, Cooper und den anderen. Einige von ihnen kannte ich kaum und konnte mich so gut wie nicht mehr an sie erinnern. Andere wieder bekam ich gar nicht mehr aus dem Kopf. Einige trug ich aus diesen Gebäuden, andere musste ich beerdigen, neben wieder anderen lag ich im Krankenhaus.

Ich hörte sie weinen, und ich denke, sie mich auch.

An jenem bewussten Tag waren wir hinter einem »Vernehmungsoffizier« der Al Qaida mit dem Codenamen »Comanche« her – ich kann mich nicht mal mehr an seinen richtigen Namen erinnern, nur dass er Leuten gerne die Hände in siedendes Öl hielt. Und ihnen die Köpfe abschlug. Ich hatte also kein schlechtes Gewissen, ihn aus der Welt zu schaffen, aber zu diesem Zeitpunkt hatte ich wegen kaum etwas ein schlechtes Gewissen.

Am meisten setzten mir die Geräusche zu – das Dröhnen der Hubschrauberblätter, das Fiepen des Funkgeräts, das nervenzerfetzende Rattern der Maschinengewehre, das tiefe Donnern der Detonationen, die Schreie.

Und das Gebrüll.

Wir rannten immer brüllend in die Gebäude.

Runter! Auf den Boden!

Brüllten Fragen.

Wo ist er?! Wo sind die Waffen?!

Brüllten Warnungen.

Er hat eine Waffe! Sie ist bewaffnet! Da ist ein Kind, ein Kind, ein Kind!

Den Jungen erschossen wir nicht, die Frau auch nicht. Charlie drängte sie an eine Mauer, bis DeAndre sie entwaffnet hatte. Ich stieß den Jungen beiseite, und er rannte aus dem Haus.

Comanche war oben. Am frühen Morgen lagen die Zielpersonen meist mit ihren »Konkubinen« schlafend im Bett. Aber dieses Arschloch hier musste das Geschrei gehört haben und war durch eine Luke aufs Dach gestiegen.

Ich folgte ihm.

Charlie hinter mir her.

Comanche wollte gerade auf das Dach des Nachbargebäudes springen, als wir ihm beide jeweils zweimal kurz hintereinander in den Rücken schossen.

Er knallte an die gegenüberliegende Gebäudewand und unten auf die Straße.

Ich hörte Charlie über Funk durchgeben: »Comanche EKIA.« Enemy killed in action. Ausgeschaltet.

Wir waren verschwitzt, müde, kamen gerade vom Adrenalin runter und stiegen in den Schützenpanzerwagen, der uns zum Operationsstützpunkt zurückbringen sollte.

Ich wünschte mir nichts mehr auf der Welt, als eine Dusche, ein Bier und ein bisschen Ruhe.

Die relative Ruhe war eine Wohltat. Wir waren vielleicht eine halbe Meile gefahren, als wir die improvisierte Sprengladung überrollten. Das Geräusch kann ich nicht beschreiben. Man spricht häufig von einem ohrenbetäubenden Knall, und das trifft den Nagel auf den Kopf. Ich konnte nichts hören außer einem Klingeln im Gehirn, dann spürte ich einen stechenden Schmerz in der Hüfte, wo sich mir ein

Stück Metall in Fleisch und Knochen gebohrt hatte. Ringsum Flammen und Rauch, und Brewer stand der Mund weit offen, aber ich konnte nicht hören, was er sagte, wusste nur, dass ich rausmusste, raus aus den Flammen, aber ich konnte mein Bein nicht bewegen, und dann packte Charlie mich, zog mich raus, und dann lag ich auf der unbefestigten Straße und sah, wie er noch einmal in die Flammen kletterte, um Brewer zu holen.

Es dauerte Minuten, bis ich den durchdringenden Schmerz spürte und mir bewusst wurde, dass ich Verbrennungen an Armen und Beinen hatte. Der Sanitäter gab mir eine Spritze, dann spürte ich kaum noch was, sah nur, wie sie Charlie aus dem lodernden Schützenpanzerwagen zogen.

Und was von seinem Gesicht übrig war.

Jetzt saß er vor mir und stierte auf das Display seines Telefons. »Wenn sie bis jetzt nicht angerufen haben, werden sie's wahrscheinlich auch nicht mehr tun, oder?«

»Stimmt«, sagte ich.

»Dann ist es wahrscheinlich gar keine Entführung.«

»Wahrscheinlich nicht«, sagte ich. »Ich würde mich gerne im Haus umsehen.«

»Tu das«, sagte Charlie.

Seine Narben leuchteten feuerrot im trüben Licht des Bildschirms.

Einer vermissten Frau kann alles Mögliche widerfahren. Der totale Einbruch in ihre Privatsphäre ist dabei sicher nicht das Schlimmste, aber auch nicht das Geringste.

Sucht man in den Sachen eines Mannes, findet man meist nur irgendwelchen Kram – möglicherweise auch mal etwas Peinliches, ein Pornoheft oder ein paar blaue Pillen – die Dinge einer Frau aber sind intim. Durchsuchungen bei einem Mann sind ein Haufen Arbeit – bei einer Frau ähneln sie einem tätlichen Angriff.

Okay, das mag sexistisch sein.

Oder altmodisch.

Aber Einbrecher würde ich für genau das, was ich hier gerade machte, hinter Gitter bringen.

Im Schlafzimmer fing ich an. Orientierte mich am Prinzip der Nähe – man fängt mit den Dingen an, die der Person am nächsten waren – und die sich dort finden, wo sie schlief, sich ankleidete und auszog, Sex hatte.

Es liegt in der Natur des Menschen, dass wir unsere Geheimnisse möglichst nah bei uns behalten. Wir haben das Gefühl, dass sie dort sicher sind.

Sind sie aber nicht.

Geheimnisse sind niemals sicher, und oft ist es der Versuch, sie zu verbergen, der sie zum Vorschein bringt.

Mit den beiden Schubladen des kleinen Nachttischs neben ihrem Bett fing ich an.

Eine Leselampe und ein gerahmtes Bild von Kim und Charlie an ihrem Hochzeitstag stand darauf.

Wenn man es eilig hat, fängt man mit der untersten Schublade an, damit man sie nicht wieder schließen muss, aber ich hatte es nicht eilig. Und ich zog sie nicht nur auf, ich nahm sie ganz heraus und griff in das Schränkchen hinein, tastete nach etwas, das vielleicht unter die Deckplatte oben geklebt war. Im Lauf der Jahre hatte ich an solchen Stellen Tütchen mit Heroin, Klingen und Telefonnummern gefunden.

Heute nicht.

Alles sauber.

Der Inhalt der obersten Schublade war belanglos, aber ich hatte ein Notizbuch dabei und listete jeden Gegenstand einzeln auf, weil Menschen vor allem Gewohnheitstiere sind. Wenn Kim eine bestimmte Hautcreme verwendete, würde sie diese vermutlich auch weiterhin benutzen, und wenn sie eine bestimmte Sorte Bücher las oder einen Lieblingsautor hatte, würde sie vielleicht noch mehr davon haben wollen.

Also notierte ich mir den Herstellernamen ihrer Vitamin-E-Gesichtscreme.

Zwei Taschenbücher, Krimis von Megan Abbott und Steve Hamilton.

Eine Schachtel Taschentücher.

Eine kleine Taschenlampe.

Ein Buch mit frommen Gebeten und Meditationen. Ein Bändchen markierte den 21. Dezember. Ich schlug die Seite auf und las: *Vergiss nicht, dass du ebenso viel Liebe empfängst, wie du schenkst. Gott schenkt uns Liebe, damit wir sie an andere weitergeben.«*

Und eine Affirmation: »*In diesen Tagen reißt uns schon mal der Geduldsfaden. Aber ich werde heute geduldiger und liebevoller sein, als ich es gestern war.*«

Nagellack, Nagellackentferner, Nagelfeile.

Auch davon notierte ich mir Herstellernamen und Farbbezeichnung.

Die zweite Schublade war voller Socken.

Und das war's – Socken – alle ordentlich zu Paaren zusammengesteckt. Alle Arten von Socken – weiße Laufsocken, Tennissocken, lange Socken aus Wolle.

Als Nächstes durchsuchte ich die größere Kommode an der gegenüberliegenden Wand, die unter einem großen Spiegel stand. Hier hatte ich es mit Unterwäsche zu tun, ich durchstöberte ihre Dessous, notierte mir die Marken, Größen und Farben.

In der zweiten Schublade befanden sich hauptsächlich Sportklamotten – Leggings, Strumpfhosen, Yogahosen und so weiter.

In der dritten Schublade lagen Fotos.

Fotos von Kim als kleinem Mädchen, Urlaubsbilder, Aufnahmen von ihren Eltern. Dazu Bilder aus dem College, von Schönheitswahlen, als Miss Florida. Ein paar davon hatte ich schon mal gesehen, Charlie hatte mir Abzüge gegeben, andere waren mir neu.

Da waren Fotos von ihr und Sloane aus ihrer Zeit als Models. Auf einigen war noch eine dritte Frau zu sehen – ebenfalls blond, aber kleiner als Kim und vielleicht auch ein bisschen älter. Offensichtlich eine der Modelfreundinnen, denn auf einem weiteren Foto standen sie eng umschlungen zu dritt nebeneinander – Kim, Sloane und die Unbekannte – die drei Amigas.

Ich notierte jeweils eine kurze Beschreibung und ein Datum, sofern ich auf der Rückseite eines fand.

Ihre Modelmappe lag ebenfalls in der Schublade.

Groß, dick und in schwarzes Leder gebunden. Sehr professionell. Ich blätterte die Fotos durch, die Kim in Badeanzügen, Tennisklamotten oder bequemer Freizeitkleidung zeigten. Eins im Bikini war auch schon das Gewagteste darunter. Das letzte war circa zwei Monate nach der Hochzeit mit Charlie Sprague entstanden.

Dann ging ich an die Kleiderschränke.

Ich bin sicher, dass ich während meiner Collegezeit in Wohnungen gelebt habe, die kleiner waren als Kims Schränke. Und auch weniger aufgeräumt. Die einzelnen Kleider waren zuerst nach ihrer Funktion, dann nach ihrer Farbe geordnet. Soziale Anlässe der High Society, von Schwarz bis Rot, über Grün und Blau, bis hin zu Weiß. Weniger förmliche Anlässe, dasselbe. Und so weiter und so weiter. Dann kamen die Blusen und Röcke. Andere Arten von Oberteilen, Jacken und Sachen, für die mir keine Bezeichnung einfiel.

Pullis lagen zusammengelegt im Regal.

Jeans ebenso.

Lange Hosen auf Bügeln.

Schuhe im Schuhregal.

Hüte in Schachteln.

Sehr viele große Hüte, vermutlich zum Schutz der Haut vor der heißen Sonne Floridas.

Ich suchte nach einem Zettel mit einer Telefonnummer oder einem Namen, einem Passwort für eine Bankkarte, einem Foto oder sonst etwas, das sie vielleicht vor Charlie hätte verstecken wollen.

Also ging ich die Jacken durch, die Jeans, die Schuhe und sogar die Hüte.

Nichts.

Nicht einmal eine Quittung oder ein Dollarschein, der nach der Wäsche noch in der Jeans steckte.

Alles hatte seinen Platz und befand sich auch genau dort.

Nur Kim nicht.

Ich ging ins Bad.

Um ehrlich zu sein, suchte ich Drogen.

Insbesondere verschreibungspflichtige Schmerztabletten, die neue amerikanische Epidemie. Hausfrauen aus der Vorstadt sind die neuen Junkies. Man hat schon so einiges gehört über Leute, die unter dem Einfluss von Oxycodon von der Bildfläche verschwanden, tausend Meilen entfernt wieder auftauchten und als Erklärung nicht mehr zu bieten hatten, als ein »Hä?«.

Aber ich fand nichts dergleichen, nur ein paar alte Antibiotika, die Kim mal wegen einer Nebenhöhlenentzündung verschrieben bekommen, aber trotz anderslautender ärztlicher Empfehlung offensichtlich nicht zu Ende genommen hatte. Außerdem die üblichen »Hygieneprodukte« für Frauen und ein bisschen Kosmetik.

Parfümflaschen, hauptsächlich Dolce & Gabbana, auf der Ablage am Waschbecken. Ich kam mir vor wie ein Bluthund, schnupperte an jeder und schrieb mir etwas dazu auf. Unser Geruchsgedächtnis ist mitunter am stärksten. Lange nachdem wir vergessen haben, wie etwas aussieht, erinnern wir uns noch an dessen Geruch. Ich trat in die Duschkabine – Steinfliesen, eine Bank, eine Düse vorne und hinten – und schrieb mir sämtliche Shampoos, Conditioner und Seifen auf.

Als ich wieder aus der Dusche trat, entdeckte ich etwas in den Fugen des Fliesenbodens.

Nicht viel, nur ein paar Spritzer.

Aber deutlich zu sehen.

Blut.

Ich ging in die Hocke, achtete darauf, weder den Blutfleck noch den Boden ringsum zu berühren.
Vielleicht befanden sich auf der Fliese noch unsichtbare Spuren.

Der Fleck war nicht alt – höchstens ein paar Stunden.

Und mir war schlecht.

Ich ging wieder runter.

Charlie saß dort, trank noch einen Scotch. Vielleicht war das sein Problem. Ich setzte mich ihm gegenüber und beugte mich vor. »Charlie, wenn du Kim etwas angetan hast, dann wird es Zeit, mir das zu sagen.«

»*Bist du jetzt vollkommen verrückt geworden?*«

»Ich habe Blutspuren auf dem Boden im Badezimmer gefunden«, sagte ich. »Willst du mir was darüber erzählen?«

»Da gibt's nichts zu erzählen«, sagte er. »Ich weiß nicht – vielleicht hatte sie Nasenbluten, oder sie hat sich beim Rasieren am Bein geschnitten. Das macht sie ständig, die Putzfrau beklagt sich wegen der Handtücher.«

Ich zeigte ihm deutlich, dass ich ihm das nicht abkaufte: »Du hast was getrunken. Ihr habt euch gestritten, du bist handgreiflich geworden. Dann ist dir eine Sicherung durchgebrannt. Vielleicht hast du sie geschlagen, vielleicht ist sie auch gefallen. Dann hat dich die Panik gepackt. Du hast sie irgendwohin gebracht, versucht, das Blut aufzuwischen, den Wagen im Einkaufszentrum abgestellt und bist mit dem Taxi zurück. Du kannst es nicht verheimlichen, Charlie, es wird alles rauskommen.«

»Ich könnte Kim nie etwas antun.«

»Jetzt ist die Zeit auszupacken«, sagte ich. »Denn schon bald wird es zu spät dafür sein. Sprich mit mir, lass mich dir helfen, solange ich kann.«

»Was heißt das, Deck? Willst du mir helfen, ihre Leiche verschwinden zu lassen, Spuren zu beseitigen?«

»Nein«, sagte ich. »Ich helfe dir, die bestmögliche Version der Geschichte zu präsentieren, sodass du zehn bis fünfzehn Jahre statt lebenslänglich bekommst.«

»Ich bin froh, dass du das gesagt hast«, meinte Charlie, »sonst hätte ich dich in hohem Bogen rausgeworfen. Niemals bin ich gegenüber Kim handgreiflich geworden.«

»Ich hoffe, das ist die Wahrheit.«

»Glaubst du denn, ich könnte diesem Mädchen weh tun?«, fragte Charlie. »Nachdem sie sich für mich entschieden hat? Trotz meines Gesichts? Weißt du, wie viele heimlich hinter vorgehaltener Hand geflüsterte Witze sie sich über *Die Schöne und das Biest* anhören musste? Oder *Scarface*? Trotzdem ist sie bei mir geblieben. Meinst du, ich würde ihr etwas antun?«

Ich wollte ihm glauben.

Du lieber Gott, ich wollte ihm wirklich glauben. »Charlie, schau mir in die Augen. Schwör mir im Gedenken an John Brewer, dass du nichts damit zu tun hast.«

Er sah mir in die Augen: »Ich schwöre.«

Das genügte mir.

»Ich rufe Delgado an«, sagte ich. »Und erzähl ihr davon.«

»Du lieber Gott, Deck, ich dachte, du bist mein Freund.«

»Das bin ich«, sagte ich. »Besser du zeigst es ihr, als dass sie's selbst findet. Wenn Kim in den nächsten Stunden nicht wieder da ist, werden sie dich durch die Mangel drehen, Charlie.«

Wird eine verheiratete Person ermordet – oder vermisst –, wird als Erstes der Partner unter die Lupe genommen. Auch das entspricht dem bewährten Ermittlerprinzip, dass zuerst in der Nähe zu suchen ist. Man stelle sich eine Reihe konzentrischer Kreise vor, das Zuhause des Opfers als Zentrum. Man fängt mit dem engsten Kreis an – den Menschen, die dem Opfer physisch und emotional am nächsten waren, schließt sie möglichst als Verdächtige aus und arbeitet sich dann weiter nach außen vor.

Das Traurige ist, dass man nur selten bis zum nächsten Kreis kommt.

Meistens war es tatsächlich der Ehepartner. Das kommt ständig vor, ein Mann meldet seine Frau als vermisst, um den Mord an ihr zu vertuschen.

Das gilt auch für Morde an Kindern, meistens ist es ein Elternteil, ein Stiefvater, eine Stiefmutter oder jemand, der im Haus lebt.

In der großen Mehrzahl der Fälle wurde die Tat zu Hause verübt.

Deshalb sehen sich die Cops zuerst dort um.

Manchmal sperrt sich der schuldige Ehepartner dagegen, sie hereinzulassen, und dann läuten bereits alle Alarmglocken. In diesem Fall wartet man so lange vor dem Haus, bis man den Durchsuchungsbefehl bekommt, den der zuständige Richter auf jeden Fall ausstellen wird.

Oder der schuldige Ehepartner lässt die Polizei freiwillig herein, weil er sich für schlauer hält, er hat den Tatort gründlich sauber gemacht und sich der Leiche entledigt. Vielleicht ist er tatsächlich schlauer, meistens aber nicht – denn mit der neuen Technologie können sogar Blutspuren sichergestellt werden, die für das menschliche Auge unsichtbar sind, auch das des Mörders.

Delgado würde also mit einem Team der Spurensicherung anrücken, und sie würde das Blut finden.

Das alles erklärte ich Charlie.

»Ruf sie an«, sagte er. »Sie braucht keinen Durchsuchungsbefehl.«

Ich telefonierte mit Delgado. »Kommen Sie besser mal her.«

Sie hörte schon am Tonfall des ehemaligen Kollegen, was ich meinte.

Ich legte auf und erläuterte Charlie, was als Nächstes passieren würde.

»Sie wird dich zur Vernehmung mitnehmen«, sagte ich. »Ruf deinen Anwalt an, er soll sich im Miami-Dade Police Department bereithalten.«

»Ich brauche keinen Anwalt«, sagte Charlie. »Ich habe nichts zu verbergen.«

»Im Gefängnis sitzen Unschuldige, die genau dasselbe gesagt haben.«

»Ich will, dass die Polizei alles weiß«, sagte Charlie. »Je mehr sie weiß, desto schneller kann Kim gefunden werden, oder?«

»Charlie ...«

»Kein Anwalt.«

Den Tonfall kannte ich.

Aus dem Irak.

Er bedeutete: kein Anwalt.

Delgado betrachtete das Blut. »Haben Sie an meinem Tatort herummanipuliert, Decker?«, fragte sie.

»Sie wissen doch noch gar nicht, ob's einer ist.«

»Aber auch nicht, dass es keiner ist.«

Ihre Nasenflügel blähten sich, als sie in die Luft schnupperte. Ich wusste, was das sollte – sie wollte feststellen, ob es nach Reinigungsmitteln roch.

»Die beiden haben eine Putzfrau«, sagte ich.

»Ach was?« Sie sah sich im Badezimmer um. »Ich dachte, Sprague ist Ihr Freund.«

»Das ist er auch«, sagte ich. »Deshalb möchte ich, dass Sie ihn so schnell wie möglich ausschließen.«

»Ich muss ihn mitnehmen.«

»Er kommt freiwillig mit.«

»Anwalt sind Sie also auch noch«, meinte Delgado.

»Kein Grund, ausfallend zu werden.«

Sie grinste. Das heißt, es war weniger ein Grinsen als ein Öffnen der Lippen, das man optimistisch als ein solches hätte deuten können. »Glauben Sie bloß nicht, dass Sie bei der Vernehmung dabei sein dürfen.«

»Hab ich nicht geglaubt.«

»Hat Sprague seinen Anwalt verständigt?«

»Er will keinen.«

Delgado guckte erstaunt. Dann sagte sie: »Er wird seine Meinung ändern.«

Die Einstellung kannte ich von mir selbst. Ein gewisser Stolz darauf, anderen Geständnisse entlocken zu können. Ich war ganz gut darin gewesen. Aber es gab ein Problem – wenn sie die Sache jetzt vornehmlich als möglichen Mord behandelte, würde sie den Vermisstenfall aus dem Blick verlieren. Und es ist ein Riesenunterschied, ob man nach einer Leiche oder einer lebendigen Person sucht. Ressourcen und Zeit sind begrenzt, vor allem Letztere war nicht auf unserer Seite.

Ich sagte: »Das ging aber schnell, vorhin haben Sie noch behauptet, die kleine Prinzessin würde spätestens am Morgen wieder auftauchen, und jetzt wollen Sie ihrem Ehemann ein Mordgeständnis abzwingen.«

»Vielleicht habe ich mich ja geirrt.« Sie überschlug, was sie bislang gefunden hatte. »Wir haben das Einkaufszentrum und die Umgebung abgesucht und keine Spur von Mrs. Sprague gefunden. Die Überwachungskameras im Parkhaus decken den Platz, auf dem sie geparkt hat, nicht ab, und sie taucht auch auf den anderen im Einkaufszentrum nicht auf, weder beim Reinkommen noch Rausgehen. Die Suche im Umkreis ist ebenso ergebnislos geblieben – kein Kellner und kein Barmann erinnert sich, sie gesehen zu haben. Wir überprüfen noch die ortsansässigen Taxiunternehmen, lassen uns die Namen aller Fahrer geben, die zum Zeitpunkt ihres Verschwindens Dienst hatten. Aber ich glaube nicht, dass sie überhaupt je im Einkaufszentrum angekommen ist. Ich glaube, sie hat das Haus gar nicht verlassen. Jedenfalls nicht lebendig.«

»Haben Sie schon mit dem Pförtner vorne am Tor gesprochen?«, fragte ich.

Sie sah mich an wie einen minderbemittelten Idioten. »Natürlich. Er hat den Wagen zu der von Sprague angegebenen Zeit herausfahren sehen.«

Ich zuckte mit den Schultern.

»Getönte Scheiben«, sagte sie. »Kann jeder gewesen sein.«

»Er hat sie nicht umgebracht«, sagte ich.

»Woher wollen Sie das wissen?«

»Weil er's mir gesagt hat«, erklärte ich, wissend, wie dämlich das klang.

Delgado war derselben Ansicht. »Heiliges Indianerehrenwort, oder wie?«

Ich erzählte ihr nichts von den Frauen im Irak, die er gerettet hatte. Dass er sein eigenes Leben aufs Spiel gesetzt hatte, indem er nicht schoss, weil sonst vielleicht ein weibliches BMO – »Black Moving Object« – hätte getroffen werden können. Ich erzählte ihr nichts von seinem Mut und seinen Führungsqualitäten. Oder von dem Tag, an dem ich bewusstlos in einem Schützenpanzerwagen lag und verbrannt wäre, hätte Charlie sich nicht durch die Flammen gekämpft und mich herausgezogen. Oder über die Monate, die wir zusammen auf der Station für Verbrennungsopfer gelegen hatten. Oder warum Charlie Sprague lieber Witze darüber riss, dass er besser nicht noch mehr Brandbeschleuniger auf den Grill hätte kippen sollen, anstatt von seinen Orden und Auszeichnungen zu sprechen, einem Purple Heart und dem Navy Cross.

Oder warum ich es nicht zulassen wollte, dass sie Charlie schon im Vorfeld als Mörder verurteilte und die Suche nach seiner vermissten Frau aufgab.

Ich sagte: »Vergessen Sie nicht, dass Sie immer noch in einem Vermisstenfall ermitteln.«

»Wir arbeiten dran«, sagte Delgado. »Die Spurensicherung wird eine DNA-Probe aus ihren persönlichen Dingen gewinnen. Und vielleicht ist Ihnen auch aufgefallen, dass ich ein Team von Technikern mitgebracht habe, die die Telefone anzapfen und Anrufe mithören und zurückverfolgen werden, sollte sich herausstellen, dass es sich doch um eine Entführung handelt.«

»Ich hab's gesehen. Danke schön.«

»Nicht der Rede wert.« Delgado wollte losgehen, hielt aber doch noch einmal inne, als würde sie über etwas nachdenken. Dann drehte sie sich um und sagte: »Ich hab mir Ihre alte Personalakte angesehen, Decker. Ziemlich beeindruckend.«

»Nicht wirklich.«

»Sie haben gekündigt, um ein vermisstes Mädchen zu suchen, und sie tatsächlich gefunden.«

»Ich hatte Glück.«

»Ach«, sagte Delgado. »Mit Glück allein schafft man nicht, was Sie geschafft haben. Sprague kann selbst auf die Wache fahren. Oder Sie fahren ihn.«

»Ich fahre ihn«, sagte ich.

Sie sah mich erneut von oben bis unten an. »Ich werde nicht so richtig schlau aus Ihnen, Decker. Vielleicht sind Sie ein Held, vielleicht aber auch bloß einer, der vom Polizeidienst die Schnauze voll hatte.«

Das konnte ich verstehen.

Ich wurde selbst nicht schlau aus mir.

Komisches Gefühl, sich als Privatperson wieder in einer Polizeiwache aufzuhalten. Ich fühlte mich fehl am Platze, wusste nicht, wohin ich mich setzen sollte, was ich mit meinen Händen machen sollte. Delgado ließ mich draußen im Wartebereich sitzen und nahm Charlie mit ins Vernehmungszimmer.

Drei Stunden lang kam er nicht mehr heraus.

Sie habe ihn wirklich in die Mangel genommen, sagte er, als wir wieder zu ihm nach Hause fuhren. Ihn über seine Ehe ausgefragt. Ob es Streit gegeben habe, Affären? Häusliche Gewalt? War ihm mal die Hand ausgerutscht? Hatte sie ihn schon mal geschlagen? Nein, nein, nein und nein, hatte Charlie geantwortet. Dann hatte sie mit den Finanzen angefangen. Ob es Geldprobleme gegeben habe? Stand vielleicht eine Scheidung an? Hatten sie einen Ehevertrag?

Nein, nein und nochmals nein.

Sie ging mit ihm sämtliche Abläufe des Abends durch. Was hatte er gemacht? War er weg gewesen, bevor er Kim suchen gefahren war?

Er war zu Hause gewesen, hatte die übrig gebliebenen Reste eines Grillhähnchens am Schreibtisch gegessen, sich um Geschäftliches gekümmert und dann Basketball im Fernsehen gesehen, Florida gegen Louisville.

Dasselbe hatte er mir auch erzählt.

Ob ihn jemand gesehen habe, fragte Delgado. Die Haushälterin, die Köchin? Weder die Haushälterin noch die Köchin wohnten im Haus, erklärte er ihr, beide waren längst nach Hause gegangen.

Hatte er telefoniert, hatte er Anrufe erhalten, E-Mails oder SMS-Nachrichten verschickt?

Angerufen hatte er nur Kim. Charlie gab Delgado sein Handy, damit sie sich davon überzeugen konnte.

Konnte jemand sein Alibi bestätigen?

»Alibi?«, sagte Charlie, als er mir davon erzählte. »Brauch ich jetzt schon ein gottverfluchtes Alibi?«

»Sie muss dich von der Liste der Verdächtigen streichen.«

»Und währenddessen ist Kim irgendwo da draußen und braucht Hilfe.« Ich konnte die Angst in seiner Stimme hören.

Delgado hatte ihm die üblichen Fragen gestellt, aber ebenso interessant fand ich, was sie nicht von ihm hatte wissen wollen. Inzwischen musste sie den Bericht der Spurensicherung bezüglich der Blutspritzer im Badezimmer erhalten haben, und wären weitere Spuren gefunden worden, hätte sie tiefer gebohrt, ihn genauso bedrängt, wie ich – *ich kann verstehen, wie's dazu kam, vielleicht habt ihr euch gestritten, die Sache ist eskaliert ...*

So wie man einen Verdächtigen an die Hand nimmt und, als wäre er ein guter Freund, ganz ruhig in eine Zelle führt, wo er den Rest seines Lebens verbringt.

Aber Delgado hatte darauf verzichtet, das heißt, dass sie außer denen, die ich auf dem Boden entdeckt hatte, keine weiteren Blutspuren gefunden hatte, und die vorhandenen reichten kaum, um von einem Gewaltverbrechen auszugehen. Vielleicht hatte Kim sich wirklich geschnitten, als sie sich die Beine rasierte, oder sich am Zeh gestoßen, alles Mögliche kam in Frage.

Delgados Leute hatten auch Charlies Jacht unten an der Anlegestelle gefilzt. Die Theorie war gut, Sprague hatte seine Frau getötet, ihre Leiche aufs Boot geschafft, war mit ihr rausgefahren und hatte sie auf offener See verklappt. Aber auch danach hatte sie nicht gefragt, also hatten sie entweder nichts gefunden, oder sie spielte Katz und Maus mit ihm, bis sie mehr in der Hand hatte.

Delgado hielt sich zurück.

Aber sie würde nicht lange so zurückhaltend bleiben, und das erklärte ich Charlie. Sie würde mit Kims Freundinnen, seinen Freunden und ihren gemeinsamen Bekannten sprechen, seine Finanzen unter die Lupe nehmen, seine Geschäftsfreunde und Partner.

»Falls du also schmutzige Wäsche rumliegen hast«, sagte ich, »dann geh lieber und wasch sie.«

Ich versuchte, ihm klarzumachen, dass das gute Neuigkeiten waren und sie ihn offensichtlich nicht auf einen Mord festnageln konnte, was bedeutete, dass sie sich jetzt wieder auf die Suche nach Kim konzentrieren würde.

Ich rechnete nach.

Zwölf Stunden waren vergangen, seit Kim zum letzten Mal gesehen worden war. Mit jeder verstreichenden Minute sinken die Chancen, jemanden lebendig zu finden. Nach achtundvierzig Stunden gehen sie praktisch gen null.

Nachdem die Medien darüber berichtet hatten, dass ich Hayley gefunden hatte, wurde ich mit Post überschwemmt. Die Briefe waren herzzerreißend – sie stammten von verzweifelten Menschen, deren geliebte Angehörige einen Monat, sechs Monate, ein Jahr oder sechs Jahre lang vermisst wurden. Und sie baten mich, die Vermissten zu suchen.

Ich beantwortete jeden einzelnen, aber die Antwort war immer dieselbe. Das Schlimmste, was man machen kann, ist, jemandem falsche Hoffnung zu geben, und in diesen Fällen ist Hoffnung grundsätzlich falsch. Es gibt Ausnahmen, aber sie sind selten. Und ohne das Geld und die Ressourcen für eine richtige Suche sind Ermittlungen praktisch aussichtslos.

Ich habe es gehasst, aber diesen Menschen eine Abfuhr zu erteilen, war das Freundlichste, was ich tun konnte.

Für Kim hatte ich zu diesem Zeitpunkt nur deshalb noch Hoffnung, weil die Möglichkeit bestand, dass sie davongelaufen war – und nicht gefunden werden wollte.

Ich musste Charlie vorwarnen und ihm erklären, was passieren würde. »Die Suche wird ausgeweitet. Miami-Dade wird die Bundesbehörden einschalten und die umliegenden Verwaltungsbezirke, Straßen und Highways mit einbeziehen. Ich muss dich warnen, Charlie, man wird nach einer Leiche suchen. Die Wasserwege werden abgesucht, die Seen ... hier in der Nähe gibt es doch ein Naturschutzgebiet, oder?«

»Matheson. Gleich hier südlich.«

»Dort werden sie suchen. Man wird Freiwillige um Hilfe bitten, wenn dir das recht ist.«

»Natürlich.«

»Das andere sind die Medien. Delgado hat es bislang ganz gut hinbekommen, den Deckel drauf zu halten, aber früher oder später wird etwas nach draußen dringen. Und dann stürzen sie sich auf dich, Charlie. Hier wird's zugehen wie im Zirkus – Ü-Wagen, Kameras, Reporter ...«

Spätestens am Morgen würde es hier rundgehen.

Die meisten hatten inzwischen Wind vom Verschwinden der gesellschaftlich umtriebigen und mit einem Immobilienmilliardär verheirateten Schönheitskönigin bekommen und alle würden antanzen: die Zirkusdirektoren, die Elefanten, die Affen, die Clowns, die Freaks und die bärtigen Damen.

»Aber das ist doch gut, oder?«, fragte Charlie. »Publicity?«

Ein zweischneidiges Schwert, erklärte ich ihm. Das sind die Medien immer. Einerseits können sie helfen, Millionen Menschen zu erreichen, unter denen sich vielleicht einer befindet, der die vermisste Person gesehen oder einen Hinweis hat. Andererseits ruft Publicity auch immer alle möglichen Verrückten auf den Plan, und man wird von falschen Hinweisen überflutet.

Sicher wusste ich nur, dass wir ihnen zuvorkommen und echte Informationen aus erster Hand bieten mussten, wenn wir verhindern wollten, dass sie eigene Nachforschungen anstellten, was nur die Gerüchteküche ankurbeln und Spekulationen und Informationen in die Öffentlichkeit tragen würde, die man dort nicht haben wollte.

»Miami-Dade wird einen Kollegen für die Öffentlichkeitsarbeit abstellen«, sagte ich. »Jemand, der herkommt und dir im Umgang mit den Medien hilft.«

»Warum brauche ich dabei Hilfe?«

»Damit du weißt, welche Informationen du rausgeben darfst und welche nicht«, sagte ich. »Wir müssen zum Beispiel einige in der Hinterhand behalten.«

»Wozu?«

»Wir brauchen ein oder zwei entscheidende Informationen, die nur ein echter Zeuge haben kann, um die Verrückten auszusieben, die nur Aufmerksamkeit wollen.«

Und die falschen Geständnisse, dachte ich, sagte aber nichts.

In den nächsten Tagen würden mindestens ein Dutzend Männer gestehen, Kim Sprague entführt zu haben. Wir mussten Informationen für uns behalten, die sie nicht aus dem Fernsehen oder den Zeitungen haben konnten.

»Bist du bereit, vor die Presse zu treten?«, fragte ich.

»Wenn du meinst, dass ich das machen sollte.«

Wieder war ich hin- und hergerissen. Einerseits kann es einem psychotischen Arschloch, das jemanden ermordet oder entführt hat, eine kranke Befriedigung verschaffen, die verzweifelten Angehörigen seines Opfers auf einer Pressekonferenz zu sehen. Andererseits aber motiviert ein persönlicher Aufruf potenzielle Zeugen und Freiwillige. »Ich denke schon.«

»Was ist mit einer Belohnung?«, fragte Charlie.

»Tu's nicht.«

»Warum nicht?«

»Weil wir dann tagelang ... wochenlang von allen möglichen Geisteskranken überrannt werden. Ein Fall wie dieser ruft sowieso schon sämtliche Gestörte auf den Plan. Stellst du ihnen außerdem noch Geld in Aussicht, bekommst du's auch noch mit Betrügern zu tun. In South Florida weiß jeder, dass du gut betucht bist, und bis morgen Nachmittag wird es sich auch im Rest der Welt herumgesprochen haben. Wenn du eine Belohnung anbietest, machst du's nur schlimmer.«

Charlie wollte widersprechen. »Und wenn jemand sie in seiner Gewalt hat? Mit einer Million kann man eine Menge Wahrheit kaufen.«

»Aber auch viele Lügen.«

»Ich will nur Kim zurück.«

»Charlie«, sagte ich, »du musst dich auf eine Achterbahnfahrt gefasst machen. Es wird Höhen und Tiefen geben, neue Hoffnung und Verzweiflung, Spuren, die in eine Richtung weisen, und Spuren ins Nirgendwo. Es wird behauptet werden, Kim sei lebendig und in Sicherheit, und man wird dir erzählen, ihre Leiche sei gefunden worden, und nichts von allem wird stimmen. Vor dir liegt ein langer Weg, mein Freund, mit ungewissem Ausgang.«

»Gehst du ihn mit mir, Deck?«

Ich nickte. »Wir überlassen der Polizei das, wofür sie zuständig ist. Delgado ist gut, sogar gründlich, und es macht wenig Sinn, dass ich die Straßen von Florida absuche.«

»Was wirst du unternehmen?«

»Stell dir vor, du willst einen ganz bestimmten Fisch im Ozean fangen«, sagte ich. »Die Cops werfen ein riesiges Netz aus, sehen sich an, was sich drin verfängt. Ich dagegen bin der Taucher mit der Harpune. Ich erscheine gar nicht auf der Bildfläche, ich bin unsichtbar, folge den Hinweisen, denen die Polizei nicht folgen kann oder will, einem nach dem anderen, bis mich eine Spur zu Kim führt.«

Wenn die Polizei sie nicht innerhalb eines Monats fand, würde die Suche zwar nicht aufgegeben, aber der Fall unter »ungeklärt« abgelegt. Das war verständlich – sie bekamen täglich neue Fälle und waren so schon völlig überlastet.

Ich nicht.

Ich hatte nur eins vor: Kim Sprague finden.

Und ich würde dranbleiben.

So lange es dauerte.

Denn jetzt hatte ich zwei gute Gründe.

Kim nach Hause bringen. Und meinen Freund vom Verdacht des Mordes befreien.

Ich sah mir das Spektakel im Fernseher meines Hotelzimmers an.

Da ich nicht bei Charlie zu Hause sein wollte, wenn es losging, hatte ich eine Kiste voll Unterlagen und Fotos mitgenommen und war damit zurück ins Marriott gefahren, hatte geduscht, mich zwei Stunden aufs Ohr gelegt und mich anschließend an die Arbeit gemacht.

Im Zimmer stand eine Kaffeemaschine, ich kochte mir also eine Tasse, setzte mich an den Computer und loggte mich mit einem Code, den ich während der Ermittlungen im Fall Hayley Hansen vom FBI bekommen hatte, in die Datenbank des NCIC ein.

Delgado hatte ihren Vermisstenbericht bereits abgegeben.

Wenn sie es richtig gemacht hatte, dann war der Meldebericht von sechsunddreißig Seiten eine Goldmine an Informationen.

Als Erstes fiel mir auf, dass Delgado Kim tatsächlich als »EME« eingestuft hatte – als gefährdet.

Gut, Delgado. Danke.

Weiterhin waren Kims Name, Geburtsort und -datum aufgeführt, außerdem ihr Geschlecht und ihre Hautfarbe. Größe eins achtundsechzig, Gewicht 55 Kilogramm, blaue Augen, blonde Haare, hellhäutig. Von Kim waren nie Fingerabdrücke genommen worden. Ihre Sozialversicherungsnummer war angegeben, ebenso die Führerscheinnummer mit Angabe des ausstellenden Staates und dem Ablaufdatum. Keins der Kästchen unter »Gefährlichkeit und Gesundheitszustand« war angekreuzt – »gefährlich und bewaffnet, gewaltbereit, kampfkunsterfahren, drogenabhängig, alkoholabhängig, Allergien ...«

Blutgruppe B negativ.

Das Kästchen unter DNA-Profil war angekreuzt, das heißt, ich würde im Center for Human Identification der University of North Texas eine Analyse finden.

Weiterhin waren Charlies Name, seine Anschrift, Telefonnummern und das Verwandtschaftsverhältnis zu der Vermissten aufgeführt.

Unter »Nahestehende Freunde/Verwandte« war »Sloane Peyton« angegeben.

Unter der Überschrift »Von der vermissten Person regelmäßig aufgesuchte Orte« fanden sich ein nahe gelegenes Fitnessstudio, ein paar Restaurants und das Merrick Park Village.

Im nächsten Abschnitt ging es um medizinische Informationen, unter anderem war der Name von Kims Hausarzt mit dessen Kontaktinformationen angegeben, ebenso die von ihrem Zahnarzt.

Darauf folgte eine Checkliste künstlicher Körperteile (sie hatte keine), Deformationen (dito), Knochenbrüche (keine) und Muttermale, wovon Kim eines auf der rechten Wange, ein weiteres auf der linken Schulter und ein drittes im Kreuz hatte.

Außerdem hatte sie anscheinend eine Narbe unter dem Kinn und eine weitere am rechten Bein.

Keine Hautverfärbungen.

Keine Tätowierungen, keine »entfernten Tätowierungen«.

Unter »Verhaltensauffälligkeiten« (in der Vergangenheit und aktuell), worunter Autismus, Depressionen, Schizophrenie oder suizidale Neigungen zu verstehen waren, war ebenfalls nichts angekreuzt. Auch unter »eingenommene Medikamente« fand sich kein Kreuzchen, nicht bei Antidepressiva und auch nicht bei Beruhigungsmitteln.

Der nächste Abschnitt war mit »Schmucktypus« überschrieben.

Hier fanden sich zahlreiche Angaben.

Kim trug eine *Heure du Diamant*-Uhr von Chopard, auf deren Ziffernblatt jeweils ein Diamant die einzelnen Stunden markierte, umringt von weiteren kreisförmig gesetzten Diamanten. Einen sechskarätigen Verlobungsring von Robert Pelliccia mit Diamanten im Smaragdschliff, der hier auf 137 000 Dollar geschätzt wurde. Einen goldenen Ehering. Eine Halskette von Van Cleef und dazu passende Ohrringe.

Ich wusste, dass Delgado längst Leute zu den Pfandleihern und Edelhehlern geschickt hatte, um sich zu vergewissern, ob etwas davon dort aufgetaucht war.

Als Nächstes kam »Sonstiges« – Spitznamen (»Kim«), Beschreibung der Kleidung, der Schuhe, mögliche Zielorte, hatte sie geraucht (nein), die Fingernägel lackiert, Bargeld mitgeführt?

Letzteres war wichtig für mich.

Kim hatte keine ihrer Kreditkarten benutzt und auch nirgendwo Geld abgehoben. Wenn sie sich aus dem Staub gemacht hatte, war es ganz entscheidend zu wissen, dass Charlie vermutete, sie habe circa zweihundert Dollar dabeigehabt.

Auf jeden Fall hatte sie ungefähr eine halbe Million in Form von Schmuck am Körper, und wenn sie wusste, wo sie ihn loswurde, konnte sie lange von dem Geld leben.

Außerdem wurde in diesem Abschnitt darauf hingewiesen, dass Kim Linkshänderin war.

Darauf folgten schematische Zeichnungen einer Frau – von vorne und von beiden Seiten im Profil –, in die die oben bereits aufgeführten Muttermale und Narben eingezeichnet waren.

Auf einer anderen Seite befand sich eine Kopie von Kims Unterschrift, ein Kästchen, in das ein Passfoto eingeklebt werden konnte, das es aber nicht gab, stattdessen waren die maximal erlaubten zehn Fotos beigefügt. Eines war das Bild, das Sprague mir gezeigt hatte, die anderen waren offensichtlich bei verschiedenen Veranstaltungen entstanden, und eines war ein sehr rührendes Foto, das Charlie und sie mit ihren Weihnachtskarten verschickt hatten.

Der restliche Bericht widmete sich zahnärztlichen Angaben. Was sehr düster stimmt, denn diese braucht man eigentlich erst, wenn es um die Identifizierung einer Leiche geht. Nur an einem ansonsten völlig zerfallenen Skelett hofft man auf einen halbwegs intakten Ober- oder Unterkieferknochen.

An so etwas dachte ich jetzt noch nicht, war aber trotzdem froh, die Informationen in der Hand zu haben.

Nachdem ich die Meldung gelesen und mir ein paar Notizen gemacht hatte, besuchte ich die Website des Center for Human Identification und stellte fest, dass Delgado Kims DNA-Daten dort eingetragen hatte. Ein weiterer Check ergab, dass sie sie außerdem auch schon in die Datenbank des National DNA Index System (NDIS) gespeist hatte.

Darüber hinaus hatte sie einen Bericht an das ViCap weitergeleitet, dem Violent Criminal Apprehension Program des FBI, wo serienmäßig verübte Gewaltstraftaten analysiert wurden, was den Beamten der Bundespolizei erlaubte, die Eckdaten von Kims Verschwinden mit ähnlichen Fällen abzugleichen.

Delgado hatte ihren Job gründlich und kompetent erledigt.

Jetzt war ich an der Reihe.

Jeder Ermittler hat seine eigene Methode. Natürlich gibt es auch so etwas wie ein Lehrbuch, das einem im Prinzip vorschreibt, wie man vorzugehen hat, aber es lässt sehr viel Spielraum, und hauptsächlich geht es um Fragen der Priorität, weniger darum, *was* zu tun ist, als in *welcher Reihenfolge*.

In den meisten Vermisstenfällen fangen die Ermittler dort an, wo die Person zuletzt gesehen wurde. Ein vernünftiger Ansatz, aber nicht meiner. Ich gehe gerne so weit wie möglich im Leben des oder der Betreffenden zurück, denn egal um welche Art von Fall es sich handelt – eine vermisste Person, einen Raubüberfall, einen Mord –, ich glaube an Chronologie.

Dass eins aufs andere folgt.

Jedem Ereignis ist etwas vorausgegangen, und was das war, erfährt man erst, wenn man sämtliche Abläufe in Folge betrachtet.

Ich begann also damit, die Informationen, die mir Charlie gegeben hatte, in die richtige chronologische Reihenfolge zu setzen.

Angefangen bei Kims Eltern.

Charlie hatte erwähnt, dass Kims Vater im diplomatischen Dienst tätig und während ihrer Kindheit häufig abwesend war. Ihre Mutter war Bibliothekarin und hatte zu Hause die Stellung gehalten.

Ich griff in die Kiste und fand ein sehr steifes Studioporträt von John und Elaine Woodley vor einem grauen Hintergrund, wie sie im 45°-Winkel an der Kamera vorbeischauten. John sah im klassischen Sinne gut aus, silbergraues Haar, blaue Augen, eine Patriziernase und ein Kinn, das man nicht anders als kantig beschreiben konnte.

Er hätte Senator sein können.

Elaine war ebenfalls hübsch, würdevoll, aschblondes Haar. Sie hätten für die Titelseite des WASP Monthly posieren können, hätte es eine solche Zeitschrift gegeben.

Ich nahm die verschiedenen Fotos, die Kim als Kind zeigten, und arrangierte sie in chronologischer Reihenfolge. Kim war mir dabei sehr behilflich, denn sie hatte das Datum jeweils sauber in der rechten oberen Ecke auf der Rückseite notiert.

Ich hatte also schon bald einen Stapel mit Fotos von Kim an verschiedenen Orten, als Schülerin im Ausland und den verschiedenen »amerikanischen Schulen« dort. Dann kamen die Fotos von Kim an der University of Florida. Ich hätte vermutet, dass sie einer Studentinnenvereinigung beigetreten war, aber davon war nichts zu sehen.

Außerdem jede Menge Fotos und Auszeichnungen bei Schönheitswettbewerben, an denen Kim teilgenommen hatte. Anscheinend hatte sie die meisten auch gewonnen.

Von Kims Wahl zur Miss Florida gab es sogar eine DVD, ich legte sie in meinen Laptop ein und spulte vor. Sie spielte ein Stück von Chopin am Klavier, und soweit ich das beurteilen konnte, spielte sie es sehr gut. Ich fand es wunderschön und einige Menschen im Publikum offensichtlich auch, andere dagegen wirkten eher gelangweilt.

Vielleicht war es das falsche Stück.

Melancholisch, romantisch, ein bisschen schwermütig.

Ein Foto von einer vermissten oder verstorbenen Person zu betrachten, ist das eine, sie »lebendig« zu sehen – wie sie sich bewegt, atmet, mit der Welt interagiert –, ist etwas ganz anderes. Irgendwie unheimlich, aber auch sehr aufschlussreich, und Kims Klavierspiel verriet mir, dass sie Tiefgang, Feingefühl und Intelligenz besaß.

Während sie spielte, vergaß sie sich in der Musik. Sie befand sich in ihrer eigenen Welt, und der künstliche »Glamour« der Miss-Wahl war wie weggezaubert. Da waren nur Kim und ihre Seele.

Und noch etwas.

Eine gewisse Traurigkeit.

Die Laura auch schon bei der Hochzeit an ihr aufgefallen war.

Sehr dezent, aber spürbar.

Ich fragte mich, woher sie rührte. Am tödlichen Autounfall ihrer Eltern konnte es nicht gelegen haben, denn der sollte sich erst einige Wochen später ereignen.

Aber da war etwas.

Als Nächstes kramte ich tatsächlich eine schwarzumrandete Trauerkarte für die Woodleys hervor.

Dann Kims Collegeabschluss, sie hatte ihren Bachelor in bildender Kunst gemacht und eine Lehrbefugnis für den Grundschulunterricht erworben. Ein Abschlussfoto fehlte allerdings.

Dann betrachtete ich die Modelfotos, von denen ich einige auch schon in ihrer Mappe gesehen hatte. Außerdem das Foto von ihrer ersten Begegnung mit Charlie auf der Bootsmesse.

Letzterer ist sichtlich hin und weg, Kim macht ihren Job, wirkt dabei vielleicht ein bisschen verlegen in ihrem knappen, gelben Bikini.

Auch die Heiratsurkunde und eine Einladung zur Hochzeit fand ich.

Und ein Bild von Kim und mir, wie ich sie zum Altar führe.

Dann noch eins von mir, auf dem ich als Charlies Trauzeuge neben ihm stehe, außerdem ein Gruppenfoto von allen Trauzeugen des Bräutigams, alle vier aus unserer Einheit im Irak.

Eine Kopie von Kims Führerschein.

Verschiedene Fotos von Kim und Charlie, und auch diese hatte Kim wieder sauber oben rechts auf der Rückseite beschriftet.

Eine ordentliche Frau – sogar in ihren Erinnerungen.

Jetzt, da alles in chronologischer Reihenfolge vor mir lag, wollte ich herausfinden, ob mir die Bilder und Urkunden etwas erzählten – verbarg sich eine Geschichte darin?

Kim Woodley ist als einziges Kind einer gebildeten Familie der oberen Mittelschicht aufgewachsen. Sie ist ein typisches amerikanisches Mädchen – Cheerleaderin und Schönheitskönigin.

Ihre geliebten Eltern verunglücken.

Obwohl sie einen Abschluss in Musik und eine Ausbildung zur Grundschullehrerin hat, beschließt sie zu modeln und macht das sehr gut, bis sie einen Multimillionär kennenlernt und heiratet.

Allem Anschein nach leben sie sechs Jahre lang glücklich zusammen, mit der einzigen Einschränkung, dass sie keine Kinder bekommen kann.

Zwei Wochen vor Weihnachten geht Kim Sprague shoppen und verschwindet.

Ich stand auf und schaltete den Fernseher ein.

Die Show war bereits in Gang. Ü-Wagen, Kameraleute und Reporter lungerten draußen vor Charlies Haus herum.

Ich drehte lauter.

»... *des milliardenschweren Immobilienunternehmers*

Charles Sprague, die am Dienstagabend verschwunden ist ...«

Und schaltete um.

»... spurlos aus Merrick Park Village. Die Polizei appelliert an die Öffentlichkeit und bittet um sachdienliche Hinweise, bislang gibt es keinerlei Spur, die ...«

Ich schaltete erneut um.

»... bleibt die Frage, wo ist Kimberley Sprague? Ein Sprecher der Behörden in Miami-Dade hat eine Pressekonferenz angekündigt, die jeden Augenblick beginnen müsste, vielleicht gibt es dort ein paar Antworten, Ted ...«

Ich machte mir noch einen Becher Kaffee und setzte mich vor den Fernseher. Ein paar Minuten später trat Charlie mit Delgado und einer anderen Frau, von der ich annahm, dass sie für die Öffentlichkeitsarbeit zuständig war, vor die Haustür.

Die Kameras blitzten wie Maschinenpistolen. Ich muss zugeben, dass die Fassade von Charlies Haus einen imposanten Hintergrund lieferte. Er trug jetzt einen grauen Anzug mit einem weißen Hemd und einer blauen Krawatte, wirkte müde, aber gefasst.

Die PR-Verantwortliche, eine gewisse Sergeant Bustamante, begann mit einer kurzen Zusammenfassung der Geschehnisse im Zusammenhang mit Kims Verschwinden und stellte Delgado als zuständige Kommissarin vor.

Delgado gab Kims Beschreibung durch und auch, was sie an dem Abend getragen hatte, die Uhr von Chopard ließ sie allerdings unerwähnt, sie war es also, die sie in der Hinterhand behielt. Auch die Narbe an Kims rechtem Bein erwähnte sie nicht. Delgado fuhr fort, indem sie um die Mithilfe der Öffentlichkeit bat und eine eigens für Hinweise eingerichtete Telefonnummer angab.

Dann stellte sie Charlie vor.

Er trat ans Mikrophon und sah direkt in die Kamera.

»Kim«, sagte er. »Ich liebe dich und vermisse dich. Wenn du das hier siehst oder hörst, bitte ruf an oder melde dich. Sollte Kim entführt worden sein oder festgehalten werden, so bitte ich denjenigen, der das getan hat, das einzig Richtige zu tun, Menschlichkeit zu beweisen und sie freizulassen. Ich will nur meine Frau wiederhaben. Wenn Sie irgendetwas darüber wissen oder Kim gesehen haben, bitte, bitte rufen Sie an unter der Nummer, die Sergeant Delgado gerade durchgegeben hat.«

Sehr gut gemacht.

Bustamante gab den Startschuss für Fragen.

Und in dem Moment ging es los.

Die Geier stürzten sich darauf.

Delgado war der Appetizer.

Was unternahm Miami-Dade? Wie konnte eine Frau im Merrick Park Village einfach spurlos verschwinden? Sind die Straßen von Coral Gables überhaupt noch sicher? Und in wie vielen Vermisstenfällen hat Delgado schon ermittelt? Hält sie sich für kompetent, solche Ermittlungen zu leiten? Wurde das FBI hinzugezogen?

Delgado war gut. Sie antwortete direkt und ohne sich irritieren zu lassen.

Unbefriedigt stürzten sie sich anschließend auf Charlie.

Zunächst ging es mit ganz leichten Geschützen los, aber ich wusste, dass die schweren bereits anrollten. Wie lange waren Kim und er verheiratet? Ging sie häufig im Merrick Park Village einkaufen? Hatten sie Kinder? Wollte Charlie eine Website einrichten? Eine Organisation gründen?

Charlie schlug sich nicht schlecht.

Sechs Jahre. Ja, durchaus. Noch keine Kinder, nein. Die

Polizei habe ihm erklärt, es sei noch zu früh für eine Website und ihm davon abgeraten.

Dann flog der erste Stein.

Ich wusste, er würde von keinem Fernsehreporter kommen, der schließlich vor seinen Zuschauern nicht wie ein Arschloch dastehen wollte, sondern von einem Printreporter, der mit dem Fernsehen und dem Internet konkurrierte und nichts zu verlieren hatte.

»Gab es Probleme in Ihrer Ehe, Mr. Sprague?«

Charlie wirkte erstaunt. »Nein. Wir hatten keine Probleme.«

»Ist Ihnen bekannt, ob Mrs. Sprague eine Affäre hatte?«

Dieselben Fragen, die Delgado und ich ihm bereits gestellt hatten, nur mit dem Unterschied, dass wir ihn nur deshalb löcherten, weil wir Kim finden wollten, und es diesen Schwanzlutschern einzig darum ging, die Auflage zu steigern. Böse funkelte Charlie den Reporter an und sagte: »Im Namen meiner Frau weise ich solche Fragen zurück.«

»Das ist keine Antwort.«

Charlie war es nicht gewohnt, dass ihm widersprochen wurde. Nicht im Feld, nicht im Geschäftsleben.

»Eine andere werden Sie nicht bekommen«, sagte er. Dann überlegte er es sich anders und sagte knapp: »Mrs. Sprague hatte keine Affäre.«

Jetzt hatten sie Blut geleckt.

»Hatten *Sie* eine Affäre?«

»Darf Mrs. Sprague tatsächlich als vermisst gelten, oder hat sie Sie vielleicht einfach nur verlassen?«

Bustamante hätte eingreifen müssen, und am liebsten hätte ich sie angeschrien, damit sie endlich etwas unternahm. Dann trat sie ans Mikro, aber Charlie schob sie beiseite. »Nein, ich will die Fragen beantworten. Ich habe keine

Affäre. Ich liebe meine Frau. Wenn sie aus eigenem Antrieb gegangen ist, dann möchte ich sie bitten, nach Hause zu kommen, damit wir unsere persönlichen Probleme unter uns klären können.«

Nein, Charlie, nein, dachte ich. Man darf Aasgeiern kein Fleisch zum Fraß vorwerfen und glauben, dass sie sich mit einem Brocken zufriedengeben. Satt sind die erst, wenn sie einem die letzten Fasern von den Knochen gepickt haben.

»Was sind das für persönliche Probleme?«, fragte ein Reporter. »Sie haben gerade behauptet, in Ihrer Ehe habe es keine Probleme gegeben.«

»Ich habe nur die Frage beantwortet ... mir wurde unterstellt ... die Antwort war rein hypothetisch.«

»Dann sagen Sie uns bitte, ob Sie, rein hypothetisch, versteht sich, finanzielle Probleme haben?«

»Das geht Sie gar nichts ...«, sagte Charlie. Dann: »Wir haben keine finanziellen Probleme. Überhaupt keine.«

»Gelten Sie als verdächtig, Mr. Sprague?«

»Wurden Sie von der Polizei vernommen?«

Delgado nahm das Mikrofon. »Es gibt keine Beweise, die rechtfertigen würden, Mr. Sprague im Fall des Verschwindens seiner Frau als verdächtig zu behandeln.«

»Gehen Sie von einem Vermisstenfall, von Entführung oder von Mord aus?«

Delgado erwiderte: »Wir haben guten Grund zu hoffen und bleiben auch optimistisch, dass ...«

Dann schrie ein Reporter von ganz hinten: »Haben Sie Ihre Frau auf dem Gewissen, Charlie?«

Er riss das Mikrofon wieder an sich. »Ich habe meine Frau nicht umgebracht! Ich würde niemals ...«

Ich sah es kommen.

Nein, Charlie, tu's nicht.

Aber er tat es.

»Ich setze eine Belohnung aus«, sagte Charlie, »eine Million Dollar für denjenigen, der Informationen hat, die uns zu Kim führen. Und sollte sie, Gott bewahre, nicht.... mehr am Leben sein ... geht die Million an denjenigen, der mir den Namen ihres Mörders verrät.«

Scheiße, Charlie, dachte ich.

Wenn es vorher noch kein Entführungsfall war, dann war es jetzt einer. Jeder Irre, Geistesgestörte und Trickbetrüger, der auf einen Deal aus war, würde sich ans Telefon hängen.

Charlie starrte trotzig in die Kameras, bis ihn Bustamante am Ellbogen fasste und sachte wegzog.

Die Reporter bezogen eilig jeweils vor ihren Kameras Stellung.

»*Der milliardenschwere Bauunternehmer Charles Sprague, der Mann hinter dem umstrittenen Sanierungsprojekt Lumina, hat gerade eine Belohnung in Höhe von einer Million Dollar ausgesetzt ...*«

»*Ein wütender Milliardär hat eine Million Dollar auf den Tisch gelegt ...*«

»*Ungehalten stritt Charles Sprague jede Beteiligung am ...*«

»*... und stellt demjenigen eine Million Dollar in Aussicht, der ...*«

Ich schaltete aus.

Es kam nur noch immer wieder dasselbe.

Ich zwang mich, zunächst zwei Minuten lang wieder runterzukommen und dann erst Delgado anzurufen.

Als sie dranging, sagte ich: »Eine Million Dollar? Was zum Teufel ...«

»Das kann warten«, sagte Delgado.

Man hatte eine Leiche gefunden.

Weiß Charlie schon davon?«, fragte ich sie, als ich zu ihr in den Wagen stieg.

»Noch nicht«, sagte Delgado. »Zuerst will ich die Identität eindeutig feststellen.«

Natürlich wollte sie zuerst die Identität der Leiche feststellen und sämtliche gerichtsmedizinischen Beweise sammeln, bevor sie den Mann, den sie immer noch des Mordes an seiner Frau verdächtigte, mit dem Leichenfund konfrontierte.

Und sie wollte nicht, dass die Medien vorher Wind davon bekamen.

Nachdem sie den Anruf erhalten hatte, war Delgado zurück zur Wache gefahren und in einem anderen, nicht als Polizeifahrzeug gekennzeichneten Wagen hinten wieder vom Parkplatz gerollt. Alle an der Suche beteiligten Polizisten hatten die Anweisung bekommen, auf den »Leichenfund«-Code im Funkverkehr zu verzichten.

Es war nett von ihr, es mir zu sagen, und noch netter, dass sie sogar vorbeikam und mich abholte, denn alleine wäre ich nicht am Absperrband vorbeigekommen. Ich wusste, dass sie es aus gutem Grund tat – ich konnte die Leiche identifizieren.

Jetzt fuhren wir in nördlicher Richtung auf der Route 1.

Die Leiche lag im Hugh Taylor Birch State Park in Fort Lauderdale zwischen dem Highway und dem Inland Waterway. Sie war hellhäutig, weiblich, eins achtundsechzig groß, blond, blaue Augen.

Anhand ihrer Kleidung konnte sie nicht identifiziert werden, sie war nackt.

Sinnlos, jetzt über die Belohnung zu sprechen. Was mich anging, so hatte ich in diesem Augenblick nichts dagegen, wenn Charlie dem Mann, der bei der Ergreifung desjenigen half, der das hier getan hatte, eine Million Dollar zahlen wollte.

Falls ich ihn nicht vorher selbst fand.

Dann würden wir armen Kindern von Charlies Millionen Musikinstrumente kaufen.

Delgado unterbrach mich in meiner Träumerei. »Die Sheriffs von Broward County haben den Fund gemeldet. Sie versuchen, möglichst nichts an die Öffentlichkeit dringen zu lassen.«

Ich hoffte, es würde ihnen gelingen. Dass ein Reporter Charlie ein Mikro vors Gesicht hielt und fragte, wie er sich gefühlt habe, als er vom Tod seiner Frau erfuhr, war das Letzte, was ich wollte.

»Aber bitte tun Sie mir einen Gefallen«, sagte ich. »Erlauben Sie, dass ich es Charlie sage.«

»Auf keinen Fall, verdammt.«

»Ein Mann bringt seine Frau in Coral Gables um und fährt bis nach Fort Lauderdale, um die Leiche loszuwerden? Kommen Sie.«

Delgado zuckte mit den Schultern. »Ich hab schon seltsamere Dinge gesehen.«

»Oh Mann, Sie haben wohl was gegen reiche Menschen«, sagte ich. »Wieso eigentlich?«

»Haben Sie mal in deren Nähe gelebt?«, fragte sie.

»Nein.«

»Ich schon. Mein ganzes Leben lang«, sagte sie. »Mein Vater hat seinen Lebensunterhalt mit Zigarrenrollen verdient. Meine Mutter war Hausmädchen. Seit die Delgados vom Boot gestiegen sind, haben sie die Scheiße von Weißen weggewischt.«

»Daraus folgt aber nicht zwingend, dass Sprague seine Frau umgebracht hat«, sagte ich.

»Aber auch nicht, dass er's nicht getan hat.«

»Ich informiere Charlie«, sagte ich, »sonst identifiziere ich die Leiche nicht. Sie können gerne dabei sein, dann kommen Sie auch auf Ihre Kosten.«

»Sie sind ein echter Arsch.«

»Genau. Haben wir einen Deal?«

»Von mir aus.«

Ein Deputy wartete auf dem Parkplatz. Delgado zeigte ihr Abzeichen und der Deputy sah mich an.

»Er ist in Ordnung«, sagte Delgado. »War mal einer von uns.«

Wir folgten ihm ein kurzes Stück über einen Wanderweg durch den sattgrünen Wald. Vor uns konnte ich den Fundort sehen – Sheriffs, Deputies, Leute von der Spurensicherung, das gelbe Absperrband, bei dessen Anblick mir immer noch ein bisschen schlecht wurde.

»Wanderer haben sie heute Morgen gefunden«, sagte der Deputy.

»Wo sind sie jetzt?«

»Auf der Wache«, sagte der Deputy. »Wir halten sie mit unseren Fragen auf Trab. Ich glaube nicht, dass sie die Medien verständigen werden, die sind ziemlich fertig.«

»Haben sie Bilder gemacht? Videos?«

»Nein. Ich hab mich vergewissert.«

Delgado sah mich an. »Sind Sie bereit?«

»Klar.«

Wir gingen zu der kleinen Gruppe.

Die Leiche lag bleich mit dem Gesicht nach unten in ein paar Farnsträuchern am Ufer des Sees. Ihre linke Hand ragte ausgestreckt ins Wasser. Keine Ringe an den Fingern. Die blonden Haare klebten an den matschverschmierten Schultern. Im Farn waren dunkle Blutflecken zu erkennen, aber sie war nicht hier getötet worden.

Wer ihr auch immer den Schädel von der Seite eingeschlagen hatte, hatte es woanders getan und sie anschließend hierhergebracht. Soweit ich sehen konnte, keine Schleifspuren, er musste also groß genug gewesen sein, um sie hierherzuschleppen und neben dem See abzuwerfen.

Sie wirkte so zerbrechlich.

Das hasste ich an Fällen wie diesem. Die Gewalt nahm nicht einmal mit dem Tod ein Ende. Jetzt lag sie nackt da, während Fremde sie fotografierten und anstarrten.

Und es würde noch schlimmer kommen.

Der Gerichtsmediziner trat an Delgado heran. Anscheinend kannte er sie. »Ziemlich eindeutig stumpfe Gewalteinwirkung, aber ich werde mich nicht festlegen, bis ich die Autopsie durchgeführt habe.«

»Das ist Frank Decker«, sagte Delgado. »Er kann sie identifizieren.«

Der Gerichtsmediziner reichte mir ein paar Latexhandschuhe, ich ging in die Hocke und drehte das Gesicht der Toten so herum, dass ich sie sehen konnte, wobei mir wieder einfiel, dass ich Kim Sprague das letzte Mal berührt hatte, als ich sie bei ihrer Hochzeit ihrem Mann Charlie vor dem Altar übergeben hatte.

Ich sah wieder zu Delgado auf. »Sie ist es nicht.«

Decker, sind Sie sicher?«, fragte Delgado. »Ich meine, ihr Gesicht ist ...«

»Sie ist es nicht.«

Dem Aussehen der Leiche nach hatte sie circa achtundvierzig Stunden hier gelegen, was ungefähr hinkam. Das Gesicht war verstümmelt, was die Identifizierung erschwerte. Ich sah auf ihr rechtes Bein. »Keine Narbe. Kim hatte eine Narbe.«

»Wir nehmen eine DNA-Probe«, sagte der Gerichtsmediziner.

»Natürlich«, sagte ich. »Aber es ist nicht Kim Sprague.«

Ich wusste nicht, wer sie war. Nur dass es irgendwo da draußen jemanden gab, der sie geliebt hatte und sich fragte, was aus ihr geworden war. Aber vielleicht auch nicht, vielleicht war diese Frau auch eine jener verlorenen, einsamen Menschen, die am Rande der Gesellschaft existieren. Ein kleines bisschen Pech genügt, um sie von der Bildfläche verschwinden zu lassen.

Und genau das war jetzt passiert.

Ebenso wie mit Kim.

Da war diese Traurigkeit gewesen.

Aber konnte sie einer Einsamkeit entsprungen sein? Sie hatte einen Ehemann, der sie liebte, sie hatte Freunde. Sie setzte sich für alle möglichen Stiftungen ein, für gute Zwecke. Sie besuchte Wohltätigkeitsveranstaltungen, Kulturereignisse, glanzvolle Partys. Aber was weiß man schon von der Einsamkeit anderer?

Ich war acht Jahre verheiratet und musste am Ende feststellen, dass sich meine Frau einsam gefühlt hatte.

Und ich selbst es vorzog, alleine zu sein.

Also, wer kann das schon so genau wissen?

Du, sagte ich mir.

Es ist dein Job, so was zu wissen, und wenn du's nicht weißt, dann finde es heraus.

Hinter mir hörte ich plötzlich Lärm, und als ich mich umdrehte, sah ich, dass die Medienmeute eingetroffen war und heranstürmte wie ein Rudel Schakale, das Aas gewittert hatte. Einige Deputies stellten sich ihnen entgegen, aber ich hörte die laut schreiend formulierten Fragen.

»Handelt es sich um Mrs. Sprague?«

»Ist es Kim?!«

Und die beste: »Wurde sie sexuell missbraucht?!«

Ich nahm mein Handy und rief Charlie an. »Sie ist es nicht.«

Seine Stimme zitterte. »Oh, Gott, Deck. Bist du sicher?«

»Sie ist es nicht.«

»Gott sei Dank.«

Die Reporter schwirrten um die Polizisten herum, dann sah ich einen Fotografen knietief in den See waten und Fotos von der Leiche schießen. Ich ging zu ihm hin und sagte: »Hören Sie sofort damit auf. Sie hat ein bisschen Würde verdient.«

»Pressefreiheit ...«

Ich riss ihm die Kamera aus der Hand, öffnete sie, nahm die Speicherkarte heraus und warf sie ins Wasser.

»Das können Sie nicht machen!«, jaulte er. »Das ist ein tätlicher Übergriff! Das ist mein Eigentum!«

»Wollen Sie die Kamera wiederhaben oder soll sie auch baden gehen?«

»Wagen Sie's nicht!«

Ich gab ihm die Kamera. »Gehen Sie lieber, bevor ich mich auf meine niederen Instinkte besinne und Ihnen ernsthaft was antue.«

Er zog einen Stift und einen Block. »Geben Sie mir Ihren Namen und Ihre Dienstnummer.«

»Detective Sipowicz ...«

»Buchstabieren Sie das.«

»Buchstabieren Sie's gefälligst selbst. Dienstnummer 92036.«

»Ich werde mich über Sie beschweren.«

»Machen Sie das«, sagte ich. »Aber in Ihrem Wagen.«

»Sie hören von meinen Anwälten«, sagte er.

Aber dann zog er sich zurück.

»Sipowicz?«, fragte Delgado im Näherkommen.

»Was Besseres ist mir nicht eingefallen.«

Wir schoben uns durch die Reportermenge, Delgado verkündete dabei laut: »Wir sind zum gegenwärtigen Zeitpunkt der Ansicht, dass es sich nicht um Mrs. Sprague handelt. Aber wir wären Ihnen sehr dankbar, wenn Sie die Informationen erst veröffentlichen würden, wenn wir mehr in Erfahrung gebracht haben. Sobald dies der Fall ist, wird es eine Pressekonferenz geben, auf der wir Sie informieren ...«

Sie ging weiter und raunte mir zu: »Wer auch immer das vermasselt hat, ich knöpf ihn mir vor.«

Daran hatte ich keinen Zweifel.

Wir schafften es bis zum Wagen, und sie parkte aus. Dann sagte sie: »Zwei blonde Frauen. Dieselbe Größe, dieselbe Statur, ungefähr im selben Alter ... meinen Sie nicht ...«

»Am selben Abend? Nein.«

»Trotzdem.«

»Ich höre.«

Ein Verrückter, ein Serienkiller.

»Vielleicht arbeitet er sich von Süden nach Norden vor«, sagte sie. »Miami, Fort Lauderdale ... als Nächstes Orlando?«

»Und wo ist dann Kims Leiche?«, fragte ich. »Er hat sich nicht viel Mühe damit gegeben, diese hier zu verstecken.«

»Vielleicht legt er sie gerne ans Wasser.« Sie gab über Funk die Anweisung, noch einmal die Ufer des Inland Waterway im Matheson Reserve und die kleinen Seen und Teiche in den städtischen Parkanlagen abzusuchen.

Die Theorie mit dem Serienkiller gefiel mir nicht. Zum einen gibt es in Film und Fernsehen weit mehr Serienkiller als im wahren Leben, und zum anderen gefiel mir nicht, in welche Richtung die Ermittlungen dadurch gerieten. Cops fassen Fälle gerne zusammen, wenn es irgendwie geht, und schaffen sie sich alle zu Lasten eines einzigen Verdächtigen vom Schreibtisch. Ich ging nicht davon aus, dass Delgado so etwas vorhatte, aber vielleicht jemand anders in ihrer Abteilung.

Wir sagten nicht viel mehr, bis sie auf den Parkplatz meines Hotels einbog und mich mit einem Blick ansah, der bedeutete: Worauf warten Sie noch, steigen Sie endlich aus.

Ich fragte: »Haben Sie Ihre Meinung über Charlie jetzt geändert?«

»Er rückt für mich in ein neues Licht«, sagte sie. »Aber bis wir das Opfer identifiziert haben, wissen wir nicht, ob eine Verbindung zwischen den beiden Fällen besteht.«

»Wollen Sie jetzt andeuten, dass Charlie Sprague ein Serienkiller ist?«, fragte ich. »Sie wissen doch, dass die normalerweise ihre eigenen Frauen in Ruhe lassen.«

Die Frauen sind immer die Letzten, die davon erfahren. *Bill war so ein ruhiger Mensch. Nein, er hat nie darüber gesprochen, wohin er gefahren ist. Er musste nur ab und zu einfach mal ein bisschen raus.*

»Ich will gar nichts andeuten«, sagte Delgado. »Ich sage nur, dass ich es nicht weiß.«

»Immerhin etwas.«

Ich öffnete die Tür.

»Danke für die Mitarbeit heute«, sagte Delgado.

»Gerne.« Ich machte mich ans Aussteigen.

»Hey, Decker?«

»Ja?«

»Was ist das zwischen Ihnen und Sprague?«, fragte sie. »Das ist doch nicht nur, weil Sie zusammen gedient haben.«

»Ich hab ihm versprochen, seine Frau zu finden.«

»So einfach?«

»Ja.«

So einfach.

Als ich in mein Zimmer trat, klingelte das Telefon und es war Laura. »Du lieber Gott, Deck, ich hab gerade das über Kim Sprague in den Nachrichten gesehen.«
»Wo denn?«, fragte ich.
»Auf CNN.«
Toll. Dann wurde jetzt schon bundesweit berichtet.
»Du lieber Gott«, wiederholte Laura. »Was ist passiert?«
»Das versuchen wir herauszufinden.«
Ich hörte ein leises Seufzen bei dem Wort »wir«. Dann fragte sie: »Wie geht's Charlie?«
»Wie du dir denken kannst.«
»Und dir?«, fragte sie. »Auch so, wie ich's mir denke?«
»Ich bleibe noch eine Weile hier«, sagte ich. »Falls du das meinst.«
»Ich will mich nicht mit dir streiten, Deck.«
»Ich weiß.«
Ich erzählte ihr, soviel ich konnte.
Als ich fertig war, sagte sie: »Wie schrecklich.«
Ich pflichtete ihr bei und fragte: »Und wie geht es dir?«
»Gut.«
»Was macht die Arbeit?«
»Auch gut.« Sie schwieg eine Sekunde, und ich wartete auf die Hiobsbotschaft, von der ich wusste, dass sie kommen würde. »Ein paar Leute haben mich gebeten, mir zu überlegen, mich bei den Bürgermeisterwahlen aufstellen zu lassen.

Sie meinten, sie könnten problemlos das Geld dafür auftreiben und ....«

Laura war Anwältin für Gesellschaftsrecht und hatte schon immer politische Ambitionen gehabt. Für mich hatte sie auch welche – Polizeichef oder zumindest Detective in leitender Position. Ich wollte weder das eine noch das andere, und schließlich verließ ich nicht nur den Polizeidienst, sondern auch sie.

Nachdem ich Hayley Hansen gefunden und sehr viel öffentliche Aufmerksamkeit dafür bekommen hatte, kamen alle möglichen Job-Angebote. Nicht von der Polizei – dort hütete man sich davor, einen einsamen Wolf wie mich in den Stall einzuladen –, sondern von privaten Sicherheitsdiensten, Banken und anderen Firmen. Ein riesiges Agrarunternehmen, dem im Prinzip ganz Nebraska gehörte, bot mir eine sechsstellige Summe als »leitender Problemlöser« – aber ich kam ziemlich schnell dahinter, dass sie nur ein Zirkuspferd für die Öffentlichkeitsarbeit suchten.

Ich weiß es nicht, vielleicht wären Laura und ich dann wieder zusammengekommen – wir hätten beide in mächtigen Positionen gewirkt, vielleicht wäre ich geblieben.

Und hätte Trübsal geblasen.

Ich konnte mir einfach nicht vorstellen, jeden Morgen in einen Anzug zu steigen, in ein Büro zu fahren und praktisch nichts zu tun, bis ich mittags zum Essen ausgeführt und herumgezeigt wurde, anschließend ins Büro zurückzukehren und abends mit Laura dieselben Leute wieder zum Essen zu treffen. Jedenfalls habe ich mir sagen lassen, dass die Mächtigen des fraglichen Unternehmens ziemlich angepisst reagiert haben sollen, als ich das Angebot ablehnte.

Menschen nehmen es einem übel, wenn man nicht einer von ihnen sein möchte.

Sie glauben, man verurteilt sie, aber das war es gar nicht – ich wollte meinen Lebensunterhalt nur gerne mit etwas Nützlichem verdienen.

Etwas, das ich gut konnte.

Leute aufspüren.

Im Irak hatte ich das getan, um sie auszuschalten.

Jetzt holte ich sie zurück.

»Das ist toll, Laura«, sagte ich. »Und machst du's? Kandidierst du?«

»Weiß nicht«, erwiderte sie. »Ich fürchte, es ist noch zu früh, aber diese Leute meinen, es sei Zeit ...«

»Ich finde, du solltest es machen. Du wärst toll.«

Langes Schweigen, dann sagte sie: »Hilfst du bei der Suche nach Kim?«

»Ich will's probieren.«

»So lange, bis du sie gefunden hast?«

Ich hörte die Anspannung in ihrer Stimme und sagte: »Laura, ich verdanke Charlie mein Leben.«

»Irgendwann muss dieser Krieg auch mal zu Ende sein.«

Sollte man meinen, hm? Aber Kriege enden nie. Kampfhandlungen werden eingestellt, der Krieg aber tobt immer weiter.

»Ich melde mich wieder, Laura.«

»Bitte. Ich hoffe, du findest sie.«

Das war ein Schlusssatz, und wir legten auf.

Ich wollte Kims Akte noch einmal mit frischem Blick durchsehen. Irgendetwas hatte ich übersehen. Ich musste etwas übersehen haben.

Leute laufen nicht einfach weg.

Sie laufen vor etwas weg oder zu etwas hin.

Nachdem ich mich ungefähr eine Stunde lang mit den Unterlagen beschäftigt hatte, rief ich Sloane Peyton an.

Sie meldete sich gleich beim ersten Klingeln.

»Frank Decker«, sagte sie. »Ich bin ja so froh, dass du dabei bist.«

Charlie musste es ihr erzählt haben. »Danke. Ich würde mich gerne mal mit dir unterhalten.«

»Natürlich, jederzeit.«

»Jetzt?«

»Super«, sagte sie. »Allerdings bin ich nicht zu Hause. Ich bin in der Innenstadt, können wir uns irgendwo hier treffen?«

»Sag einfach wo.«

»The Bar. 172 Giralda.«

Das war eine der Kneipen, in denen Charlie und ich Kim am Abend ihres Verschwindens gesucht hatten. »In zwanzig Minuten?«

»Bis gleich.«

Ich fuhr ins Parkhaus und ging die letzten Schritte zu Fuß.

Sloane saß am Tresen, hatte ihren Barhocker so gedreht, dass sie die Eingangstür im Blick hatte. Sie trug ein kurzes schwarzes Kleid, ihr braunes Haar reichte ihr bis knapp auf die nackten Schultern.

Als sie mich sah, stellte sie ihren Gin Tonic ab, stand auf und schlang mir die Arme um den Hals.

»Oh Gott, Decker. Kim.«

»Allerdings.«

»Ich meine, was ist das für ein Scheiß? Hast du schon eine Spur?«

»Noch nicht.«

Der Tresen war aus poliertem Holz, auf den Hockern lagen Kissen mit Zebramuster. Ich setzte mich neben sie und bestellte ein Tonicwater mit Limettensirup.

»Trinkst du nichts?«, fragte sie.

»Nicht bei der Arbeit.«

»Bewundernswert.«

»Notwendig.«

Der Barmann setzte mir das Tonicwater vor.

»Ich bin fix und fertig wegen Kim«, sagte Sloane. »Was kann ich nur tun, um zu helfen? Ich hab der Polizistin schon alles gesagt, was ich weiß.«

Dann hatte Delgado sie also bereits vernommen.

»Erzähl mir von Kim und dir«, sagte ich.

»Oh Gott, wo soll ich anfangen?«, fragte sie. »Ich hab für die Modelagentur gearbeitet, und Kim kam zu einem Casting. Wir waren sofort befreundet, gleich vom ersten Augenblick an.«

Ein Cop erkennt eine Lüge wie ein Habicht eine Maus. Nur ein kleines Rascheln im Gras. Dieses Mal war es ein kurzes Zögern – nur der Bruchteil eines Bruchteils einer Sekunde –, aber ich hatte es gesehen.

Noch zu früh, um nachzuhaken.

Lass die Zeugin erst mal reden.

»Wir haben gemacht, was ungebundene junge Mädchen in South Beach halt so machen«, sagte Sloane. »Nur dass Kim immer alleine in ihrem eigenen Bett aufgewacht ist und ich …«

Sie baute eine Pause ein, um die komische Wirkung zu steigern.

»... nicht.«

Gut gemacht. Charmant setzte sie sich selbst herab und unterstrich gleichzeitig, wie begehrt sie war – was keiner Unterstreichung bedurft hätte.

Aber ich fragte mich, weshalb sie glaubte, mir so etwas mitteilen zu müssen.

Über Kim und über sich selbst.

»Aha«, sagte ich. »Und dann ...«

»Lernte Kim Charlie kennen und ich Brad«, sagte Sloane. »Peyton. Meinen Ex. Blitzscheidung, gerade mal sechs Monate nach der Hochzeit. Den Namen hab ich behalten.«

Okay.

»Wart ihr als Ehepaare untereinander eng befreundet?«, fragte ich.

»Nicht wirklich«, sagte Sloane. »Charlie und Brad kamen gut miteinander klar, aber ich würde nicht sagen, dass sie Freunde waren. Ich glaube, Brad war ein bisschen neidisch. Er ist bloß Millionär und Charlie ist Milliardär, in Miami ist das eine riesige soziale Kluft.«

»Aber Kim und du, ihr seid Freundinnen geblieben.«

»Beste Freundinnen«, sagte Sloane. »Wir haben uns wahrscheinlich drei- bis viermal die Woche gesehen. Mittagessen, Shoppen, Wellness, Sport, Yoga, Tennis. Aber es war nicht so selbstverliebt, wie's klingt, Frank, wir haben auch gemeinsam für eine Stiftung gearbeitet, die armen Kindern Musikinstrumente zur Verfügung stellt.«

»Keys for Life.«

»Genau.«

»Was ist mit dieser Frau?«, fragte ich und legte ihr das Foto von den »Drei Amigas« vor. »Ist Kim noch mit ihr befreundet?«

»Andra«, sagte Sloane lächelnd. »Ja, wir haben uns alle

übers Modeln angefreundet. Haben zusammen gearbeitet. Aber nein, Andra ist wieder nach Europa gezogen, bevor Charlie und Kim geheiratet haben. Inzwischen haben wir den Kontakt verloren.«

»Kim muss dir vieles anvertraut haben.«

»Wir haben uns immer alles erzählt«, sagte Sloane.

»Hat es ihr zugesetzt, dass sie keine Kinder bekommen konnte?«, fragte ich.

»Sicher.«

»Hast du Kinder?«

»Mein Ex-Mann und ich sind beide selbst noch Kinder, zählt das?«, sie hob ihren Finger, um noch einen Drink zu bestellen.

»War Kim unglücklich in ihrer Ehe?«, fragte ich.

»Du kennst ja Charlie«, sagte sie. »Er ist sehr dominant und gewohnt, dass alle nach seiner Pfeife tanzen. Schließlich ist er Charles Hanning Sprague der Dritte. Trotz seiner ganzen lässigen Jovialität lässt er einen wissen, woher er kommt.«

»Hatte Kim ein Problem damit?«

»Sie ist ja selbst auch nicht unbedingt eine Promenadenmischung«, sagte Sloane. »Wenn Charlie den ›Trey‹ raushängen ließ, wie wir's genannt haben, hat sie's ihm auch gesagt.«

»Dann gab es also keine Eheprobleme?«

»Nicht mal im Ansatz«, sagte Sloane. »Sie liebt ihn wirklich, sogar trotz seines …«

Sie hielt inne.

»Gesichts?«, fragte ich.

»Das ist gemein von mir, oder?«, fragte Sloane. »Ich hab sie danach gefragt, als die beiden zusammenkamen. Du weißt schon, ›macht es dir was aus?‹ Weißt du, was sie gesagt hat?

›Ich seh's gar nicht. Ich seh nur die Person.‹ Aber so ist Kim. Sie ist besser als ich. Ich könnte das nicht. Ich steh auf hübsche Jungs.«

Es wurde Zeit, ein bisschen genauer nachzuhaken.

»Sloane, gibt es was über Kim, das du der Polizei nicht verraten hast?«

Sie dachte einen Augenblick nach. »Nein.«

»Vielleicht wolltest du sie schützen?«

»Nein.«

»Oder Charlie?«

Sie sah mir mit ihrem durchdringenden Blick direkt in die Augen.

»Muss ganz schön hart sein, so zu sein wie du.«

»Wieso?«

»Ständig misstrauisch«, sagte sie.

»Ich versuche es abzuschalten, wenn ich's nicht gebrauchen kann.«

»Und funktioniert's?«, fragte sie.

»Nicht besonders gut.«

Sloane grinste. Anscheinend empfand sie dies als Sieg.

»Du hast meine Frage nicht beantwortet«, sagte ich. »Ob du Charlie zuliebe etwas vertuschst.«

»Die Antwort lautet nein«, sagte sie. »Wieso bist du plötzlich so ein Arsch?«

»Ist mein Job.«

»Wahrscheinlich so ähnlich wie die Frage nach der Henne und dem Ei, oder?«, sagte sie. »Muss man ein Arsch sein, um Cop zu werden, oder wird man als Cop zwangsläufig zum Arsch?«

»Du klingst, als wärst du mal mit einem verheiratet gewesen.«

»Tut mir leid, das war sehr unhöflich von mir«, sagte

Sloane. »Kann sein, dass einfach zu viele Gefühle bei mir aufgewühlt werden, wenn wir über Kim reden.«

»Verständlich.«

»Du bist ein guter Typ, Decker.«

»Dann solltest du mal mit meiner Ex telefonieren«, sagte ich.

»Das würde ich gerne. Wie kam's, dass sie dich hat gehen lassen?«

»Meine Schuld. Hundertprozentig.«

»Charlie hat mir die Geschichte erzählt.«

Ich zuckte mit den Schultern.

»Ich hoffe, du findest Kim.«

Warum lügst du mich dann an, erzählst mir nicht die Wahrheit darüber, wie ihr euch kennengelernt habt?, dachte ich.

Am liebsten hätte ich nachgehakt, fand aber, dass es der falsche Moment am falschen Ort war. Ich hatte keine Fakten, die ich ihr hätte vorhalten können, deshalb hätte es auch nicht viel gebracht.

Aber Sloane log und dafür musste es einen Grund geben.

Sie sah auf ihre Armbanduhr. »Ich weiß, das klingt wahnsinnig banal, aber ich bin zum Essen verabredet. Du weißt schon, ›wenn man vom Pferd fällt, soll man gleich wieder aufsteigen‹ ... sonst würde ich dich bitten ...«

»Na klar. Aber wenn du mir vielleicht eine Liste mit Kims Freundinnen schreiben könntest ...«

»Gib mir deine E-Mail-Adresse, dann ...«

»Wenn das okay ist, komme ich lieber kurz bei dir vorbei und hole sie mir ab.« Ich wollte sehen, wie Sloane lebte.

Sie gab mir eine Karte mit ihrer Adresse.

»Ich melde mich«, sagte ich.

»Darauf freue ich mich.«

Sie gab dem Barmann ein Zeichen, dass sie zahlen wollte, aber ich bestand darauf, die Rechnung zu übernehmen.

»Alte Schule«, sagte sie und erhob sich von ihrem Hocker.

»Erwischt.«

»Nein, mir gefällt das.«

Sloane gab mir ein Küsschen auf die Wange. »Finde Kim.«

Einer meiner Grundsätze lautet, dass die Vergangenheit die Gegenwart erklärt, und deshalb musste ich etwas in Kims Vergangenheit übersehen haben.

Ihre Traurigkeit, die Laura bei der Hochzeit aufgefallen war. Der Tod ihrer Eltern.

Ich setzte mich an den Computer und ging bis in das Jahr zurück, in dem Kim zur Wahl der Miss Florida angetreten war, und suchte nach Artikeln über den Autounfall von John und Elaine Woodley.

Zunächst gab ich den Begriff bei Google ein, fand aber nichts.

Seltsam, aber vielleicht war über den Unfall gar nicht berichtet worden. Auch in den verschiedenen Zeitungen war nichts zu finden.

Ebenso wenig bei den örtlichen TV-Sendern.

Dann ging ich auf die Website des Gesundheitsamtes von Florida und suchte die Todesurkunden.

Es gab keine.

Ich sah noch einmal in Delgados Bericht nach, Kim war in Jasper, Florida geboren. Ein kurzer Blick auf MapQuest ergab, dass es in Hamilton County lag, also ging ich dort auf die entsprechende Seite und fand tatsächlich Kims Geburtsurkunde.

Laut dieser hieß sie korrekt Carolynne May Woodley.

In allen Polizeiberichten, Nachrichtenfeatures und Zeitungsartikeln, sogar in Delgados Vermisstenbericht war sie als Kim aufgeführt.

Und sie hatte immer mit »Kim« unterschrieben.

Aber hier stand es – Carolynne May Woodley.

Weiblich.

Geburtsdatum: 17.9.84

Hamilton County Hospital, Jasper, Florida.

2350 Gramm.

Weiß.

Vater: John Curt Woodley.

Beruf: Landarbeiter.

Mutter: Elaine Katherine Woodley (geborene Shelby).

Beruf: Hausfrau.

Charlie hatte doch gesagt, Kims Vater sei im diplomatischen Dienst gewesen und ihre Mutter Bibliothekarin.

Ich sah unter Jasper, Florida, nach. Verwaltungssitz von Hamilton County, oben am Panhandle, ungefähr zehn Meilen südlich der Grenze zu Georgia. Derzeit circa zweitausend Einwohner, ein bisschen mehr als die Hälfte davon Weiße, der Rest hauptsächlich Afroamerikaner. Das Prokopfeinkommen lag unter 13 000 Dollar im Jahr, und über die Hälfte der Menschen lebte unter der Armutsgrenze.

Welten entfernt von Coral Gables.

Ich fand einen Eintrag im aktuellen Telefonverzeichnis – Woodley, John und Elaine, RR99 in Jasper.

Meine Hand zitterte leicht, als ich den Hörer nahm – ich war nicht sicher, was ich sagen würde, wenn »Carolynne« dranging. Du lieber Himmel, hatte sie Charlie verlassen, um zu ihren Eltern zurückzukehren, die sie ihm verheimlicht hatte?

Eine Frauenstimme meldete sich, aber für Kim klang sie zu alt. »Hallo?«

»Hallo, kann ich bitte mit John Woodley sprechen?«
»Wer ist dran?«
»Hi, Dan Hayes, Superior Siding – Hausverkleidungen aller Art.«
»Nein danke.«
»Ist Mr. Woodley da, M'am?«
»Er ist bei der Arbeit.«
Sie legte auf.

Ich erinnerte mich, als ich Kim zum Altar geführt und sie mit Tränen in den Augen gesagt hatte, sie wünschte, ihre Eltern wären dabei.

Ich stieg in Blue und fuhr nach Norden.

Kims Eltern lebten.

Alle Kleinstädte sind gleich und jede ist anders.
Wer in Nebraska lebt, kennt sich damit aus, weil es dort im Prinzip gar nichts anderes gibt, und obwohl sie ziemlich viel gemeinsam haben – eine Hauptstraße mit ein paar Geschäften (heutzutage meist kurz vor der Pleite), ein Fast-Food-Restaurant, ein bis zwei Kirchen und Einwohner, die allesamt untereinander verwandt oder miteinander bekannt sind –, erfährt man auch, dass jede Stadt ihre eigene einzigartige Geschichte hat.

Jasper war aus einem alten Dorf der Seminolen-Indianer entstanden – es war eigentlich kaum mehr als eine Lichtung auf einem höher gelegenen Plateau inmitten der ansonsten als Low Country bekannten Kiefernwälder, die die Siedler den ursprünglichen Einwohnern 1823 »abgekauft« hatten. Die Seminolen zogen auf die andere Seite des Suwannee River, lieferten sich aber bis 1858 immer wieder Kämpfe mit den Siedlern – die meisten von ihnen waren aus Georgia und South Carolina hergekommen.

Ursprünglich hieß die Stadt nicht Jasper. Manche hatten sie »Pulaski« genannt, andere »Wall«, schließlich aber einigte man sich 1841 auf Jasper – nach einem revolutionären Kriegsveteranen.

Die Siedler bauten Baumwolle und Tabak an, und eine Kompanie der Stadt kämpfte im Bürgerkrieg unter Stonewall Jackson.

1865 kam die Eisenbahn und veränderte auch dieses Städtchen.

Baumwolle und Tabak wurden von Kiefernholz und später Terpentinöl abgelöst, und Jasper erlebte von 1890 bis 1930 eine fast vierzigjährige Blütezeit, was für viele Kleinstädte galt.

In dieser Zeit wurden die meisten Gebäude der Stadt errichtet – das Rathaus aus rotem Backstein, die Kirche, das Gefängnis, das Gericht.

Dann kam die Wirtschaftsflaute, Holz- und Terpentinölhandel kamen zum Erliegen, und Jasper verfiel in eine Kleinstadtstarre. Unternehmen und Einwohner verschwanden.

Heutzutage lebten die meisten Menschen dort vor allem von zwei Wirtschaftszweigen.

Der Phosphatgewinnung.

Und dem Gefängnis.

Kurz vor der Stadtgrenze befindet sich das Hamilton Correctional, ein staatliches Gefängnis.

Ein Gefängnis als Wirtschaftszweig zu bezeichnen mag seltsam klingen, aber genau das ist es. Strafanstalten sind große Unternehmen, die einer Kleinstadt sehr viele Arbeitsplätze bescheren. Früher rissen sich die Gemeinden darum, Fabriken zu bekommen, jetzt konkurrieren sie um Strafgefangene.

Ich fuhr über die Hauptstraße, die Route 129, in die Stadt hinein, vorbei an dem alten Gerichtsgebäude, dem Gefängnis und der Methodistenkirche.

Da ich Hunger hatte, machte ich bei Myras Sandwiches Station, wo laut Eigenwerbung die besten Burger der Stadt serviert wurden. Ich hatte keine Ahnung, wie viel Burgerkonkurrenz es in Jasper überhaupt gab, aber die von Myra waren ziemlich gut.

Andererseits bin ich aber nicht unbedingt ein Feinschmecker. Wenn ich einen anständigen Burger bekomme, bin ich glücklich. Ich bestellte einen Eistee dazu – da ich schon mal im Süden war, also warum nicht –, der war mir allerdings viel zu süß.

Zu meinem eigenen Erstaunen kam kein inzestuös gezeugter rassistischer Südstaatler zu mir, dem Fremden aus dem hohen Norden, sah mich schief von der Seite an und sagte: »Du bist wohl nicht von hier, oder?« Und auch kein State Trooper mit Spiegelbrille brummte: »Fremde sind hier in der Stadt nicht gern gesehen.« Bei Myra waren alle freundlich und nicht besonders neugierig, was mich betraf.

Nach dem Essen suchte ich das Westmount Inn, das einzige Hotel in Jasper, und checkte ein.

Hübsches Hotel, Internetzugang und eine Kaffeemaschine im Zimmer.

Ich duschte und zog mir ein sauberes weißes Hemd an, eine beigefarbene Hose, warf meinen blauen Blazer auf den Beifahrersitz und fuhr zu den Woodleys raus.

Natürlich wäre es höflicher gewesen, vorher anzurufen, und normalerweise bin ich auch lieber höflich, aber ich wollte nicht, dass sich die Woodleys auf meinen Besuch vorbereiten konnten. Ich weiß, das klingt gnadenlos, aber ich will den Menschen begegnen, wie sie wirklich sind, und ihnen keine Zeit lassen, mir ein bestimmtes Bild vorzugaukeln oder sich eine gemeinsame Geschichte auszudenken.

Der Hauptgrund aber war, dass ich Kim überraschen wollte.

Wenn sie sich bei ihrer Familie in Jasper versteckte, wollte ich ihr nicht die Chance geben, erneut das Weite zu suchen. Ich wusste nicht, was ich ihr sagen wollte, wenn sie da wäre. Wahrscheinlich würde ich ihr einfach erzählen, dass sich alle Sorgen um sie machten, und sie bitten, ihren Mann anzurufen.

Und dann Charlie sagen, dass seine Frau lebte.

Mit allem Weiteren mussten die beiden selbst klarkommen.

Das Haus war nicht schwer zu finden, ungefähr sechs Meilen östlich über eine Landstraße, durch dichte Kiefernwälder raus aus der Stadt. Schilder warnten vor Wildwechsel. Ich hatte Wildwarner vorne in der Kühlerhaube, keine Ahnung, ob sie funktionierten, aber da ich noch nie ein Reh angefahren hatte, hatte ich auch keinen Anlass anzunehmen, dass sie's nicht taten. Hinter dem Wald lagen ein paar Farmen, und seitlich an der Straße standen ein paar Wohnwagen, hier und da weidendes Vieh hinter Stacheldrahtzäunen. Ich bog links auf eine unbefestigte Straße, fuhr ein Stück durch einen Wald und gelangte auf eine Lichtung.

Die Woodleys lebten in einem Fertighaus – einstöckig, aber relativ neu, ordentlich und gepflegt, vorne waren vor nicht allzu langer Zeit Büsche angepflanzt worden.

Ich parkte neben einem Ford Taurus Baujahr 2013.

Wenn man sich einer gesuchten Person nähert, beschleicht einen immer ein ganz bestimmtes Gefühl. Das hatte ich im Irak gespürt, wenn ich einem Al-Qaida-Mitglied näher kam, und auch als Polizist bei der Suche nach Verdächtigen, die sich der Verhaftung entziehen wollten. Auch jetzt spürte ich es – Aufregung, Nervosität, Genugtuung.

Die Haustür ging auf.

Eine Frau kam heraus, und an ihrem Gesichtsausdruck erkannte ich, dass die Woodleys nicht häufig unangemeldet Besuch bekamen.

Es konnte nur Elaine Woodley sein, denn wenn man 35 Kilo und zwanzig Jahre abzog, hatte man Kim vor sich.

Dieselben blauen Augen. Dasselbe blonde Haar.

Dieselben hohen Wangenknochen, nur entstellt durch schwere Hängebacken.

Sie betrachtete mein Nummernschild aus Nebraska.

Bevor ich aus dem Wagen stieg, ließ ich die Scheibe herunter und fragte: »Mrs. Woodley?«

»Ja?« Sie klang misstrauisch, und allmählich glaubte ich, dass Kim tatsächlich drinnen saß, vielleicht sogar aus dem Fenster spähte.

»Ich bin Frank Decker«, sagte ich. »Ich suche Ihre Tochter, Kim. Ist sie hier?«

Ihre blauen Augen wurden eiskalt.

»Für mich ist meine Tochter gestorben«, sagte sie.

Wir setzten uns an den Küchentisch.

Das Haus war aufgeräumt und sauber, stank aber nach Zigaretten.

Elaine ging in Kims altes Zimmer und kam mit einer Kiste Fotos, Pokalen, Schärpen, Programmheften und anderen Andenken wieder und stellte sie auf den Tisch.

Während sie mir Fotos von Kim zeigte, von denen ich einige kannte, andere aber noch nie gesehen hatte, rauchte sie eine Marlboro.

»Kim hab ich mit siebzehn bekommen«, sagte sie. Dann setzte sie knapp hinzu: »In Sünde.«

Sie habe daran gedacht, das Baby alleine großzuziehen, aber weder ihre Familie noch die von John hatten etwas davon hören wollen, also heirateten sie. Er arbeitete damals als Erntehelfer auf den Tabakfeldern, fuhr für einen Stundenlohn von Farm zu Farm, sie schob bei Hardee's Burger über den Tresen, bis ihr Bauch so dick war, dass sie nicht mehr drankam.

Elaine sah älter aus als achtundvierzig. Sie hatte es nicht leicht gehabt im Leben. Man sah es ihr an den Augen an, an der Haut – die Welt hatte Elaine viel abverlangt und ihr wenig zurückgegeben, und während sie mir die Fotos zeigte, wurde deutlich, dass die Jahre, in denen sie Kim zu Schönheitswettbewerben begleitet hatte, für Elaine die besten ihres Lebens waren.

Ein kleines bisschen Glamour und Aufmerksamkeit, wenn auch nur stellvertretend.

»Ich weiß, was Sie denken«, sagte sie, als ich die Fotos betrachtete. »Dass ich Carolynne zu den Wettbewerben gedrängt habe. Dass ich eine von diesen ehrgeizigen Müttern bin, die man im Fernsehen sieht. Aber das war ich nicht. Carolynne wollte daran teilnehmen. Praktisch seit sie ein Baby war.«

Ich fragte sie nicht, inwiefern ein Baby etwas »wollen« konnte, denn ich war nicht hier, um mit ihr zu diskutieren, ich wollte herausfinden, was sie wusste und dachte. Vor allem ein Foto aber fand ich entsetzlich – es zeigte die ungefähr vierjährige Kim in einem weißen Seidenkleid, vor einem Hintergrund, der es aussehen ließ, als würden ihr Flügel aus den Schultern wachsen.

Das kleine Mädchen lächelte tapfer in die Kamera, obwohl es, eingezwängt in ein steifes Prinzessinnenkleid, dort stand, ein Diadem auf der komplizierten Hochsteckfrisur, die zu beschreiben mir die Worte fehlten. Kim war stark geschminkt – Wimperntusche, Lidschatten und Rouge – sogar lange falsche Wimpern.

Sie sah aus wie eine Puppe.

Nicht im metaphorischen Sinne – buchstäblich wie eine Puppe.

Aber ich vermute, genau darum ging es, denn sie trug eine Schärpe mit der Aufschrift »Little Miss Doll '89«.

Elaine zeigte mir ein weiteres Foto, dieses Mal von »Carolynne, 5, John und Elaine – Jasper« wie sie mit ihren Eltern vor einem Wohnwagen in einem Kiefernwald stand. Die Stufen vor dem Wohnwagen waren aus Betonstein improvisiert.

Carolynne lächelte in die Kamera.

Ihre Eltern nicht.

Sie erfüllten jedes Klischee – er im Overall, Jeanshemd darunter, Cap auf dem Kopf, sie in einem schlecht sitzenden geblümten Kittel, der aussah wie von der Wohlfahrt.

Beide wirkten müde, erschöpft, hatten den Blick von Menschen, die sich Sorgen machen, ob sie die Miete für den Wohnwagen rechtzeitig zusammenbekommen.

Eins war sicher – die wohlhabende Gesellschaftsdame Kim Sprague war in ärmlichen Verhältnissen aufgewachsen.

Ich blätterte ein Foto nach dem anderen durch, sah, wie Kim sich über Schönheitswettbewerbe immer weiter nach oben arbeitete. Little Miss Doll, Little Miss Jasper, Miss Teenage Hamilton County, Miss Citrus ... ich sah »Carolynnes« Abschlusszeugnis von der Jasper Elementary School und Jasper Middle School – ihr Highschool-Diplom.

Sie war zweitbeste ihres Jahrgangs und hielt eine Rede auf der Abschlussfeier.

Aber durch die Fotos, die man sieht, erfährt man nicht mehr als durch die, die man gar nicht zu Gesicht bekommt.

Ich sah keine Fotos von Carolynne mit Freundinnen, Carolynne beim Volleyball, Carolynne bei den Cheerleadern – was man hätte erwarten dürfen – oder von Carolynne mit einem festen Freund. Da war eins von ihr und einem Jungen namens Tyler – der sie offenbar zum Abschlussball begleitete, aber auf dem Foto scheint sie sich zur Kamera stärker hingezogen zu fühlen als zu ihm. Tyler sieht sie an, sie schaut in die Linse. Es hat den Anschein, als wäre sie eine Nummer zu groß für ihn.

Und als sie älter wird, tauchen immer mehr Pokale auf den Fotos auf. Sie nimmt nicht mehr nur an Schönheitswettbewerben teil, sie gewinnt sie auch, und es war kaum zu übersehen, warum. Anhand der Bilder ließ sich nachvollziehen, wie aus dem kleinen Mädchen eine atemberaubende Schönheit wurde.

Die Kamera liebte sie, und sie erwiderte diese Liebe, an ihrem Verhältnis zum Objektiv war zu erkennen, dass sie sich ihrer Wirkung allmählich bewusst wurde, und das, ohne sich davon verunsichern zu lassen.

Aber die Schönheitswettbewerbe müssen teuer gewesen sein. Klamotten und Kostüme kosten viel Geld – ganz zu schweigen von den Reisen, zunächst nur in die nähere Umgebung, später aber auch in Städte wie Gainesville, Jacksonville, Miami und sogar bis über die Staatsgrenze nach Georgia, Mississippi und North Carolina. Benzin, Essen, Motels, all das muss teuer gewesen sein, die geringen Preisgelder, die Carolynne bekam, konnten die Ausgaben kaum gedeckt haben. Die Fotos von zu Hause zeigten, dass aus dem einfachen, schmalen Wohnwagen, irgendwann ein doppelt so breiter wurde, aber das war's auch schon.

Ich fragte mich, ob Kims Mutter sie zu den Wettbewerben gedrängt hatte oder ob sie irgendwie immer schon gewusst hatte, dass sie ihr Ticket nach draußen waren.

»Ist Mr. Woodley mitgefahren?«, fragte ich.

»John? Nein, nicht oft. Ich meine, er hat ja gearbeitet.«

Ich war sicher, dass sie die Wahrheit sagte, aber in ihrer Stimme lag eine Anspannung, die mir verriet, dass ihr Ehemann wohl nicht immer einverstanden gewesen war, und das aus nachvollziehbaren Gründen. Er riss sich den Arsch auf, um den Laden zusammenzuhalten, während seine Frau das ganze Geld darauf verwendete, ihre gemeinsame Tochter als Püppchen oder Engelchen auszustaffieren.

Aber das war eine Vermutung meinerseits, und ich fragte sie: »Was hat er von den Schönheitswettbewerben gehalten?«

»Er fand sie albern«, sagte Elaine.

»Aber er hat trotzdem erlaubt, dass seine Tochter daran teilnimmt.«

Elaine grinste schüchtern und verlegen. »Er wusste, wenn er was von mir will, muss er mir was geben.«

Okay.

»Hatte Kim einen Freund?«, fragte ich.

»Nicht, dass ich wüsste.«

»Tyler?«

»Tyler Gaines.«

»War's was Ernstes?«

»Nicht so ernst, wie Tyler das gerne gehabt hätte«, sagte Elaine. »Er wollte sie direkt von der Highschool weg heiraten.«

»Aber Kim wollte nicht.«

»Ich habe Kim immer darin bestärkt, dass sie was Besseres haben kann.« Ihr Blick sagte alles. Sie hatte ihre Tochter beschworen, sich nicht mit einem Leben zufriedenzugeben, wie sie selbst eines führte.

»Wissen Sie, wo Tyler heute lebt?«, fragte ich.

»Immer noch in der Stadt«, sagte Elaine. »Er arbeitet im Bergbau.«

Ich nahm mir vor, mit ihm zu sprechen. Seit Kim ihn abgewiesen hatte, waren zwölf Jahre vergangen, aber verschmähte Liebe schwelt oft lange.

»Ich sehe kein Klavier im Haus«, sagte ich.

»Wir haben keins.«

»Wo hat Kim denn spielen gelernt?«

»Wilhelmina.«

Wilhelmina Stanton, erzählte sie mir, wohnte die Straße weiter runter und hatte Carolynne Unterricht gegeben.

Auf einem anderen Foto war Carolynne zu sehen, wie sie

draußen vor einer alten Kirche stand. Sehr schlicht, weiße Schindeln, kein Turm.

»Wir sind Pfingstler«, sagte Elaine.

Das war eine wichtige Unterscheidung. In Nebraska konnte man den sozialen und wirtschaftlichen Status einer Person sehr schnell daran erkennen, ob jemand Methodist, Lutheraner oder Episkopalier war. Kurz gesagt arbeiteten Methodisten auf den Farmen der Lutheraner, die sie mit Krediten der Episkopalier gekauft hatten.

Interessanterweise hatte auch Kim ihre Konfession geändert oder zumindest vor ihrem Ehemann so getan.

»Ist Kim mit ihnen in die Kirche gegangen?«, fragte ich.

Elaines Gesichtsausdruck war jetzt abwehrend. »Carolynne liebt den Herrn.«

Ein wunder Punkt.

Sie legte die Fotos zurück in die Kiste. »Ich will nicht, dass John die Bilder sieht. Er ist sauer, dass ich sie überhaupt aufhebe.«

»Warum?«

»Weil sie einfach abgehauen ist«, sagte Elaine. »Ist aufs College gegangen und war sich plötzlich zu fein für uns. Seit Jahren haben wir kein Sterbenswörtchen mehr von ihr gehört. Es hieß, sie hat einen reichen Mann geheiratet.«

»Charlie Sprague.«

»Und jetzt wird sie vermisst?« Sie dachte darüber nach. Ein weiterer Faustschlag, den ihr das Leben verpasste. Kummer wurde so selbstverständlich erwartet wie der Sonnenaufgang. Dann verhärteten sich ihre Züge erneut, und sie sagte: »Wahrscheinlich ist sie einfach wieder abgehauen. Hat sich was Besseres gesucht.«

»Warum sagen Sie das?«, fragte ich.

»Weil Carolynne so ist.«

Sie starrte mich an, forderte mich heraus, ihr zu widersprechen.

»Kommt ihr Mann bald nach Hause?«, fragte ich.

Sie schüttelte den Kopf. »Er hat heute eine Doppelschicht übernommen.«

»Im Bergwerk?«

»Nein«, sagte sie. »Im Gefängnis.«

John Woodley war Wärter im Hamilton Correctional.

Schon seit knapp fünf Jahren. Das erklärte das Fertighaus und den relativ neuen Zweitwagen.

Und es machte mir eine Heidenangst.

Denn ganz plötzlich gab es ein weiteres mögliches Motiv, weshalb Kim Sprague entführt worden sein könnte.

Ich ließ meine Karte und meine Zimmernummer im Hotel da und bat darum, dass John sich mit mir in Verbindung setzte.

Auf dem Weg zu Wilhelmina dachte ich über Gefängnisse nach.

Wir stellen sie uns als isolierte Orte vor, als jeweils eigene Welten, und natürlich sind sie das in gewisser Weise auch, aber andererseits eben auch nicht, und das ist ganz entscheidend.

Die Wärter leben draußen und auch die Gefangenen haben Kontakt zur Außenwelt. Wir glauben, die Wärter haben Macht über die Gefangenen, umgekehrt trifft dies aber ebenso zu.

Gefangene können Wärter bestechen, sie erpressen und zwingen zu tun, was sie wollen. Es ist bekannt, dass Gangs schon Mitglieder in die Nähe von Gefängnissen haben ziehen und als Wärter anheuern lassen, um über sie Drogen einzuschmuggeln. Oder wenn ein Gefangener mit einem Wärter in Konflikt gerät, rächt er sich an ihm über seine Verbindungen zu den Gangs draußen.

Nach fünf Jahren Arbeit als Wärter in Hamilton musste John Woodley Feinde haben.

Und einer von ihnen könnte erfahren haben, dass Woodley unten im Süden eine schöne Tochter hatte.

Wie schon gesagt, es machte mir eine Heidenangst, dass vielleicht irgendwo ein Sträfling oder ein ehemaliger Sträfling Woodley leiden sehen wollte. Wenn das der Fall war, dann war es vermutlich noch das Beste, wenn Kims Leiche in einem Sumpf, einem Straßengraben oder auf einer Müllkippe gefunden würde, denn die Alternative war, dass sie gefoltert wurde für das, was ihr Daddy getan hatte.

Die Tochter eines Gefängniswärters?

Jung, schön?

Das Logischste wäre gewesen, hätte der Sträfling ein Lösegeld gefordert, aber wenn sich eins über Sträflinge sagen lässt, dann dass sie selten logisch vorgehen. Sie handeln impulsiv, nicht rational.

Die Fahrt zu Wilhelmina dauerte nur fünf Minuten.

Ich habe eine Theorie darüber, wie's im Himmel aussieht, an den ich nicht glaube.

Sollte er tatsächlich existieren, dann haben schwarze Frauen da oben das Sagen.

Gott weiß, sie haben es verdient.

In meinem vermeintlichen Paradies steht man an der Himmelspforte, stammelt Geständnisse und Erklärungen wegen des ganzen gemeinen Mists, den man verzapft hat, und dann kommt eine wie Wilhelmina Stanton, sieht einen an und sagt: »Liebes Kind, *bitte*.«

Dann lässt sie einen rein und gibt einem was zu essen.

Wilhelmina war achtundachtzig Jahre alt, klein, dünn und elegant.

Ihre weißen Haare hatte sie zu einem festen Knoten hochgesteckt, und sie trug ein schwarzes Kleid, als hätte sie Besuch erwartet. Als ich mich vorstellte und ihr erklärte, ich sei engagiert worden, um Kim Sprague zu suchen, die ihr möglicherweise als Carolynne Woodley bekannt sei, wirkte sie keineswegs überrascht.

Ihr Haus war ein aufgeräumtes kleines Cottage, das sie alleine bewohnte, aber eine Großnichte schaute regelmäßig herein und half ihr beim Saubermachen. Wir saßen in ihrem kleinen Wohnzimmer, und sie bot mir Eistee an, den abzulehnen ich nicht übers Herz brachte.

»Carolynne hatte Talent«, sagte sie.

»Ich habe ein Video gesehen, auf dem sie spielt.«

»Ach«, sagte Wilhelmina. »Von einem dieser Wettbewerbe, wo die jungen Damen in Badeanzügen und auf hohen Absätzen herumstolzieren?«

»Genau.«

»Schwimmen sieht man sie in diesem Aufzug nie, oder?«, meinte Wilhelmina.

»Nein.«

Sie schüttelte den Kopf. »Ich hab nie was zu ihr gesagt, aber Carolynne war besser als das. Sie hat die Musik wirklich geliebt. Ich weiß, dass sie's nur wegen der Stipendien gemacht hat, um ihre Ausbildung zu finanzieren.«

»Sie hat einen Abschluss in Musik«, sagte ich.

»Dann fühle ich mich geschmeichelt.«

»Sie müssen sehr inspirierend auf sie gewirkt haben.«

»Das weiß ich nicht«, sagte Wilhelmina. Sie nahm einen großen Schluck Tee und stellte das Glas auf das Spitzendeckchen auf dem Tisch neben ihrem Stuhl. »Ich weiß aber, dass sie unbedingt rauswollte aus dieser Stadt.«

»Wissen Sie, warum?«

Sie lächelte. »Mister Decker, ich weiß nicht, woher Sie kommen ...«

»Lincoln, Nebraska.«

»... aber in einer Kleinstadt wie dieser«, sagte Wilhelmina, »gedeiht nur selten eine Rose von solcher Schönheit. Die Rose sieht sich um und erkennt, dass sie anders ist als die anderen Blumen und sehnt sich nach einem ... bunteren Garten.«

Ich war nicht ganz sicher, ob sie über sich selbst oder über Kim sprach, dann begriff ich, dass sie alle beide meinte.

»Sind Sie in Jasper aufgewachsen?«, fragte ich.

»Das bin ich.«

»Welche Schule haben Sie besucht?«

»Ich war an der Howard University«, erwiderte Wilhelmina, »in der Hauptstadt der Vereinigten Staaten.«

Ich wagte mir kaum vorzustellen, was für einen steinigen Weg eine junge Afroamerikanerin aus Jasper, Florida, hatte zurücklegen müssen, um in den Vierzigerjahren in Washington D.C. aufs College gehen zu können.

»Ja«, sagte Wilhelmina, die meine Gedanken erriet. »Ich habe alles mitgemacht, Sitzstreiks, Demonstrationen. Ich war dabei, als Dr. King seine Rede hielt. Dann kehrte ich nach Jasper zurück, um zu unterrichten.«

»Darf ich fragen, warum?«

»Weil sich in jedem Kind die ganze Welt im Kleinen verbirgt«, sagte Eleanor. »Aber Sie sind doch nicht hergekommen, um mir beim Philosophieren zuzuhören, Sie wollten über Carolynne sprechen.«

»Wann haben Sie sie zum letzten Mal gesehen?«

Sie dachte ein paar Sekunden lang nach und sagte: »Kurz bevor sie ans College gegangen ist.«

»Hat sie Sie besucht?«

»Wir hatten einen schönen Nachmittag.«

»Hat sie Ihnen etwas anvertraut?«

»Warum fragen Sie, Mr. Decker? Ist Carolynne etwas zugestoßen?«

»Sie wird vermisst.«

Wilhelmina dachte lange darüber nach und sagte: »Dann hoffe ich, dass sie einen bunteren Garten gefunden hat.«

Ich trank meinen Eistee und stand auf, um zu gehen. Wilhelmina wirkte müde. Aber als ich zur Tür ging, fiel mir noch etwas ein, und ich fragte: »Ms. Stanton, hatte Kim ein Lieblingsstück?«

Sie ging langsam zum Klavier, setzte sich und spielte – aus dem Gedächtnis – die ersten Takte eines sehr eindringlichen Stücks.

»Chopin«, sagte sie. »Nocturne No. 1 in b-Moll. Ich bin sicher, Sie kennen es, auch wenn ich es mit meinen arthritischen Fingern verdorben habe.«

Das war sehr nachsichtig von ihr, denn natürlich kannte ich es absolut nicht.

Aber es war wunderschön.

Die New Hope Church stand im Zentrum einer großen Lichtung, daneben ein Schotterparkplatz. Ein Stückchen weiter weg, an der Seite, ein Wohnwagen. Ich vermutete, dass sich in dem Wohnwagen das Büro des Reverend befand, weshalb ich dort an die Tür klopfte. Keine Reaktion, also ging ich zur Kirche und trat ein.

Ein Mann fegte vor dem Altar und blickte auf, als ich hereinkam.

»Ich suche Reverend Bennett«, sagte ich.

»Der bin ich.«

Ich greife nicht gerne auf Stereotypen zurück, aber Reverend Bennett ließ mir keinen anderen Ausweg. Weiß, vierzig, groß, muskulös, die Haare mit viel Pomade zu einer Tolle zurückgekämmt, sah er genau so aus wie die Fernsehprediger, die ich gesehen hatte, wenn ich nach einer Spätschicht nach Hause gekommen war und den Fernseher eingeschaltet hatte, um bei meinem Feierabendbier noch ein bisschen Gesellschaft zu haben.

Irgendwie fand ich diese Typen lustig, irgendwie machten sie mich aber auch wütend, denn das Programm endete immer mit langatmigen, emotionalen Spendenaufrufen, die es ihnen angeblich ermöglichen sollten, Gottesarbeit zu leisten – zumindest bis sie in einem Motelzimmer draußen am Flughafen mit einer relativ attraktiven Ziege erwischt wurden.

Während ich auf den Altar zuging, stellte ich mich selbst vor und sagte: »Ich sammle Informationen über Kim Sprague, vielleicht kennen Sie sie als Carolynne Woodley.«

Er kannte sie. Das ging eindeutig aus seinem verhärteten Gesichtsausdruck und der Frage hervor, die er mir im Gegenzug stellte: »Was hat das Mädchen denn jetzt wieder angestellt?«

»Sie wird vermisst«, sagte ich.

Wir setzten uns in die erste Bankreihe.

»Ich weiß nicht, wie ich Ihnen helfen kann«, sagte Bennett mit der Herzlichkeit und Wärme eines tiefgekühlten Skalpells.

»Ich versuche, einfach ein klareres Bild von Kim zu bekommen«, sagte ich. »Sie haben sie gekannt, als Kind hat sie Ihre Kirche besucht.«

»Und ist dann weggeblieben.«

»Na ja, sie ist woanders zur Schule gegangen.« Ich wusste nicht, wieso ich mich auf eine Diskussion mit diesem Mann einließ.

»Sie hat sich entschieden«, sagte Bennett.

»Und wenn ich Sie richtig verstehe, waren Sie nicht damit einverstanden.«

»Sie ist in die Welt hinausgegangen«, sagte er. »Die Schönheit einer Frau dient der Erbauung ihres Mannes und der Ehre Gottes.«

»Wovon sprechen wir hier gerade?«

»Ich habe versucht, mit ihren Eltern darüber zu reden«, sagte Bennett, »aber sie wollten nicht auf mich hören. Elaine bestand darauf, ihre Tochter zu Schönheitswettbewerben zu schicken, sie hat zugelassen, dass ihr Kind für sein Aussehen gelobt wurde, nicht für seinen Charakter. Also, was hat sie anderes erwartet? Ich bin sicher, sie bereut es inzwischen.«

Und ich bin sicher, dir ist das eine Riesengenugtuung, dachte ich.

Arschloch.

»Haben Sie sich der Gnade des Herrn anvertraut, Mr. Decker?«, fragte Bennett.

»Wann haben Sie Kim zum letzten Mal gesprochen?«, fragte ich und schaltete auf Polizistenmodus um, eine andere Art zu sagen: »*Ich* stelle hier die Fragen.«

Bennett lächelte, als hätte er bereits geahnt, dass ich Jesus nicht gefunden hatte oder umgekehrt. Dann sagte er: »Kurz bevor Carolynne ans College ging. Sie kam, um Rat zu suchen.«

»Darf ich fragen …«

»Sie dürfen«, sagte Bennett, »aber ich behalte mir vor, nicht zu antworten. Ich war ihr Reverend, und daher waren unsere Gespräche vertraulich. Ich will nur sagen, dass Carolynne gewissen Versuchungen ausgesetzt war … mit ihrem Freund.«

»Tyler Gaines.«

»Und nicht wusste, was sie mit diesen Gefühlen anfangen sollte«, sagte Bennett.

»Was haben Sie ihr geraten?«

»Ich habe ihr erklärt, dass diese Gefühle des Teufels sind, und ihr geraten zu beten«, sagte Bennett.

»Hat's funktioniert?«

»Carolynne wurde schwanger«, sagte Bennett.

Ach.

»War Tyler der Vater?«

Bennett grinste geziert. »Ich gehe davon aus. Tyler auch.«

»Wussten ihre Eltern davon?«

»Ich weiß nicht, was sie damals wussten«, sagte Bennett. »Ich habe es nur herausgefunden, weil Tyler es mir gestanden hat. Ich drängte ihn, Carolynne zu heiraten oder das Kind zur Adoption freizugeben.«

»Und dann?«

»Carolynne fuhr weg, und als sie wiederkam, war sie nicht mehr schwanger«, sagte Bennett.

Wieder geziertes Grinsen.

»Kann sie eine Fehlgeburt gehabt haben?«, fragte ich.

»Laut Tyler hatte sie keine«, sagte Bennett. »Nein, Carolynne hat ihr Baby dem Tod und ihre Seele dem Teufel übergeben. Sehen Sie, Mr. Decker, in Gottes Augen ist Carolynne eine Mörderin.«

Kim war siebzehn, dachte ich, und selbst noch ein verängstigtes Kind, plötzlich konfrontiert mit der Aussicht, ein Leben lang gefangen zu sein in einer Ehe mit einem Jungen, den sie nicht liebte, gefangen in einer Stadt, aus der sie um jeden Preis herauswollte.

»Wann haben Sie sie zum letzten Mal gesehen?«, fragte ich.

»Sie war klug genug, der Kirche fernzubleiben«, sagte Bennett. »Sie wusste, dass ich von der Kanzel mit dem Finger auf sie gezeigt und sie als Hure zur Tür hinausgejagt hätte.«

Am liebsten hätte ich ihm eine runtergehauen, aber dafür war ich nicht gekommen und begnügte mich daher mit: »Wie wär's mit ›die Sünde hassen, den Sünder lieben‹?«

»Liberaler Blödsinn«, sagte Bennett im Brustton der Überzeugung. »Hätte Carolynne Vergebung gesucht, wäre sie vor die versammelte Gemeinde getreten und hätte sich zu ihren Verfehlungen bekannt.«

»Sie hätten sie auch mit Händen und Füßen in den Büßerstock spannen können.«

»Der Satan ist real, Mr. Decker«, erwiderte Bennett. »Das

werden Sie schon merken, wenn Sie ihm ins Angesicht schauen.«

Dem Satan ins Angesicht schauen?

Ich war Polizist bei der Mordkommission – der Teufel war mein ständiger Begleiter, jeden Tag, wenn ich zur Arbeit ging. Ich saß ihm am Tisch gegenüber, hörte einen Kindesvergewaltiger beschreiben, was er getan hatte, einen Kindesmörder spotten und prahlen. Von diesem arroganten Arschloch hier musste ich mir nichts über den Teufel erklären lassen.

»Aber Kims Eltern besuchen nach wie vor Ihre Kirche«, sagte ich.

»Elaine«, sagte Bennett. »Sie ist reumütig. Aber John lässt sich hier nicht mehr blicken. Haben Sie ihn kennengelernt?«

»Ich hatte noch nicht das Vergnügen.«

»Ich möchte bezweifeln, dass es ein Vergnügen wird«, sagte Bennett und grinste erneut. »Wenn ich nicht weiter behilflich sein kann, dann …«

»Nur noch eine letzte Frage«, sagte ich. »Was glauben Sie, wo Kim ist?«

»Ich weiß genau, wo sie ist.«

»Wie bitte?«

»In der Hölle.«

Ich fuhr zurück zum Motel.
Spekulierte darüber, ob irgendetwas dessen, was ich erfahren hatte, für Kims Verschwinden relevant sein könnte. Und ärgerte mich darüber, dass Elaine mir nichts von Kims Abtreibung erzählt hatte – vermutlich aus Scham. Und natürlich fragte ich mich auch, ob dieser Eingriff in so jungen Jahren etwas damit zu tun hatte, dass sie keine Kinder bekommen konnte.

Bennetts salbungsvoller, scheinheiliger und ignoranter Schwachsinn sowie sein vollkommener Mangel an Mitgefühl hatten mich wütend gemacht.

»In der Hölle.«

Vielleicht war ich deshalb so sauer, weil ich Angst hatte, er könnte recht haben. Nicht weil Kim kein Leben im Jenseits vergönnt sein würde, das ich ohnehin für ein Märchen hielt, sondern weil sie die Hölle auf Erden durchgemacht hatte.

Wieder war ich bei meiner Sträflingstheorie angekommen, dass Kim entführt worden sein könnte, und zwar nicht, weil sie Charlies Ehefrau, sondern weil sie Johns Tochter war.

In meinem Zimmer setzte ich mich an den Computer.

Das Hamilton Correctional war eine Einrichtung mit Sicherheitsstufe vier – der zweithöchsten – und konnte maximal 1100 Insassen aufnehmen, allesamt erwachsene Männer.

Außerdem gab es einen Anbau und ein angeschlossenes Arbeitslager.

Ich klickte mich in die »Straftätersuche«. Ein kurzer Blick auf der ersten Seite ergab, dass circa zwei Drittel der Insassen Afroamerikaner waren, ein Drittel Weiße und relativ wenige lateinamerikanischer Abstammung. Ich klickte ein paar von ihnen an, um eine Vorstellung davon zu bekommen, um welches Kaliber es sich handelte. Die Straftaten deckten das gesamte Spektrum ab – Einbruch, bewaffneter Raubüberfall, Körperverletzung, sexuell motivierte Körperverletzung, Kindesmissbrauch ... Mord.

Einige saßen lebenslänglich.

Kurz gesagt, Hamilton passte auf einen Haufen gewaltbereiter Krimineller auf.

Sämtliche aktuell Einsitzenden durchzugehen war eine praktisch unmögliche Aufgabe, ganz zu schweigen von denjenigen, die seit John Woodleys Dienstantritt auf freien Fuß gesetzt worden waren und möglicherweise einen Groll gegen ihn hegten. Oder war ein Insasse eine Art Deal mit John eingegangen und fühlte sich nun übers Ohr gehauen?

Die Einzigen, die sich wirklich vollkommen ausschließen ließen, waren die relativ wenigen, die erst in den Tagen seit Kims Verschwinden nach Hamilton verlegt worden waren.

Die Zahlen waren gewaltig.

Ich versuchte es auf einem anderen Wege und gab »Hamilton Correctional Institution« bei Google ein und suchte nach Zeitungsartikeln. Viele gab es nicht – Gefängnisse spielten in den Nachrichten keine Rolle, es sei denn, es gab Unruhen oder eine Hinrichtung.

Ich ging einige Artikel durch, die meisten vom Ende der Neunziger.

Dann fand ich es – ein Bericht von 2013 über einen Häftling, der wegen vermeintlicher gewalttätiger Übergriffe den Staat Florida verklagte. DeMicheal Morrison behauptete, in die Wäschekammer gelockt und verprügelt worden zu sein, und zwar von ...

Genau.

Sergeant John Woodley.

Ich gab Morrison in der »Straftätersuche« ein und stellte fest, dass er in die Union Correctional Institution, allgemein bekannt als »Raiford«, verlegt worden war. Die Einrichtung hatte einen gewissen Ruf, was Brutalität und Rassismus betraf.

Ich klickte Morrisons Akte an – und sah das Foto eines Afroamerikaners. Seine Größe war mit eins achtundsiebzig angegeben, Gewicht 82 Kilo, und anscheinend hatte er jede Menge Tätowierungen, hauptsächlich Gang-Symbole. Er hatte kürzlich einen Wärter angegriffen und wartete jetzt auf den Strafantrag.

Zwischen den Zeilen ließ sich herauslesen, dass Morrison verschaukelt worden war.

Er war dämlich genug gewesen, sich über die Prügel zu beschweren, die er im Hamilton bezogen hatte, und wurde daher prompt in ein viel schlimmeres Gefängnis verlegt, in dem noch viel mehr geprügelt wurde, und wenn er Widerstand leistete, war er selbst wegen tätlicher Übergriffe gegen einen Wärter dran. Das konnte ihm zusätzlich zu den fünfzehn Jahren, die er wegen Kokainbesitzes mit Verkaufsabsicht abzusitzen hatte, noch einmal fünf Jahre einbringen.

Morrison würde aus dem System gar nicht mehr herauskommen. Seine Bewährung war wegen des Vorwurfs des tätlichen Angriffs sowieso hinfällig, sie würden ihm noch mal fünf aufbrummen, und in dieser Zeit würde noch mehr passieren, weshalb er nicht mehr rauskam.

Es klopfte an der Tür, und ich hörte: »Frank Decker?!«

Ich klappte den Computer zu, und öffnete.

John Woodleys Faust schoss mir entgegen.

Ich wich ihr erfolgreich aus und war froh darüber, denn es war eine große und in böser Absicht ausgefahrene Faust. Die Wucht des verfehlten rechten Cross brachte Woodley aus dem Gleichgewicht, woraufhin ich ihn hinten am Gürtel packte und der Schwerkraft ein kleines bisschen nachhalf. Er stolperte über den Couchtisch und kam unsanft auf, sein Kopf knallte an die Ecke des Schreibtischs.

Woodley wollte wieder aufstehen, und so verpasste ich ihm einen Tritt in den Bauch, der eine recht große Angriffsfläche bot. Die Luft entwich, und ich bekam Gelegenheit, etwas zu sagen. Intelligenterweise fiel mir nichts Besseres ein als: »Verdammte Scheiße.«

»Du Hurensohn«, keuchte Woodley, »meine Frau zu belästigen, wenn ich nicht zu Hause bin.«

Er war noch in seiner Wärteruniform, sie war braun, mit einem breiten Gürtel und schweren Schuhen. Schusswaffe hatte er keine, ich vermutete aber, dass er sie im Wagen gelassen hatte.

Ich musste mich bereithalten, falls er beschloss, aufzustehen und noch einmal loszulegen. Woodley hatte mir zehn Zentimeter und gute zwanzig Kilo voraus, und wenn Gefängniswärter eins können, dann ist das prügeln, schließlich trainieren sie es ständig. Getrunken hatte er außerdem. Seine Augen waren rot, und ich konnte den abgestandenen Alkohol in seinem Atem riechen. »Wenn ich aufstehe ...«

»Stehen Sie nicht auf. Und nennen Sie mich nicht noch einmal einen Hurensohn.«

Woodley hatte eine kleine Platzwunde auf der Stirn, wo er gegen den Tisch geknallt war. Ich ging ins Badezimmer, ließ kaltes Wasser auf einen Waschlappen laufen, kam zurück und gab ihn ihm.

»Hier.«

Er drückte ihn sich an den Kopf.

Und auch davon hatte er viel. Ein Riesenschädel, größtenteils Glatze, der Rest kahl rasiert. Ich wusste, dass dies die von Gefängniswärtern bevorzugte Frisur war, denn praktischerweise konnte einen kein Insasse mehr an den Haaren packen.

»Hat Ihre Frau Ihnen erzählt, dass Ihre Tochter vermisst wird«, fragte ich, »und dass ich sie suche?«

»Wir haben die Schlampe schon vor langer Zeit begraben.«

»Nach der Abtreibung?«, fragte ich.

»Sie war eine Hure«, behauptete er. »Eine stadtbekannte Schlampe, jeder durfte drüberrutschen, seinen Schwanz reinstecken.«

»Sie auch?«

Er stand auf und wollte sich auf mich stürzen. Wieder wich ich aus und rammte ihm einen linken Haken in die Leber. Der Schmerz zwang ihn in die Knie. Als er endlich wieder Luft bekam, sagte er: »Ich mag ja vieles sein, aber ein Kinderficker bin ich nicht.«

»Na schön.« Dann fragte ich: »Sagt Ihnen der Name De-Micheal Morrison was?«

»Was hat das miese Stück Abschaum mit alldem zu tun?«, fragte Woodley.

»Ich weiß es nicht«, sagte ich. »Vielleicht gar nichts.«

Ich wollte wissen, ob *er* glaubte, Morrison könne etwas damit zu tun haben. Würde er anfangen, ein paar Punkte miteinander zu verbinden?

Nicht so, dass man's ihm angemerkt hätte.

Seine Augen verengten sich und sein Mund verzog sich zu einem abfälligen Grinsen. Morrison war eindeutig ein weiterer Beleg dafür, dass es die Welt auf John Woodley abgesehen hatte.

»Erzählen Sie mir von ihm«, sagte ich.

Laut Woodley gab es da nicht viel zu erzählen. Morrison sei ein »Stück Scheiße« aus Overtown und hatte acht bis fünfzehn Jahre wegen Koks-Dealerei abzusitzen. Er habe eine »große Klappe« gehabt – sei frech gegenüber den Vollzugsbeamten gewesen, habe ständig Ärger gemacht und Beschwerden eingereicht.

»Da bin ich mit ihm in die Wäschekammer und hab ihn wieder in die Spur gesetzt«, erklärte Woodley. »Die miese kleine Zecke hat eine Beschwerde eingereicht und mir einen Monat Suspendierung ohne Bezüge eingebrockt.«

»Und Anzeige hat er auch erstattet.«

»Die Gewerkschaft übernimmt die Verfahrenskosten«, sagte Woodley.

»Läuft die Verhandlung noch?«

»Denke schon.«

Kein Wunder – diese Verfahren können sich über Jahre hinziehen, besonders wenn der Kläger hinter Gittern sitzt.

»Er wurde nach Raiford verlegt«, sagte ich.

Woodley grinste. »Zu seiner eigenen Sicherheit.«

»Welcher Gang gehört er an?«

»Was macht das für einen Unterschied?«

»Möglicherweise einen großen«, sagte ich. »Sie setzen ein Gangmitglied ›in die Spur‹, was Ihnen den Verlust eines Monatsgehalts und eine Anzeige einbringt. Er wird zu seiner eigenen Sicherheit in eine andere Einrichtung verlegt, wobei ich vermute, dass ihm Ihre lieben Kollegen dort ein herzliches Willkommensfest bereitet und keine Gelegenheit ausgelassen haben, ihm die Eier in den Schraubstock zu spannen. Morrison hatte nichts anderes zu tun, als über Rache nachzugrübeln und seine Brüder zu bitten, die Tochter seines Folterknechts von der Straße wegzuschnappen. Also ja, John, ich denke schon, dass es einen Unterschied macht, also wollen Sie mir jetzt vielleicht verraten, welcher Gang Morrison angehört?«

»MGD.«

»Und das steht wofür?«

»Miami Gangster Disciples«, nuschelte Woodley.

»Wo sind die? In Overtown?«, fragte ich. Charlie hatte mir erzählt, dass eine von Kims Stiftungen – »Keys for Life« – vor allem in Overtown arbeitete. »Wollen Sie mir sonst vielleicht noch was erzählen? Was lief da zwischen Ihnen, Morrison und den MGD? Oder sonst einer Gang?«

»Was soll da gelaufen sein?«

»Ach? Wirklich? Wollen Sie immer noch Spielchen spielen?«, fragte ich. »Okay. Zum Beispiel Drogenschmuggel.«

Er sah mich böse an.

»Mir ist das egal«, sagte ich. »Ich bin nicht von der Polizei, und mir ist scheißegal, was Sie machen. Aber ich werde jedem Ansatz nachgehen, der mich möglicherweise zu Ihrer Tochter führt, sollte da also etwas gewesen sein, dann sagen Sie's mir lieber jetzt.«

»Ich kann meinen Job verlieren.«

Deinen *Job*, du Arschloch? Du hast deine *Tochter* verloren.

»Ich sag Ihnen jetzt mal, wie das funktioniert«, erklärte ich. »Was ich von Ihnen nicht erfahre, lasse ich mir von der Staatsanwaltschaft von Hamilton County erzählen. Oder Florida. Oder ich spreche mit meinen Freunden beim Drogendezernat und gebe ihnen den Tipp, sich den Drogenhandel in Hamilton mal genauer anzusehen. Dann sind Sie Ihren Job los und teilen sich eine Zelle mit genau denen, die Sie vorher ›in die Spur‹ gesetzt haben. Wie hört sich das für Sie an, John?«

Ich versuche verdammt noch mal deine Tochter zu finden, Herrgott noch mal, dachte ich. Dein Kind.

Warum hilfst du mir nicht?

»Vielleicht hab ich mal ein paar Pillen mitgebracht«, sagte John und stierte zu Boden.

»Einmal? Oder mehrmals?«

»Mehr oder weniger regelmäßig.«

»Was ist passiert?«

Er packte aus, und es war schlimmer, als ich befürchtet hatte. John und zwei andere Wärter schmuggelten im Auftrag der Aryan Brotherhood Opiate ins Gefängnis – Vicodin, Oxycodone –, Morrison dealte selbst Dope an die weißen Insassen, das er über die MGD hereinbekam. Die Arische Bruderschaft wollte der Konkurrenz ein Ende setzen.

»Wieso haben die sich Morrison nicht einfach selbst vorgeknöpft?«, fragte ich.

So wird das meistens geregelt.

»Niemand wollte einen ausgewachsenen Rassenkrieg in Hamilton«, sagte John. »Wir haben gedacht, wir warnen Morrison, dann macht er einen Rückzieher.«

»Also wurde er erst verprügelt, dann verlegt.«

»Verlegt wurde er, weil er ein Verräter war.«

John stand auf.

Dankbar nahm ich zur Kenntnis, dass er offensichtlich immer noch ein bisschen wacklig auf den Beinen war.

»Ich glaube nicht, dass ich mich noch mal mit Ihnen schlagen kann«, sagte ich. »Wenn Sie mir wieder ans Leder wollen, jage ich Ihnen in jedes Knie eine Kugel.«

Er schenkte mir einen »Ich hab keine Angst vor dir«-Blick, den er wahrscheinlich für seine Pflicht hielt, und ging zur Tür.

Ich wusste, dass er wusste, dass ich's ernst gemeint hatte, und allein darauf kam es an.

In der ganzen Umgebung gab es nur ungefähr acht Bars, und ich hatte schon bei der vierten Glück, fand Tyler Gaines in der Little Bar in Live Oak, ungefähr fünfzehn Meilen weiter auf der 129, an der Kreuzung zur Interstate 10. Elaine hatte mir gesagt, dass Tyler gerne mal was trank, und als ich ihn zu Hause nicht antraf, blieb mir eigentlich nichts Ergiebigeres zu tun, als in der Gegend herumzufahren und ihn zu suchen.

Vielleicht war ich auch einfach nur unruhig.

Die Little Bar wurde ihrem Namen gerecht.

Ein kleiner Laden aus Betonsteinen, grau gestrichen mit blauer Zierleiste. Stahldach, ein kleines Fenster. Meine alte Corvette war das einzige Fahrzeug draußen, das kein Pickup oder eine Harley war.

Kurz gesagt, eine Redneck-Bar.

Ungefähr ein Dutzend Männer saßen drin, und die meisten starrten mich an, als ich die Tür öffnete. Eine Jukebox dudelte Country- and Western-Music, und zwei Männer standen am Billardtisch.

Einer davon war Tyler Gaines.

Ich erkannte ihn von seinem Abschlussballfoto. Das braune Haar war kaum dünner geworden und unter der Cap auch mindestens noch so lang wie früher, im Gesicht wirkte er vielleicht ein bisschen fleischiger, sein Bauchansatz hing ihm über den Bund seiner Jeans, und unter dem schwarzen ärmellosen T-Shirt zeichneten sich schwere Muskeln ab.

Keine Bodybuilder-Muskeln, sondern die eines Arbeiters.

Er war groß und sah gut aus, und dem nicht vorhandenen Ring am Finger nach zu urteilen war er immer noch Single.

Ich ging an die Bar und bestellte ein Bud Light.

Der Barmann schenkte mir einen neugierigen »Dich hab ich hier noch nie gesehen«-Blick, stellte aber keine Fragen, sondern reichte mir ein Bier. Brad Paisley sang irgendwas von wegen Mexiko und Wassertrinken, und im Spiegel hinter der Bar sah ich, wie Tyler mit geschmeidiger, fast aggressiver Präzision eine Kugel in der Ecke versenkte.

Ich hoffte, ich würde mich nicht zum zweiten Mal heute Abend prügeln müssen.

Ich hasse Schlägereien.

Meistens tut's weh, auch wenn man gewinnt.

Ich wartete, bis Gaines sein Spiel beendet hatte, dann sah ich, wie er dem Verlierer zwanzig Dollar abknöpfte, und ging zu ihm.

»Bist du der Nächste?«, fragte er und musterte mich von oben bis unten, weil er mich nicht kannte und ich mit meinem Jeanshemd in der beigefarbenen Hose und den Wanderschuhen von Merrell, die ich normalerweise beim Angeln trage, deplaziert wirkte.

»Nein, ich würde mich nur gerne mit dir unterhalten.«

»Worüber?«, fragte Gaines. »Wer bist du?«

Die Gespräche ringsum verstummten, und ich spürte, dass die anderen abwarteten, ob sich Ärger ergeben würde, um sich bereitwillig – da war ich mir ganz sicher – auf Gaines' Seite zu schlagen.

Fast wünschte ich, ich wäre bewaffnet hergekommen, aber meiner Erfahrung nach hatten an einem Ort, an dem man das Gefühl hatte, eine Waffe ziehen zu müssen, meist auch andere eine einstecken.

»Mein Name ist Frank Decker ...«

»Ich hab dem verdammten Vermieter schon gesagt, dass ich noch zahle«, sagte Gaines. »Verdammte Scheiße, ich bin jetzt gerade mal eine Woche mit der Miete hinterher.«

» ... und ich möchte mich über Kim Sprague unterhalten. Carolynne Woodley.«

Er liebte sie immer noch.

Ich sah es ihm an.

Sein Gesicht war traurig wie ein Drei-Akkorde-Country-Song.

Dann verhärtete sich sein Ausdruck, aber es kostete ihn einiges an Anstrengung. »Ich spiele Billard.«

»Was glaubst du, wie viel du in der Zeit gewinnen würdest?«

»Weiß nicht. Einen Hunderter vielleicht.«

»Ich verdopple, wenn du zwanzig Minuten mit mir redest«, sagte ich. »Und das Bier geht auch auf mich.«

Aus dem Augenwinkel sah ich einen Mann – einen großen Biker, der, seinem Blick nach zu urteilen, Waylon immer noch für einen Outlaw hielt – auf uns zukommen. Dann hörte ich, womit ich längst gerechnet hatte: »Belästigt dich der Kerl, Ty?«

Ich drehte mich zu ihm um. »Bist du seine Mutter?«

Das war der ehemalige Cop in mir. Erste Regel zur Verhinderung einer Massenschlägerei: Lass dich nicht blöd anquatschen, sonst ist es gleich vorbei. Man muss dem Ersten das Maul stopfen, sonst hat man die ganze Horde gegen sich. Möglicherweise lässt sich das auch so nicht verhindern, aber wenn man sich vom erstbesten Klugscheißer anpissen lässt, ist der Aufstand garantiert.

Angespannte Stille.

Der Mann guckte ein bisschen erstaunt, sagte dann aber: »Ich bin nicht seine Mutter.«

»Dann geh ich davon aus, dass es dir nichts ausmacht, wenn ein erwachsener Mann wie Tyler redet, mit wem er will.«

Jetzt wurde er unsicher. »Ja, ich denke schon.«

Zweite Regel: Wenn der andere bereit ist, einen Rückzieher zu machen, dann lass ihn dabei gleichzeitig das Gesicht wahren. Also grinste ich und sagte: »Na, das ist ja schön, hab nämlich gar keine Lust, mich mit einem Muskelpaket wie dir anzulegen.«

Ich machte dem Barmann Zeichen, er möge ihm ein frisches Bier hinstellen.

Der Biker nickte mir zu und ging.

Ich wandte mich wieder an Gaines: »Zweihundert für zwanzig Minuten?«

Wir setzten uns hinten an einen Tisch.

Ich erklärte ihm noch einmal, wer ich war und was ich wollte. Dann sagte ich: »Erzähl mir von Kim.«

»Ich hab sie geliebt, das kann ich dir sagen, und wie.«

Er habe seither nie wieder ein so schönes Mädchen gesehen und er glaubte auch nicht, dass ihm noch mal eines begegnen würde.

»Man kann wohl sagen, dass Carolynne mich für andere Frauen verdorben hat, jedenfalls was das Familiegründen angeht«, sagte Gaines und schüttelte den Kopf. »Wenn man so jemanden hat, dann ...«

Er beendete den Satz nicht.

Er tat mir leid.

Er war – wie alt? – einunddreißig?

Er arbeitete, war gesund und sah gut aus. Er sollte eine Frau und Kinder haben oder zumindest eine feste Freundin, ein Leben. Stattdessen stand er hier, spielte Pool in irgendeiner Spelunke, um das Geld für die Miete zusammenzubekommen, und ertränkte seinen Kummer in Bier.

Andererseits mochten sich manche Leute auch fragen, was ich eigentlich machte.

Scheiße, manchmal fragte ich mich das selbst.

»Wie lange wart ihr beiden zusammen?«, wollte ich wissen.

»Ungefähr ein Jahr«, sagte Gaines, »wenn man es überhaupt so nennen will. Ihre Eltern waren sehr streng – gläubige Leute –, und an den Wochenenden war sie meistens mit ihrer Mum unterwegs bei Schönheitswahlen. Aber ich hab sie mein ganzes Leben lang gekannt. Verdammt, ich glaube, ich hab sie schon geliebt, als sie sechs war.«

»Jill Gibian«, sagte ich.

»Wer?«

»Rote Haare, grüne Augen, Sommersprossen«, sagte ich. »Hat ein paar Häuser weiter in derselben Straße gewohnt, ich war sechs Jahre alt. Wir waren *sehr* verliebt.«

»Was ist passiert?«

»Sie ist weggezogen. Hat mir das Herz gebrochen.«

Er stieß seine Bierflasche an meine.

»Warum ist Kim weg?«, fragte ich.

Gaines zuckte mit den Schultern. »Hast du dir die Stadt mal angesehen? Sie war ihr nicht genug. Ich wahrscheinlich auch nicht, ich glaube, das hab ich immer gewusst und es mir nur nicht eingestehen wollen.«

»Hast du je daran gedacht, mit ihr wegzugehen?«, fragte ich. »An die Universität?«

»Mein Notendurchschnitt war noch schlechter als meine

Zeit im 40-Yards-Sprint«, erwiderte Tyler. »Langsame, weiße Footballversager bringen es in Florida zu nichts. Außerdem wusste ich, dass Carolynne da sein würde, und da waren wir schon nicht mehr ...«

Er nahm einen tiefen Schluck von seinem Bier.

»Aber du hast sie geschwängert«, sagte ich.

»Das hast du auch schon mitbekommen?«

»Reverend Bennett scheint eine andere Vorstellung von ›vertraulich‹ zu haben als ich«, erwiderte ich.

»Kann ich mir vorstellen.«

»Du hast dich ihm anvertraut?«

»Ich war noch ein Junge.«

»Wolltest du das Baby?«, fragte ich.

»Ja«, antwortete er. »Hauptsächlich, weil ich Carolynne dann hätte behalten können. Aber ...«

»Ja, ich weiß.«

»Ach, das hat er dir auch erzählt?« Er setzte die Bierflasche an und leerte sie. »Ja, Carolynne ist los und hat getan, was sie getan hat. Danach war's zwischen uns aus.«

»Wann hast du sie zum letzten Mal gesehen?«

»Am Abend, bevor sie ans College ist«, sagte er. »Und seitdem hab ich nie wieder was von ihr gehört.«

Ich sah ihm in die Augen. Wenn Tyler Gaines seit ihrem Verschwinden von Kim gehört hatte, dann war er ein verdammt guter Schauspieler, und das konnte ich mir nicht vorstellen.

»Nein«, sagte er schlicht.

»Sie hat dich nicht angerufen«, sagte ich, »E-Mails geschrieben, SMS, über Facebook Kontakt aufgenommen ...«

»Nichts.«

»Tyler, wenn du irgendwie in Kontakt mit ihr stehst ....«, sagte ich. »Hör mal, ich kann mir vorstellen, dass ihr vielleicht irgendwie wieder miteinander zu tun hattet, habt euch vermisst, sie war unglücklich mit ihrem Leben, vielleicht hat sie gedacht, ihr könntet noch mal von vorne ...«

»Nein.«

»Wenn es so wäre«, machte ich weiter, »wär's ja kein Verbrechen. Ihr Ehemann, ihre Familie, ihre Freunde wollen einfach nur wissen, ob es ihr gutgeht.«

»Ich würde selbst alles dafür geben, zu wissen, ob es ihr gutgeht.«

»Okay«, sagte ich.

Ich glaubte ihm.

»Wenn du mir sonst noch was sagen kannst«, erklärte ich. »Irgendwas, das mir helfen könnte ...«

Er schüttelte den Kopf.

Ich griff nach meiner Brieftasche.

»Behalt dein Geld«, sagte Gaines. »Finde Kim, okay?«

Er stand auf, ging zum Billardtisch und wartete auf »den Nächsten«.

Ich trank mein Bier aus und ging.

Später fing es an zu regnen.

Ein heftiger Winterregen, wie es ihn nur in den Südstaaten gibt.

Ich wollte gerade ins Bett gehen, als ich den Truck auf den Parkplatz rollen hörte, dann quietschende Bremsen. Vor meinem Fenster blitzten Scheinwerfer auf.

Ich öffnete die Tür und trat einen Schritt nach draußen.

Ich vermutete, es wäre John, aber es war Gaines.

Und er war betrunken.

Richtig betrunken.

»Ich muss dir was sagen ...«, erklärte er.

Dann hielt er inne.

Wirkte beschämt.

Mir rutschte das Herz in die Hose. »Tyler, wenn du Kim was angetan hast, dann ist jetzt der Zeitpunkt ...«

»Das ist es ja«, lallte er. »Ich hab ihr nie was getan. Anscheinend alle anderen, nur ich nie.«

»Was meinst du?«

»Ich war nicht der Vater von dem Kind«, sagte er. »Ich hab gelogen.«

Anschließend erzählte er mir die ganze Geschichte, ich verfrachtete ihn in meinen Wagen und brachte ihn nach Hause. Dann fuhr ich zum Vater von Kims Baby.

Es regnete wie mit spitzen Nadeln, als ich an der New Hope Church aus dem Wagen stieg und an die Wohnwagentür hämmerte.

Reverend Bennett machte auf. »Wissen Sie eigentlich, wie spät ...«

»Kommen Sie raus und nehmen Sie die Hände hoch«, befahl ich.

Okay, vielleicht hab ich, nachdem ich Tyler abgesetzt hatte, zwischendurch gehalten und eine Flasche gekauft. Kann auch sein, dass ich eine Zeitlang im Wagen gesessen und mir überlegt habe, was ich jetzt tun sollte. Möglich, dass ich so lange dort gesessen habe, bis sich ausreichend Mut und Hass angesammelt hatten, sodass ich es tun konnte.

»Was wollen Sie hier?«, fragte Bennett.

Ich packte ihn am Hemd und zerrte ihn in den Regen hinaus.

»Sie haben das Mädchen geschwängert«, sagte ich, »und den Jungen überredet, die Schuld auf sich zu nehmen. Was nicht schwer war, weil er sie geliebt hat und sie heiraten wollte. Dann hat sie abgetrieben, und Sie haben mit dem Finger auf sie gezeigt und sie als Hure bezeichnet. Jetzt nehmen Sie die verdammten Hände hoch, ich polier Ihnen so oder so die Fresse.«

Er hob die Hände.

Ich bin nicht stolz drauf, aber ich verpasste ihm einen

rechten Cross, der ihn zu Boden gehen ließ. Dann kniete ich mich neben ihn in den Dreck, beugte mich über ihn und schlug ihm immer wieder ins Gesicht, bis ich im Licht, das aus der Wohnwagentür drang, Blut von seinen Lippen laufen sah.

Er heulte.

Versuchte sich abzuwenden, meinen Schlägen auszuweichen.

Heulte und nannte sich selbst einen Sünder.

Vielleicht heulte ich auch, aber es war schwer zu sagen bei dem Regen, der mir über das Gesicht lief.

Ich würde es abstreiten.

Ich wusste, Bennett konnte nicht zur Polizei gehen und würde sich ganz schön was einfallen lassen müssen, um am Sonntagvormittag auf der Kanzel die dicke Lippe, das blaue Auge und all die blauen Flecken zu erklären.

Vielleicht würde er behaupten, er sei dem Teufel begegnet.

Ich wusste, dass es nicht richtig war.

Wusste es damals und weiß es heute.

Aber irgendwie fand ich, es sei das mindeste, was ich für Carolynne Woodley tun konnte.

Meistens ist es ein Vergnügen, spätnachts mit Mr. Springsteen auf dem Beifahrersitz durch die Gegend zu fahren.

Dieselbe Fahrt alleine ist allerdings das Gegenteil, weil man sich nur mit sich selbst beschäftigen kann.

Ich bin von Natur aus kein gewalttätiger Mensch, wirklich nicht. Aber so altmodisch und nach John Wayne das klingen mag: Gewalt ist die einzige Sprache, die bestimmte Menschen verstehen. Oder respektieren. Manchmal ist es ganz gut, ihnen begreiflich zu machen, dass man es ernst meint und vielleicht auch ein bisschen verrückt ist.

Vor einer solchen Bedrohung haben sie Angst.

Laura hat immer gesagt, dass ich seit dem Krieg unterdrückte Wut mit mir herumtrage, und das habe ich immer für Blödsinn gehalten.

Ich meine, ich habe nie auch nur die Stimme gegen sie erhoben.

»Das liegt daran, dass du deine Wut so gut zu unterdrücken verstehst«, sagte sie. »Du übertünchst alles mit deiner sanften, gelassenen Persönlichkeit.«

»Das Argument beißt sich in den Schwanz«, sagte ich. »Meine Wut kommt nicht zum Vorschein, weil ich sie so gut verstecke ...«

Okay, als ich aus dem Irak kam, war ich wütend.

Wütend in der Zeit in Landstuhl.

Und wütend, als ich endlich entlassen wurde.

Ich hatte ein Ticket für einen Flug zurück in die Staaten, aber ich bin nicht eingestiegen. Ich konnte nicht – ich war noch nicht bereit, in die bürgerliche Gesellschaft zurückzukehren, und ließ mich erst mal freistellen, kaufte mir ein Interrailticket und reiste herum.

Hauptsächlich aber ging ich zu Fuß.

Ich humpelte noch, vermutlich verbot mir mein Stolz, bei meiner Rückkehr nach Nebraska noch zu hinken. Die Ärzte meinten, ein kleines bisschen würde für immer zurückbleiben, aber durch ausdauerndes Gehen könne ich meinen Zustand »optimieren«. Ich besorgte mir ein Wörterbuch, dann machte ich mich auf den Weg.

Es war ein gutes Gefühl, überhaupt wieder gehen zu können, aber es hatte auch etwas, sagen wir mal, Therapeutisches – der monotone Wechsel zwischen links und rechts, als würde eine Art Rhythmus, eine Ordnung oder Normalität wiederhergestellt. In Deutschland herrschte Winter, es war kalt, regnerisch oder schneite sogar, der Himmel war grau die Wolken noch grauer – aber es machte mir nichts aus. Ich ging über Land, Wanderwege entlang und durch die Straßen der Städte.

Berlin, München, Hamburg, Köln.

Ich ging über den Kurfürstendamm, ohne etwas zu kaufen, durchwanderte Kreuzberg und Friedrichshain, trieb mich in der Kaufingerstraße in München herum, erstand Brot und Käse auf dem Viktualienmarkt, kam am Hofbräuhaus am Platzl vorbei. Dann joggte ich um die Hamburger Alster, trank auf der Schanze, schlenderte vorbei an den alten roten Lagerhäusern der Speicherstadt. In Köln wanderte ich am Rhein entlang, folgte dem Ring um die alte Stadtmauer, sah mich in Ehrenfeld um.

Sehenswürdigkeiten suchte ich keine auf, lenkte den Blick vielmehr nach innen. Die reine Wiederholung des ewig gleichen Bewegungsablaufs dämpfte allmählich die Erinnerungen. Sie würden nie ganz verschwinden, aber es wurde besser. Auch das Hinken sollte nie ganz verschwinden, doch mein Schritt wurde geschmeidiger, mein Tempo schneller.

Ich übernachtete in Jugendherbergen und billigen Hotels, fand Kneipen mit billigem Bier, besorgte mir mein Essen größtenteils bei billigen Discountern. Ich legte es nicht darauf an, Leute kennenzulernen, oder mich mit ihnen zu unterhalten. Hauptsächlich führte ich einen Dialog mit mir selbst.

Die Zeit in Deutschland ist in meiner Erinnerung eine sehr dunkle. Tage des Grübelns, mit jedem Schritt lief ich vor meiner Wut davon.

Dann flog ich nach Hause.

Laura irrte sich, ich empfand keine Wut mehr – auch keine unterdrückte.

Ich hatte sie in Deutschland gelassen.

Jedenfalls hatte ich das geglaubt.

Was sollte ich Charlie erzählen, fragte ich mich.

Oder wusste er bereits über die Kindheit und Jugend seiner Frau Bescheid und schützte sie in ihrer neu erfundenen Identität? Wenn ja, dann war das unter den gegebenen Umständen dumm, aber nachvollziehbar. Wenn nicht, sollte ich es ihm sagen? Vielleicht hatte ich nicht das Recht, ein Geheimnis zu verraten, das Kim mit so viel Bedacht gehütet hatte.

Und was war mit ihrer besten Freundin, Sloane?

Wusste sie davon? War es das gewesen, was sie mir bei unserem Gespräch verheimlicht hatte, oder etwas anderes?

Zumindest hatte ich jetzt eine mögliche Spur, jemanden, der ein Motiv hatte, Kim Sprague weh zu tun.

Ich rief Delgado an und bat sie um ein Treffen. Sie nannte mir einen Diner an der 95 im Norden der Stadt, der die ganze Nacht geöffnet hatte.

Eher war es eine Raststätte, wo Fahrer halten, was Anständiges essen und duschen konnten. Delgado war schon da, als ich kam, saß an einem Tisch. Dieses Mal trug sie eine schwarze Jacke zur schwarzen Hose und sah müde aus.

»Wo waren Sie?«, fragte sie, als ich mich ihr gegenüber auf die Sitzbank schob. »Sie haben aus Ihrem Hotel ausgecheckt.«

»Stehe ich unter Beobachtung?«

»Worauf Sie sich verlassen können.«

»Ich bin nach Jasper gefahren«, sagte ich.

Sie wusste, dass das Kims Heimatstadt war. »Und war sie dort?«

»Nein«, sagte ich. »War sie nicht. In mehr als nur einer Hinsicht.«

Ich erzählte ihr, was ich in Jasper erfahren hatte, wobei ich diskret ausließ, dass ich den guten Reverend Bennett verprügelt hatte. Alles andere aber musste sie wissen – sie war der leitende Detective für diesen Fall.

Delgado hielt nicht viel von der DeMicheal-Morrison-Spur. »Ich weiß nicht, was ihr in Nebraska für Gangs habt, aber die Miami Gangster Disciples fackeln nicht lange. Wenn die Kim Sprague entführt haben, was ich stark bezweifeln möchte, haben sie sie umgebracht.«

»Dann muss ich das herausfinden«, sagte ich. »Was ist mit der anderen Spur, der Frau in Lauderdale?«

»Niemand weiß, wer sie ist«, sagte Delgado. »Sie hatte Spuren von Heroin im Körper, also vermutlich hat sie's geschnupft oder geraucht. Wahrscheinlich eine Nutte – an den Highways arbeiten viele, haben es auf Trucker abgesehen. Und ein paar kommen nie wieder zurück.«

Das war nur allzu wahr. Die Frau war jetzt eine von vielen Namenlosen, die vermisst, aber niemals gefunden wurden.

Es gab so viele von ihnen.

Gespenster der amerikanischen Nacht.

Delgado und ich saßen in dem Diner wie Figuren auf einem Gemälde von Edward Hopper.

»Also, was haben Sie vor?«, fragte ich Delgado.

»Ich kann nirgendwo ansetzen, außer bei Charlie«, sagte sie. »Und darüber spreche ich nicht mit Ihnen.«

»Ich bin froh, dass sich ein so schönes Vertrauensverhältnis zwischen uns entwickelt hat.«

»Vertrauen gibt es nicht in unserem Beruf, Decker«, sagte sie. Die Kellnerin war gekommen, Delgado bestellte einen Kaffee und ein Stück Bananenkuchen und riet mir, dasselbe zu nehmen. »Der ist hier am besten.«

»Ja, warum nicht«, sagte ich.

»Und Sie, was haben Sie jetzt vor?«, fragte Delgado. »Was wird ihr nächster Schritt sein?«

»Schon mal was von Gegenseitigkeit gehört?«, fragte ich. »Warum sollte ich Ihnen mehr verraten, als ich schon verraten habe?«

»Weil ich die Polizistin bin, die die Ermittlungen leitet.«

»Ich will mit Morrison sprechen«, sagte ich. »Können Sie das für mich arrangieren?«

»Was bekomme ich dafür?«, fragte Delgado.

Ich hatte nicht viele Karten in der Hand und spielte sie nur widerwillig aus. Die, für die ich mich entschied, war beschissen, aber mehr hatte ich nicht. »Ich warte auf das Okay von Ihnen, bevor ich Charlie von der Vergangenheit seiner Frau erzähle.«

»Vielleicht weiß er's längst«, sagte sie. »Vielleicht hat er spitzbekommen, dass seine Prinzessin Trailertrash ist und sich ihrer deshalb entledigt.«

»Das haben Sie schön gesagt.«

»Sie sollten mal hören, wie wir genannt werden«, sagte sie. »Okay, Decker, ich helfe Ihnen, Ihre Zeit in Raiford zu verschwenden, Sie achten darauf, dass Charlie im Reich der Uneingeweihten verbleibt.«

Der Kuchen kam.

Delgado hatte recht. Er war richtig gut.

»Wie wollen Sie Morrison zum Reden bringen?«, fragte Delgado. »Deals können Sie ihm keine anbieten.«

»Ich lass mir was einfallen.«

»Da bin ich sicher«, sagte sie. »Ich wette, Sie schlagen sich ausgezeichnet bei Verhören. Aber egal, was Sie machen, treten Sie mir nicht …«

»Auf die Füße. Ich weiß.«

»Achten Sie drauf.«

Aber sie hatte noch etwas im Sinn. Ich war zumindest so gut, dass ich das spürte. Ich wartete einfach ab – meistens ist das sowieso das Beste. Sie nahm noch ein paar Gabeln voll Kuchen, dann fragte sie: »Haben Sie mit dieser Peyton gesprochen, der besten Freundin?«

»Ja. Sie nicht?«

»Nein, Decker, ich bin ein inkompetentes Arschloch«, sagte sie.

»Und?«

»Ich weiß nicht, kam mir vor, als wäre da was faul.«

Anscheinend hatten wir beide denselben Eindruck.

»Vernehmen Sie sie noch mal«, sagte ich.

Sie schüttelte den Kopf. »Ich glaube nicht, dass ich an sie herankomme.«

»Okay.«

Ich wollte es ihr nicht leichtmachen.

Nach ein paar Sekunden sagte sie: »Sie dagegen ... mag sie.«

»Alle mögen mich.«

»Nicht alle, Decker«, sagte Delgado. »Könnten Sie sich die Freundin vielleicht noch mal vorknöpfen?«

»Das hatte ich sowieso vor.«

»Hey, wir sind uns zur Abwechslung mal einig«, sagte Delgado. »Lassen Sie mich wissen, wie's läuft.«

»Was tun Sie für mich?«

»Ich bin sicher, da wird sich noch was ergeben.« Sie schob die Rechnung auf meine Seite des Tischs.

»Die ist für Sie.«

Ich nahm sie. »Sie sind billig zu haben.«

»Glauben Sie das bloß nicht.« Sie sah auf meine Hand. »Ihre Knöchel sind geschwollen. Blau.«

»Hab gegen eine Mauer geboxt. Die Mauer hat gewonnen.«

»Aha«, sagte sie und schob sich von der Bank. Dann beugte sie sich über meine Schulter. »Lassen Sie das lieber mit den Mauern, Decker. Was haben die Ihnen denn getan?«

Ich sah ihr nach, als sie rausging und in den Wagen stieg. Sie schaute noch einmal durchs Fenster zurück und hielt Daumen und Zeigefinger jeweils an Mund und Ohr.

»Rufen Sie mich an.«

Mache ich.

Aber zuerst rede ich mit Sloane Peyton.

Ich fuhr über die Route 1 in nördlicher Richtung zur Interstate 95, dann durch die Innenstadt von Miami und in östlicher Richtung über den MacArthur Causeway nach Miami Beach.

Es war nach zwei Uhr morgens, aber in South Beach war noch einiges los.

Ich fuhr die Ocean Avenue und Collins entlang, vorbei an den pastellfarbenen Jugendstilhotels, den Restaurants und Straßencafés und natürlich dem breiten Strand. Feierlustige, Trinker und spärlich bekleidete Menschen auf Rollerblades.

Ich entfernte mich von der Open-Air-Party und fuhr in das Viertel südlich der Kreuzung Michigan und 3rd, das auch »SoFi« genannt wurde – South of Fifth. Es war ruhig hier, abseits des Touristentrubels auf der Ocean Avenue und im Jugendstilviertel. Ich fand Sloanes Wohnung in einem Haus mit weißem Geländer und hoch gewachsenen Palmen. Nach ein paar Fahrten um den Block entdeckte ich eine Lücke gegenüber, parkte und wartete.

Leute mitten in der Nacht um zwei Uhr zur Rede zu stellen war fies, aber meiner Erfahrung nach logen sie weniger, wenn sie gerade erst aus dem Schlaf gerissen wurden.

Allerdings hatte ich mich verschätzt.

Als ich eingeparkt hatte, fuhr Sloane in einem kleinen blauen Miata vor und in das Parkhaus hinein. Ein schwarzer Mercedes direkt hinter ihr hielt am Straßenrand. Ein Mann, den ich auf Mitte fünfzig schätzte – groß, silberfarbenes Haar und guter Anzug –, stieg aus, überquerte die Straße, gab den Sicherheitscode an der Tür ein und verschwand im Haus.

Ich vermutete, dass Sloane sich nach ihrer Scheidung allmählich wieder auf Partnersuche begab.

Ich notierte mir das Nummernschild und rief Delgado an.

»Das ging aber schnell«, sagte sie.

»Können Sie ein Kennzeichen für mich überprüfen? Florida DS 1759?«

»Warum?«

»Sag ich Ihnen später«, erwiderte ich. »Wahrscheinlich hat es nichts zu bedeuten.«

Möglicherweise war Sloane dabei, wieder in den Sattel zu steigen, was ihr gutes Recht war, aber ich machte mir immer noch Gedanken darüber, warum sie mich angelogen hatte, als sie von ihrer ersten Begegnung mit Kim sprach.

Delgado meldete sich wieder in der Leitung. »Das Fahrzeug ist registriert auf einen gewissen John Cowling. 5732 Playa Del Ray, Biscayne.«

»Ein reiches Viertel?«

»Oh ja.«

»Sagen Sie mir, was Sie über ihn finden?«

Ich wartete eine Minute, dann sagte sie: »Zwei Verwarnungen wegen zu schnellen Fahrens, mehr nicht.«

»Danke.«

»Was haben Sie vor, Decker?«

»Weiß ich noch nicht.«

Ich beendete das Gespräch und wartete. Eine Stunde später, kam John Cowling aus dem Haus und ging zu seinem Wagen.

Ich stieg aus und trat auf ihn zu, gerade als er die Tür aufmachte. Dann klappte ich meine Brieftasche auf, hielt sie ihm vor die Nase und klappte sie ganz schnell wieder zu, gleichzeitig sagte ich: »Mr. Cowling, kann ich mich einen Augenblick mit Ihnen unterhalten? Sergeant Martin, Miami-Dade Vice.«

Er wirkte ein bisschen erschrocken, erholte sich aber rasch und fragte: »Darf ich Ihren Dienstausweis noch mal sehen, bitte?«

»Wollen Sie das wirklich?«, fragte ich. »Hier draußen?«

Ich griff in die Jackentasche, aber er unterbrach mich. »Schon gut. Was kann ich für Sie tun?«

»Die Frage lautet eher, was ich für *Sie* tun kann«, sagte ich. »Warum steigen wir nicht in den Wagen? Da sind wir ungestörter.«

Er stieg ein, und ich setzte mich auf den Beifahrersitz.

»Worum geht es?«, fragte Cowling.

»Haben Sie eine Frau? Kinder?«

»Ja.«

»Sehen Sie, ich glaube kaum, dass Sie möchten, dass Ihre Familie mitbekommt, was Sie mit Ms. Peyton zu schaffen haben.«

»Wollen Sie mich erpressen?«

»Nein«, erwiderte ich. »Ich will Ihnen einen Gefallen tun. Wir beobachten das Haus jetzt schon eine ganze Weile, haben eine Liste von Ms. Peytons Besuchern gemacht und stehen kurz vor einer Festnahme. Aus Gefälligkeit und weil Sie ein so prominenter Bürger der Stadt sind, wollte ich Sie warnen. Es wäre besser, wenn Sie sich kein zweites Mal hier blicken lassen.«

»Ich war zum ersten Mal hier, ich schwöre.«

»Ich weiß«, sagte ich. »Ich habe Sie hier auch noch nicht gesehen, deshalb habe ich mir erlaubt, Sie anzusprechen, Ihnen eine helfende Hand zu reichen.«

»Eine helfende Hand?«

»Schauen Sie, Sie kommen mir vor wie ein guter Mensch«, sagte ich. »Ich will Sie in keine unangenehme Lage bringen, Sie und Ihre Familie bloßstellen, indem ich Sie in den Zeugenstand rufe.«

»Oh Gott.«

»Sagen Sie mir nur die Wahrheit«, forderte ich ihn auf. »Sagen Sie mir, warum Sie hier sind, dazu noch ein paar Hintergrundinformationen, die ich verwenden kann, dann wollen wir es dabei belassen, und Sie können zu Ihrer Frau und den Kindern nach Hause fahren.«

»Was wollen Sie wissen?«, fragte er.

»Wie viel haben Sie bezahlt?«

»Zweitausend. In bar.«

»Für eine Stunde? Alle Achtung.«

»Hören Sie«, sagte er, »Sie wissen doch, wie das ist.«

»Ich weiß, wie das ist«, gab ich zurück. »Mir fehlt nur das nötige Kleingeld.«

Er griff nach seiner Brieftasche, nahm mehrere Hundertdollarscheine heraus und drückte sie mir in die Hand. »Bitte, nehmen Sie das.«

Ich gab ihm das Geld zurück. »Sie haben mich falsch verstanden. Ich meinte nur ... wie sind Sie an Ms. Peyton geraten?«

»Übers Internet.«

»Craig's List, so was?«

»Sie hat eine Website«, sagte er. »Eine Modelagentur.«

»Dann haben Sie das also schon öfter gemacht, John. Nicht nur einmal.«

»Bitte ...«

»Ganz ruhig, John«, sagte ich. »Wie heißt die Website?«

»EliteModels.com.«

»Okay.« Ich öffnete die Wagentür. »Ich habe Ihre Adresse und alles Weitere«, sagte ich und stieg aus. »Aber ich glaube nicht, dass ich mich noch mal melden muss. Sie waren sehr entgegenkommend, und ich weiß Ihre Mitarbeit sehr zu schätzen. Einen schönen Abend noch. Ach und noch was – der Sicherheitscode.«

»483201.«

»Danke, John.«

Fast fuhr er schon an, bevor ich die Tür hinter mir zuschlug.

Dann überquerte ich die Straße und betrat das Haus, in dem Sloane Peyton wohnte.

Sie öffnete. »Hast du was vergessen ... oh.«
»Darf ich reinkommen?«
Sloane trug einen kurzen, schwarzen seidenen Morgenmantel. Ihr Haar war feucht, anscheinend war sie gerade aus der Dusche gekommen. Jetzt lächelte sie. »So schnell hatte ich nicht mit dir gerechnet, aber ja, bitte komm herein.«

Die Eigentumswohnung verfügte über mehrere Ebenen, fünf Meter hohe Decken und einen Dachgarten. Alles war weiß – die Wände, die Möbel, die Geräte, selbst die Kunst an den Wänden. Weiße Vorhänge vor bodentiefen Fenstern.

»Willst du was trinken?«, fragte Sloane und führte mich an das weiße Sofa im Zentrum des Wohnzimmers. Selbstverständlich war alles offen, im selben Raum befanden sich die Küche und ein Essbereich, außerdem eine Schiebetür, die hinaus auf den Balkon führte. »Oder bist du noch im Dienst?«

»Hast du ein Bier?«

»Ich hab alles«, sagte sie und ging in die Küche. Sie öffnete den Kühlschrank und fragte: »Dos Equis? Oder lieber ein Wynwood? Kommt hier aus der Gegend und soll sehr gut sein. Ich weiß es nicht, ich trinke kein Bier.«

»Ich nehme ein Wynwood, bitte.«

Sloane kam zurück und reichte mir die Flasche. »Wieso halte ich dich für einen Mann, der am liebsten aus der

Flasche trinkt? Gekühlte Gläser hab ich aber auch, wenn du willst.«

»Ist wunderbar so.«

Sie ging zurück an die Bar und schenkte sich einen Grey Goose ohne Eis ein, dann setzte sie sich neben mich aufs Sofa.

»Wie war dein Date?«, fragte ich.

»Noch mal versuche ich es nicht mit Match.com. Nie wieder.«

»Können wir den Scheiß lassen? Wie habt ihr euch wirklich kennengelernt, Kim und du?«

»Oh«, sagte sie. »Ich dachte, du wärst aus anderen Gründen gekommen. Ich muss schon sagen, ich bin ein kleines bisschen enttäuscht. So was tut dem Ego einer Frau nicht gut ...«

»Wie hast du Kim kennengelernt?«

»Ich hab's dir schon erzählt. Sie kam zu einem Castingtermin.«

»Ich hab mich draußen vor der Tür mit John Cowling unterhalten«, sagte ich. »Er konnte es kaum abwarten, mir zu erzählen, was du hier treibst. EliteModels?«

»Börsenmakler können solche Feiglinge sein.« Sie nahm einen langen Schluck von ihrem Drink. »Also, was jetzt? Bist du gekommen, um mich zu ficken oder mir zu erzählen, dass ich eine Hure bin? Oder beides?«

»Du bist erwachsen«, sagte ich. »Es geht mich nichts an, wie du deinen Lebensunterhalt verdienst. Aber Kim Sprague geht mich was an. Du wirst mir jetzt die Wahrheit erzählen ...«

»Werde ich nicht.«

»Dann lasse ich dich festnehmen«, sagte ich. »Du hast die Wahl, richtig lange im Knast zu sitzen oder deinen Terminkalender durchzublättern. Das dürfte dich in eine schöne Zwickmühle bringen, oder?«

»Und ich dachte, du bist einer von den Guten.«

Das war das Problem – einer von »den Guten« hatte keine Chance, Kim zu finden. Man musste schon ein echtes Arschloch sein.

»Ich mach es dir leichter. Ihr seid zusammen anschaffen gegangen, hab ich recht?«

Sloane lachte. »Anschaffen. Wie süß. Wie retro.«

»Hab ich recht?«

»Wieso?«, fragte sie. »Was ändert das?«

»Alles«, sagte ich. »Wenn es einen Freier gab, der …«

»Hör sich das einer an.«

»… der ihr Foto in den Klatschspalten gesehen hat«, sagte ich, »sie erkannt und beschlossen hat, Kapital draus zu schlagen? Vielleicht besitzt er Fotos oder Videomaterial. Was, wenn sie an dem Abend einen Erpresser getroffen hat und etwas schiefgelaufen ist? Oder aus Angst vor Entdeckung abgehauen ist? Oder einer ihrer Freier ein Psychopath war, ein Stalker …«

»Der sieben Jahre gewartet hat?«

»Alles schon mal vorgekommen«, sagte ich. »Oder vielleicht schafft sie immer noch an und einer ihrer ›Kunden‹ …«

»Wie? Als Hobby?«, fragte Sloane. »Weil sie das Hausfrauendasein so langweilt? Du hast wohl zu viel Fernsehen gesehen?«

Sloane trank aus und stand auf, um sich noch einen einzuschenken. »Elite war wirklich eine Fotoagentur. Nur dass ein paar von den Models auch noch andere Sachen gemacht haben. Kim war kein Callgirl und deshalb hatte sie in dem Sinne auch keine Freier. Wir sind hin und wieder auf Partys gegangen, haben uns auch mal Geld, Koks oder Schmuck schenken lassen.«

»Wie hat das bei ihr angefangen?«

»Ich hab Kims Mappe gesehen«, sagte Sloane. »Sie hat ein paar Shootings bekommen, aber nicht genug, um davon leben zu können. Ich mochte sie, dachte, dass es mit ihr funktionieren könnte, und habe sie auf eine Party eingeladen.«

»Wann? Wo?«

»Vor sieben Jahren«, sagte Sloane. »Ich weiß nicht. Im Noral, glaube ich.«

»Hat sie's danach noch öfter gemacht?«

»Immer wenn sie Geld brauchte«, erklärte Sloane.

Sie erzählte mir die Geschichte von Anfang an.

Sloane, Kim und Andra – die drei Amigas, manchmal auch noch ein oder zwei andere Mädchen. Sie besuchten Partys, verabredeten sich, manchmal alle drei zusammen, manchmal nur sie und Kim oder sie und Andra. Manchmal hatte auch eine alleine ein »Date«.

»Dann hat Kim Charlie kennengelernt und aufgehört«, sagte Sloane. »Später traf ich Brad und bin selbst ausgestiegen. Nach der Scheidung brauchte ich Geld und fing wieder mit Elite an.«

»Wie viele ›Models‹ hast du?«

»Mich eingerechnet? Fünf oder sechs, die Fluktuation ist hoch.«

»Weiß Charlie davon?«

»Für einen gebildeten Mann ist er unglaublich naiv«, antwortete Sloane. »Kim hat mich angefleht, ihm nichts davon zu erzählen. Er hätte sie sonst nie geheiratet. Charles Hanning Sprague der Dritte doch nicht.«

»Weiß er von Jasper?«

»Von wem?«

»Egal.«

Kim hatte ihre Kindheit begraben, auch vor ihrer besten Freundin.

»Warum hast du Delgado nichts von Elite erzählt?«, fragte ich.

»Du weißt doch, wie Cops sind«, sagte sie. »Wenn eine Nutte verschwindet, kümmert sich plötzlich keiner mehr drum.«

Ja, ich wusste, wie Cops sind. Und ich wusste, dass sie recht hatte – um eine vermisste Prostituierte wurde nicht annähernd so viel Aufhebens gemacht wie um eine vermisste Dame der besseren Gesellschaft. *Muss man ein Arsch sein, um Cop zu werden, oder wird man als Cop zwangsläufig zum Arsch.*

»Wenn sie zurückkommt«, sagte Sloane, »meinst du, Charlie würde sie noch haben wollen, wenn er Bescheid wüsste? Außerdem, die Kreise, in denen ich mich inzwischen bewege ... wenn das rauskommt ... verliere ich meine Kunden.«

»Kannst du dich an bestimmte Männer erinnern?«, fragte ich. »An denen vielleicht irgendwas ein bisschen eigenartig war, ein bisschen seltsam?«

»Wir haben *Orgien* gefeiert, Frank. Das war alles ein bisschen seltsam.«

»Hat Kim über jemanden gesprochen?«, fragte ich. »Wurde sie belästigt? Schikaniert?«

»Nichts dergleichen«, sagte Sloane. »Diese Partys waren durchorganisiert, das blieb alles unter Kontrolle.«

»Wie meinst du das?«

»Das sind wichtige Geschäftsleute«, sagte sie. »In solchen Kreisen lässt man sich nicht einfach gehen.«

Sie stand auf. »Hier ist es ganz schön heiß, Frank. Wenn wir nicht ficken, dann lass uns ein bisschen Luft schnappen.«

Sloane öffnete die Schiebetür, und ich folgte ihr hinaus auf den kleinen Balkon.

»Ich habe dir meinen Körper angeboten, und du hast ihn verschmäht«, sagte sie. »Dafür haben viele Männer sehr viel Geld bezahlt, Frank. Was willst du haben für dein Schweigen?«

»Informationen«, sagte ich.

»Ich hab dir schon alles erzählt.«

»Namen.«

»Von meinen Klienten? Dann kann ich mir gleich die Pulsadern aufschneiden.«

»Von Leuten, die auf den Partys gearbeitet haben, auf denen Kim war«, sagte ich. »Von den Organisatoren, den Gästen, den Russen aus North Miami ... den mächtigen Geschäftsleuten, von denen du gesprochen hast.«

Sloane sah hinaus auf die Lichter von South Beach. »Frank, du hast Kim nicht gekannt, nicht richtig. Sie ist nicht das Mädchen, für das du sie hältst.«

»Namen.«

»Komm schon«, sagte sie, und beugte sich vor, um mich zu küssen.

Plötzlich riss sie die Augen auf, ihr Kopf flog nach rechts und sie sackte zusammen.

Ich fing sie auf, bevor sie fiel.

Über die gläserne Schiebetür breitete sich ein Netz aus feinen Rissen.

Ich ließ sie sachte herunter und ließ mich auf sie fallen, um sie vor dem nächsten Schuss zu schützen. Durch das Geländer blickte ich nach unten, konnte aber nicht sehen, woher der Schuss gekommen war. Eine zweite Kugel prallte vom Geländer ab und ein Metallsplitter traf mich an der Stirn.

Die erste Kugel hatte Sloanes linke Schläfe sauber durchstoßen und war auf der anderen Seite wieder herausgekommen. Ich legte ihr zwei Finger an die Kehle, und tastete nach ihrem Puls.

Aber da war keiner mehr.

Als die Fahrstuhltür aufging, war ich bereit zu feuern. Niemand.
Ich rannte auf die Straße. Wahrscheinlich war der Schütze längst weg, aber ich musste es versuchen. Dem Schusswinkel nach hatte er auf einem der Dächer gestanden und eine gewisse Zeit gebraucht, um herunterzukommen. Ich sah mich nach dem Wagen um, der vermutlich darauf wartete, vor dem Haus vorzufahren und ihn einzusammeln. Das war die Arbeit eines Profis, der Schütze musste einen Fluchtplan ausgearbeitet haben.

Wahrscheinlich ein Team.

Der Schütze, ein Fahrer, vielleicht ein dritter Mann für die Deckung.

Um diese Zeit mitten in der Nacht war es still im Viertel, ein Wagen würde auffallen. Zunächst konnte ich nichts entdecken, aber dann sah ich ihn anderthalb Straßenzüge weiter nördlich aus einer Seitengasse kommen.

Er war über die Feuerleiter vom Dach gestiegen, hatte die Gewehrtasche über der Schulter und rannte jetzt in gleichmäßigem Tempo Richtung Osten davon. Er wusste, wo er hinwollte, denn er zögerte nicht, als er an eine Ecke gelangte und die Straße überquerte.

Auf die Entfernung konnte ich schlecht schießen, und wegen meiner Verletzung auf der Stirn lief mir Blut ins rechte Auge, also rannte ich ihm hinterher.

Er hörte meine Schritte auf dem Asphalt.

Als er sich umdrehte, sah er mich und lief noch schneller. Er raste über die Michigan Avenue direkt auf einen Maschendrahtzaun zu.

Überwand ihn mühelos, indem er sprang, einen Fuß in eine der Maschen bohrte.

Ich war weniger gut in Form, brauchte ein paar Sekunden, um über den Zaun zu kommen und mich auf der anderen Seite fallen zu lassen, fürchtete schon, ich hätte ihn wieder verloren, als ich ihn auf der anderen Seite des Basketballplatzes über den Zaun klettern sah. Ich rannte hinterher, stieg über den nächsten Zaun, landete auf dem Rasen und sah ihn über die Alton Road, eine breite zweispurige Straße, davonlaufen, dann fiel mir ein, dass dort der Jachthafen war. Während unseres Angelwochenendes mit Charlie waren wir hier vorbeigekommen.

Aber der Schütze rannte jetzt nicht auf den Jachthafen zu, sondern in nördlicher Richtung über die Alton, und ich glaubte, dass er zum MacArthur Causeway und mit einem Wagen zurück in die Stadt fahren wollte.

Wenn es dazu kam, hatte ich ihn verloren.

Jetzt sprintete ich, versuchte seinen Rhythmus zu verdoppeln.

Er drehte sich um, sah mich und beschleunigte ebenfalls, aber nicht sehr, ich wusste also, dass ihm allmählich die Puste ausging. Mir auch – ich spürte ein spitzes Stechen in der Seite, aber ich zwang mich, es zu ignorieren und noch einen Zahn zuzulegen.

Ich durfte ihn nicht bis zum Causeway kommen lassen.

Ich war nur noch circa zehn Meter hinter ihm, als er plötzlich nach links ausbrach und ich ihn eine Sekunde lang im Gestrüpp verlor, dann sah ich ihn auf einen Landungssteg zurennen und auf das Achterdeck eines fünfzehn Meter langen Rennboots springen, das bereits ablegte.

Ich würde ihn nicht mehr erwischen.

Ich rannte zurück auf die Straße, sprintete zum MacArthur Causeway. Wenn das Boot in südlicher Richtung aufs Meer hinausfuhr, hatte ich ausgespielt. Aber wenn es nach Norden unterwegs war, den Meloy Channel hinauf zur Biscayne Bay, dann hatte ich eine Chance.

Meine Lungen brannten, Blut floss mir in die Augen, als ich den Causeway erreichte und hinaufrannte.

Das Boot fuhr nach Norden, über den Kanal.

Der Schütze stand auf dem Achterdeck, das Gewehr in der Hand. Er schaute nach hinten und zur Seite.

Ich kletterte auf das Geländer und berechnete meinen Sprung, so gut es ging.

Mehr als drei Meter tief.

Ich landete direkt auf ihm, und wir kullerten über das Deck. Beim Aufprall spürte ich, wie die Luft aus ihm entwich, aber er erholte sich rasch und kam als Erster wieder auf die Füße. Er wusste, dass er nicht schnell genug mit dem Gewehr zielen konnte, deshalb packte er mich am Handgelenk in der Absicht, es zu brechen. Es gelang mir, mich loszumachen, und dann kam ein zweiter Mann mit einer .45-Kaliber-Pistole im Anschlag aus der Kabine.

Er schrie »Giorgi!«, dann etwas in einer Sprache, die ich nicht verstand, glaubte aber, dass er Giorgi befahl, mich loszulassen und aus dem Weg zu gehen, weshalb ich Giorgi noch fester packte und herumwirbelte, sodass er sich zwischen mir und dem Schützen befand.

Giorgi schlug auf meine Hände ein, damit ich losließ, aber als das nicht funktionierte, bockte er und versuchte es mit Kopfnüssen. Die Welt vor meinen Augen kippte und meine Beine knickten ein, aber ich hielt ihn fest. Giorgi stieß mich zurück, bis ich halb über der Reling hing.

Ich hatte das Gefühl, mein Rücken würde gleich brechen.

Er presste mich dagegen, bis der zweite Mann nahe genug herangekommen war, um treffsicher einen Schuss zu plazieren.

»Halt ihn still!«

Ich rammte Giorgi mein Knie mit voller Wucht in den Schritt – zweimal – und merkte, dass er sich ein bisschen krümmte. Dann packte ich ihn vorne am Hemd, hob beide Beine und ging rückwärts über die Reling.

Giorgi landete mit mir im Wasser.

Ich bin kein toller Schwimmer, aber ich war Marine, und der DI hat uns allen möglichen gemeinen Mist beigebracht, den man im Wasser veranstalten kann, obwohl wir im Irak nur ein paar verschlammte Flüsse zu sehen bekamen. Während wir untertauchten, packte ich ihn erneut fest an der Kehle und setzte mein Leben darauf, dass ich länger die Luft anhalten konnte als er.

Er gab als Erster nach.

Nach dreißig Sekunden geriet er in Panik, was gut war, weil Angst Sauerstoff verbrennt.

Er versuchte, sich von mir zu befreien, wollte mich verzweifelt abschütteln, um an die Oberfläche zu gelangen, aber ich hielt ihn fest.

Dreißig Sekunden ... fünfundvierzig ... eine Minute.

Giorgi wand sich und schlug um sich. Am liebsten hätte ich ihn losgelassen und selbst eine Lunge voll Luft eingesogen, aber ich dachte an Sloanes leblosen Körper in meinen Armen und hielt den Hurensohn, der sie erschossen hatte, fest umklammert.

Bei einem Blick nach oben sah ich das von der Schiffsschraube aufgewühlte Wasser über uns und wusste, dass das Boot kehrtgemacht hatte.

Ich schlang die Beine um Giorgis Hüfte.

Er streckte die Arme aus, schien nach der Luft greifen zu wollen.

Neunzig Sekunden, zwei Minuten ...

Jetzt schluckte er Wasser.

Würgte.

Ich ließ ihn los.

Ich wollte mit ihm reden, ihn nicht töten.

Er schoss nach oben, und ich folgte ihm.

Mein Kopf tauchte auf, und ich holte tief Luft. Als ich mich umsah, merkte ich, dass das Boot über uns weggefahren war und mir nur wenige Sekunden blieben, bis sie es kapieren und uns entdecken würden.

Giorgi hustete neben mir.

Ich packte ihn an der Kehle. »Wer hat dich geschickt?«

Er schüttelte den Kopf.

»Wer hat dich geschickt?«, fragte ich. Das Boot machte erneut kehrt, kam auf uns zugefahren. Der Mann mit der .45-Kaliber-Pistole stand auf dem Vordeck, suchte das Wasser ab.

»Letzte Chance«, sagte ich.

Er schüttelte erneut den Kopf, und ich tauchte ihn unter. Seine Lungen waren ohnehin schon halb voll Wasser, er war schwach und ließ sich leicht festhalten. Ich drückte ihn unter Wasser und tauchte mit ihm ab, gerade als eine Kugel über unsere Köpfe hinwegzischte. Anscheinend hatten sie keine Bedenken, Giorgi zu treffen.

Ich schwamm mit ihm ein paar Meter weiter und zog seinen Kopf aus dem Wasser.

Er schnappte nach Luft. Allmählich wurde aber auch ich

müde. Meine Arme brannten, meine Beine fühlten sich an wie aus Holz, und ich wusste, dass ich auch noch ans Ufer würde schwimmen müssen.

»Nenn mir einen Namen, verdammt«, sagte ich.

»*Nemaye*«, sagte er.

»Wer ist das?«

»*Nemaye.*«

»Du tauchst gleich wieder ab, Giorgi!«

»*NEMAYE!*«

Die .45er-Patrone riss ihm die Schädeldecke weg.

Ich sah den Schützen erneut zielen und tauchte, so tief ich konnte. Um mich herum schossen Kugeln ins Wasser, und ich merkte, dass ich meinen Richtungssinn verloren hatte. Ich wusste nicht, ob ich nach Osten an die Küste von Miami Beach oder nach Westen zur Biscayne Bay schwamm, wo ich ertrinken würde, bevor ich die Chance hatte, Land zu erreichen.

Ich hielt so lange die Luft an, wie ich konnte, und riskierte es dann, aufzutauchen. Erst streckte ich Nase und Mund heraus, um tief einzuatmen, dann entdeckte ich den Küstenstreifen mit einigen Lichtern und schwamm dorthin weiter.

Sie mussten den Wellenschlag gesehen haben, denn jetzt versuchten sie es mit einer neuen Taktik – sie wollten mich mit dem Boot überfahren oder bewusstlos machen und mit den Rotorblättern der Schiffsschraube in Stücke zerhacken.

Wieder tauchte ich, so tief ich konnte.

Der Rumpf scheuerte mir über den Rücken und trieb mich tiefer ins Wasser, ich spürte den Strudel der Schraube, als sie über meinen Kopf hinwegzog.

Ich konnte sie nicht sehen, aber ihr Dröhnen ging mir durch und durch.

Dann hörte es auf.

Direkt über mir.

Unter Wasser vergeht die Zeit langsamer.

Besonders, wenn man die Luft anhält und der ganze Körper nach Sauerstoff schreit und über Wasser Menschen darauf warten, dich zu töten.

Zum ersten Mal in meinem Leben hatte ich so was wie Mitgefühl mit Fischen.

Man sagt, man kann vier Minuten ohne Luft überleben, vier Tage ohne Wasser und vierzig Tage ohne Essen. Ich glaube, »man« tickt nicht richtig. Ein Hochleistungsfreitaucher, ein versierter Big-Wave-Surfer oder ein verwöhnter Dreijähriger können vielleicht vier Minuten ohne Luft auskommen, aber ich würde es niemandem empfehlen.

Zwei Minuten waren wohl vergangen, dann musste ich nach oben. Wie ein Otter tauchte ich auf, sah zwei Männer an Deck – den mit der .45er und einen anderen mit einer Maschinenpistole, die nach einer Vityaz-SN aussah, ein Modell, das auch die Al Qaida verwendete. Der mit der .45er war für Backbord zuständig, Vityaz war mir am nächsten und suchte steuerbord die Wasseroberfläche ab.

Er entdeckte mich und gab eine Salve ab.

Ich tauchte und schwamm.

Auf das Boot zu, denn dort war ich am sichersten. Ich schätzte den Abstand ein, griff nach oben und tastete mich am Rumpf entlang, bis ich mich direkt unter dem Bug befand, dann tauchte ich auf und hielt mich fest.

Dort konnten sie mich nicht sehen.

Ich hörte sie reden, ihre Schritte an Deck, sie gingen direkt über mir herum.

Dann Sirenen.

Anwohner mussten die Schüsse auf dem Wasser gemeldet haben, und die Wasserpolizei von Miami Beach rückte an. Auch die Männer auf dem Boot hatten die Sirenen gehört, denn jetzt starteten sie erneut den Motor. Ich tauchte noch einmal so tief wie möglich und hörte das Boot über mir davonrasen, den Kanal hinauf.

Ich setzte mich schwimmend Richtung Küste in Bewegung, blieb, solange ich konnte, unter Wasser, holte dann Luft und tauchte wieder ab.

Von den Cops wollte ich ebenso wenig entdeckt werden.

Sie würden früher oder später Giorgis Leiche finden, und ich wollte nicht erklären müssen, warum zum Teufel ich mitten in der Nacht im Meloy Channel baden gegangen war.

Erschöpft kroch ich an Land und machte mich auf den Rückweg zu Blue.

Ich stand vor dem Badezimmerspiegel und holte mir mit der kleinsten Klinge meines Leatherman den Metallsplitter aus der Stirn. Er war zwar klein, aber anderthalb Zentimeter tiefer und ein Stückchen weiter rechts und ich hätte ihn im Auge gehabt.

Ich tupfte das Blut ab, das aus der Wunde trat, dann nahm ich Isopropylalkohol, legte den Kopf in den Nacken und goss ihn mir auf die Wunde. Es brannte höllisch, hörte aber auf zu bluten, und die Wunde würde sich jetzt wohl auch nicht mehr entzünden. Ich ging in den Hauptraum und setzte mich auf den Schreibtischstuhl.

Vielleicht war Sloane Peyton der Schlüssel zu Kims Verschwinden. Vielleicht hatte sie etwas gewusst und deshalb sterben müssen.

Aber wer hatte sie getötet?

Die »mächtigen Geschäftsleute«?

Das war vor sieben Jahren, seit dem Mord an Sloane waren aber noch keine zwei Stunden vergangen.

Es konnte auch nicht mehr lange dauern, bis die Medien einen Zusammenhang zwischen dem Mord an Sloane und dem Fall Kim Sprague herstellten, und dann würde der Zirkus endgültig zum Spektakel werden.

Promifrauen verschwinden und werden ermordet, eine Milliardärsgattin und ihre beste Freundin.

Ich rief Charlie an.

»Du lieber Gott, Deck. Hast du das mit Sloane gehört?«, fragte er. »Ist überall in den Nachrichten.«

Anscheinend war's noch schneller gegangen als gedacht.

»Ja, ich weiß.«

»Ich meine, da muss es doch einen Zusammenhang geben, oder?«, fragte Charlie.

»Keine vorschnellen Schlussfolgerungen, Charlie.«

»Aber du gehst dem doch nach, oder?«, wollte er wissen.

»Ich gehe allem nach«, erwiderte ich.

»Hast du eine Spur?«

»Ich ruf dich an.«

Ich legte auf und wollte gerade Delgados Nummer wählen, was sich aber dadurch erübrigte, dass sie an die Tür klopfte.

»Sloane Peyton wurde ermordet«, eröffnete sie mir.

»Ich weiß.«

»Das *wissen* Sie?«

Ich erzählte ihr alles, was passiert war. Was Sloane mir über Kim und EliteModels erzählt hatte und dass sie gerade Namen hatte nennen wollen, als die Kugel sie traf. Ich erzählte ihr von der Verfolgungsjagd, dem Kampf auf dem Boot und Giorgis Tod.

»Und Sie glauben, das waren Russen?«, fragte Delgado.

»In meinen Ohren klang es russisch.«

»Na ja, Russen haben wir ja genug«, sagte Delgado. »In North Miami Beach ist es einfacher, Blini zu bekommen als eine Empanada. Was zum Teufel soll ich damit anfangen? Was zum Teufel soll ich mit Ihnen anfangen?«

»Arbeiten Sie mit mir zusammen.«

»Während sich immer mehr Leichen aufstapeln?«

»Das heißt nur, dass wir vorankommen«, sagte ich. »Wir haben jetzt zwei Ermittlungsstränge, einmal die Russen-Sloane-Connection und dann DeMicheal Morrison. Ihre Chefs sitzen Ihnen garantiert wegen des Sprague-Falls im Nacken. Der Bürgermeister macht Druck, die Handelskammer ... und jetzt wird noch ein weiteres prominentes Mitglied der besseren Gesellschaft auf dem eigenen Balkon in South Beach erschossen. Wenn Sie nicht bald was vorzuweisen haben, gehen die Ihnen an den Kragen. Für die Karriere ist das Gift.«

»Ich nehme Sie fest, Decker«, sagte sie. »Zwingen Sie mich nicht, Ihnen Handschellen anzulegen.«

Ich hatte versucht, sie bei ihrem Ehrgeiz zu packen, und es hatte nicht funktioniert.

Also probierte ich es jetzt mit der gefühlvollen Schiene. »Wenn Sie das machen, gibt es ein einziges Hauen und Stechen zwischen den verschiedenen Zuständigkeitsbereichen, und wir werden der Wahrheit niemals auf die Schliche kommen.«

Delgado wusste das. Ich konnte es ihrem Blick aus braunen Augen ansehen. Und auch, dass ihr die Wahrheit etwas bedeutete.

»Du kannst mir vertrauen«, sagte ich und begann sie zu duzen.

»Ich kenn dich nicht mal.«

»Viel gibt es da nicht zu kennen.«

»Wirklich?«, fragte sie. »Okay, ich nehme dich heute Abend nicht fest. Ich will erst noch mal darüber nachdenken. Aber wie man so schön sagt: ›Verlassen Sie nicht die Stadt.‹«

»Mach dir keine Sorgen.«

»Doch, ich mache mir Sorgen«, beharrte sie. »Dafür werde ich bezahlt. Bitte lass mich nicht glauben, dass ich mich in dir getäuscht habe.«

»Bestimmt nicht.«

»Das ist nur ein Aufschub«, sagte Delgado, »keine Begnadigung.«

»Kapiert.«

»Du trittst mir auf die Füße, Decker.«

»Dabei sind es so schöne Füße, Delgado«, sagte ich.

»Du hast sie noch gar nicht gesehen.«

»Aber ich würde sie gerne sehen.«

Sie schaute mich lange und durchdringend an, ihr Gesichtsausdruck hatte etwas Fragendes. Dann sagte sie: »Tu uns beiden einen Gefallen, ja? Bleib in deinem Zimmer, schlaf dich aus und halte dich von Schwierigkeiten fern.«

»Klingt gut.«

Delgado schüttelte den Kopf.

»Was?«, fragte ich.

»Ich werde aus dir einfach nicht schlau.«

Da waren wir schon zu zweit.

Ich schlief fast bis Mittag.
Meine Träume waren düster. Dunkle Gänge im Irak, dunkle Räume und dunkle Taten. Die langen Nächte im Krankenhaus, meine Zeit in Deutschland.

Träume sind natürlich nicht logisch. Ich wanderte durch die Straßen von Berlin, sie glänzten silbrig im winterlichen Nebel, und Laura war auch da. Wie das in Träumen aber manchmal so ist, verwandelte sie sich in Kim Sprague, und ich verfolgte sie zwischen den Bäumen und über den Kiesweg, der einst die Siegesallee war, aber ich konnte sie nicht einholen, und der Nebel wurde dichter, sie verschwand im Dunst, und als sie weg war, war auch ich verloren.

Es kam mir vor, als würde ich nie wieder aufwachen.

Als ich es doch tat, fiel mir mit Schrecken ein, dass es Heiligabend war. Trotz der geschmückten Straßen hatte ich die Feiertage vergessen oder zumindest nicht weiter beachtet.

Ich stieg aus dem Bett, und mir tat alles weh. So was wie gestern Abend hatte ich seit meiner Ausbildung zum Marine nicht mehr gemacht, und meine Muskeln wiesen mich in aller Deutlichkeit darauf hin.

Stimmt schon, was man so sagt – niemand wird jünger.

Die Dusche half, aber nur ein bisschen. Ein starker schwarzer Kaffee rief immerhin den Ehrgeiz in mir wach, mich zu rasieren und anzuziehen.

Doch ich überlegte es mir anders, dachte weiter nach und rief erst mal Laura an. »Frohe Weihnachten.«

»Frohe Weihnachten, Deck«, sagte sie. »Bist du noch in Florida?«

»Ja.«

»Schon Glück gehabt?«

»Glück würde ich's nicht nennen«, sagte ich.

»Tut mir leid«, sagte sie. Dann: »Und was hast du Weihnachten vor?«

»Ich dachte an was Schönes aus der Mikrowelle. Und du?«

»Ich fahre morgen zu Mom und Pop«, sagte sie. »Das Übliche, Familie eben.«

Ich hörte eine Stimme im Hintergrund: »Laura?«

Die Stimme eines Mannes.

»Ich hoffe, dass das Tim ist«, sagte ich.

Ihr Bruder.

»Ist er nicht«, sagte Laura.

»Oh.«

»Deck ...«

»Du hast jedes Recht dazu«, sagte ich. »Außerdem hab ich nur angerufen, um dir frohe Weihnachten zu wünschen.«

»Das ist sehr nett von dir.«

»Wir machen es besser kurz.«

»Ja«, sagte Laura. »Sonst wär's sehr unhöflich.«

Und wir wollen doch auf keinen Fall unhöflich sein, dachte ich, als ich die Verbindung beendete, und dann, was für ein unreifer Vollidiot ich doch manchmal war.

Ich rief Delgado an, um in Erfahrung zu bringen, ob sie mich als Zeugen im Mordfall Peyton vernehmen wollte. »*Feliz navidad.*«

»Ist das alles, was dein Spanisch hergibt?«, fragte sie.

»Mehr oder weniger«, gab ich zu.

»Dann müssen wir dir wohl noch ein bisschen was beibringen.«

Das klang nicht gut.

»Ich bin in der Gerichtsmedizin«, sagte sie. »Ich weiß nicht, ob du's schon gehört hast, aber wir haben hier eine kleine Leichenschwemme. In South Beach wurde eine Frau erschossen, und heute Morgen wurde eine Leiche am Strand von Star Island angespült. *Obtenga su culo aqui*, Decker.«

»Was heißt das?«

»Schieb deinen Arsch schnellstmöglich hierher«, sagte sie.

Georgi sah auf dem Tisch liegend ganz anders aus.

Seine Schädeldecke war abgesprengt, die Fische hatten ihm die Augen weggeknabbert und seine Haut war milchig weiß, aber er war's.

Ich nickte Delgado zu.

»Raus hier, bevor noch jemand Fragen stellt«, sagte sie.

Ich folgte ihr zu ihrem Wagen.

Wenn jemand Fragen stellte, würden die Antworten zu mir führen, und dann wäre die nächste Frage, weshalb Delgado mich nicht längst festgenommen hatte.

Ich stieg zu ihr in den Wagen und erkundigte mich, wohin wir fuhren. Nicht auf die Wache, hoffte ich.

»Zu mir«, sagte sie. »Little Havana. Vergiss Coral Gables, Biscayne Bay und den ganzen Scheiß. Ich zeige dir das *wahre* Miami.«

Sie fuhr über die *Calle Ocho*.

»In den dreißiger Jahren war es ein jüdisches Viertel«, erklärte Delgado, »Juden und arme Weiße. Nach der Revolution sind *wir* gekommen. Und jetzt leben hier fast zu hundert Prozent Lateinamerikaner. Hauptsächlich aus Kuba natürlich, aber auch viele aus Nicaragua ... Honduras ...«

Zuerst fielen mir die Farben auf – die Hauswände waren knallbunt gestrichen, rot, gelb, blau. Und die Wandgemälde – wunderschöne, lebendige Darstellungen von Menschen, kubanischen Prominenten und Heiligen.

Die kubanische Flagge war allgegenwärtig, tauchte auf Wandgemälden auf oder hing an den Balkonen oder vor den Fenstern.

Wie in einem anderen Land.

Delgado hielt vor einem Bungalow mit eingezäuntem Vorgarten.

»Zu Hause«, sagte sie.

Das Haus war klein und sauber. Ein Wohnzimmer mit anschließender Küche, ein kleiner Flur, von dem vermutlich Schlafzimmer und Bad abgingen. In einer Ecke ein kleiner künstlicher Weihnachtsbaum.

Delgado stellte ihre Tasche aufs Sofa.

»Willst du Kaffee?«, fragte sie. »Kubanischen Kaffee, nicht das Spülwasser, das ihr Anglos trinkt.«

»Danke, gern.«

Wir gingen in die Küche. Sie war makellos, aber das sind die Küchen der meisten alleinstehenden Cops. Was daran liegt, dass wir nicht oft kochen.

Delgado öffnete eine Packung Café Bustelo, gab etwas davon in eine *Moka*-Kanne und stellte sie auf den Herd. Dann löffelte sie weißen Zucker hinein und goss das Ganze mit Wasser auf, rührte, bis sich Schaum bildete.

Sie reichte mir eine Tasse. »Probier das, dann willst du nie wieder was anderes.«

Ich probierte und fand, dass sie recht hatte. Ich nahm mir

vor, mir, sobald ich wieder zu Hause war, eine *Moka*-Kanne anzuschaffen.

»Trink ihn wie ein Kubaner«, sagte Delgado. »Langsam. Genieß ihn.«

Ich setzte mich und tat wie mir geheißen, und während sie sich selbst eine Tasse aufbrühte, sagte ich: »Giorgis Identität lässt sich sicher klären, du wirst Fingerabdrücke bekommen, und ich wette, auch ein Vorstrafenregister. Wir können die Sache direkt bis zu seinem Auftraggeber zurückverfolgen.«

Ich drängte sie, und das gefiel ihr nicht. »Ja, und wie genau stelle ich das an, Decker? Wir sprechen im Moment von mindestens drei Zuständigkeitsbereichen. Meinst du nicht, dass mir jemand Fragen stellt, wenn ich losziehe und Akteneinsicht über bekannte russische Mafiosi verlange?«

Ich wusste, dass ich sie in die Scheiße geritten hatte.

Die Mordkommission von Miami-Dade hatte sich bereits den Mordfall Sloane Peyton unter den Nagel gerissen. Auf dem Balkon eines Penthouses in South Beach wird eine Frau von einem Scharfschützen getötet, der Fall stand längst im Fokus der Bemühungen, und mit mir hatte Delgado einen wesentlichen Augenzeugen, der zur Aufklärung beitragen konnte. Anstatt ihr in einem Vernehmungszimmer gegenüberzusitzen, hockte ich aber in ihrer Küche und schlürfte Kaffee.

»Jetzt darf *ich* dir mal eine Frage stellen«, sagte ich. »Willst du herausfinden, wohin die Spur führt, oder hast du Angst davor?«

»Was soll das heißen?«

»Du weißt, was das heißen soll«, sagte ich. »Ich sage dir, warum du mich noch nicht auf die Wache gebracht hast. Sobald du es tust, erfahren deine Vorgesetzten davon, und du hast Angst, dass sie was zu vertuschen haben.«

»*Chinga te*«, sagte sie. »Weißt du, was *das* heißt?«

»Dass ich mich ficken soll«, sagte ich. »Aber ich habe recht, und du hast vor beidem Angst – dass entweder die Wahrheit begraben wird oder deine Karriere. Was von beidem?«

»Beides«, sagte sie.

»Verständlich«, sagte ich. »Und ich kann es dir nicht vorwerfen. Aber so oder so, es gibt nur einen Ausweg. Du musst den Fall selbst lösen. Klär die Morde auf, dann bist du die Heldin, und sie können dir nichts anhaben.«

»Meinst du, da bin ich noch nicht selbst draufgekommen?«

»Ich weiß, dass du das weißt«, sagte ich. »Deshalb bin ich ja hier. Arbeite mit mir zusammen, Delgado – alleine schaffst du das nicht.«

»Ach was?«, fragte sie. »Ich will dir mal was sagen, Decker. Alles, was ich in meinem Leben erreicht habe, habe ich ganz alleine erreicht.«

»Vielleicht wird es Zeit, damit aufzuhören.«

»Und das ausgerechnet aus deinem Mund, wie witzig.«

Sie hatte nicht ganz unrecht.

»Ich muss mir die Gerichtsmedizin vom Körper waschen«, sagte Delgado. »Du bleibst, wo du bist. Wenn ich dir hinterherrennen muss, führ ich dich in Handschellen ab.«

Ich hob beide Hände.

Sie sah umwerfend aus.

Ein tief ausgeschnittenes, rotes Kleid mit Spaghettiträgern. Ihr schwarzes Haar reichte ihr bis auf die Schultern, dazu trug sie silberne Creolen an den Ohren. Wimperntusche, Eyeliner und roten Lippenstift.

Und die Schuhe.

Wow.

»Du lieber Gott«, sagte ich. »Das muss ja eine Party sein. Wo willst du denn hin?«

»Wo wollen *wir* hin?«, sagte sie. »*Cena de Navidad.* Weihnachtsessen. Bei meiner *abuela.* Meiner Großmutter.«

»Ich will aber kein Familientreffen stören ...«

»Du störst nicht, ich hab dich ja eingeladen«, sagte sie. »Wenn du bei mir bist, weiß ich, wo du bist und was du tust.«

»Ich bin nicht angezogen für ...«

»Du siehst wunderbar aus«, sagte Delgado. »Zieh einfach dein Hemd aus der Hose, dann sieht es ein bisschen mehr nach einem *Guayabera* aus.«

Ich ließ mein Hemd aus der Hose hängen.

»Na, bitte.«

»Wer kommt denn noch?«, fragte ich.

»Meine Familie«, sagte sie. »Die Familie meiner Mutter und die meines Vaters. Mein Bruder mit seiner Frau und seinen Kindern. Meine Schwester mit ihrem Mann und ihren Kindern, meine andere Schwester mit ihrem Mann und ihren Kindern, mein Cousin Arturo, meine Cousine Angela ... du weißt schon. Sag einfach, dass du mein Date bist. Die werden sich freuen, dass ich endlich mal einen habe, der mit mir ausgeht, auch wenn's ein Anglo ist.«

Wir gingen zu ihrer Großmutter.

Ich roch den Schweinebraten schon, bevor wir den Hof überhaupt betraten.

Über einem offenen Feuer drehte ein Mann ein ganzes Schwein am Spieß. Ein anderer stand daneben, bereit ihn abzulösen.

»*Lechon asado*«, sagte Delgado. »Wird einen ganzen Tag lang gegrillt.«

»Riecht unglaublich.«

»Mariniert in Orangen- und Limettensaft«, sagte sie und stellte mich ihrem Vater und einem Onkel vor, die mich beide herzlich begrüßten.

Wir gingen rein.

Im Haus wimmelte es von Frauen, die Essen zubereiteten, umherrennenden Kindern und schwatzenden und trinkenden Männern. Delgados *abuela*, die Mutter ihres Vaters, war eine kleine, weißhaarige Frau, die wie eine Königin über die Abläufe wachte – schlürfte, kostete und korrigierte.

Sie drückte mir ein Glas in die Hand. »*Crema de vie.*«

»Kubanischer Eierpunsch«, erklärte Delgado.

Er hatte ganz schön Wumms, und ich vermute, man sah es mir an.

Delgado lachte. »Rum.«

Sie und ihre *abuela* sprachen spanisch, und Delgado übersetzte zwischendurch für mich.

»Sie fragt, ob du mein Freund bist, und ich hab gesagt, wir sind bloß ein paarmal zusammen ausgegangen. Jetzt will sie wissen, aus welchem Teil von Kuba deine Familie stammt.«

»Aus dem hohen Norden – Nebraska.«

»*No es Cubano, abuela.*«

Ihre Großmutter beäugte mich skeptisch, und eine Sekunde lang dachte ich schon, sie würde mir mein Glas wieder wegnehmen. Dann sagte sie etwas zu Delgado, die für mich übersetzte: »Sie sagt: ›Na ja, alte Jungfern können wohl nicht wählerisch sein.‹«

»Bist du eine alte Jungfer?«, fragte ich.

»Hier im Viertel schon.«

Delgado führte mich herum, stellte mich ihrer Mutter vor, ihrer Tante, ihren Cousinen, ihrer Schwester, ihrem

Schwager, ihrem Bruder, verschiedenen Cousinen, Nichten, Neffen und Freunden der Familie.

»Morgen«, sagte Delgado, »weiß ganz Little Havana, dass ich mit einem Anglo gehe. Das wird ein kleiner Skandal.«

»Tut mir leid.«

»Nein, das ist gut«, sagte Delgado. »Dann können sie sich wenigstens auch mal über was anderes außer Castro aufregen.«

Wir aßen nicht vor neun Uhr – für die Verhältnisse im mittleren Westen sehr spät –, und zu diesem Zeitpunkt hatte ich mir noch ein paar mehr *Crema de vies*, ein bisschen kubanischen Cider und mindestens einen *Mojito* gegönnt, den ich ebenfalls in die Hand gedrückt bekommen hatte.

Das Essen war unglaublich.

Das Schweinefleisch wurde mit Bergen von schwarzen Bohnen, Reis und *mariquitas*, in Scheiben geschnittene Kochbananen, serviert, dazu gab es *Mojo*-Sauce.

Ich dachte, ich wäre pappsatt, aber dann wurde *natilla al ron* aufgefahren, eine mit Rum versetzte Vanillecreme. Delgados *abuela* bestand darauf, dass ich sie probierte, und schaufelte mir einen Riesenteller voll. Ich arbeitete ihn mannhaft ab und bekam anschließend *boniatillo*, einen süßen Kartoffelpudding, vorgesetzt, gefolgt von *buñuelos*.

Die *abuela* behielt mich genau im Auge, damit ich bloß keine Runde ausließ, vielleicht wollte sie mich auf diese Weise umbringen, um zu verhindern, dass ich ihre Enkeltochter ehelichte.

Ich wäre glücklich gestorben.

Für eine schlanke Frau in einem engen roten Kleid aß Delgado wie ein Pferd. Ich staunte, welche Mengen an Essen sie in sich hineinbekam, während sie gleichzeitig lächelte und fröhlich mit ihren Verwandten plauderte. Dann gab es

Wein, *café cubano*, und anschließend gingen die Männer in den Hof nach draußen und rauchten Zigarren.

Ich wollte mich drücken, aber Delgado sagte: »Du musst mitgehen, sonst hat mein Vater keinen Respekt vor dir.«

Aus irgendeinem Grund war mir das aber wichtig, also ging ich mit, bekam eine Zigarre von der Größe einer Dynamitstange gereicht und angezündet. Fünf Sekunden später schwirrte mir der Kopf, mein Magen rebellierte, und meine Beine drohten nachzugeben.

Ich setzte mich und lauschte den ruhigen Gesprächen der Männer, verstand nichts, bis ihnen einfiel, dass ich auch noch da war, und sie mir zuliebe englisch sprachen und sich über die Miami Dolphins unterhielten, weil sie freundlicherweise dachten, ich könne mitreden.

Obwohl es mir kaum gelang, einen klaren Gedanken zu fassen, rang ich mir ein paar Bemerkungen über deren Offensive ab.

»Was machst du beruflich, Frank?«, fragte mich Delgados Vater plötzlich.

»Ich bin Polizist«, sagte ich. »Na ja, ich war einer, jetzt sehe ich mich nach etwas anderem um.«

Er blickte mich über seine Zigarre hinweg an und schnickte Asche auf den Boden. »Dann bist du also arbeitslos.«

Delgado rettete mich, indem sie nach draußen kam und erklärte, es sei Zeit, zur Messe zu gehen.

»Du kannst mich absetzen ...«

»Nein, wir gehen zu Fuß«, sagte sie. »Und du kommst mit. Ein bisschen Gott kann dir in deinem Leben nicht schaden.«

Ich wollte sagen, dass Gott und ich seit Falludscha getrennte Wege gingen, aber ich hielt es für unhöflich.

Also stolperte ich auf wackligen Beinen mit ihr und der gesamten Familie zur Mitternachtsmesse.

Mit dem gesamten Viertel, um genau zu sein.

Es kam mir vor, als wären alle auf den Straßen, unterwegs zur Kirche. Ströme von Menschen, sie begrüßten sich lautstark, wünschten sich *Feliz Navidad,* fielen sich um den Hals, hielten Händchen und gingen zur Messe – es war das Friedlichste und Fröhlichste, das ich seit langem gesehen hatte.

Wenn das ein »bisschen Gott« war, dann hatte Delgado recht – davon konnte ich in meinem Leben tatsächlich mehr gebrauchen.

Nur dass mein Handy klingelte und Charlie dran war.

Und was er sagte, änderte alles.

Delgado streifte ihre hohen Schuhe ab und trat aufs Gas. Wir waren in null Komma nichts bei Charlie. Er erwartete uns draußen vor der Tür, und als er Delgado sah, meinte er: »Keine Polizei, haben sie gesagt.«

»Was haben sie noch gesagt?«, fragte ich, als wir reingingen.

Fünf Millionen Dollar.

Bar.

Kleine Scheine in einer Reisetasche.

»Der Anruf kam vor ungefähr einer halben Stunde«, sagte Charlie. »Sie meinten, sie rufen noch mal an und geben Anweisungen durch.«

Delgado sagte: »Ich lasse die Kollegen kommen, damit sie das Telefon anzapfen.«

»Nein«, sagte Charlie. »Wir machen alles so, wie die sagen.«

»Wieso ›die‹?«, fragte Delgado. »Waren mehr als einer am Telefon?«

»Nein, nur ein Mann«, sagte Charlie. »Aber ich hab Stimmen im Hintergrund gehört.«

»Akzente?«, fragte ich.

»Weiß nicht«, sagte Charlie. »Kann sein, dass es Schwarze waren.«

»Wie kommen Sie darauf?«, fragte Delgado.

»Nur so ein Gefühl«, sagte Charlie. »Sie wissen doch, dass Kim ehrenamtlich in Overtown gearbeitet hat.«

Delgado warf einen Seitenblick auf mich, und ich wusste, warum. Die anderen Theorien hatten sich nicht bestätigt, und nun dachte sie an die Gangster Disciples. Und sie fragte sich dasselbe wie ich – warum hatten sie mit ihrer Forderung so lange gewartet?

Die möglichen Antworten waren entsetzlich.

Sie hatten von Kim bekommen, was sie wollten, und nun versuchten sie noch Geld aus dem zu schlagen, was von ihr übrig war.

Wenn sie überhaupt noch lebte.

Für die Gangster eine Win-win-Situation.

Rache an John Woodley.

Und zusätzlich klingelte es in der Kasse.

Charlie sah den Blick, den Delgado und ich wechselten.

»Was?«

»Nichts«, sagte ich.

»Blödsinn«, sagte er. »Sag schon.«

»Charlie …«

»Wir haben uns nie angelogen, Deck«, beschwor er mich. »Lass uns jetzt nicht damit anfangen.«

Ich sah Delgado an.

Sie nickte. Charlie war nicht mehr verdächtig.

Ich sagte: »Wir müssen uns unterhalten.«

Wir gingen ins Wohnzimmer, und ich schenkte Charlie einen unverdünnten Scotch ein.

Selbst nahm ich mir keinen. Nach dem ganzen Alkohol und dem Essen bei Delgados Familie hatte ich jetzt endlich wieder einen klaren Kopf und wollte ihn bis auf weiteres behalten.

Ich wusste, was ich zu tun hatte.

Ich erzählte ihm alles.

Von »Carolynnes« Kindheit bis zu ihrem Schwangerschaftsabbruch und der Zeit mit Sloane bei den EliteModels.

Während er zuhörte, beugte sich Charlie vor und vergrub das Gesicht in den Händen.

»Ich hatte keine Ahnung«, sagte er leise. »Keine Ahnung.«

»Du wusstest nichts von alldem?«, fragte ich.

Er richtete sich auf, und sein Gesichtsausdruck wirkte gequält. »Warum hat sie mir nichts erzählt? Es hätte keine Rolle gespielt. Ich habe sie geliebt. Liebe sie immer noch. Ich bete nur, dass ich die Chance bekomme, es ihr zu sagen. Ich will sie nur in den Arm nehmen und ihr sagen ...«

Das Telefon klingelte.

Charlie zuckte zusammen und schnappte sich den Hörer.

Ich machte ihm Zeichen, er solle nichts sagen, bis ich an einem anderen Apparat abgehoben hatte.

Delgado schaltete sich ebenfalls ein.

»In einer Stunde fährst du los«, sagte der Mann. »Ruf diese Nummer an, dann sagen wir dir, wohin. Wenn wir die Cops auch nur riechen, fängt sie zwei Kugeln, und zwar so, dass sie sie kommen sieht.«

Er klang selbstsicher, professionell. Die Entführung im Einkaufszentrum war glatt über die Bühne gegangen, das Werk von Menschen, die wussten, was sie taten. Das war gut und schlecht gleichermaßen – Profis sind härter, aber sie machen nicht die Fehler der Amateure.

Aufgrund von Fehlern sterben Leute.

»Ich will meine Frau sprechen«, sagte er.

»Willst du sie schreien hören?«, fragte er. »Ich kippe ihr Säure in die Fresse, dann sieht sie aus wie du. Dann habt ihr zu zweit ein Gesicht, jeder ein halbes.«

Charlie guckte entsetzt. Nickte mir heftig zu.

»Tun Sie ihr nichts, bitte«, sagte ich ins Telefon. »Ich werde kommen.«

»Mit dem Geld.« Er beendete das Gespräch.

»Ich zahle«, sagte Charlie.

»Wir haben keinen Beweis dafür, dass sie lebt«, sagte ich.

»Du hast gehört, was die gesagt haben.«

»Das sagen die immer ...«

»Ich werde es nicht drauf ankommen lassen«, erklärte Charlie.

Delgado sagte: »Mr. Sprague, Sie sollten wissen, dass es ebenso riskant ist, den Entführern das Geld zu bringen, wie, es ihnen nicht zu bringen. Halten Sie sie hin. Besser wir wählen den Ort, wir haben Teams ...«

»Ich bringe denen das Geld«, sagte Charlie.

»Das sind keine Teenager«, sagte Delgado. »Das ist eine Armee. Die haben Maschinengewehre. Die Miami Gangster Disciples kontrollieren den kompletten Heroinhandel in Overtown. Die töten schon wegen zehn Cent, was glauben Sie, wozu die für fünf Millionen imstande sind? Wenn Sie da hinfahren, kommen Sie nicht wieder zurück. Lassen Sie mich ...«

Ich fragte Charlie: »Kannst du überhaupt innerhalb von einer Stunde fünf Millionen in bar auftreiben?«

»Ich muss nur bei der Bank anrufen. Die schicken einen Kurier.«

»Erlauben Sie uns wenigstens«, sagte Delgado, »dass wir Sie verkabeln. Das merken die nicht. Sie liefern das Geld ab, dann kommen wir.«

»Keine Wanzen«, sagte ich. »Kein doppelter Boden. Wenn die das mitbekommen, bringen die sie um.«

Delgado sagte: »Er kann nicht ...«

»Macht er auch nicht«, sagte ich. »Ich fahre.«

»Auf keinen Fall«, sagte Charlie. »Die merken doch, dass du das bist, nicht ich.«

»Wenn sie das Geld sehen, wird es ihnen egal sein.«

»Ich kann das«, sagte Charlie.

»Wann hattest du das letzte Mal eine Waffe in der Hand?«, fragte ich.

»Einmal Marine, immer Marine.«

Semper Fi und so weiter, aber eingerostet ist eingerostet, und Charlie war völlig aus der Übung. Ich hatte als Cop ständig auf dem Schießplatz trainiert.

»Besitzt du überhaupt eine Waffe?«, fragte ich.

»Eine Beretta. Liegt im Safe.«

»Ich bin die beste Chance, die sie hat, und das weißt du auch.«

»Nein, das ist zu riskant«, sagte er.

»Charlie«, sagte ich. »Du hast mich gebeten, Kim wieder herzubringen. Jetzt lass es mich tun.«

Nach ein paar Sekunden sagte er: »Okay.«

Ich war erleichtert. Wenn Kim noch lebte, würden sie vermutlich das Geld nehmen und sie anschließend töten. Ich hatte eine bessere Chance, die Gangster zu überlisten als Charlie.

Sie mochten eine Armee sein …

Aber wir waren verfluchte Marines.

Das Geld traf dreißig Minuten später ein.

Charlie und ich kramten ein paar alte Taschen aus dem Schrank im Bootshaus, stopften bündelweise Zwanzigdollarscheine hinein und stellten sie auf den Beifahrersitz seines Mustangs.

»Du bist der einzige Mensch, dem ich das zutraue«, sagte er. »Bring mir Kim zurück.«

»Das mache ich.«

Charlie ging wieder ins Haus.

Delgado kam heraus. »Mir gefällt das nicht.«

»Ich bin auch nicht gerade versessen drauf«, sagte ich. »Aber es ist unsere beste Chance, Kim wiederzubekommen.«

»Decker …«

»Ich weiß.«

Es war ziemlich wahrscheinlich, dass sie längst tot war.

»Lass dich nicht abknallen, okay?«, sagte sie.

»Ich geb mir Mühe.«

»Und zwing mich nicht, dich wegen Mordes zu verhaften.«

Sie hatte meine Gedanken erraten.

Wenn Kim tot war, würde ich sämtliche Gangster Disciples aufspüren.

Und töten.

Ich fuhr über die Solano Prado zurück, fragte mich, ob mich die Kidnapper bereits im Visier hatten. Die zwei Reisetaschen mit fünf Millionen Dollar in bar standen auf dem Boden und auf dem Beifahrersitz neben mir.

Ich rief die Nummer an.

»Bieg in nördlicher Richtung auf die 1«, sagte die Stimme. Es war derselbe Typ, der den Erpresseranruf getätigt hatte.

»Ruf wieder an, wenn du die Innenstadt siehst.«

Er legte auf.

Ich sah in den Rückspiegel und entdeckte keinen Wagen, der mir gefolgt wäre.

Die Strecke führte an der Küste entlang, durch den Coconut Grove und dann in die Innenstadt von Miami.

Ich gab erneut die Nummer ein.

»Fahr in nördlicher Richtung auf die 95, ruf an, wenn du an der 932 vorbei bist.«

Er legte auf.

Ich hatte damit gerechnet, dass er mich nach Overtown lotsen würde, aber auf dieser Strecke fuhr ich dran vorbei, durch Hialeah hindurch. Das kam unerwartet, ergab aber durchaus Sinn – die Disciples wollten nicht dort scheißen, wo sie aßen.

Ich entdeckte das Schild für die Route 932 und gab erneut die Nummer ein.

»Bieg links ab, fahr Richtung Osten auf die 924, Westview Avenue«, sagte er. »Links kommt der Amelia Earhart Park. Ruf an, wenn du ihn siehst.«

Aufgelegt.

Ich fuhr Richtung Opa-locka, ein Vorort im Norden von Miami. Ein bisschen runtergekommen. Viele Lagerhäuser, leerstehende Gebäude.

Einleuchtend, dass die Entführer Kim dorthin gebracht hatten.

Der Name stammte zwar ursprünglich von den Seminolen, aber einer der alten Stadtplaner hatte Opa-locka nach einem Thema aus Tausendundeiner Nacht angelegt. Es gab viele seltsame, pseudoarabische Gebäude und Straßennamen wie zum Beispiel Ali Baba Boulevard, Sultan Avenue und Sesame Street.

Florida ist eine Phantasiewelt.

Und berühmt dafür.

Ich sah Schilder, die den Park ankündigten, und rief erneut an.

Der Mann sagte: »Nimm die East 65th, dann bieg rechts in den Park ein.«

»Und dann?«

»Fahre fünfzehn Minuten herum und ruf wieder an.«

»Wie lange wollen wir noch Spielchen spielen?«, fragte ich.

»So lange, wie ich es sage.«

Ich bog in den Park ein, fuhr fünfzehn Minuten herum, vorbei an einem künstlich angelegten See, Baseball-Plätzen, ein paar Picknicktischen.

Als ich anrief, sagte er: »Nördlich von dir liegt der Flughafen von Opa-locka. Fahr dorthin und parke.«

Problemlos fand ich den Flughafen.

Er war bereits geschlossen. Flugverkehr gab es hier kaum, hauptsächlich Frachtmaschinen und eine Startbahn für Privatjets. Mir ging auf, dass die Entführer sich möglicherweise das Geld unter den Nagel reißen und damit wegfliegen wollten. Ich konnte nur hoffen, dass sie Kim hierließen.

Lebendig.

Ich bog auf den Parkplatz ein. Nur ein halbes Dutzend Autos standen hier über den Platz verteilt. Ich blieb im Wagen sitzen, ging davon aus, dass ich beobachtet wurde, weil die Entführer wissen wollten, ob mir jemand folgte.

Es gab viele Stellen, an denen die Übergabe stattfinden konnte.

Das Telefon klingelte.

»Steig aus dem Wagen.«

Ich stieg aus.

»Geh langsam drum herum.«

Langsam zog ich einen Kreis um Charlies Mustang.

»Du bist nicht Sprague«, sagte der Mann.

»Hast du das auch schon mitbekommen, du Genie?«

Es wurde Zeit, das Machtverhältnis ein bisschen zu verschieben.

Er sagte: »Ich bringe sie um.«

»Ich habe fünf Millionen im Wagen«, sagte ich. »Für eine lebende Kim, keine Leiche.«

Er dachte ein paar Sekunden darüber nach, dann fragte er: »Bist du Polizist? Wer bist du?«

»Ich bin der, der dich umbringt, wenn sie tot ist«, sagte ich. »Sprague hat fünf Millionen Dollar ausgesetzt und eine hochbezahlte Kraft angeheuert, um seine Frau wiederzubekommen. Was glaubst du wohl, was er mir erst zahlt, wenn er sich rächen will? Dann hört es erst auf, wenn ich ihm eine DVD mit deinen Schreien überreiche.«

Weiteres Nachdenken, dann: »Mach die Jacke weit auf.«

Das tat ich, zeigte wem auch immer, dass ich kein Schulterholster trug und auch nicht verkabelt war.

»Setz dich in den Wagen«, sagte er, und als ich wieder eingestiegen war, fragte er: »Hast du GPS auf dem Handy? Gib 13300 Alexandria Drive ein. Du hast sieben Minuten, um dorthin zu kommen. Laut GPS brauchst du zehn, also würde ich an deiner Stelle aufs Gas treten.«

Ich fuhr an und schlängelte mich vom Parkplatz. Charlie pflegte seine Autos, so wie er alles pflegte, und der Mustang schoss los. Während ich Stoßgebete zum Himmel schickte, dass hier keine Cops Streife fuhren, trat ich das Gaspedal durch und erreichte sechseinhalb Minuten später den Alexandria Drive 13300.

Ein leerstehendes altes Hotel oder vielleicht auch ein Apartmentgebäude, wobei es eigentlich eher an ein Fort erinnerte. Ein dreistöckiger rechteckiger Betonklotz mit kleinen, vergitterten Fenstern wie bei einem Wachturm, die Stuckverzierungen bröckelten. Die Scheinwerfer waren aus den Mauern gerissen, die Kabel und Schienen hingen wie gebrochene Arme herunter.

Ein L-förmiger Flügel schloss an den zentralen Gebäudetrakt an – kleine Einheiten, mit billigen Holztüren an einem offenen Balkon, der von einem hüfthohen Eisengeländer begrenzt wurde, das irgendwann einmal weiß gewesen sein musste.

Der Rasen vorne war völlig überwuchert und voller Abfall – Wasserflaschen aus Plastik, Bierdosen, ein paar kleine Schnapsfläschchen, wie man sie im Flugzeug bekommt oder wie sie an der Kasse in Supermärkten zusammen mit Lotterielosen verkauft werden, um die Armen noch ärmer zu machen.

Rechts davon befand sich ein weiteres leerstehendes Gebäude und eine Brachfläche links.

Ich fuhr auf einen Parkplatz und wusste, dass ich mich in eine Falle begab. Die Kidnapper konnten sich in dem Teil vorne oder in jeder einzelnen Einheit des L-förmigen Flügels versteckt halten. So oder so hatten sie einen ausgezeichneten Schusswinkel. Im Erdgeschoss würden sie kaum sein, aber im ersten oder zweiten Stock, von wo aus sie alles sahen und optimal schießen konnten.

Ich parkte leicht schräg, um es ihnen ein bisschen schwerer zu machen, dann schaltete ich den Motor aus und ging ans Handy.

»Gut gemacht«, sagte er. »Jetzt nimm die Taschen und stell sie auf den Parkplatz. Dann steigst du wieder ein und fährst weg.«

Seine Stimme klang angespannt. In ihr schwang die Nervosität eines Mannes, der kurz davor ist, reich zu werden, es aber noch nicht ganz geschafft hat.

»Sobald wir das Geld haben«, fuhr er fort, »lassen wir sie frei.«

»Fick dich«, sagte ich.

Ich spürte, wie er verkrampfte, sogar am Telefon. »Was hast du gesagt?«

»Fick dich, hab ich gesagt. Du kriegst keinen Cent, bevor ich sie nicht gesehen habe.« Wenn die Kim da drin hatten, würden sie sie in derselben Sekunde umbringen, in der sie das Geld in die Finger bekamen. Ich musste sie hinhalten, erst mal näher rankommen. Ein Rückzieher kam jetzt nicht in Frage. »Wenn ich sehe, wie Kim den Parkplatz überquert, stelle ich das Geld raus. Sie steigt in den Wagen und *wir* fahren zusammen weg.«

»Wie gesagt, die Befehle gebe ich.«

»Vorhin vielleicht noch«, sagte ich. »Aber jetzt trennen dich nur noch wenige Meter von fünf Millionen Dollar. Du kannst sie schon schmecken. Du bist so nahe dran und musst nichts anderes dafür tun, als Kim rauszuschicken. Hier ist keine Polizei, keine Kameras. Du nimmst das Geld, verschwindest und lebst dein Leben.«

Leise Stimmen im Hintergrund.

Es wurde diskutiert.

Jetzt wusste ich, dass sie mindestens zu zweit sein mussten. Der Mann meldete sich zurück und entschied sich für die harte Tour.

»Lass die Taschen stehen, sonst bringen wir sie auf der Stelle um.«

»Mir egal«, sagte ich. »Sprague zahlt mir genauso viel dafür, euch umzubringen, wie für die lebende Kim. Vielleicht sogar noch mehr. Also ganz wie ihr wollt.«

Schweigen.

»Ich sag euch was«, schlug ich vor. »Wir treffen uns in der Mitte. Ihr schickt einen von euch raus, ich gebe ihm eine Tasche. Er bringt sie euch, Kim kommt raus, und ich lasse die zweite Tasche stehen.«

Wieder wurde diskutiert. »Okay. Steig aus.«

»Nein danke, so leicht mach ich's euch nicht.« Jetzt wusste ich, dass ich ihn in die Enge treiben konnte. Er war total heiß auf das Geld und würde Fehler machen. »Die Taschen stehen vorne auf dem Beifahrersitz. Euer Mann kommt raus und nimmt die eine. Die andere bekommt ihr, wenn Kim im Wagen sitzt.«

Langes Schweigen.

Abgesehen von meinem Herzklopfen.

Wenn ich mich irrte, wenn ich die falsche Karte ausgespielt hatte, hatte ich Kim auf dem Gewissen.

Falls sie überhaupt noch lebte.

Dann hörte ich ihn sagen: »Na schön.«

Es dauerte endlose zwei Minuten, dann sah ich im ersten Stock, ungefähr in der Mitte, eine Tür aufgehen.

Jetzt wusste ich, wo Kim war.

Oder ihre Entführer.

Der Mann war groß und dünn, trug einen grauen Kapuzenpulli, die Hände steckten vorne in der Tasche, und er kam schnell die Treppe herunter. Dann trat er auf den Parkplatz, und ich konnte sein Gesicht sehen, was schon mal sehr schlecht war. Keine Maske, überhaupt keine Tarnung, und das bedeutete, dass sie Kim umbringen wollten.

Jung, schwarz, schmales Gesicht.

Ich ließ das Fenster auf der Beifahrerseite runter und sagte: »Die Tür ist nicht abgeschlossen.«

Er öffnete sie und entdeckte die Taschen, sah eine andere Zukunft vor sich. Autos, Frauen, ein Haus am Strand.

»Eine, nicht zwei«, sagte ich. »Wir spielen nicht Trick-or-Treat.«

»Woher weiß ich, dass das Geld da drin ist?«, fragte er.

Ich beugte mich vor, zog den Reißverschluss der oberen Tasche auf und kippte sie leicht, sodass er die Geldbündel sehen konnte.

Er grinste und wollte seine Pistole aus der Pullovertasche ziehen.

Ich zog Charlies Beretta und schoss ihm zweimal ins Gesicht.

Das Mündungsfeuer blitzte rot in der Dunkelheit.

Er war tot, bevor er gegen den Wagen prallte und zu Boden glitt.

Ich machte mich so flach wie möglich auf dem Sitz, als die Gewehrkugeln die Windschutzscheibe durchstießen. Glas sprühte auf mich herab, ich kroch durch die geöffnete Beifahrertür nach draußen, schnappte mir die Tasche und schoss dorthin, woher die Schüsse gekommen waren.

Ich wusste, dass ich ihn nicht treffen konnte, aber ich konnte ihn lange genug in die Deckung zwingen, um über den Parkplatz zu rennen und mich unter einem Gebäudevorsprung zu verstecken. Zuerst konnte er mich nicht ausmachen, ballerte wie wild auf Charlies Wagen, aber als ich das Gebäude fast erreicht hatte, schlugen die ersten Kugeln vor meinen Füßen in den Asphalt. Ich schaffte es bis unter einen der überdachten Durchgänge und warf mich hinter einen lange schon leeren Wasserspender, dann nahm ich mein Handy und rief an.

Er flippte aus. »Ich bring sie um! Ich bring sie um! Kim ist eine tote Frau.«

Ich zwang mich, ruhig zu atmen und meinen Herzschlag zu verlangsamen. Als ich im Irak in Gebäude eingedrungen war und Terroristen ausgeschaltet hatte, war das auch nicht anders gewesen, sagte ich mir.

»Beruhige dich«, sagte ich. »Denk nach. Wir könnten es immer noch hinkriegen – mit dem einzigen Unterschied, dass du jetzt nicht mehr teilen musst.«

»Du hast Marcus umgebracht!«

»Er hat's versaut«, sagte ich. »Er hätte mich erschießen müssen, als er die Tür aufgemacht hat. Pass auf, wir können denselben Deal immer noch durchziehen, nur weißt du jetzt, dass ich's nicht zulassen werde, dass du mich oder Mrs. Sprague abknallst. Ich komme jetzt rauf mit dem Geld. Du zielst auf mich, ich ziele auf dich. Du gibst mir Mrs. Sprague. Ich ziehe ab, du ziehst ab. Von mir aus kannst du sogar den Wagen haben, für mich ist er jetzt wertlos.«

Ich wusste, dass ich ihn am Haken hatte.

Niemand lässt fünf Mille stehen.

»Komm hoch«, sagte er.

»Hol sie ans Telefon.«

»Ich geb der …«

»Ich komme so oder so rauf«, sagte ich. »Wenn ich höre, dass sie gesund ist, komme ich rauf und mache dich reich. Wenn nicht, bist du tot.«

Ein paar Sekunden vergingen, dann hörte ich: »Honey, ich bin's.«

Leise, gedehnt, Südstaaten.

Eistee.

Aber zittrig.

»Bist du okay?«, fragte ich.

»Ooo-kkkay.«

»Wird alles gut«, sagte ich. »Ich komme und hol dich raus.«

Er meldete sich wieder. »Zufrieden?«

»Ich komme jetzt rauf.«

Eine Stahltür führte ins Treppenhaus. Das Schloss war aufgebrochen. Ich hielt die Beretta vor mich und trat die Tür ein.

Ein »tödlicher Trichter«.
Wenn jemand auf der Treppe steht, bist du tot. Eine Granate, eine selbst gebaute Bombe, ein Kugelhagel – ausweichen unmöglich.

Charlie hatte immer darauf bestanden, als Erster durchzugehen.

Manchmal gelang es mir, vor ihm zu gehen, aber eher selten.

Jetzt war ich alleine ganz vorne, hielt die Beretta mit beiden Händen ausgestreckt vor mir. Ich sah nach oben und stieg die Treppe hinauf – lauschte, versuchte zu spüren, ob noch jemand hier war – und schaffte es bis zum Absatz.

Ich blieb stehen und lauschte.

Wenn er schlau war, würde er mich hier ausschalten, nicht warten, bis ich im Zimmer war. Er würde mich auf der Treppe abknallen, dann zurückgehen und Kim erschießen, anschließend das Geld aus dem Wagen holen und verschwinden. Oder wenn noch einer dabei war oder vielleicht sogar zwei, würden sie auf der Treppe über mir warten. Wenn es so war, dann waren sie gut, besser als der tote Junge da draußen, denn sie waren sehr still und machten kein Geräusch.

Das gehört mit zum Schwersten überhaupt, wenn man unter Druck steht – warten und still sein.

Ich holte Luft und stieg weiter die Stufen hinauf. Nichts.

Ich erreichte noch eine Tür, trat sie auf und stand draußen auf dem Balkon vor den einzelnen Einheiten. An die Wand gepresst, bewegte ich mich weiter voran, bis ich vor dem Zimmer stand.

223.

Drinnen hörte ich jemanden weinen.

Eine Frau.

Ich legte mich flach auf den Rücken und trat wie ein Maulesel die Tür auf.

Noch ein tödlicher Trichter.

Das Mündungsfeuer blendete mich, als der Entführer mit seinem AR-15 über mich hinwegballerte, aber nur kurz, denn ich jagte ihm zwei Kugeln in die Brust, woraufhin er rückwärts torkelte. Sein bereits toter Finger drückte noch einmal ab und Patronen schlugen in die Wände und die Decke ein, dann kippte er um.

Ich stand auf und verpasste ihm zur Sicherheit noch zwei Schüsse in den Kopf.

Der Tote trug ein ärmelloses Netzhemd. Lila. Seine Schultern waren sehr muskulös, ein Stiernacken. Ich trat ihm das Gewehr aus der Hand, falls er doch noch mal zuckte.

Dann drehte ich mich zu dem Mädchen um.

Sie saß auf einem schmutzigen Bett.

Die Arme um sich geschlungen, den Mund zu einem stummen Schrei geöffnet.

Und sie war dürr wie ein Junkie.

Strähniges blondes Haar.

Sie konnte noch keine zwanzig sein.

Einstiche in beiden Armbeugen und den Beinen unterhalb ihrer schmutzigen Shorts.

Ich hielt die Waffe auf sie gerichtet.

»Wo ist Kim Sprague?«, fragte ich.

»Keine Ahnung.«

»Mir macht's nichts aus, wenn ich dich auch noch abknalle«, sagte ich. »Ich frage dich noch einmal, wo ist sie?«

»Ich weiß es nicht.«

Sie schloss die Augen und legte die Hände auf die Ohren, wartete auf den Schuss.

Ich gebe es ungern zu, aber am liebsten hätte ich sie erledigt. Weil Kim tot war und diese Junkiebraut damit zu tun hatte.

»Haben die sie umgebracht?«, fragte ich.

Sie schüttelte den Kopf.

»Sag es mir«, verlangte ich.

»Nein«, schluchzte sie. »Die hatten nie ... die haben mich gezwungen zu telefonieren. Ich wollte nicht.«

Dann begriff ich es und verfluchte mich, weil ich so dämlich gewesen war.

Sie hatten Kim überhaupt nie gehabt.

Als sie von der vermissten Milliardärsgattin erfuhren, wollten sie an der Sache verdienen. Und als ich Kim zu sprechen verlangte, hatte der Gangster oben dem Mädchen hier den Hörer in die Hand gedrückt, damit ich hier raufkomme, er mich abknallen und sich das Geld unter den Nagel reißen konnte.

Es war erbärmlich und grausam, kam bei Vermisstenfällen aber vor.

Wenn Geld im Spiel ist.

Ich musste sicher sein.

Ich hielt ihr den Lauf an die schmutzigen Haare und sagte: »Beschreib Mrs. Sprague. Wie sieht sie aus?«

»Ich kann nicht«, schrie sie. »Hab sie nie gesehen.«

»Was hatte sie an?«

»Keine Ahnung!«

»Dann leb wohl.«

Sie schluchzte, und ich ließ die Waffe sinken.

Mit dem Kinn zeigte ich auf den Mann auf dem Boden. »Dein Freund?«

»Nein ... der andere.«

»Der Junge da draußen. Marcus?«

Sie nickte.

»Wie heißt er mit Nachnamen?«, fragte ich.

»Heaton.«

»War er einer von den Disciples?«

»Weiß nicht«, sagte sie. »Ich weiß überhaupt nicht, wovon du sprichst.«

»Und wer ist der hier?«

»Ich weiß nur, dass er James heißt«, sagte sie. »Ist unser Dealer. Er meinte, wenn wir ihm helfen, kriegen wir ...«

»Kennst du einen DeMicheal Morrison?«

»Nein.«

»Den Namen schon mal gehört?«

Sie schüttelte den Kopf. Weil es die Wahrheit war. Um zu lügen, hatte sie viel zu viel Angst.

Ich fragte: »Wie heißt du?«

»Brittany.«

»Hast du auch einen Nachnamen, Brittany?«

»Connor.«

»Woher kommst du?«

»Aus der Nähe von Charlestown«, sagte sie. »South Carolina.«

»Wie alt bist du? Und lüg mich nicht an.«

»Siebzehn.«

»Bist du abgehauen?«

Sie nickte. Und zitterte.

»Wo ist dein Besteck?«, fragte ich.

»Im Bad«, sagte sie. »James wollte nicht, dass ich mir einen Schuss setze, bevor das hier nicht vorbei ist.«

Ich ging ins Bad. Das Waschbecken lag auf dem Boden, die Kupferrohre waren rausgerissen. Da war eine Dusche – der Brausekopf war abgeschraubt. Ich entdeckte ihre Plastiktüte am Waschbecken und brachte sie ihr. »Mach schon.«

»Echt?«

Ich nickte. Ich wollte nicht, dass sie jetzt auf Entzug kam, uns blieb nicht viel Zeit. Es hatte eine Schießerei gegeben, bald würden die Cops auftauchen. »Mach's hier drin. Ich will's nicht sehen.«

Brittany stand auf und ging ins Bad.

Als sie wieder rauskam, war sie ruhiger.

»Was hast du mit mir vor?«, fragte sie verträumt.

Das Schlaueste wäre, sie zu erschießen. So high, wie sie war, würde sie's weder spüren noch kommen sehen. Und die Chancen, dass sie noch mal so was wie ein anständiges Leben führen würde, waren ohnehin sehr gering.

Aber ich konnte es nicht.

Sie war noch ein Mädchen.

Ich zog den Reißverschluss der Tasche auf und zählte tausend Dollar heraus. »Wahrscheinlich gibst du's sowieso für Smack aus, aber vielleicht steigst du auch lieber in den Bus nach Charlestown. Oder gehst in eine Entzugsklinik. Besorg dir auf jeden Fall zuerst mal was Anständiges zu essen.«

Ich hätte sie ja selbst in den Bus gesetzt, aber ich wusste nicht, wovor sie davongelaufen war. Möglicherweise vor etwas Schlimmerem als dem hier.

»Hör mir gut zu«, sagte ich. »Du bist nie hier gewesen, und du hast mich nie gesehen. Und hast niemals einen Marcus oder einen James gekannt, egal, wie sehr dir das die Cops auch einreden wollen. Wenn du was zugibst, kommst du wegen Beihilfe dran und sitzt lebenslänglich hinter Gittern. Hast du mich verstanden?«

»Ja.«

»Jetzt verschwinde.«

Brittany verschwand. Ich sah sie die Treppe runterstaksen, über den Parkplatz und raus auf die Straße. Ihren toten Freund würdigte sie keines Blickes mehr.

Ich nahm James' AR und ging damit zurück zum Parkplatz, feuerte eine Salve auf Marcus' Leiche. Dann nahm ich seine Pistole – eine alte .25 Kaliber –, ging wieder nach oben und schoss James zwei Kugeln in den Kopf, dann ließ ich das AR neben ihm liegen.

Lange würden sich gute Polizisten davon nicht täuschen lassen, aber wenigstens würden die Ermittlungen dadurch entschleunigt. Mit ein bisschen Glück wurde der Fall zwei alkoholkranken Kollegen kurz vor der Rente zugeteilt, und die würden ihn unter NHI – *no humans involved* – ablegen, anstatt sich durch den Mord an zwei jungen Schwarzen lange vom Trinken abhalten zu lassen.

Ich hörte die Sirenen und trottete zurück zum Mustang. Ich schob Marcus' Pistole in sein Sweatshirt zurück, stieg in den Wagen, der sehr zu meinem Erstaunen auf Anhieb ansprang.

Andererseits hatte er das bei Steve McQueen ja auch getan.

Charlie ging dran, noch bevor das erste Klingeln vorbei war.

»Schwindel«, sagte ich. »Die hatten sie nicht.«

»Bist du sicher? Lass mich mit ihnen reden.«

»Geht nicht mehr.« Er wusste, was ich meinte. Seit dem Irak sprachen wir dieselbe Sprache. »Warte ein paar Stunden, dann meldest du deinen Wagen als gestohlen. Ist Delgado bei dir?«

»Ja.«

»Gib sie mir. Und es tut mir leid, Mann.«

»Hast es versucht, Deck.«

Delgado kam ans Telefon. »Wo bist du? Was ist passiert?«

»Ich weiß es noch nicht«, sagte ich. »Entweder war das eine Bande Junkies, die absahnen wollten, oder Morrison spielt ein krankes Spiel mit uns. Ich werd's rausfinden.«

»Wo bist du jetzt?«

»Ich muss Charlies Wagen loswerden«, sagte ich, »und meinen holen.«

»Wir treffen uns in deinem Hotel.«

Sie wartete mein Okay nicht ab, legte einfach auf.

Als ich einbog, stand Delgado schon da und wartete. Sie betrachtete den Zustand des Mustangs und fragte: »Was hast du gemacht?«

»In Opa-locka ist ein Drogendeal geplatzt, es kam zu einer Schießerei«, sagte ich.

»Hab ich schon im Radio gehört. Zwei Tote?« Sie sah mich böse an.

»Das war keine Hinrichtung«, sagte ich.

»Hab ich auch nicht behauptet.«

»Einer von den beiden hieß Marcus Heaton«, sagte ich. »Wahrscheinlich bloß ein Junkie, den sie als Kurier eingesetzt haben. Der andere hieß James – den Familiennamen kenne ich nicht – kleiner Dealer.«

»Passt zu den MGD«, sagte Delgado. »Aber wie hast du den beiden Toten ihre Namen entlockt?«

Ich erzählte ihr von Brittany Connor. »Sag Charlie, er ist tausend Dollar ärmer.«

Wir stellten die Taschen in ihren Wagen.

»Wo fährst du hin?«, fragte sie.

»Raiford«, sagte ich. »Ich will endlich mit DeMicheal sprechen. Bis ich da bin, ist es hell. Du hast das doch für mich arrangiert, oder?«

»Scheiß drauf, ich komme mit.«

»Nein, lieber nicht«, sagte ich. »Du steckst so schon viel zu tief drin. Am besten kümmerst du dich um die Russen-Connection.«

»Ich dachte, die Spur ist kalt.«

»Hab ich auch gedacht, aber irgendwie lässt es mir keine Ruhe.« Wenn James und Marcus in dem leerstehenden Motel saßen, wer hatte mich dann am Flughafen beobachtet? »Tut mir leid, dass ich dich da mit reingezogen habe. Wenn du mich wegen dieser Morde verhaften willst, kann ich das verstehen. Vor Gericht kann ich mich ganz gut selbst verteidigen. Aber wenn du mich zuerst mit Morrison reden lässt, mir achtundvierzig Stunden gibst, dann wäre ich dir sehr dankbar.«

Das war viel verlangt.

Jetzt versteckte sie nicht mehr nur einen wichtigen Augenzeugen in zwei Mordfällen, sondern einen Killer.

Ersteres konnte sie ihre Karriere kosten, Letzteres sogar hinter Gitter bringen.

Das Schlaueste wäre es wahrscheinlich, mit den Schultern zu zucken und abzuwarten, bis die Fälle unter »ungelöst« abgelegt wurden.

Ich vermute aber, keiner von uns beiden war gut darin, das Schlaueste zu tun.

»Hau ab«, sagte sie.

Sie stieg wieder in ihren Wagen.

Ich fuhr den Mustang hinten auf den Parkplatz und schraubte die Nummernschilder ab. Dann wischte ich die Fingerabdrücke von Charlies Pistole und ließ sie auf dem Vordersitz liegen. Wenn es so weit war, würden die Ermittler feststellen, dass der Täter den Mustang gestohlen, Marcus und James abgeknallt und das Fahrzeug anschließend hier abgestellt hatte.

Ich stieg in Blue und fuhr Richtung Norden.

Heute Abend hatte ich zwei Menschen getötet.

Vielleicht hatten sie mit Kims Entführung zu tun, vielleicht waren sie auch einfach nur schlechte Hochstapler gewesen.

Von DeMicheal würde ich es erfahren.

Aber so oder so hatte ich mein Karma mit zwei weiteren Menschenleben belastet.

Das Gute war, dass ich vielleicht eine Frau hatte retten können.

Zwar war sie die falsche, aber immerhin.

Auf der Fahrt nach Raiford dachte ich an Kim.
Sie hatte Jasper und ihrem Ruf als Kleinstadthure den Rücken gekehrt und sich selbst neu erfunden. Hatte sich Eltern ausgedacht, die nicht existierten, eine Vergangenheit, die es nie gegeben hatte, und war zum typisch amerikanischen Mädchen geworden. Ihre Erfahrungen hatte sie genutzt, um sich in der Welt der Schönheitswettbewerbe und Miss-Wahlen einen Namen zu machen, eine gute Schulbildung zu bekommen und sich als Model zu etablieren.

Dann hatte sie Sloane kennengelernt und wieder einen ganz anderen Weg eingeschlagen.

Vollendet war ihre Verwandlung, als sie Charlie geheiratet und er sie zur Prinzessin gemacht hatte. Nur dass sie ihm nichts von ihrer Vergangenheit als Aschenputtel verriet. Die ganze Zeit ihres vorehelichen Zusammenseins spielte sie ihm die errötende Jungfer vor und vergoss Krokodilstränen wegen ihrer Eltern.

Aber ich war nicht wütend, sie tat mir leid.

Eine einzige freundliche Klavierlehrerin ausgenommen, hatten alle anderen sie benutzt und missbraucht. Vermutlich spielte sie deshalb Chopin mit so viel Schönheit und Kummer.

Ich hatte jetzt zwei widersprüchliche Theorien über Kims Verschwinden.

Erstens, sie war im Zuge einer systematischen Säuberungsaktion weggeschafft worden, weil die Russen in Miami alles beseitigen wollten, was mit EliteModels zu tun hatte.

Zweitens, DeMicheal Morrisons Konflikt mit John Woodley war das Problem dahinter. Ersterer saß zwar immer noch hinter Schloss und Riegel, konnte ihr aber die Miami Gangster Disciples auf den Hals gehetzt haben.

Und es gab noch eine dritte Theorie, über die ich lieber nicht nachdenken wollte: Charlie war hinter die Vorgeschichte seiner Frau gekommen und hatte sie umgebracht, bevor der Skandal ihm, seiner Familie oder seinem Unternehmen schaden konnte.

Aber ich glaubte nicht daran.

Es sah Charlie einfach nicht ähnlich.

Tatsächlich gab es sogar noch eine vierte Möglichkeit.

Kim war einfach gegangen. Sie hatte ihr Leben sattgehabt und war irgendwohin, wo sie sich erneut selbst erfinden wollte.

Wenn es so war, dann war das ihr gutes Recht; aber andererseits hatte Charlie auch das Recht, es zu erfahren.

Gefängnisse sind die schlimmsten Orte auf Erden.

Beim Gedanken an Gefängnisse fällt einem sehr schnell das Wort »Verzweiflung« ein.

Verzweiflung über die Verschwendung, den Verlust, die Hoffnungslosigkeit, die Vergeblichkeit, die betäubende Traurigkeit des Ganzen.

Ich habe viele Menschen ins Gefängnis gebracht. Die meisten gehörten, wie ich fand, auch genau dorthin, ein paar andere vielleicht nicht. Aber ich habe mir nie Illusionen gemacht, dass es ernsthaft um eine Wiedereingliederung in die Gesellschaft gehen könnte – Gefängnisse waren Lagerhallen.

Käfige, in denen Seelen verkümmerten.

Langsam.

Tag für Tag, endlos, immer wieder.

Wir haben einen Gesetzesvorbehalt, der »grausame und ungewöhnliche Bestrafung« verbietet. Gefängnisse sind alles andere als ungewöhnlich, aber sie sind mit Sicherheit grausam.

Ich traf DeMicheal Morrison in einem Vernehmungszimmer des Union, dem ehemaligen Florida State Prison, allgemein bekannt als »Raiford«.

In den dreißiger Jahren starb Giuseppe Zangara, der bei dem Versuch, Präsident Roosevelt zu töten, fünf andere Personen, darunter der Bürgermeister von Chicago, erschossen hatte, nach nur zehn Tagen in der Todeszelle hier auf dem elektrischen Stuhl. Auch Ted Bundy wurde hier hingerichtet; Aileen Wuornos bekam die Nadel, John Couey, der ein neunjähriges Mädchen brutal vergewaltigt und ermordet hatte, entzog sich seiner Hinrichtung, indem er vorher an Krebs starb.

Couey hatte einen IQ von 78.

Außerdem starb John Spenkelink hier, der einen anderen Landstreicher erschossen hatte und dafür zum Tode verurteilt worden war. Am Morgen seiner Hinrichtung ließ ein beliebter DJ aus Jacksonville eine Aufnahme von brutzelndem Speck im Radio laufen und widmete sie Spenkelink.

Am bekanntesten aber wurde Spenkelink wegen seines Spruchs über die Todesstrafe: »Wer kein Kapital hat, wird kapital bestraft.«

Ich habe schon einiges in Todeszellen gesehen. Aber eins noch nie: einen reichen weißen Mann.

Aber es gibt Schlimmeres, als hingerichtet zu werden.

Zum Beispiel als Schwarzer in Raiford einzusitzen.

Erst im vergangenen Sommer wurde Wärtern dort vorgeworfen, einen Insassen mit Handschellen gefesselt und unter die Dusche gestellt zu haben. Sie schlossen einen Schlauch direkt an den Heißwasserboiler an und ließen den Mann schreiend zwei Stunden lang unter einem achtzig Grad heißen Strahl stehen.

Sie verbrühten ihn zu Tode.

Insassen, denen befohlen worden war, die Dusche hinterher zu säubern, fanden Brocken seines Fleischs auf dem Boden. Man sagt, Verbrühen sei eine übliche Form der Bestrafung, nur dieses Mal hatten die Wärter eben ein bisschen übertrieben.

Gegen andere, Mitglieder des Ku-Klux-Klan, wurde ermittelt, weil sie afroamerikanische Insassen hatten umbringen wollen, indem sie ihnen Insulin in den Hals spritzten.

Hierher hatte man DeMicheal Morrison nun also geschickt, um ihn vor John Woodley zu schützen.

Morrison war achtundzwanzig Jahre alt, hatte ein Mondgesicht, dunkle Haut, und aufgepumpte Muskeln vom vielen Gewichtheben. Er war einer von Tausenden, eine Mücke, die sich im Netz verfangen hatte.

Die brutale Wahrheit ist, dass heute mehr afroamerikanische Männer im Gefängnis sitzen als 1850 in Sklaverei lebten.

Die Wärter führten ihn in Fußfesseln und Handschellen herein, die sie ihm anschließend nicht abnehmen wollten. Tatsächlich machten sie die Fußfesseln sogar an einem Ring im Betonfußboden fest.

Er sah mich nicht an, stierte nur auf den eigenen Bauch herunter.

»Mein Name ist Frank Decker«, sagte ich. »Ich suche eine Frau namens Kim Sprague.«

Er blickte nicht auf und antwortete auch nicht.

»Weißt du zufällig was über sie?«, fragte ich.

Er schüttelte den Kopf.

»Ihr Vater ist John Woodley«, sagte ich. »Kann es sein, dass du einen Dealer namens James gebeten hast, sie zu entführen?«

»Ich kenne keinen James.«

»Doch, den kennst du«, sagte ich. »Er hat versucht, Kims Ehemann um fünf Millionen zu erleichtern, aber es war nur ein Bluff. Oder eine Art Spiel. Spielst du mit uns, De-Micheal? Findest du so was lustig?«

Jetzt sah er mich an. »Ein weißes Mädchen verschwindet, und ihr braucht einen Nigger, dem ihr die Schuld in die Schuhe schieben könnt. Na schön, aber dieser Nigger hier war es dieses Mal nicht. Sucht euch einen anderen.«

»Zwischen dir und Woodley hat es Ärger gegeben.«

»Und deshalb bin ich jetzt an allem schuld«, sagte er. »Ich weiß schon, wie das funktioniert.«

»Ich sag dir, wie das funktioniert«, erklärte ich, »dass du sie nicht selbst entführt hast, ist mir klar, weil du hier warst, als sie verschwunden ist. Aber wenn einer deiner Kumpels bei den MGD es gewesen ist, kriegt der erste, der den Mund aufmacht, einen Freispruch. Der zweite die Todesspritze. Es sei denn, du entscheidest dich für den Stuhl – die Möglichkeit gibt's immer noch in Florida. Aber das weißt du ja alles, du weißt, wie's funktioniert.«

»Ich weiß überhaupt nichts über die Schlampe. Was hast du gesagt, wie sie heißt?«

»Kim Sprague. Sie hat in deinem Viertel ehrenamtlich gearbeitet.«

»Ach, so eine.«

»Genau, so eine.«

»Keine Ahnung, vielleicht hab ich sie gefickt«, sagte Morrison. »Wie sieht sie denn aus?«

»Super, DeMicheal, mach nur so weiter.«

»Was ist mit dir, Frank?«, fragte Morrison. »Was spielst du für ein Spiel? Was fällt für dich dabei ab?«

Eine berechtigte Frage. »Du bewegst dich in einer Welt voller Scheiße, DeMicheal. Du bringst einen Wärter vor Gericht, und plötzlich haben es alle auf dich abgesehen. Ich wette, du bekommst deine Post nicht ausgehändigt, nicht die vollen Rationen, keine Besuche. Ich wette, die haben schon eine heiße Dusche für dich eingeplant.«

»Und was willst *du* dagegen machen?«

»Dir einen Anwalt besorgen.«

»Hab einen.«

»Na klar«, sagte ich, »irgendeinen liberalen Gutmenschen, der seit drei Wochen sein Staatsexamen in der Tasche hat und billige Rechtshilfeberatungen im Einkaufszentrum anbietet. Ich wette, der Staat Florida macht sich vor Angst in die Hose. Ich spreche von einem *richtigen* Anwalt, einem mit Beziehungen, einem gemeinen Hurensohn, der diesen Typen in deinem Auftrag die Schwänze abhackt.«

»Und warum sollte er das machen?«

»Weil Charlie Sprague das Geld hat, ihn zu bezahlen«, sagte ich. »Alter weißer Geldadel, die Sorte, auf die's ankommt. Und er ist bereit, jede Summe dafür hinzublättern, dass seine Frau gefunden wird.«

»Hab's in den Nachrichten gesehen.«

»Dann weißt du ja Bescheid«, sagte ich. »Ich muss dich von der Liste der Verdächtigen streichen, dann kann ich anderen Spuren nachgehen. Wenn du mir hilfst, besorg ich dir einen Anwalt, dann bekommst du deine Post wieder, die Rationen, die dir zustehen, und Besuch darfst du auch wieder kriegen. Ich wette, der regelt das mit dem Prozess gegen Woodley, und solltest du jemals hier rauskommen, hast du sogar ein bisschen Geld auf der Bank.«

»Klingt gut.«

»Finde ich auch«, sagte ich. »Wenn du mir nicht hilfst, denke ich, dass es einen Grund dafür gibt, nämlich dass du's gewesen bist. Und dann werde ich denselben Anwalt engagieren, damit er jeden Beamten und Wärter in dem ganzen System hier kauft und du in den Trakt der Arischen Bruderschaft verlegt wirst, weil du angeblich eine weiße Frau getötet hast. Also DeMicheal, es ist ganz und gar in deinem Interesse, mich davon zu überzeugen, dass du mit dem Verschwinden von Kim Sprague nichts zu tun hast.«

Morrison sah mir in die Augen. »Du bist ein mieser Motherfucker.«

»Der Schlimmste von allen«, sagte ich. »Die Frage ist nur, ficke ich dich? Oder nicht? Kannst es dir aussuchen.«

Er sah wieder an seinem Hemd hinunter. »Ich wusste nicht mal, dass Woodley eine Tochter hat. Kann mir nicht vorstellen, dass freiwillig jemand eine mit ihm macht.«

»Okay.«

»Selbst wenn ich's gewusst hätte«, sagte er, »würde ich so was nicht in Auftrag geben. Und wenn doch, hätte ich's gar nicht gekonnt.«

»Wieso nicht?«

Er dachte nach. Dann sagte er: »Fahr zur Ecke Northwest Second Court und 17th Street und frag nach Williams. Der wird es dir erzählen.«

»Was wird er mir erzählen?«

»Das wird *er* dir erzählen.«

»Sag niemandem was davon.«

»Keine Sorge«, meinte Morrison.

Dann: »Machst du, was du versprochen hast?«
»Ja.«
»Werden wir ja sehen.«
Ich konnte seine Skepsis nachvollziehen.
Wenn wir dich einmal im System haben, haben wir dich.
Und dann machen wir mit dir, was wir wollen.
So funktioniert das.

Vorausgesetzt, er hat sich nicht verfahren, gibt es nur drei gute Gründe, weshalb ein weißer Mann nach Overtown kommt:

Er ist Polizist.

Er braucht einen Schuss.

Er ist Polizist und braucht einen Schuss.

Die Jungs an der Ecke mussten mich unter Punkt zwei abgespeichert haben, denn sie kamen zum Wagen und fragten, was ich haben wollte.

»Ich will mit Williams sprechen«, sagte ich.

»Wird nicht passieren.«

»DeMicheal Morrison schickt mich.«

Sie meinten, ich solle warten.

Zehn Minuten später bewachten sie meinen Wagen, und ich saß mit dem Chef der Miami Gangster Disciples im Hinterzimmer eines kleinen Soulfood-Restaurants. Drei seiner Männer standen in der Ecke. Delgado hatte recht – sie waren eine Armee. Sie hatten AKs und M-4s.

Williams war groß, muskulös und Anfang dreißig. Die Haare trug er sehr kurz, dazu einen schwarzen Ziegenbart, ein schwarzes Hemd, schwarze Jeans, schwarze Lederschuhe.

Er bot mir Tee an.

»Ich trinke nicht und nehme auch keine Drogen«, sagte Williams. »Tee ist mein Laster.«

Ich trank Tee.

»DeMicheal hat sich aus Raiford gemeldet«, sagte Williams. »Sie haben ihn gesprochen. Wie geht's ihm?«

»Nicht so gut.«

»Er ist zwischen die Mühlsteine des Systems geraten«, stellte Williams fest. »Eine Schande. Wenn er jemals rauskommt, wird er zu alt sein, um noch zu bekommen, was er mal wollte, und längst vergessen haben, dass er's mal wollte. Ihr sucht die Musiklady?«

»Kim Sprague.«

»Die Musiklady«, sagte Williams. »Sie kam und hat den Kindern Instrumente geschenkt.«

»Sie ist verschwunden.«

»Danke, ich verfüge sowohl über einen Fernseher als auch einen Laptop, ich hab die Nachrichten gesehen«, erklärte Williams. »Sie glauben, DeMicheal hatte was damit zu tun?«

»Ich gehe nur einem Hinweis nach.«

»Weiße sind doch alle gleich«, sagte Williams. »Wenn eine Lady zu uns ins Viertel kommt und später verschwindet, können nur die Schwarzen dahinterstecken.«

»Wie gesagt, ich folge einem Hinweis.«

»Ich will Ihnen mal was erklären«, sagte Williams. »Hier passiert nichts, wovon ich nichts weiß. Ich hab die Lady kommen und gehen sehen. Ebenso jede Mutter, Tante und Großmutter in Overtown. Und wenn die Mütter, Tanten und Großmütter hier jemanden schützen wollen, dann wird er auch geschützt. Die Musiklady stand immer unter Beobachtung, von dem Moment an, in dem sie hier eintraf, bis sie wieder abgefahren ist. Sie stand unter meinem persönlichen Schutz. Hätte ihr jemand was getan, hätte er's mit mir zu tun bekommen. DeMicheal hat keine Anweisungen gegeben, weil er das gar nicht kann. So was kann nur ich.«

»Und Sie haben es nicht getan?«

»Es gibt nur eine Person auf der Welt, vor der ich Angst habe«, sagte Williams. »Und das ist meine Großmutter. Sie hat fünf Urenkel mit neuen Trompeten und lauter so einem Scheiß.«

Er tauchte seinen Teebeutel in den Becher und betrachtete ihn einen Augenblick lang. Dann sagte er: »Die Menschen trauern hier. Mamas weinen. Zwei unserer jungen Männer sind gestern Nacht ums Leben gekommen, in Opa-locka, wo sie überhaupt nichts zu suchen hatten. Die Polizei sagt, sie haben sich gegenseitig erschossen, aber die Polizei redet viel, wenn der Tag lang ist, hab ich recht?«

Er nickte seinen Männern zu.

Einer ging raus.

Und kam wenige Sekunden später mit Brittany Connor wieder.

Es gibt ein paar Grundregeln, und gegen eine wichtige davon hatte ich verstoßen.

Trau niemals einem Junkie.

Dieser Fehler würde mich jetzt mein Leben kosten.

»Soweit ich gehört habe«, sagte Williams, »haben sie sich oben in North Miami auf irgendeinen Scheiß mit ein paar Russen eingelassen, ohne sich mein Okay zu holen. Hätten sie's getan, gäb's heute keine Tränen. Sie verstehen, was ich meine? James hat Geschäfte mit denen gemacht.«

»Was für Geschäfte?«, fragte ich.

Williams klopfte sich mit den Fingerrücken der rechten Hand auf die linke Armbeuge.

Heroin.

»Hätte James mir gegenüber Respekt gezeigt«, sagte Williams, »würde er jetzt noch leben und Sie auf dem Grund der Biscayne Bay liegen.«

Er starrte mich an.

Wenn ich jetzt blinzelte, war ich tot.

»Haben Sie einen Namen für mich?«, fragte ich. »Von wem hat James seine Ware bezogen?«

»Seh ich aus wie ein Verräter?«

»Nein«, sagte ich, »Sie sehen aus wie ein Mann, der in seinem Viertel für Ordnung sorgt.«

Er dachte lange nach, dann sagte er: »Die Musiklady war nett. Wir haben hier alle viel von ihr gehalten.«

Dann nannte er mir einen Namen.
Brutka.
Bogdan Brutka.
Ich stand auf.
»Halten Sie das Versprechen, das Sie DeMicheal gegeben haben?«, fragte Williams.
»Natürlich.«
Ich sah Brittany an. Sie hatte immer noch Angst, aber sie war auch high, die Augen glasig und verträumt.
»Warum setzen Sie das Mädchen nicht in einen Bus nach Hause?«, fragte ich Williams.
Er musterte Brittany, überschlug kurz ihren Wert. Dann drehte er sich wieder zu mir um und fragte: »Was tun Sie im Gegenzug für mich?«
Ich sagte es ihm.
Bogdan Brutka bestrafen.

Mach die Tür hinter dir zu«. Delgado zeigte auf einen Stapel Unterlagen auf dem Schreibtisch vor dem Fenster ihres Hauses in Little Havana. »Ich brauche dein Wort. Keine Spielchen, kein Verstecken, keine Vorbehalte. Entweder wir ziehen uns nackig aus, oder wir steigen nicht auf den Rücksitz.«

»Du liebe Güte, Delgado. Mir wird ganz heiß.«

»Haben wir einen Deal?«

»Du meinst, großes Machoschwören, so was?«

»Du würdest nicht glauben, was ich machen musste, um da ranzukommen«, sagte sie und zeigte auf die Akten. »Gut, dass mir die vom Intelligence Bureau noch einen Gefallen schuldig waren. Außerdem ist eine Akte von der Miami FBI OC Unit dabei, die wir eigentlich gar nicht haben dürften.«

»Wie bist du drangekommen?«

»Nächsten Freitag hab ich ein Date«, sagte Delgado. »Du bist mir was schuldig.«

Sie schlug die oberste Akte auf, und ein Polizeifoto von Giorgi kam zum Vorschein.

»Dein Schwimmpartner«, sagte Delgado. »Giorgi Takshenko. Wurde vor drei Jahren verhaftet, weil er ein paar Animiermädchen in den Clubs von South Beach laufen hatte. Die Russenmafia schleust Mädchen aus Osteuropa ein. Sie treiben die Kreditkartenrechnungen der Kunden in den Stripclubs in die Höhe, und hinterher drohen die Kerle, sie windelweich zu prügeln, wenn sie nicht zahlen. Ein Blödmann aus Philadelphia war mit 43 000 Dollar dran.«

Ich schüttelte den Kopf. »Giorgi war ein professioneller Scharfschütze, kein kleiner Betrüger.«

»Laut Geheimdienst gehörte Takshenko einer Spezialeinheit der russischen Armee an«, erklärte Delgado. »Der Spez-Nas. Du hattest Glück, dass er dich nicht umgebracht hat.«

Sie blätterte in einer weiteren Akte mit einer Reihe von Polizeiaufnahmen und Fotos, die offensichtlich aus Fahrzeugen heraus aufgenommen worden waren.

»Du hast doch den anderen auf dem Boot gesehen«, sagte Delgado. »Erkennst du einen von denen hier?«

Ich ging die Fotos durch.

Auf der zweiten Seite sah ich den Mann, der mir mit seiner .45-Kaliber-Pistole das Hirn aus dem Schädel hatte blasen wollen.

»Maxim Vedmid«, sagte Delgado. »Im Prinzip Zuhälter. Er bringt russische Mädchen her und vertickt sie im Netz. Gehört zur Hallandale-Crew. Der Russenmafia, die hauptsächlich von North Miami aus operiert, Hallandale, Sunny Isles Beach, auch bekannt als »Little Moscow« oder »Russische Riviera«.

Auf der nächsten Seite befand sich ein Überwachungsfoto von einem großen Mann, dürr wie ein Windhund. Zum letzten Mal hatte ich ihn auf dem Boot gesehen, als er mit einer Vityaz-SN-Maschinenpistole auf mich zielte. Laut Bericht hieß er »Vova Kulyk«, ebenfalls Ex-SpezNas, und ihm wurden Menschenhandel und Drogenschmuggel vorgeworfen.

»Was ist mit Bogdan Brutka?«, fragte ich.

Offensichtlich traf der Name keinen Nerv. »Wieso, was soll mit dem sein?«

Ich erzählte ihr von meinem Gespräch mit Williams.

»Dann hängt das alles zusammen«, sagte sie. »Die vorgetäuschte Entführung und die Russen.«

»Die Entführung war eine Falle, um mich zu töten«, sagte ich. »Ich hatte den Scharfschützen gesehen, der Sloane auf dem Gewissen hat, außerdem die Männer auf dem Boot. Deshalb haben sie mich dorthin gelockt.«

Delgado zeigte mir das Foto eines Mannes mittleren Alters mit dicken Hängebacken. »Brutka ist in Florida der Boss«, sagte Delgado. »Prostitution, Menschenhandel, Kreditkartenbetrug, Erpressung, Auftragsmorde, das ganze Spektrum. Auch Drogen, deshalb scheint an Williams Geschichte was dran zu sein. Und das ist nur der Kleinkram. Mein Mann beim FBI sagt, die Russen kümmern sich auch um Bankgeschäfte, Aktienmanipulation, Immobilien, Geldwäsche. Er ist direkt seinem *Wor* in Russland unterstellt.«

»Seinem was?«

»Hab ich selbst gerade erst gelernt«, sagte Delgado. »Ein *Wor* ist ein ›Dieb im Gesetz‹. Das stammt noch aus der Zeit der *Gulags*. Das ist mehr oder weniger so was wie ein Pate – er erteilt die Befehle, schlichtet Streit, leitet die Geschäfte. Er kann andere befördern, bestrafen, Bußgelder verhängen – sogar Hinrichtungen anordnen.«

»Und das alles von Russland aus?«

»Nein«, sagte sie. »Aus Deutschland.«

Ich sah sie fragend an.

»Die Brutka-Gruppe kommt ursprünglich aus der Ukraine«, sagte Delgado, »der Bürgerkrieg hat sie aus ihrem Land vertrieben. Jetzt haben sie ihre Zentrale nach Deutschland verlegt.«

»Wenn Brutka der Boss ist«, sagte ich, »wer zum Teufel ist dann ›Nemaye‹? Den Namen hatte Giorgi genannt.«

Delgado grinste. »Wie sich herausgestellt hat, bedeutet ›Nemaye‹ auf Ukrainisch ›Nein‹.«

So viel zu meinen ausgeklügelten Verhörtechniken.

»Glaubst du, Brutka wollte Sloane vom Markt verdrängen?«, fragte ich. »Oder ihre Agentur schlucken, wogegen sie sich gewehrt hat? Wollte er EliteModels eliminieren? Sloane und Kim?«

»Vielleicht hat Kim Sprague wieder für Elite gearbeitet«, sagte Delgado.

»Wegen des Geldes? Ach, komm.«

»Zum Spaß?«, meinte Delgado. »Vielleicht war ihr langweilig, oder Charlie hat es nicht richtig gebracht. Wer weiß, warum Frauen so was machen?«

Ich wusste es.

Für Geld.

Für Drogen.

Oder weil etwas sie dazu zwang, meist andere Leute, manchmal auch ein inneres Bedürfnis.

Ich hatte das schon erlebt – wenn ein Kind klaut und als Dieb beschimpft wird, hält es sich für einen Dieb. Erklären genügend Leute einer jungen Frau, sie sei eine Hure, wird sie's irgendwann glauben.

Hatte Kim wieder für Sloane gearbeitet? Waren ihre Verabredungen zum Mittagessen, der Tennisunterricht, die Yoga-Kurse nur Tarnung, um zu verschleiern, was sie wirklich trieb?

Falls es sich so verhielt, dann war Kim vermutlich tot, und ich suchte nicht sie, sondern ihre Leiche.

Und Brutka hatte die vorgetäuschte Entführung eingefädelt, als Möglichkeit, mich auszuschalten.

»Wie kommen wir an Brutka ran?«, fragte ich.

Vorschriftsmäßig war da nichts zu machen – wir konnten

ihn nicht wegen Mordes an Giorgi verhören – damit hätte sich Delgado in die Nesseln gesetzt.

Aber Brutka hatte bereits Fehler gemacht.

Zweimal hatte er versucht, mich umzubringen, und war zweimal gescheitert.

Und Williams war stinksauer.

Er wurde nervös, und nervöse Menschen machen Fehler.

Ich wollte ihn noch nervöser machen.

Wenn man den Bären reizen will.

Pikt man ihn.

Das Restaurant namens Odessa gehörte zu einer neuen Ladenzeile an der Route 826 in North Miami, die gesäumt war von einer ordentlich gestutzten Hecke und frisch angepflanzten Palmen.

Sie war das Herz der Russischen Riviera.

Der Geheimdienst behauptete, Brutka sei stiller Teilhaber, was im Prinzip bedeutete, dass es ihm gehörte, weshalb er auch jeden Nachmittag zum Tee mit russischen Leckereien vorbeikam.

Delgado und ich saßen in meinem Wagen, hatten gegenüber geparkt und warteten.

Sie googelte die Speisekarte auf ihrem Handy. »Räucherlachs, Räucheraal, Pelmeni, Okroschka …«

»Was ist das?«

»Woher soll ich das wissen?«, sagte Delgado. Sie las weiter. »Rassolnik, Smetanik … okay, das guck ich jetzt mal nach … oh, das ist ein Sauerrahmkuchen ….«

»Delgado, sieh dir das an.«

Ein Lincoln fuhr auf den Parkplatz.

Maxim Vedmid stieg vorne auf der Beifahrerseite aus und sah sich um. Er entdeckte uns nicht und hörte auch nicht das leise Surren von Delgados Kamera oder das Klicken des Auslösers, als sie Fotos von ihm schoss.

Dann öffnete er die hintere Tür auf der Beifahrerseite und Bogdan Brutka schob sich vom Sitz.

Er war Mitte fünfzig, ungefähr eins achtundsiebzig, breiter Stiernacken, dicker Bauch – Letzteren konnte er mit seinem braunen Sakko kaum verbergen. Er sah aus, als wäre er irgendwann mal in seinem Leben Boxer gewesen, aber viele der Muskeln von früher hatten sich jetzt in Fett verwandelt. Sein rotes Haar wurde langsam dünner, es war kurz geschnitten und nach vorne gekämmt.

Vova Kulyk stieg auf der anderen Seite aus, ging um den Wagen herum und stellte sich hinter Brutka.

Offen sichtbar trug er jetzt keine Vityaz-SN mehr, aber an einer Stelle beulte sich seine Miami-Heat-Trikotjacke etwas aus.

Delgado bekam ihn mit aufs Bild, als die drei ins Restaurant gingen.

»Lust auf Sauerrahmkuchen?«, fragte ich sie.

»Immer.«

Wir stiegen aus dem Wagen, überquerten die Straße und betraten das Odessa.

Ich hatte ein Monument schlechten, neureichen Geschmacks erwartet, schrill und pompös zur Schau gestellten Gangster Chic, aber das Odessa war überraschend unaufdringlich. Die Wände in mattem Rot gestrichen, die Stühle mit einem gestreiften Stoff bezogen, der den Farbton der Wände wiederaufnahm, die Tischdecken cremefarben.

Ein großer Spiegel hing hinten an einer schwarzen Wand, darauf kyrillische Buchstaben in Rot, vermutlich stand »Odessa« drauf. Verteilt an den Tischen saßen ungefähr fünfzehn Gäste, einige von ihnen russische Stammkunden, andere wiederum sahen aus wie Touristen.

Brutka und seine Leute setzten sich auf eine Bank hinten in einer Ecke – er selbst in die Mitte, Kulyk und Vedmid jeweils auf einer Seite –, und kaum dass er saß, hatte er auch schon ein Stück Käsekuchen von der Größe halb Rhode Islands in Arbeit, schlang es mit geradezu wilder Entschlossenheit hinunter.

Und da fiel mir ein, dass ich Bogdan Brutka schon einmal gesehen hatte.

Auf Charlies Hochzeit.

Sloane hatte sich über die Tischmanieren der Russen mokiert.

Jedenfalls blickte er nicht auf, als wir hereinkamen, und die Hostess, eine umwerfende Blondine in einem engen schwarzen Kleid, führte uns an einen Tisch für zwei.

Ich hielt Delgado den Stuhl hin.

»Wow, Decker«, sagte sie, »das ist ja fast ein Date.«

Ich setzte mich. »Deinen Eltern hast du mich ja schon vorgestellt.«

Brutka bemerkte uns nicht, Kulyk aber.

Er starrte mich quer durch den Raum an.

Ich winkte.

Vedmid funkelte mich wütend an, als wünschte er, in der Öffentlichkeit ungestraft seine .45er ziehen zu dürfen. Er beugte sich über den Tisch, um Kulyk etwas zuzuflüstern, was Brutka aber nicht gefiel. Er schaute auf und brummte etwas, das anscheinend so viel heißen sollte wie »Was?«.

Vedmid beugte sich vor, flüsterte ihm ins Ohr und zeigte auf mich.

Ich winkte erneut.

»Wenn Blicke töten könnten« ist eine alte Redewendung – Brutka sah mich eher an wie: »Wenn Blicke bei lebendigem Leib häuten, in Öl sieden und anschließend ans Kreuz nageln könnten.«

Aber um ehrlich zu sein, schwoll auch mir allmählich der Kamm. Dieser Mann hatte Kim Sprague entführt, und ich starrte ihn nun meinerseits auf eine Weise an, die keinen Zweifel daran ließ, dass auch ich ihn umbringen wollte.

Wären wir im Restaurant alleine gewesen, hätte ich's getan.

»Wollt ihr vielleicht lieber ungestört sein?«, fragte Delgado.

»Was?«

»Da läuft doch was zwischen euch beiden.«

Ich war zu sehr mit Brutka beschäftigt, um zu antworten.

Augen wie seine hatte ich schon einmal gesehen.

In anderen Gesichtern.

Aber die Augen waren immer die gleichen.

Die der Folterer im Irak.

Die der Kindermörder.

Augen, in denen nichts zu finden war, außer Sadismus und Gier. Augen, die die Welt als einen Ort betrachten, der einzig zur Befriedigung der eigenen Begierden existiert. Und andere Menschen nur, um benutzt zu werden.

Ich wollte zu ihm gehen, ihn am Hals packen und so lange würgen, bis ihm die Augen aus dem Kopf sprangen und er mir verriet, was er mit Kim gemacht hatte.

»Decker.«

Ich drehte mich zu Delgado um.

»Nicht hier«, sagte sie. »Nicht jetzt.«

Dann sah ich wieder Brutka an, der zufrieden grinste, weil ich als Erster den Blick abgewandt hatte.

Blöder Machoscheiß, aber ich ärgerte mich trotzdem, dass ich ihn hatte gewinnen lassen.

Ein Kellner wollte zu uns an den Tisch, aber Brutka winkte ihn zu sich und sagte etwas zu ihm.

Dann kam ein dünner Mann mittleren Alters zu uns und fragte: »Was darf's denn sein?«

Brüsk, als wollte er uns möglichst schnell wieder loswerden.

Ich starrte ihn an.

Er wiederholte: »Sir, was darf's sein?«

»Kim Sprague«, sagte ich.

»Wie bitte?«

»Kim Sprague«, wiederholte ich so laut, dass alle im Raum es hören konnten. Ihr Name war in allen Nachrichten gewesen, jeder wusste, von wem die Rede war.

Der Kellner war verdattert und ängstlich. »Wir haben keine …«

»Doch, haben Sie«, sagte ich laut. »Man hat mir gesagt, ich könnte hier eine gewisse Kim Sprague finden. Gehen Sie und fragen Sie Ihren Boss da drüben. Vielleicht schafft er sie her.«

Die anderen Kunden sahen zu Brutka rüber.
Er setzte eine Miene auf, als wollte er mir sämtliche Gliedmaßen herausreißen und mich damit füttern.

Der arme Kellner wusste nicht, was er machen sollte. Er drehte sich zu Delgado um und fragte: »Und die Dame?«

Für ihre Antwort liebte ich sie.

Delgado sah ihn kühl an und sagte: »Ich nehme dasselbe wie der Herr.«

Sie legte die Speisekarte hin und lächelte.

»Bitte, Sir«, sagte er zu mir.

Ich schob mein Kinn Richtung Brutka. »Fragen Sie ihn.«

»Bitte …«

»Okay, dann mach *ich* das.«

Ich wollte aufstehen, aber Vedmid war bereits aufgesprungen und auf dem Weg zu uns.

»Ich fürchte, ich muss Sie bitten, zu gehen«, sagte er.

»Nicht ohne Kim Sprague.«

»Sie machen eine Szene«, sagte Vedmid. Kulyk stand jetzt hinter ihm, gab ihm Rückendeckung. Brutka saß noch am Tisch, hatte inzwischen aber aufgehört zu essen.

»Ich hab nicht angefangen«, sagte ich.

Dann hörte ich Brutka etwas bellen. Vedmid wurde rot und sagte: »Mr. Brutka lädt Sie ein, sich zu ihm an den Tisch zu setzen. Alle beide.«

Der Kellner stellte bereits zwei weitere Stühle an die Bank.

Wir standen auf, gingen rüber und setzten uns, während die anderen Gäste taten, als wäre nichts gewesen. Brutka entließ seine beiden Jungs mit einer schroffen Geste und widmete sich erneut seinem Käsekuchen. Krümel fielen ihm vom Kinn, als er zu mir sagte: »Witzbold. Sie sind ein echter Witzbold, hm, machen so ein Theater hier in meinem Restaurant?«

»Wo ist Kim Sprague?«, fragte ich.

»Ein Witzbold.« Jetzt ließ er den Blick lange und lüstern über Delgados Körper wandern. »Ein Witzbold und ein hübsches Mädchen, aber zum Glück gibt es ja viele hübsche Mädchen auf der Welt.«

»Mir ist scheißegal, wer in South Florida über das Prostitutionsgewerbe herrscht«, sagte ich nicht besonders leise. »Das ist eine Sache zwischen Ihnen, Gott und der Polizei von Miami. Lassen Sie Kim Sprague frei und Sie werden mich nie wiedersehen. Tun Sie's nicht, komme ich jeden Tag hierher.«

Er stach die Gabel in den Kuchen und schob sich ein Stück in den Mund. Noch während er kaute, sagte er: »Hey, Sie Witzbold, wussten Sie, dass ich zaubern kann? Ja, wirklich wahr. Ich kann Sie jetzt sofort verschwinden lassen. Wollen Sie wissen, wie?«

»Okay.«

»Sehen Sie das Mädchen dahinten?« Er fuchtelte mit der Gabel Richtung Hostess. »Wunderschön, nicht wahr? Schauen Sie sich die Augen an, diese Wangenknochen, die Lippen. Die Titten. Perfekt. Sie ist so schön, dass ich sie ganz für mich behalten will. In einer Wohnung drüben am Strand. Jetzt kommt mein Zaubertrick. Wenn Sie nicht *sofort* verschwinden, fahr ich mit ihr dorthin und verprügele sie. Ich zertrümmere ihr die wunderschönen Wangenknochen, die vollen Lippen, die mir so viel Freude bereitet haben. Ich werde sie so lange prügeln, bis sie kein hübsches Mädchen mehr ist. Wie gesagt, davon gibt es ja sehr viele. Jetzt verschwinden Sie, Sie Witzbold.«

Er aß weiter.

Ich sah Delgados Hand zu ihrer Pistole wandern und packte sie am Gelenk.

Brutka hatte mich durchschaut.

Vollkommen.

Soziopathen können einen mit den Augen röntgen. Gedanken lesen. Sie kennen deine Schwächen.

Ich stand auf. »Ich kriege Sie wegen Kim Sprague dran.«

»Sind Sie immer noch da?«, fragte Brutka, ohne den Blick zu heben. »Ich höre was, aber ich sehe nichts. Ich muss die Schädlingsbekämpfung alarmieren. Die, wie heißen sie noch? Die Kammerjäger.«

Als wir das Odessa verließen, blickten die anderen Gäste nicht einmal auf.

Als wir wieder im Wagen saßen, zitterte Delgado vor Zorn. »Ich sollte da reingehen, ihm Handschellen anlegen und ihn abführen.«

»Weswegen?«

»Terrordrohungen« sagte sie, obwohl sie wusste, dass das unrealistisch war. »Ich hätte ihm meine verfluchte Pistole über den Schädel ziehen und ihm einen Tritt in den Arsch verpassen sollen.«

Brutka hatte mich zwar aus seinem Restaurant vertrieben, aber ich hatte mit dem Besuch erreicht, was ich wollte. Alle Anwesenden hatten es gehört, Brutka hatte gesehen, dass sie's gehört hatten, und jetzt würde er reagieren müssen.

Er kannte die Regeln so gut wie ich – ein Mafiaboss darf auf eine solche Provokation nicht eingehen, man würde ihn sonst für schwach halten und er wäre nicht mehr länger der Boss.

Jetzt war Brutka am Zug.

Ich ließ den Wagen an.

Dann hielt ich inne, weil eine weiße Stretchlimousine auf den Parkplatz des Odessa bog. Delgado und ich sahen zu, wie der uniformierte Fahrer die Tür öffnete und mehrere Leute ausstiegen. Paare, hübsch für die Feiertage zurechtgemacht.

»Ach, du Scheiße«, sagte Delgado. »Sieh dir das an.«

Ich wusste nicht, wen ich vor mir hatte, und sagte es ihr.

»Das ist der Bürgermeister mit seiner Frau«, sagte sie im Ton einer TV-Kommentatorin am roten Teppich. »Der Vorsitzende der Planungskommission mit seiner Freundin, die Vorsitzende des Gemeinderats mit ihrem Ehemann … *no jodas.*«

»Was?«

»Du weißt nicht, wer das ist?«

Ich sah über die Straße zu dem großen Mann hin, der sich selbst aus der Limo schälte. »Elegant« war das einzige Wort, das einem spontan dazu einfiel. Er hatte die blonden Haare streng zurückgekämmt, und dank seiner sonnengebräunten Haut kamen seine blauen Augen perfekt zur Geltung. Sein grauer Anzug sah nach Seide aus, seine braunen Schuhe hatten wahrscheinlich mehr gekostet, als ich während meiner Zeit als Cop in einer ganzen Woche verdient hatte.

»Das ist Dasha Levitov«, sagte Delgado.

Was mir nicht mehr sagte als Rassolnik und Smetanik.

Delgado sah mich verächtlich an. »Dasha Levitov? Der Immobilienhai? Das ist einer der mächtigsten Männer der Welt. Früher war er Putins bester Freund, dann haben sie sich wegen der Ukraine zerstritten.«

Levitov streckte sich und grinste, schien amüsiert über seinen Besuch einer Einkaufsmeile. Dann nahm er seine Sonnenbrille aus der Hemdtasche und setzte sie auf, um sich vor den blendenden Strahlen der untergehenden Sonne zu schützen, streckte eine Hand zurück in den Wagen und reichte sie einer atemberaubend schönen, großen Frau in einem silbernen Lamékleid.

»Ana Levitov«, sagte Delgado. »›Die Kaiserin‹.«

Brutka kam mit ausgebreiteten Armen aus dem Restaurant und begrüßte seine Gäste. Er ging zu jedem Einzelnen, umarmte seine Gäste und küsste sowohl die Männer wie die Frauen auf beide Wangen.

Wir sahen, wie sich die angeregt plaudernde und lachende Gruppe ins Restaurant begab.

Levitov war offensichtlich der Gastgeber, gereicht wurden Speisen seiner Heimat, und er winkte alle durch die erste Tür. Der Bürgermeister, die Gemeinderätin, die Planungskommission und der größte Immobilienhai von ganz Miami – alle vor Ort.

Kein Wunder, dass Brutka uns so schnell hatte loswerden wollen.

Ich saß in meiner Corvette aus dem Jahr 74, in meinem billigen blauen Blazer von der Stange und dem weißen Hemd von Land's End und lachte über mich, weil ich mir vorgenommen hatte, Bogdan Brutka zu Fall zu bringen.

Durchziehen würde ich es trotzdem.

Mir war nur nicht klar gewesen, mit was für hohen Tieren er verkehrte.

Willst du immer noch mitmachen?«, fragte ich Delgado, als wir in Little Havana über die Calle Ocho liefen.

»Ist ein bisschen spät für die Frage, oder?«, meinte sie. »Ich stecke längst bis über beide Ohren drin.«

»Wir könnten uns überlegen, wie du wieder rauskommst«, erwiderte ich.

Weil ursprünglich davon keine Rede gewesen war. Dass sie sich mit dem Bürgermeister, ihren Vorgesetzten und dem halben Establishment von Miami anlegen sollte. Wenn sie nicht nachgab und Brutka mit Hilfe seiner Kontakte Druck machte, war sie erledigt.

»Ich will nicht aussteigen«, sagte sie. »Ich will was essen. Du hast mir Kuchen versprochen und dein Versprechen nicht gehalten.«

»Du bist hier zu Hause. Sag mir, wo.«

Die Straßen waren voller Menschen, weil die Kubaner, wie Delgado mir erklärte, Weihnachten gerne bis in die erste Januarwoche hinein verlängerten. Auf der Calle Ocho ging es also zu wie auf dem Jahrmarkt, und wir trafen ständig Leute, die Delgado kannte, weil sie hier mehr oder weniger jeden kannte.

Natürlich begegneten wir auch ihrer Familie. Delgados Eltern gingen mit ihrer *abuela* spazieren. Nach ungefähr zwölf Sekunden Smalltalk fragte mich ihr Vater: »Frank, hast du inzwischen Arbeit gefunden?«

»Noch nicht.«

Mit seinem schlichten Nicken gab er mir irgendwie zu verstehen, dass er mich für einen Versager hielt. Dann meinte er: »Komm morgen in die Zigarrenfabrik. Vielleicht finden wir was für dich.«

»Papi, Frank ist hier nur zu Besuch«, sagte Delgado.

Papi starrte mich an, während er überlegte, ob das gut oder schlecht war. Unschwer zu erkennen, woher Delgado ihre ausdrucksstarken Augen hatte. Seine teilten mir sehr unzweideutig mit: *Wehe, du schläfst mit meiner Tochter, du herumstromernder Penner von einem Anglo.*

Ihre *abuela* fragte etwas auf Spanisch, und ich dachte, ich hätte das Wort »Verlegenheit« verstanden.

Delgado errötete, antwortete auf Spanisch und packte mich am Ellbogen. Wir verabschiedeten uns hastig und gingen weiter.

»Was hat sie gesagt?«, fragte ich.

»Sie hat gefragt, ob ich schwanger bin«, erklärte Delgado. »Ich hab geantwortet, soweit ich weiß, hat es mit der unbefleckten Empfängnis bislang nur einmal geklappt.«

»Oh.«

»Was ist der nächste Schritt gegen Brutka?«, fragte mich Delgado, als wir an dem alten Jugendstil Tower Theater vorbeikamen.

»Weiter Druck machen«, sagte ich. »Auftauchen, wo er ist, Kims Namen laut aussprechen, ihn so lange schikanieren, bis er merkt, dass er sich mit uns auseinandersetzen muss.«

»Er hat schon zweimal versucht, dich umzubringen«, sagte Delgado, »wie oft willst du noch …«

Ein schwarzer SUV kam um die Ecke gerast, auf der Beifahrerseite vorne blitzte Mündungsfeuer auf.

Ich stieß Delgado zu Boden.

Über uns zischten Kugeln hinweg.

Das harte Prasseln von Maschinengewehrfeuer.

Delgado stieß mich von sich und zog ihre Waffe. Kniend feuerte sie hinten auf den SUV, der die Straße entlang davonraste, während noch immer mit Maschinengewehren aus den Fenstern geschossen wurde.

Die Menschen ließen sich fallen, sprangen in Toreingänge und pressten sich an die Wände. Schaufensterscheiben gingen zu Bruch, Kugeleinschläge entstellten Wandgemälde, die aufgemalten Gesichter hatten plötzlich Narben, die gemalten Körper waren durchlöchert.

Der SUV geriet ins Schlingern und krachte gegen einen Laternenmast. Der Fahrer sackte über dem Lenkrad zusammen, die Hupe verstärkte die Kakophonie der Schreie, des Gebrülls und des Weinens. Die Beifahrertür ging auf, und zwei Männer sprangen heraus, die Maschinenpistole auf Hüfthöhe, feuerten sie Salven ab.

»Runter! Geh runter!«, brüllte ich.

Delgado gab zwei Schüsse ab, und einer der Schützen sackte in sich zusammen. Der andere griff nach ihm, packte ihn am Oberarm und zog ihn, mit der Maschinenpistole in der anderen Hand immer noch Salven abfeuernd, in eine geschützte Seitenstraße zwischen dem Tower Theater und einer Kunstgalerie.

Delgados Großmutter rappelte sich mühsam auf, erhob sich, drohte ihnen mit der Faust und beschimpfte sie.

»*Abuela!!!*«, schrie Delgado.

Ich war näher dran und machte einen Satz auf sie zu.

Riss sie so sanft wie möglich zu Boden.

Dann kniete Delgado neben mir. »Oh Gott, ist sie getroffen? Ist sie getroffen? Sag, dass sie nicht getroffen wurde.«

Ich suchte nach Blut.

»Alles in Ordnung.«

Ich stand auf und rannte zu der Straße, in der die Männer verschwunden waren, hob im Laufen das Gewehr des Verletzten auf. Als ich in die Straße abbog, sah ich den Mann, der seinen verwundeten Kumpel neben sich herzog.

Er entdeckte mich und feuerte, ich presste mich flach an die Wand.

Dann ging er weiter und hörte auf zu schießen.

Jetzt trat ich wieder vor und feuerte.

Er musste sich entscheiden, und er entschied sich dafür zu überleben. Er ließ den Arm des Verwundeten los und stieg über eine Leiter auf das Dach des Theaters. Erst gab er eine Salve ab, um mich in die Knie zu zwingen, dann kletterte er die Leiter hinauf.

Ich folgte ihm.

Bis ich oben war, hatte er das Dach schon zur Hälfte überquert, und es sah aus, als überlegte er, ob er den Sprung auf das benachbarte Wohnhaus wagen sollte. Die Lücke zwischen den Gebäuden war nicht groß – er hätte es schaffen können.

Ich näherte mich, legte das Gewehr an und drückte ab.

Hörte ein trockenes Knacken.

Der Schütze hörte es auch.

Im Hintergrund wurden Sirenen laut, die Cops waren also unterwegs, aber wir hatten genug Zeit für einen weiteren Schuss, und ich stand wie ein Vollidiot ungeschützt mit ungeladener Waffe völlig ausgeliefert auf dem Dach.

Der Mann drehte sich um, grinste und richtete den Lauf auf meinen Magen.

»*Mudak*«, sagte er.

Wahrscheinlich war das eine ukrainische Beleidigung,

aber den schadenfrohen Moment hätte er sich nicht gönnen dürfen.

Ich schwang meinen Karabiner wie einen Baseballschläger.

Und traf ihn am Oberkörper. Er flog rückwärts mit rudernden Armen vom Dach. Landete hart auf dem Hinterkopf.

Als ich mich umdrehte, sah ich Delgado, die neben mir stand und nach unten schaute.

Sie verstaute ihre Pistole im Holster.

»Er hat sich wohl beim Sprung verschätzt«, sagte sie.

»Du musst weg hier«, meinte Delgado. »Ich hab ihn bis hier hoch verfolgt, er wollte aufs Nachbardach springen und ist der Schwerkraft zum Opfer gefallen.«

»Es gibt zweihundert Zeugen, die mich hier gesehen haben«, sagte ich.

»Das ist Little Havana«, sagte Delgado. »Die Leute erinnern sich noch gut an Castros Geheimpolizei, die reden nicht mit Cops.«

»Was ist mit dem Kerl unten auf der Straße?«

»Konnte nur noch sein Tod festgestellt werden.«

Wir stiegen die Leiter wieder runter und verschwanden hinten durch die Gasse. Sie gab mir ihre Schlüssel. »Geh zu mir nach Hause und bleib dort, bis du von mir hörst.«

»Und du? Wohin gehst du?«

»Zurück«, sagte sie. »Ich habe drei Todesfälle und jede Menge anderen Scheiß zu erklären. Aber du bist nie hier gewesen, Decker.«

Sie hatte recht. Wenn ich blieb, konnte ich nichts anderes tun, als die Sachlage zu verwirren und ihre Karriere zu ruinieren. Und wenn herauskam, dass es einen Zusammenhang zwischen der Schießerei auf der Calle Ocho und Kim Spragues Verschwinden gab, hätte das katastrophale Folgen.

Auf dem Weg zu Delgados Wohnung fluchte ich vor mich hin. Ich hatte eine Reaktion aus Brutka herauskitzeln wollen und vermutlich war mir das gelungen.

Aber damit hatte ich nicht gerechnet – ein Mordanschlag aus einem fahrenden Wagen in einer belebten Straße voller Zivilisten.

Das war extrem und verzweifelt.

Und was bedeutete das für Kim? Ging es tatsächlich um Brutkas feindliche Übernahme des Callgirlgeschäfts in South Florida, dann war Kim wahrscheinlich längst tot – weil sie etwas wusste, etwas getan oder nicht getan hatte?

Und wenn Kim noch lebte, hatten die Russen sie? Warum? Weshalb? Was war die Trumpfkarte, die sie noch nicht ausspielen wollten?

Ich wusste, dass es nur einen Ort gab, an dem ich eine Antwort auf die Fragen bekommen konnte, und das war nicht Delgados Wohnzimmer, trotzdem blieb ich und wartete auf sie.

Mindestens das war ich ihr schuldig.

Delgado kam erst um fünf Uhr früh zurück und wirkte erschöpft. Die Kollegen hatten sie in die Mangel genommen, es sollte eine Untersuchungskommission eingerichtet werden, und sie war bis auf weiteres vom Dienst suspendiert, tatsächlich sah es aber eigentlich ganz gut für sie aus.

»Der Fahrer des Wagens wurde identifiziert«, sagte sie und ließ sich schwer aufs Sofa sacken. »Yusup Hubenko aus Sunny Isles Beach. Die anderen beiden sind wahrscheinlich Russen. Die Kollegen wollen überprüfen, ob es sich um tschetschenische Terroristen handelt, und ich habe nichts unternommen, um sie von ihrem Vorhaben abzubringen.«

Sie klang angewidert von sich selbst.

»Das ist das einzige Motiv, das mir eingefallen ist, weshalb ein Wagen voller Russen wild umherballernd durch die Straßen von Little Havana fährt«, erklärte Delgado. »Vier

Menschen liegen im Krankenhaus – eine ältere Dame hat sich einen Arm gebrochen, eine Frau Glassplitter abbekommen, ein alter Mann einen Herzinfarkt erlitten und ein zehnjähriger Junge eine Kugel im Bein. Ich bin nur froh, dass niemand getötet wurde.«

Sie schwieg einen Augenblick, dann sagte sie: »Das war meine *Familie*, Decker, meine Gemeinde, meine *Heimat*, und ich hab dich mitsamt dem ganzen Scheiß der reichen Weißen dorthin geschleppt.«

»Tut mir leid.«

»Ich gelte jetzt als Heldin. ›Polizistin stellt drei Terroristen‹. ›Möchtegern-Killer legen sich mit der falschen Latina an‹.« Sie fing an zu zittern. »Gott hilf mir, ich hab gerade zwei Menschen getötet.«

»Hättest du's nicht getan, hätten sie …«

»Ich weiß«, sagte sie. »Ich hab kein schlechtes Gewissen, ich hab nur … ich weiß nicht, was …«

Sie fing an zu weinen, und ich legte den Arm um sie. Ich spürte, wie sich ihr Rücken hob und senkte, während sie an meiner Schulter schluchzte.

Ich sagte nichts.

Es gab nichts zu sagen.

So was verändert einen, das ist einfach so.

Als sie aufhörte, stand ich vorsichtig auf, holte ein paar Taschentücher und reichte sie ihr. Ihre Augen waren rot und aufgequollen, die Wimperntusche lief ihr über das Gesicht.

»Ich brauche eine Dusche«, sagte Delgado. »Und ein bisschen Schlaf. Danach müssen wir uns hinsetzen und überlegen, wie zum Teufel wir weiter vorgehen. Du kannst die Couch haben.«

Ich streckte mich aus.

Dann hörte ich, wie die Tür aufging und sich wieder schloss, das Geräusch von fließendem Wasser, und anscheinend schlief ich dabei ein. Als ich aufwachte, stand Delgado in einem weißen Seidenmantel neben der Couch. »Komm zu mir ins Bett. Ringsum nichts als Tod, ich brauch ein bisschen Leben.«

»Du bist verzweifelt«, sagte ich. »Du brauchst nicht ...«

»Erzähl mir nicht, was ich brauche oder nicht«, sagte sie. »Ich bin eine erwachsene Frau, ich kenne meine eigenen Bedürfnisse.«

Sie war so schön.

Verletzlich.

Und ich hatte in letzter Zeit selbst viel zu viel mit dem Tod zu tun gehabt.

»Komm schon, Decker«, sagte sie. »Ich bring dir Spanisch bei.«

Delgado schlief in meiner Armbeuge ein.
Ich wartete, bis ich hörte, wie ihre Atemzüge tiefer wurden, dann schlüpfte ich aus dem Bett, zog mich an und schlich mich raus.

Ich hätte einen Zettel dagelassen, aber Zettel sind Beweismittel und ich wollte so wenige Spuren unserer Verbindung hinterlassen wie möglich. Ich ging hinaus auf die Straßen von Little Havana. Es war noch früh am Morgen, aber einige waren schon auf, und ich konnte hier und da Gesprächsfetzen aufschnappen, und obwohl es Spanisch war, wusste ich, worüber geredet wurde.

Ich spürte die Blicke der Leute auf mir.

Auf der Calle Ocho stieg ich in ein Taxi und ließ mich drei Straßenecken von der Polizeiwache Miami-Dade entfernt absetzen, den Rest ging ich zu Fuß, fand meinen Wagen auf dem Parkplatz.

Dann fuhr ich nach Norden Richtung Hallandale und Sunny Isles Beach.

Ich verstand sofort, weshalb Hallandale Little Moscow genannt wurde.

Vor einem Imbiss hielt ich an, holte mir einen Kaffee und stellte fest, dass es hier nur russische Speisen gab. Das Ladenschild war in kyrillischen Buchstaben verfasst. Es kam mir absurd vor – russische Buchstaben unter Palmen und blauem Himmel.

Das Odessa war geschlossen und der Parkplatz davor leer.

Laut Geheimdienstbericht hielt sich Brutka unter anderem regelmäßig in einem Stripclub namens MaxiLounge auf, der Vedmid gehörte. Denselben Informationen zufolge handelte es sich inoffiziell um Brutkas Büro, eine Art russische Gold-Coast-Version von Tony Sopranos Bada Bing.

Ich fand den Club abseits des Highway 91, nicht weit entfernt von der Rennbahn in Hallandale Beach.

Wenn man sich mal so richtig runterziehen lassen will, muss man an einem Feiertag nachmittags einen Stripclub in South Florida besuchen.

Hier nehmen die einsamen Versager Zuflucht, die harten Säufer, die Sexsüchtigen, die es aufgegeben haben, so zu tun, als wären sie keine, und die Geschiedenen mittleren Alters. Wenn man an einem Sonntagnachmittag nichts Besseres zu tun hat, als einen Stripclub aufzusuchen, ist es wohl an der Zeit, sich über das eigene Leben mal ein paar grundsätzliche Gedanken zu machen.

Man kann einen Stripclub nennen, wie man will – Gentlemen's Club, Cabaret, Lounge, aber es bleibt ein Stripclub. Man kann ihn schmücken, wie man will – mit Samtvorhängen, Art déco, neureichem Russenchic –, es bleibt immer noch ein Ort, den Männer aufsuchen, um nackte Frauen anzusehen oder sich an ihnen zu reiben.

Die MaxiLounge – ein Name, der eher an Hygieneartikel für Frauen erinnerte – war ein solcher Ort, trotz seiner glamourösen Ambitionen. Viel Geld war in die Inneneinrichtung geflossen – rote, lilafarbene und schwarze Stoffe, Neonlicht –, aber noch mehr Geld wurde anscheinend in die Frauen investiert.

Sie gehörten zur allerersten Liga, selbst an einem ruhigen Weihnachtstag.

Die meisten waren langhaarige Blondinen mit dicken Möpsen. Hübsche Gesichter mit Schmollmündern. Lange Beine auf hohen Pfennigabsätzen. Teure Dessous – Seide und Samt –, die an ihnen herab auf die Bühne glitten.

Vor allem sahen sie teuer aus, und das war der Anspruch, den die MaxiLounge für sich reklamierte: »Der beste Club mit den besten Mädchen«.

Sie sahen einem in die Augen, wenn man hereinkam, schätzten im Bruchteil einer Sekunde die Größe des Vermögens, den Status und das Ausmaß der sexuellen Bedürftigkeit ein. Sah man aus wie einer, der sie sich leisten konnte, behielten sie einen im Blick. Sah man aus wie einer, der nur gucken wollte, weil ihm zum Anfassen das Kleingeld fehlte, wurden ihre Blicke plötzlich ausdruckslos und leer, bis der Nächste hereinkam.

Vermutlich sah ich aus, als hätte ich ein bisschen was auf der hohen Kante, denn eine große Blondine betrachtete mich, lächelte und zeigte mir ihre Brüste.

Ein Weihnachtsbuffet mit verschwitzten Truthahnscheiben und ein paar Warmhaltebehälter mit Kartoffelbrei sowie ein paar Brötchen waren auf einem Tisch an der gegenüberliegenden Wand aufgebaut, aber niemand war betrunken oder hungrig genug, um sich darüber herzumachen.

Ich setzte mich an die Bar neben der Bühne.

Eine Oben-ohne-Kellnerin kam zu mir und fragte, was sie für mich tun könne. Ich bestellte einen verwässerten Scotch für 28 Dollar und fragte sie: »Ist Mr. Brutka da?«

Sie schaute ein bisschen erschrocken. »Ich weiß es nicht. Ich frage.«

»Würden Sie das bitte machen?« Ich reichte ihr einen Fünfzigdollarschein und sagte, dass ich kein Wechselgeld bräuchte.

Der Tänzerin auf der Bühne, die mir am nächsten war, blieb dies nicht verborgen.

Dann sah ich die Kellnerin durch eine Tür in ein Hinterzimmer verschwinden. Wenige Sekunden später kam sie zurück, machte an der Bar halt, um mein Getränk zu holen, und stellte es mir auf den Tresen. »Mr. Brutka ist nicht da, aber darf ich trotzdem fragen, wer das wissen will?«

»Sicher«, sagte ich. »Sagen Sie ihm, ich bin der, den er umbringen wollte.«

Jetzt guckte sie erst richtig erschrocken.

»Wie heißen Sie?«, fragte ich.

»Dawn.«

»Dawn, sagen Sie's denen bitte mit genau diesen Worten«, bat ich sie und schälte einen weiteren Hunderter aus meiner Tasche. »Sagen Sie dazu, dass ich nicht bewaffnet bin, ich will nur reden.«

»Sie sind nicht bewaffnet und wollen nur reden«, wiederholte sie.

»Ganz genau.«

Die Kellnerin verschwand wieder im Hinterzimmer, und ich wandte mich der Tänzerin zu, denn alles andere erschien mir unhöflich. Sie beugte sich rückwärts bis zum Boden und entblößte ihr Inneres vor mir. Dann drehte sie sich um, sodass ihre Lippen nur noch wenige Zentimeter von meinem Gesicht entfernt waren. »Ich mache einen Wahnsinnstabledance. Zutritt zum VIP-Bereich kostet hundert Dollar und ein Trinkgeld.«

»Ich bin kein VIP.«

»Ich kann aber dafür sorgen, dass du dich wie einer fühlst.«

Ich drückte ihr einen Fünfziger in die Hand. »Nichts für ungut, aber der Schein ist dafür, dass du mich in Ruhe lässt.«

Sie tanzte ab.

Trotzdem blieb ich nicht lange alleine.

Vova Kulyk hatte offensichtlich immer noch eine Pistole unter seiner Miami-Heat-Trikotjacke. »Du hast vielleicht Nerven, hier aufzutauchen. Ich sollte dich auf der Stelle abknallen.«

»Hätte Brutka genehmigt, dass du mich umbringst«, sagte ich, »dann bestimmt nicht in seinem eigenen Club. Er hat so schon genügend Probleme, jetzt, wo seine schwachsinnigen Handlanger in Little Havana herumgeballert haben, fast die Hälfte aller Cops von Miami lebt dort. Und inzwischen dürfte auch das Personal knapp werden, oder? Dein Boss will sicher wissen, was ich zu sagen habe.«

»Sag es.«

»Nicht hier«, erklärte ich. »Stripperinnen haben große Ohren und noch größere Münder.«

»Das sind Russinnen«, sagte er. »Die würden sich hüten.«

Das konnte ich mir allerdings vorstellen.

»Okay«, sagte ich. »Sag deinem Boss, ich hab die Nase voll vom Töten, denn jetzt trifft es sogar Unschuldige. Ich will nichts damit zu tun haben. Sag Brutka, es gibt keinen Grund mehr, mich zu jagen.«

»Da wird er sich sehr freuen«, sagte er mit einem dreckigen Grinsen.

Bis ich ergänzte: »Weil ich ihn jagen werde.«

Das Grinsen verging ihm.

»Wenn ich Kim Sprague nicht bekomme«, sagte ich, »werde ich ihn töten.«

»Bogdan hängt dich an einen Fleischerhaken«, drohte Kulyk.

»Sag ihm, er hat eine Stunde Zeit, sie herzubringen«, sagte ich.

»Und du, sag deinem Freund mit dem halben Gesicht«, erklärte Kulyk, »dass sich seine Frau geil ficken lässt.«

Ich zerschlug das Whiskeyglas und rammte ihm die Scherbe in die Wange, er ging in die Knie. Ich ließ mir Zeit, bis ich vom Hocker glitt, mich zur Stabilisierung am Tresen abstützte und ihm in die Fresse trat.

Vedmid und ein anderer Mann kamen aus dem Hinterzimmer gestürmt, aber da hatte ich die HK Mark 23 aus Kulyks Schulterholster bereits an mich genommen.

Ich zielte auf die beiden und sagte: »Nein.«

Während ich die Waffe weiter auf sie gerichtet hielt, stieg ich über seinen ausgestreckten Körper und trat ihm noch zweimal in die Eier. Dann beugte ich mich hinunter und sagte: »Steh auf, mach dich sauber, wirf einen Blick auf die billige falsche Rolex an deinem Handgelenk und komm in die Gänge. Die Uhr tickt.«

Alle in der Bar starrten, aber niemand rührte sich.

Außer den Tänzerinnen. Sie räkelten und wanden sich

geistesabwesend weiter, während sie gleichzeitig das Geschehen verfolgten.

Ich verließ die MaxiLounge.

Ungefähr zehn Minuten später kam Kulyk heraus, presste sich ein blutiges Handtuch auf die geschwollene linke Gesichtshälfte. Maxim und die anderen beiden Genossen stiegen in einen BMW und fuhren los. Ich ließ ihnen einen kleinen Vorsprung, dann folgte ich ihnen.

Mafiatypen telefonieren nicht mehr viel, wenn's um ernste Angelegenheiten geht. Sie haben viel zu viel Angst vor Wanzen, also besinnen sie sich auf die alte Schule – sie treffen sich persönlich. Deshalb wusste ich, dass sie mich direkt zu Brutka führen würden.

Jetzt, im hellen Sonnenschein des weihnachtlichen Miami, folgte ich einem Wagen voller Russen auf der kurzen Fahrt von Hallandale nach Sunny Isles Beach. Sie fuhren über die Collins Avenue am Strand entlang, der als Russische Riviera bekannt ist – vorbei an einer Reihe moderner Hochhäuser mit Eigentumswohnungen im Wert von jeweils mehreren Millionen Dollar, Türmen aus Glas und Stahl mit Panoramablick auf den Ozean.

Anscheinend lässt sich mit Prostitution, Menschenhandel, Drogen, Banken, Geldwäsche und Immobilien viel Geld verdienen.

Der BMW fuhr in eine Garage unter einem der Wohnblocks. Ich ließ ihn ziehen und fand eine Lücke an der Straße.

Während ich wartete, rief ich Charlie an.

Er klang überrascht, von mir zu hören. »Wo zum Teufel hast du gesteckt? Gibt's was Neues über Kim?«

»Ich will dir keine falsche Hoffnung machen.«

»Hoffnung ist aber das Einzige, das mir im Moment bleibt.«

»Es gibt eine Spur«, sagte ich. »Kann gut sein, aber auch schlecht. Ich klär dich auf, wenn ich dich sehe.«

»Und wann wird das sein?«

»Ich weiß es nicht. Ich muss Schluss machen, Charlie.«

Das war eine Notlüge. Ich wollte ihm nicht erzählen, was für ein wahnwitziges Risiko ich einging, nur aufgrund der verschwindend geringen Chance, dass Kim noch lebte.

Lieber wollte ich mit Kim bei ihm vor der Tür stehen.

Frohe Weihnachten.

Noch während ich mir Kims Heimkehr ausmalte, kamen drei Wagen aus der Garage. Der erste war der BMW, der zweite ein Lincoln und der dritte ein schwarzer Escalade. Der Escalade saß voll mit bewaffneten Scharfschützen.

Der Lincoln hatte getönte Scheiben, sodass ich nicht sehen konnte, wer drinnen saß, aber ich vermutete, dass es Brutka war.

Vielleicht war Kim sogar bei ihm, aber das war wahrscheinlich zu optimistisch gedacht.

Was auch immer ich erreicht hatte, immerhin hatte es dazu geführt, dass Brutka seine Festung verließ. Wenn meine Drohung Wirkung zeigte und sie Kim in die MaxiLounge brachten, gut, dann würde ich sie Charlie übergeben und selbst nach Hause fahren.

Wenn nicht, wusste ich nicht so recht, was ich vorhatte, aber es würde unschön werden.

Der kleine Konvoi fuhr allerdings in die entgegengesetzte Richtung, weiter nach Süden die Collins Avenue entlang, dann rechts zum Haulover Marina Center. Ich blieb ein Stück zurück, wartete, bis alle geparkt hatten, und sah sie dann aus den Wagen steigen und durch ein kleines Wäldchen rüber zur Mole gehen.

Kulyk vorneweg, gefolgt von Brutka, Vedmid und zwei

anderen, die sich wie Bodyguards nervös in alle Richtungen umsahen. Sie gingen am Wasser entlang, wo ein paar Boote festgemacht waren, und bestiegen das letzte.

Ich parkte ebenfalls und folgte ihnen im Schutz der Bäume.

Das Boot war dasselbe, auf dem ich mir den Zweikampf mit Giorgi geliefert hatte. Ich schob mich flach auf dem Bauch robbend durchs Gestrüpp voran, um besser sehen zu können.

Brutka stand auf dem Achterdeck, wirkte sehr ungehalten. Er zündete sich eine Zigarette an und sah zurück zum Jachthafen.

Er blickte auf seine Uhr.

Möglicherweise befand er sich innerhalb meiner Schussweite.

Ich hätte es versuchen können, mit der Waffe seines eigenen Mannes, aber ich wollte warten, falls er den Befehl gab, dass Kim zu ihm gebracht werden sollte, oder sie schon auf dem Boot war.

Brutka schnippte seinen Zigarettenstummel ins Wasser und beugte sich hinunter.

Ich wartete, bis die Sonne unterging und der Himmel in einem neonpinken Dämmerlicht versank.

Jetzt war die Stunde um.

Ich hatte Brutka versichert, dass ich ihn töten würde, sollte er mir Kim nicht ausliefern.

Und wie schon gesagt, ich wurde dazu erzogen, meine Versprechen zu halten.

Vielleicht hatten sie Kim unter Deck.

Ich konnte es nicht ausschließen, musste aber die Möglichkeit in Betracht ziehen, dass Brutka sie im Zuge seiner feindlichen Übernahme von EliteModels umgebracht hatte.

Charlie und ich hatten Geiseln im Irak gerettet.

Die Regeln waren einfach gewesen: reingehen und alle außer den Geiseln töten.

Nur dass ich jetzt alleine war und gerade mal eine einzige Waffe hatte.

Dafür aber eine gute – Kulyk hatte mir einen Gefallen getan. Die HK Mark 23 verfügte über einen Laseraufsatz, einen Schalldämpfer und ein Zwölfschussmagazin .45er-Patronen mit Mannstoppwirkung – ein schönes Wort für Tötungskraft.

Und genau das schwebte mir mehr oder weniger vor.

Reingehen und alle außer Kim erschießen.

Ja, schon gut, ich wusste, dass es nicht richtig war. Ich wusste, dass ich die ganze Sache eigentlich Miami-Dade hätte übergeben müssen, nur wusste ich eben auch, was dann passieren würde.

Nichts.

Brutka würde sich an seine mächtigen Freunde wenden, und das wär's dann gewesen. Wahrscheinlich hatte er Kim auf dem Gewissen und versucht, Delgado und mich abzuknallen. Eine zweite Chance würde ich ihm dazu nicht geben.

Als Cop habe ich meistens ein ziemlich faires Spiel gespielt, aber okay, ein paarmal hab ich's vielleicht auch auf dem kurzen Dienstweg versucht. Kann sein, dass ich ein- oder zweimal nicht wirklich jemanden im Haus um Hilfe rufen gehört habe, als ich ohne Durchsuchungsbefehl vor der Tür stand. Vielleicht hab ich die Verdächtigen auch nicht immer ohne Umweg direkt auf die Wache gebracht, sondern einen kleinen Abstecher raus in die freie Natur gemacht und ihnen ein bisschen was »erklärt«.

Ich will nicht sagen, dass jeder Cop das so macht, aber die meisten schon.

Und die Leute wollen das auch, ob sie's zugeben oder nicht.

Wenn jemand Prügel bezieht, der euch lieb und teuer ist, oder wenn euer Kind vermisst wird, euer Mann oder eure Frau wegen vierzig Dollar bei einem Raubüberfall erschossen wurde, dann erwartet ihr das von uns.

Aber jemanden umbringen, das ist wieder was ganz anderes.

Oder auch nicht.

Nicht wirklich.

Wie gesagt, Typen wie Brutka kannte ich aus dem Irak, und dort hatte ich ihnen die Lichter ausgeknipst.

Kein Haftbefehl, kein Urteil, keine Revision.

Und ich hatte kein schlechtes Gewissen dabei.

Jetzt stand wieder einer von Brutkas Wachen mit einer Vityaz auf dem Achterdeck, anscheinend spielten diese Typen damit wie andere mit Luftpistolen.

Das Beste wäre vermutlich gewesen, an Deck zu stürmen und zu schreien: »Keine Bewegung, Waffen fallen lassen«.

Aber ich hatte keine Dienstmarke und musste nicht nur an mein eigenes Leben, sondern auch an das von Kim denken. Ich will niemandem etwas vormachen, ich war nicht scharf drauf zu sterben, wenn es nicht unbedingt sein musste.

Die knifflige Entscheidung wurde mir abgenommen, denn jetzt entdeckte mich der Mann mit der Vityaz.

Da hatte er den roten Punkt aber schon auf der Stirn, und das war's. Er sackte zusammen, die Maschinenpistole fiel klappernd aufs Deck, während ich über die Anlegestelle raste und auf das Boot sprang.

Der Nächste stellte sich dämlich an – er kam mit seiner Pistole aus der Kabine, sah sich nach der Zielperson um, aber diese hatte ihn längst im Visier.

Ich stieg über ihn drüber, trat die Kabinentür ein und kletterte drei Stufen tiefer.

Vedmid, Kulyk und Brutka hatten an einem kleinen Tisch Karten gespielt, vor ihnen standen Wodkagläser.

»Hände auf den Tisch«, sagte ich.

Sie starrten mich an, während ich den Lauf auf Brutkas breite Stirn richtete. Er wusste, dass der rote Punkt auf ihm saß und er legte seine fetten Hände auf den Tisch.

Seine Männer taten es ihm gleich.

»Kim!«, brüllte ich. »Kim, hier ist Decker!«

Keine Antwort.

»Da musst du schon ein bisschen lauter schreien, du Witzbold«, sagte Brutka.

»Wo ist sie?«

»Meinst du, ich hab das Mädchen getötet?«, fragte Brutka. »Hätte ich, aber lebendig ist sie mehr wert. So eine Frau, auf dem Rücken, auf den Knien, am besten auf Händen und Knien – das ist eine Gelddruckmaschine. Ich hab meine Anweisungen.«

Am liebsten hätte ich mich übergeben. »Von deinem *Wor*? Nenn mir einen Namen.«

Brutka schüttelte den Kopf. »Wenn ich das täte, wäre ich tatsächlich tot. Und würde langsamer sterben als durch dich.«

»Nicht wenn ich dir in den Bauch schieße.«

»Weil ich einer von den Bösen bin, oder was?«, sagte Brutka. »Was ist mit deinem Kumpel Charlie? Ich will dir mal was erzählen, du Witzbold. Dein lieber Freund zahlt seine Schulden nicht.«

In meinem Kopf schwirrte es.

Brutka spürte es und bohrte weiter. »Jetzt muss seine Frau dafür aufkommen.«

Ich sah in die Schweinsäuglein des Zuhälters. Charlie schuldete ihm Geld, und er holte es in dem Gewerbe wieder herein, in dem er sich auskannte. »Wo ist sie?«

»An einem Ort, an dem du sie niemals finden wirst.«

Ich schoss ihm in den linken Fuß.

Ein Teil seines Schuhs wurde weggerissen und der Großteil seines kleinen Zehs.

Vedmid wollte an seine Waffe, aber ich hatte ihn im Visier.

Er legte die Hände wieder auf den Tisch.

Dann richtete ich die Waffe erneut auf Brutka. »Beim nächsten Mal ist die Kniescheibe dran, und wir spielen weiter.«

»Deutschland«, er zuckte zusammen, krümmte sich vor Schmerz. »Mehr weiß ich nicht.«

»Der *Wor*.«

Er schüttelte den Kopf. »Schieß.«

Ich hätte es tun sollen.

Rückblickend hätte ich sie alle drei erschießen sollen.

Aber Brutka durchschaute mich ein weiteres Mal.

Wusste, dass ich nicht dazu fähig war.

Die, die solche Augen haben, wissen es immer.

Ich trat mit der Maschinenpistole im Anschlag den Rückzug an und stieg vom Boot.

Sie kamen nicht hinter mir her.

Charlie öffnete die Tür.
Ich verpasste ihm eine rechte Gerade, so fest ich konnte, und er fiel um.

Dann zog ich ihn wieder auf die Füße, hielt ihn fest, sodass nur seine Zehen den Boden berührten. »Du hast mich angelogen, Charlie.«

»Deck, was zum ...«

»Wie viel schuldest du ihnen, Charlie?«

»Wem? Wovon ...«

»Den Russen«, sagte ich. »Den Leuten, die du zu deiner Hochzeit einladen musstest. Was bist du denen schuldig?«

»Ich brauch was zu trinken, Deck«, sagte er. »Lass mich wenigstens was trinken.«

Ich ließ ihn los. Er ging an die Bar und schenkte sich drei Fingerbreit Scotch ein, fragte mich mit einer knappen Geste, ob ich auch einen wollte, aber ich schüttelte den Kopf. Gemeinsame Drinks mit Charlie Sprague würde es für mich nicht mehr geben.

Dann setzte er sich und erzählte mir alles.

Als 2008 die Immobilienblase platzte, war er pleite. Fremdfinanziert bis zu den Haarspitzen und sitzengelassen mit einem Riesenbauprojekt, in das zu investieren sich niemand mehr leisten konnte. Brutka machte ihm ein Angebot zur Lösung ihrer beider Probleme – er hatte Geld aus Russland, das er waschen wollte, Charlie war hoch verschuldet und brauchte Cash. Eine Zeitlang ging das gut. Der Markt kam wieder in die Gänge, und die Russen waren zufrieden mit ihren Investitionserträgen.

Dann wurde Charlie gierig.

Wollte sich von ihnen befreien und zweigte Millionen für das Lumina-Projekt ab. Aber bis alle Genehmigungen vorlagen, vergingen sehr viel mehr Jahre als geplant, und inzwischen waren die Kosten ins Unermessliche gestiegen. Er kam nicht von ihnen los.

»Du lieber Gott, Charlie«, sagte ich. »Wieso hast du mich nicht angerufen?«

»Was hättest du denn gemacht?«, fragte er. »Wärst du mit der Nationalgarde von Nebraska hier eingeritten? Wir haben es mit der Russenmafia zu tun, um Gottes willen – du weißt, wozu die imstande sind.«

Er dachte, sie würden ihn erschießen, aber stattdessen ließen sie ihn verbluten. Nahmen ihm alles ab, was er besaß, während die unbezahlbaren Zinsen immer weiter stiegen.

»Sie haben mir *alles* genommen«, sagte er mit zitternder Stimme. »Das Boot, meine Immobilien, das Haus, den Schmuck.«

»Sie haben *Kim*, Charlie«, erwiderte ich.

»Nein, sag das nicht.«

»Sie haben sie entführt, damit sie die Wucherzinsen abarbeitet.«

»Wie meinst du das?«

»Was glaubst du wohl, wie ich das meine?«

Jetzt ging ihm ein Licht auf. »Oh, Gott. Oh nein. Dieses Leben hat sie hinter sich gelassen.«

Ich stand auf.

»Wo willst du hin?«

»Kim holen.«

»Du lieber Gott, Deck, ich hab's nicht verdient, dass du ...«

»Nein, du nicht«, sagte ich. »Aber Kim. Ich will Bargeld und eine Kreditkarte ohne Limit. Lass sie bis morgen an die AmEx-Filiale in München schicken.«

»München? Wieso ...«

»Halt die Klappe«, sagte ich. »Du hattest die Chance zu reden und hast es nicht getan. Jetzt tust du, was ich dir sage.«

»Okay, du hast recht, du hast recht.«

»Ich hol sie zurück, Charlie«, sagte ich. »Was sie dann macht, ist ihre Sache.«

Wenn Kim bei ihm bleiben wollte, dann war das ihre Entscheidung.

Ich an ihrer Stelle hätte es nicht getan.

Delgado öffnete die Tür und sah mich an.
Sie hatte die Pistole in der Hand.
»Ich dachte, du bleibst noch auf einen Kaffee, ein kleines Frühstück, einen flüchtigen Kuss. Vielleicht ein Zettel, ein Anruf …«

Ich erzählte ihr, was passiert war.

»Ich fliege morgen früh«, sagte ich.

Es musste sein.

Irgendwie hatte ich von Anfang an gewusst, dass mich diese Sache in meine dunkle Zeit zurücktreiben würde.

Vielleicht war ich längst schon wieder dort angekommen.

»Willst du das gesamte Land durchkämmen?«, fragte Delgado.

»Wenn es sein muss.«

»Ich bin suspendiert«, sagte Delgado. »Ich komme mit.«

»Nein. Danke.«

Auf dem Weg in die eigene Düsternis nimmt man niemanden mit. Man reist alleine.

»Bleibst du wenigstens über Nacht?«, fragte sie.

Das schon. Wir liebten uns und redeten und liebten uns noch einmal.

Dieses Mal blieb ich, bis sie aufwachte, sodass ich mich verabschieden konnte.

»*Cuidate, carino*«, sagte sie.

»Was heißt das?«

»Sei vorsichtig, Geliebter.«
Ein guter Rat.
Das wusste ich aus Erfahrung ...
Nach Deutschland reisen ist das eine.
Wieder zurückkommen was anderes.

Also wanderte ich erneut durch deutsche Straßen.
Dieses Mal aber hatte ich ein Ziel.
Kim Sprague finden, solange noch etwas von ihr übrig war.

In Deutschland leben achtzig Millionen Menschen.

Vierhunderttausend davon sind »Sexarbeiterinnen« und »Sexarbeiter«, prozentual die meisten in ganz Europa. Prostitution ist legal und bei über anderthalb Millionen Freiern pro Tag ein Gewerbe mit einem Jahresumsatz von um die 15 Milliarden Dollar.

Mit Sex wird hier mehr Geld verdient als bei Porsche oder Adidas.

In den meisten deutschen Städten, egal wie groß oder klein, gibt es Rotlichtbezirke, manche davon über viele Jahre gewachsen, andere gesetzlich eingegrenzt. In anderen Städten gibt es Clubs und in wieder anderen praktisch Supermärkte, in denen der Kunde sich das Mädchen, das ihm gefällt, im Schaufenster aussucht.

In München fing ich an, wollte mich von Süden nach Norden hocharbeiten. München war eine wohlhabende Stadt – die Menschen dort hatten Geld –, genug, um sich eine Frau wie Kim Sprague leisten zu können.

Nach Florida war die Kälte ein Schock. Ich hatte mir in einem Army-Shop in Miami eine Cabanjacke und eine Mütze gekauft, Handschuhe aber vergessen, und jetzt vergrub ich die Hände tief in den Taschen, ging durch die eiskalte Luft, winkte ein Taxi herbei und bat den Fahrer zu warten, während ich in der AmEx-Filiale verschwand. Die Sendung war angekommen – zwanzigtausend in bar und eine schwarze Kreditkarte.

Dann ließ ich mich zum Königshof fahren. Es sah mir nicht ähnlich, aber ich hatte mir aus gutem Grund ein Luxushotel ausgesucht – wenn man die beste Escort-Agentur anruft, bekommt man kein »Model« geschickt, wenn man nicht mindestens in einem Fünfsternehotel wohnt.

Ich glaube kaum, dass Kim auf der Straße anschaffen ging. Mit einer so schönen Frau – einem Model, einer Schönheitskönigin – war mehr zu holen. Wenn Brutka sie auf den Strich schickte, damit sie Charlies Schuldzinsen abbezahlte, würde er sich nicht mit Raten von 30 bis 50 Euro zufriedengeben, das war der gängige Preis für eine Nutte hier – einem Land, in dem Sex billiger ist als ein durchschnittlicher Einkauf im Supermarkt.

Von meinem Zimmer aus hatte ich einen ausgezeichneten Blick über den Karlsplatz, und das Zimmer war auch sehr schön, aber Schönheit interessierte mich im Moment nicht. Ich setzte mich an den Schreibtisch und ging online.

Auf dem Datenhighway werden Frauen verhökert – oder sie verkaufen sich selbst – wie Waren auf eBay oder Amazon.

Entweder bot Brutka Kim privat an, was bedeuten würde, dass ich keine Chance hatte, sie zu finden. Oder er offerierte sie seinen Kunden, die sich seine Preise leisten konnten, im Netz.

Eine wie Kim konnte 500 bis 2000 Dollar die Stunde verlangen. Vielleicht sogar 25 000 Dollar für ein ganzes Wochenende, oder 40 000 Dollar als Reisebegleiterin. Mit solchen Beträgen würde Charlie durchaus Zinsen abtragen können, und Brutka dürfte sich gleichzeitig sicher sein, dass Kim wieder zu ihm zurückkäme, denn sonst würde er ihren Mann töten, das wusste sie.

In Bezug auf Zwangsprostitution wird immer wieder dieselbe Frage gestellt: Warum läuft das Mädchen oder die Frau nicht einfach weg, wenn sie ihren Freier trifft?

Wenn man sich in dem Gewerbe nicht auskennt, scheint die Frage durchaus berechtigt.

Häufig sind die Frauen süchtig. Sie brauchen einen Schuss, der Zuhälter verspricht ihnen, Stoff zu besorgen, und viel mehr interessiert sie nicht.

Oder sie haben Angst. Was passiert, wenn sie davonlaufen und erwischt werden? Die meisten haben mit angesehen, wie andere verprügelt, gequält, irgendwie verstümmelt oder ohne was zu essen in einen Schrank eingesperrt wurden. Oder sie haben Angst um Freundinnen, die sie zurücklassen würden – diese müssten dann die Zeche für sie zahlen.

Wird eine Frau im Ausland zur Prostitution gezwungen, nehmen ihr die Menschenhändler den Pass ab, die Papiere. Sie haben kein Geld außer dem, was sie von den Freiern bekommen, keine Chance, länger als ein oder zwei Tage über die Runden zu kommen, und sie wissen nicht, wohin.

Im Netz fand ich fünf Münchner Escort-Agenturen.

Alle mehr oder weniger ähnlich.

Bei jeder wurden ungefähr zwanzig Frauen aufgeführt, alle mit Vornamen und Thumbnail-Foto. Ich klickte auf den Namen und rief eine ausführlichere Beschreibung auf ...

»Hallo, meine Herren. Wenn ihr nach einem langen Geschäftstag in eurem Zimmer entspannt, erwarte ich euren Anruf. Ich bin lieb und sensibel und werde euch in jeder Hinsicht verführen. Bei mir dürft ihr euch ganz und gar entspannen und die Arbeit vergessen. Ein paar Spezialitäten habe ich auch – Michelle.«

Sie berechnete 250 Euro die Stunde.

Dominique war doppelt so teuer – »Wenn Sie eine charmante, elegante, erstklassige Escortdame in Deutschland suchen, dann bin ich die Richtige für Sie.«

So oder so ähnlich.

Die Frauen waren zwischen Anfang zwanzig und Anfang vierzig. Ein paar Agenturen unterteilten sie in »Silber«, »Gold« und »Platin« – wobei Letztere siebenhundert Euro für ein zweistündiges »Privates Date« verlangten, zweitausend für »die ganze Nacht«.

Der Deal war immer derselbe – auf den Seiten wurde jeweils ausführlich erklärt, dass die Frauen eigenständige Unternehmerinnen seien, 60 Prozent von der Gage erhielten, während vierzig Prozent als »Empfehlungsgebühr« an die Agentur gingen. Sämtliche »Prämien« oder »Geschenke« seien eine Angelegenheit zwischen Kunde und Model – wobei man auch in dieser Hinsicht gerne behilflich war und die Vorlieben der Modelle, was Blumen und Parfüm betraf, auflistete.

Klickte man ein Foto an, gelangte man zu einem Album mit Aufnahmen der betreffenden Dame, auf denen sie wahlweise bekleidet, in Dessous oder auch nackt zu sehen war – alle Bilder waren professionell aufgenommen, besaßen Klasse, waren schön.

Aber keine der Abgebildeten war Kim.

Ich ging auf die Straße.

Wie gesagt, ich rechnete nicht im Ernst damit, sie hier zu finden, aber wenn man auf einen Durchbruch wartet, ist es meist besser, etwas zu unternehmen, als nur im Hotel herumzusitzen.

München ist eine biedere, katholische Stadt mit einer sehr aufgeräumten Innenstadt, abgesehen von einigen traurigen Pornoläden und Stripbars im Bahnhofsviertel. Der Straßenstrich liegt außerhalb an der Peripherie, und ich ließ mich vom Taxifahrer in den Leierkasten am Frankfurter Ring fahren. Von außen wirkte es eher wie ein billiges Kettenhotel für Langzeitmieter, tatsächlich aber handelte es sich um ein alteingesessenes Laufhaus, ein Bordell.

Ich gab fünfundzwanzig Euro für ein Bier aus, entdeckte aber keine Kim.

Der nächste Taxifahrer brachte mich ins Privat 43, nicht weit vom Leierkasten entfernt, die Fahrt dorthin kostete weniger als das Bier. Auf einer Tafel in der Lobby hingen Fotos aller Frauen, die dort arbeiteten. Hatte man sich entschieden, drückte man auf den entsprechenden Summer und ging nach oben.

Ich drückte auf keinen Knopf.

Keines der Bilder zeigte Kim.

Der nächste Halt war Caesars World, einer der größten Münchner Puffs mit fünfunddreißig Zimmern auf drei Stockwerken. Die Frauen zahlten Miete für je vierundzwanzig Stunden pro Zimmer. Man konnte sich denken, dass sie verdammt viele Männer täglich bedienen mussten, um auch nur bei null herauszukommen. Fast war ich froh, Kim auch dort nicht zu finden.

Das 1001 Nacht entsprach schon eher ihrem Preissegment – Sex kostete Hunderte, und zusätzlich musste man eine Flasche Champagner kaufen. Es gab eine VIP-Suite und ein Penthouse, aber keine Kim.

Als Nächstes fuhren wir ins Westend in die Hansastraße, wo die Nutten an Autos lehnten und auf Kundschaft warteten.

Kein Glück.

Anschließend kehrte ich ins Hotel zurück und schlief aus.

Ich wusste, dass ich hauptsächlich nachts unterwegs sein würde.

Am Nachmittag stieg ich in einen Zug nach Stuttgart und fuhr vom Bahnhof aus mit dem Taxi in ein Industriegebiet außerhalb der Stadt, eine seltsame Umgebung für ein Etablissement namens Paradise.

Das Paradies war ein »Mega-Bordell«.

Gehörte zu einer Kette.

Es erinnerte an einen marokkanischen Harem, wobei die Inneneinrichtung von einem Disney-Zeichner auf Acid hätte entworfen sein können. Rote Teppiche, lila Vorhänge, Kerzenleuchter. Die Frauen trugen Bikinis und Netzstrümpfe, hingen an der Bar und versuchten ein paar Herren mittleren Alters zu überreden, ihnen Getränke zu spendieren oder eines der Privatzimmer aufzusuchen. In dem dazugehörigen gut besuchten Restaurant wurden zwischen elf Uhr abends und ein Uhr morgens Speisen serviert.

Ich ging in die Bar, trank einen Scotch und unterhielt mich mit einer Frau namens Helena, ihrem Aussehen nach war sie Mitte dreißig. Braune Haare, schlank, osteuropäischer Akzent.

Wir vereinbarten siebzig Euro, und sie führte mich durch einen Gang in ein Zimmer mit einem runden Bett und Lavalampen. Als sie sich ausziehen wollte, sagte ich: »Ich will nur reden.«

»Oh nein, so einer bist du?«, fragte sie und wirkte gelangweilt. »Willst du dich mit mir über meine schwere Kindheit unterhalten?«

Ich zog ein Foto von Kim aus der Tasche. »Kennst du die?«

Sie schüttelte den Kopf. »Wenn du eine willst, die ihr

ähnlich sieht, wir haben hier ein Mädchen, das Niki heißt. Wir könnten sie dazuholen.«

»Bist du sicher, dass diese Frau nie hier gearbeitet hat?«

»Ich bin seit drei Jahren hier, die hab ich nie gesehen.«

»Hast du in anderen Clubs gearbeitet?«, fragte ich.

»Ein paar«, sagte sie. »Wenn sie Profi ist, dann kenne ich sie nicht.«

»Was ist mit Ukrainern?«, fragte ich. »Zuhältern? Menschenhändlern?«

»Hier nicht«, sagte Helena. »Wir sind wie Starbucks. Ein Konzern.«

Ich gab ihr noch hundert Euro. »Danke.«

»Bleib noch ein bisschen«, sagte Helena. »Was sollen sonst die anderen denken?«

»Dass du deinen Job sehr gut machst.«

Sie lachte.

Ich fuhr ins beste Hotel der Stadt und klemmte mich wieder an den Computer. Ich war ein bisschen erstaunt, dass es in Stuttgart mehr Escort-Agenturen gab als in München, aber keine bot Kim an. Ich schlief ein paar Stunden und fuhr am nächsten Nachmittag mit dem Zug nach Saarbrücken.

Das Paradise dort war erstaunlich groß. Es befand sich nur ein paar Kilometer von der französischen Grenze entfernt, und weil in Frankreich die Prostitutionsgesetze verschärft worden waren, kamen jetzt viele Franzosen hierher.

Aber keine Kim.

Ich blieb drei Tage und ging jeden Nachmittag und Abend ins Paradise. Ich unterhielt mich mit fünf Frauen – keine von ihnen kannte Kim oder hatte sie gesehen. Ich rief eine der Escort-Agenturen an und »bestellte« ein englischsprachiges »Model«. »Lady Sylvia« kannte sie nicht, hatte sie weder gesehen noch je von ihr gehört.

Dann ging's weiter nach Frankfurt, wo ich durchs Bahnhofsviertel schlenderte, die Kaiserstraße entlang. Das Problem ... na ja, eines von vielen Problemen ... mit den Rotlichtvierteln dieser Welt ist ihre betäubende Gleichförmigkeit, die geisttötende falsche Erotik. Die Neonreklame ist immer dieselbe, die Namen, die Frauen und auch die alles durchdringende Traurigkeit gleichen sich überall. Es sind wahrhaftig die ödesten Orte auf der ganzen Welt.

Dann checkte ich im Le Méridien ein, rief Escort-Agenturen an und buchte eine Frau namens Nina, die sehr klug war, nur leider ahnungslos in Bezug auf den Verbleib von Kim Sprague.

Auch in einem FKK-Club – ursprünglich hatte die *Freikörperkultur* mit Nudistencamps begonnen, aus denen sich Pseudo-Bordelle entwickelten – fand ich Kim nicht.

Swingerclubs waren eine weitere Möglichkeit. Die meisten Anwesenden dort waren begeisterte Amateure, aber auch ein paar ziemlich teure Callgirls tummelten sich dort und verlangten eine diskrete Gebühr, wenn sie sich mit einem Mann oder einem Pärchen vergnügten.

Einige der Frauen arbeiteten in Apartments – Wohnungspuffs – und standen auf meiner Prioritätenliste ganz oben, denn sie annoncierten in Zeitungen, was ihnen das Herumstehen auf der Straße ersparte. Außerdem arbeiteten viele von ihnen mit Zuhältern zusammen, mit türkischen oder osteuropäischen Banden. Sie wurden auch als Unterkünfte benutzt – als Absteigen für Mädchen, die aus dem Osten hierher verschleppt worden waren –, aber ich konnte mir nicht vorstellen, dass Brutka Kims Marktwert drücken würde, indem er sie hier einsetzte.

Soweit ich feststellen konnte, war sie nicht hier.

In Köln besuchte ich das Pascha, einen Riesenpuff, in dem

die Frauen in den Gängen vor ihren Zimmern auf Barhockern saßen und warteten. Das war ungefähr so erotisch wie eine Darmspiegelung. Aber schlimmer noch: Keine der zig Frauen, an denen ich im Verlauf von drei Besuchen vorbeiging, war Kim, kannte Kim oder hatte Kim gesehen.

Ich nahm mir ein Zimmer im Excelsior und begab mich wieder auf die inzwischen ermüdende Suche nach Escort-Agenturen. Bei »High Class Escorts« bestellte ich ein Mädchen, das alles andere als enttäuscht darüber war, dass ich keinen Sex, sondern lieber mit ihr zu Abend essen wollte. Dabei erzählte sie mir, dass sie Kim zwar nie begegnet sei, aber gegen ein »Duo« mit ihr nichts einzuwenden habe. Ich solle mich bei ihr melden, wenn ich sie gefunden hätte.

Dasselbe in Essen, Dortmund, Braunschweig, Magdeburg.

Irgendwann zwischendrin kam Silvester, und das neue Jahr begann, Tage vergingen, aber für mich machte es kaum einen Unterschied.

Schließlich kam ich nach Berlin.

Einer Stadt mit über fünfhundert Bordellen.

Und Dutzenden von Escort-Agenturen.

Und bei einer davon fand ich Kim.

Ich übernachtete im Adlon.
Einem historischen Hotel an der Prachtstraße Unter den Linden, das vor allem dafür berühmt war, dass Michael Jackson hier seinen Sohn den auf der Straße versammelten Fans und Reportern hatte zeigen wollen und über das Balkongeländer gehalten hatte. Aber ich wusste auch, dass es in den letzten Monaten des Zweiten Weltkriegs als Militärhospital genutzt worden war, und glaubte beim Einchecken, die Atmosphäre noch spüren zu können.

Kaum war ich in meinem Zimmer angekommen, von dem aus ich ein kleines Stück vom Brandenburger Tor sehen konnte, begab ich mich wie gewohnt an die Arbeit – ich schaltete den Computer ein und googelte Begleitservices.

Wenn man in Berlin kein Callgirl fand, hatte man keins gesucht.

Ich klickte mich durch »High Class Escorts«, »Models mit Prestige«, »Victoria Models« und dann …

»EliteModels.«

Genau wie in Miami.

Ihr Foto tauchte gleich auf der ersten Seite auf.

»Carolynne.«

Die Schreibweise sprang mir sofort entgegen.

Ihre Augen wurden wie die Augen aller Frauen auf dieser Website von einem Balken mit dem Schriftzug »EliteModels« verdeckt, aber das Gesicht sah Kim sehr ähnlich.

Ich klickte das Bild an.

Und gelangte zu einer Beschreibung.

Größe, Gewicht, Haar- und Augenfarbe stimmten überein. Körpermaße, Konfektions- und BH-Größe auch. Es war vermerkt, dass sie Englisch sprach. Ihre Lieblingsblumen waren »alle weißen«, ihr bevorzugtes Parfüm war D&G.

Bingo.

Aber entscheidend war für mich vor allem ein Foto. Die Augen waren wie auf den anderen, auf denen sie einmal ein Cocktailkleid, dann wieder rote Unterwäsche, dann gar nichts trug, verdeckt. Aber auf diesem vierten Foto war sie in einem tief ausgeschnittenen schwarzen Kleid zu sehen, sie saß auf einer Bank ...

... und spielte Klavier.

Ich betrachtete noch einmal das Nacktfoto.

Die Narbe an ihrem rechten Bein war mit Photoshop wegretuschiert, aber eine kleine Spur war noch zu erkennen.

Carolynne wurde unter der Kategorie »Platin« geführt, was bedeutete, dass ein privates Date von sechs Stunden eintausendfünfhundert Euro kostete.

Ich rief an.

Die Empfangsdame hörte mein schlechtes Deutsch und antwortete sofort in ausgezeichnetem Englisch.

Ich fragte, ob Carolynne zufällig an diesem Abend frei sei und hielt die Luft an, solange sie nachsah. Nach dreißig endlosen Sekunden meldete sie sich wieder und erklärte, ich hätte Glück – jemand habe abgesagt. Wo ich denn wohnen würde?

Das Adlon traf offensichtlich auf ihre Zustimmung. »Ist Ihnen bewusst, dass das Date für mindestens sechs Stunden gebucht werden muss?«

»Ja … ich dachte an ein Abendessen …«

»Selbstverständlich. Sie haben gesehen, dass Carolynne mediterrane Küche bevorzugt?«

»Habe ich.«

»Falls wir Ihnen mit der Reservierung behilflich sein oder Ihnen einen Tipp geben dürfen, sagen Sie bitte Bescheid«, sagte sie.

»Ich erkundige mich an der Rezeption.«

»Natürlich. Wie möchten Sie zahlen?«

Ich gab ihr die Nummer meiner schwarzen AmEx und hoffte, dass Charlie seine Rechnung bezahlt hatte und die Karte nicht gesperrt war. Nach einer langen Minute meldete sie sich wieder. »Um wie viel Uhr möchten Sie Carolynne bei sich empfangen?«

»Um acht?«

»Acht passt wunderbar. Im Adlon, nehme ich an?«

»Ja, bitte.«

»In der Lobby oder im Zimmer?«

»Äh, im Zimmer.«

Schweigen. Dann: »Ich brauche noch die Zimmernummer?«

»Ach so, natürlich. 614.«

»Bevorzugen Sie eine bestimmte Art von Kleidung?«

»Was sie für richtig hält.«

»Sehr gut«, sagte sie. »Ohne allzu aufdringlich sein zu wollen, haben Sie besondere Wünsche? Vorlieben? Ich bin sicher, Sie haben auf Carolynnes Profil gesehen, dass sie …«

»Sagen Sie ihr, ich würde sie gerne Klavier spielen hören. Vielleicht sogar Chopin.«

»Wie schön«, sagte sie. »Sehr gut. Carolynne wird heute Abend um acht Uhr in Zimmer 614 im Hotel Adlon sein. Kann ich sonst noch etwas für Sie tun?«

»Ich denke, das war's.«

»Schön«, sagte sie. »Ich bin sicher, sie werden sehr positive Erfahrungen machen und auch in Zukunft wieder auf uns zurückkommen, falls Sie das Bedürfnis haben.«

Na klar.

Im Moment hatte ich vor allem das Bedürfnis, Kim außer Landes und nach Hause zu verfrachten, ohne dabei abgeknallt zu werden.

Darüber hinaus hatte ich keine weiteren Bedürfnisse.

In der Zeit, in der ich Kim gesucht, aber nicht gefunden hatte, hatte ich natürlich darüber nachgedacht. Ich konnte nicht einfach mit ihr zum Flughafen fahren, selbst wenn sie bereit sein sollte mitzukommen. Sie hatte keinen Pass, und ich würde niemals mit ihr durch die Sicherheitskontrollen kommen.

Wir könnten uns in einen Zug setzen, der uns aus Deutschland raus, irgendwohin in ein anderes EU-Land brachte, das ging auch ohne Pass. Dort müssten wir in ein amerikanisches Konsulat gehen, behaupten, Kim habe ihren Pass verloren oder er sei ihr gestohlen worden, und einen Ersatz beantragen.

Aber gleichzeitig würden Brutkas Leute hinter uns her sein.

Besser wir fanden eine näherliegende Lösung.

Die amerikanische Botschaft befand sich genau gegenüber dem Hotel. Dorthin würde ich mit Kim gehen, erklären, wer sie war, eine seit Wochen in Miami als vermisst geltende Amerikanerin, die hier zur Prostitution gezwungen worden war. Um meine Glaubwürdigkeit zu überprüfen, konnten sie sich beim FBI rückversichern, und anschließend würde die deutsche Bundespolizei Kim zum Flughafen und ins Flugzeug begleiten.

Sie würde meinen Namen auf dem Buchungszettel erkennen. Hoffentlich verstand sie die diskrete Botschaft mit dem Klavier, und dass ich gekommen war, um ihr zu helfen.

Der Tag verstrich schleppend.

Den ganzen Nachmittag hatte ich Zeit, um darüber nachzudenken, ob Kim zu unserem »Date« erscheinen würde oder nicht. Vertraute sie mir? Wollte sie überhaupt Hilfe, wollte sie weg? Sie hatten sie jetzt schon seit Wochen, und es war gut möglich, dass sie an einer Art Stockholm-Syndrom litt.

Aber vielleicht liebte sie Charlie noch und wollte alles tun, um ihn zu retten, ohne dabei zu merken, dass sie beide bis aufs Letzte ausgenommen wurden, so lange, bis nichts mehr übrig war, weder Körper noch Geist.

Ich ging hinaus auf die Straße, Unter den Linden.

Auch hier war ich schon einmal gewesen. Mehrfach sogar, damals in meiner dunklen, verlorenen Zeit. Vom Brandenburger Tor aus über den Pariser Platz, vorbei an der Oper bis zu dem Reiterstandbild Friedrichs des Großen. Die Kulturdenkmäler beachtete ich kaum, meine Gedanken kreisten um den Irak – wofür war das alles gut gewesen? War es wert gewesen, Menschen dafür zu töten, Freunde zu begraben? Ich dachte an meine Kameraden, die Arme und Beine verloren hatten, deren Gesichter für immer vernarbt oder entstellt waren. Unter Linden spazierte ich bis zum Bebelplatz und anschließend über die Schlossbrücke, war in Gedanken immer noch bei den endlosen Wochen im Krankenhaus, den Schmerzen, der Angst, der Langeweile und der Wut.

Jetzt schneite es sanft, und ich sah die Stadt eigentlich zum ersten Mal richtig.

Selbst bei grauem Himmel war sie schön.

Während ich auf den Alexanderplatz zuging, fragte ich

mich, ob ich das Richtige tat. Vielleicht sollte ich jetzt sofort die deutsche Polizei verständigen oder meine FBI-Kontakte einschalten und sie bitten, die Kollegen zu informieren. Dann hätte ich Polizisten mit im Raum, wenn – oder falls – Kim auftauchen sollte. Falls nicht, konnte die deutsche Polizei Druck auf die Agentur ausüben, sie auszuliefern.

Ich bin kein Cowboy.

Ich glaube an Systeme und Abläufe und halte die meisten Polizeidezernate für verdammt gut, besonders die in den Großstädten. Das wenige, das ich über die Berliner Kollegen gehört hatte, war sehr positiv.

Sollte Kim sich im Hotel blicken lassen, war es wahrscheinlich nicht verkehrt, Polizisten dazuhaben, aber wenn nicht, hätte ich damit die Büchse der Pandora unwiderruflich geöffnet. Wenn die Russen glaubten, die deutsche Polizei sei hinter ihnen her, würden sie Kim möglicherweise in die Ukraine verschleppen.

Oder Schlimmeres.

Ich beschloss, die Sache alleine durchzuziehen.

Wenn Kim nicht auftauchte, hatte ich immer noch die Escort-Agentur als Anhaltspunkt und konnte selbst Druck dort machen.

Ich erreichte den Alexanderplatz mit dem Bahnhof und der berühmten Uhr, und in einem neu gebauten, großen Einkaufszentrum dort fand ich einen Sportausstatter mit Campingabteilung. In einer Vitrine lagen Messer der Marke Böker, und ich entschied mich schließlich gegen ein Solo Classic und ein Kressler SubHilt Fighter und für ein Escrima.

Es lag gut in der Hand, und mir gefiel die zehn Zentimeter lange, spitz zulaufende Klinge und der gewölbte Griff, der verhinderte, dass er einem aus der Hand glitt.

Ein ideales Messer für den Nahkampf.

Als ich wieder ins Hotel kam, machte ich an der Rezeption halt.

»Meine Schwester kommt überraschend aus Zürich hierher«, sagte ich. »Ob Sie wohl noch ein Zimmer für die Nacht frei haben, vielleicht in der Nähe von meinem?«

Sie hatten noch ein Zimmer im selben Gang gegenüber, und ich nahm es.

Dann hieß es warten.

Ich duschte lange und heiß, rasierte mich sorgfältig und zog ein sauberes weißes Hemd an, frische Jeans und wie üblich meinen blauen Blazer. Die Aufmachung entsprach nicht unbedingt der eines typischen Großverdieners, aber das war auch nicht nötig.

Kim wusste bereits, wer ich war.

Sieben Uhr.

Eine Stunde vergeht in einer solchen Situation so langsam wie fünf. Alle zehn Minuten schaute ich auf die Uhr und dann waren erst zwei verstrichen. Endlich, um 19:45 Uhr überquerte ich den Flur, ging in Zimmer 613 und wartete dort an der Tür.

Ein Auge am Spion.

Ich hörte sie kommen – ihre hohen Absätze klapperten sogar noch auf dem Teppich. Vor Zimmer 614 blieb sie stehen, zog den Wintermantel aus und zupfte den Saum ihres kurzen, rückenfreien Kleides zurecht. Um den Hals trug sie eine Perlenkette.

Der Mann neben ihr war groß und schlaksig. Das schwarze Haar streng zurückgekämmt, dazu einen modischen Eintagebart. Er presste sich flach an die Wand. Seine schwarze Lederjacke sah neu aus, und sie warf Falten, als er die Pistole zog.

Eine Makarow PM mit Schalldämpfer.

Der Mann hinter ihm trug ebenfalls eine schwarze Lederjacke – anscheinend war das die ukrainische Schlägeruniform, auch er war groß, außerdem kräftig und kahl. Er zog keine Schusswaffe, entweder weil er keine dabeihatte oder nicht davon ausging, eine zu brauchen.

Ich hatte keine Zeit, mir die Sache in allen Einzelheiten zu überlegen. Entweder hatte Kim sie vorgewarnt, oder sie hatten erfahren, dass ich mich in Deutschland nach ihr umgehört hatte. Auf jeden Fall war es jetzt passiert. Ich war tatsächlich mit einem Messer zu einer Schießerei erschienen.

Aber ich wusste, dass es vielleicht meine einzige und letzte Chance war.

Und auch die von Kim.

Ich nahm das Messer in die rechte Hand.

Der Mann mit der Makarow nickte Kim zu.

»Bereit.«

Sie klingelte.

Ich nutzte die Sekunde des Wartens, um aus der Tür zu stürmen. Er war gut, ein Profi. Er zögerte nicht, sondern schwenkte die Makarow herum und feuerte. Ich duckte mich darunter durch und schlitzte ihm die Oberschenkelarterie auf.

Er ließ die Pistole fallen und fasste sich ans Bein, bohrte sich einen Finger knapp oberhalb der Blutung in die Wunde.

Noch bevor der Große reagieren konnte, hatte ich mich zu ihm umgedreht.

Mit der rechten Hand griff er in die Jacke nach seiner Waffe, ich trat ihm aufs Handgelenk und es brach. Laut aufschreiend vor Schmerz holte er mit der Linken nach mir aus, und ich spürte seine schwere Faust an meinem Gesicht vorbeizischen, duckte mich aber erneut darunter durch und hätte ihm das Messer in den Bauch stoßen können, aber etwas hielt mich davon ab. Stattdessen hob ich es und rammte es ihm in den Arm. Als er es mir aus der Hand reißen wollte, trat ich einen Schritt zurück und packte Kim.

Ich nahm sie an der Hand, zerrte sie zum Ausgang am Ende des Flurs, nur ein paar Türen weiter. Wenn wir auf der Treppe schneller waren und in ein anderes Stockwerk entkommen konnten, waren wir praktisch schon in Sicherheit.

»Deck …«

»Schon okay, ich hab dich.«

Dann packte mich jemand am Genick.

Der große Kerl hielt mich mit einer Riesenpranke fest. Er zog mich von Kim weg, rannte mit mir durch den Gang und schleuderte mich mit dem Gesicht zuerst gegen eine Wand.

Einmal, zweimal.

Beim dritten Mal dachte ich, mein Genick würde brechen, aber dann glitt ich benommen zu Boden. Ich trat noch ein paarmal aus, versuchte, ihn am Knie zu erwischen, aber ich hatte keine Kraft mehr in den Beinen. Als ich aufblickte, sah ich, dass er Kim am Handgelenk zur Tür zog.

Sie schrie: »Decker!«

Ich versuchte aufzustehen, aber meine Beine gehorchten mir nicht mehr. Schließlich kam ich doch irgendwie auf die Füße und torkelte zur Tür. Der Gang schwankte und ich prallte von den Wänden ab wie ein betrunkener Matrose auf hoher See.

Ich erreichte den Ausgang und stieß die Tür auf.

Die Treppe erschien mir wie ein steiler Berghang. Weiter unten hörte ich Schritte auf den Metallstufen nachhallen. Ich hielt mich am Geländer fest und wollte ihnen folgen, rutschte aber aus und knallte gegen die Wand auf dem ersten

Treppenabsatz. Erneut griff ich nach dem Geländer, zog mich hoch und wollte wieder runter, jeder Schritt ließ mein erschüttertes Gehirn beben.

Ich erreichte die Tür zur Lobby.

Erschrockene Gesichter starrten mich an, als ich zum Ausgang schwankte.

Sie waren weg.

Verschwunden in der dunklen Berliner Nacht.

Ich hatte meine beste Chance, Kim zu retten, komplett verbockt.

Der Mann mit der Makarow hatte sich im sechsten Stock ebenfalls bis zur Tür geschleppt und dabei eine blutige Schmierspur auf dem Teppich hinter sich hergezogen.

Er war sehr benommen, hielt die Pistole aber wieder in der Hand. Ich trat zweimal drauf, bis er losließ, dann nahm ich die Waffe in die eine Hand, packte ihn mit der anderen am Hemdkragen und zerrte ihn ins Zimmer 614. Seine Finger steckten noch immer in der Wunde, aber das Blut strömte trotzdem heraus.

Ich kramte in meiner Tasche nach meinem Erste-Hilfe-Set und holte eine Kompresse heraus. Dann trat ich ihm ein paar Mal in die Rippen, um mich seiner ungeteilten Aufmerksamkeit zu versichern und zeigte sie ihm. »Englisch?«

Er nickte.

»Ich kann die Blutung stoppen, bis du ins Krankenhaus kommst«, sagte ich, »wenn nicht, wirst du verbluten. Du hast nicht lange Zeit, darüber nachzudenken.«

Er schüttelte schwach den Kopf. »Meine Brüder …«

»… haben dich hier sterbend liegen lassen.« Auch mir blieb nicht viel Zeit. Die Polizei konnte jede Sekunde eintreffen. »Also scheiß drauf. Ich sag dir, was ich wissen will. Wo bringen die sie hin?«

Er schüttelte erneut den Kopf.

Ich zog seinen Finger aus der Wunde, sodass das Blut herausspritzte.

»Hamburg«, sagte er. »Wir sind aus Hamburg hergekommen.«

»Wo in Hamburg?«

»Ich weiß es nicht.«

Ich schoss ihm ins Knie.

Er schrie und brüllte: »Ich weiß nicht, wo die sie hinbringen!«

»Wer sind ›die‹?«

»Die Agentur.«

»Elite?«

Er nickte. »Die haben dort ihren Hauptsitz.«

»Wo genau? Gib mir eine Adresse.«

Er nannte mir eine Hausnummer auf der Reeperbahn.

»Wen suche ich?«, fragte ich. »Ich will einen Namen.«

»Willi. Stein.«

»Ein Deutscher?«

»Ja.«

»Aber er arbeitet für die Ukrainer?«

»Ja. Bitte!«

Ich band ihm die Kompresse fest auf den Oberschenkel. Im Irak hatte ich das ein paarmal gemacht.

Mit ein bisschen Glück würde er es bis in die Notaufnahme schaffen.

Ich kam gerade noch ins Bad, da ging ich auch schon in die Knie und kotzte. Ein oder zwei Minuten lang verharrte ich in Betstellung, bis sich der Raum um mich herum zu drehen aufhörte, dann stieß ich mich ab, stand auf und blickte in den Spiegel.

Mein Gesicht war blutüberströmt, meine Nase gebrochen und bereits angeschwollen, auf der Stirn hatte ich eine Platzwunde, die Haut drumherum war aufgeschürft. Ich wusste, dass ich eine Gehirnerschütterung hatte, und spürte ein Knacken im Genick, als ich versuchte, den Kopf hin und her zu drehen.

Ich räumte auf, so gut ich konnte, und stopfte mir ein bisschen Watte in die Nasenlöcher, um die Blutung zu stoppen. Viel Zeit blieb mir nicht mehr, bis die Polizei kommen und Fragen stellen würde, auf die ich keine guten Antworten parat hatte. Ich zog mir ein sauberes Hemd über und warf meinen restlichen Kram in die Tasche.

Dann rief ich die Rezeption an. »In Zimmer 614 ist jemand verunglückt, bitte schicken Sie sofort einen Krankenwagen.

Ich kramte in Makarows Tasche und nahm ihm sein Handy ab.

»Wie heißt du?«, fragte ich.

»Kostja. Dudyk.«

»Na, dann viel Glück, Kostja.«

»Fick dich.«

Ich ging über die Hintertreppe runter auf die Straße und noch ein paar Ecken weiter, bis ich ein Taxi entdeckte, anhielt und den Fahrer bat, mich zum Bahnhof zu bringen. Zwanzig Minuten später fuhr ein ICE nach Hamburg, und ich stieg ein.

Meine ganze Strategie war falsch gewesen.

Ich konnte Kim nicht finden und befreien.

Ich musste die anderen dazu bringen, sie mir zu übergeben.

Die Zugfahrt dauerte nicht ganz zwei Stunden, und ich nutzte die Zeit, um Makarows Handy zu durchsuchen. Ich fand Willis Nummern, mobil und im Büro. Praktischerweise gab es sogar ein kleines Foto von ihm.

Beginnende Glatze, graumelierter Bart.

Sah eher aus wie ein Professor als ein Zuhälter.

Mein Kopf schmerzte wie verrückt.

Am liebsten hätte ich geschlafen, wusste aber, dass das bei einer Gehirnerschütterung nicht gut ist, und klickte mich stattdessen durch Kostjas Kontakte. Der Große, dem ich meine Kopfschmerzen zu verdanken hatte, stand auch drin, er hieß Vlad Andrichuk.

Danke, Vlad.

Ich hoffe, dein Handgelenk verursacht dir größere Schmerzen als mir mein Kopf.

Es bestand die Möglichkeit, dass Vlad unverzüglich zu Willi geeilt war, darauf setzte ich, aber wahrscheinlich waren sie dafür zu schlau. Zweifellos wusste Willi Stein inzwischen, dass der Mordanschlag auf mich danebengegangen war, und vermutlich hatte er, wem auch immer er unterstellt war, die frohe Botschaft bereits überbracht.

Dem *Wor*, dem Boss.

Den ich dazu bringen musste, dass er mir Kim übergab.

Der Zug kam um 23:15 Uhr an, ich nahm ein Taxi zur Reeperbahn. Der Fahrer grinste dreckig, als er mein geschundenes Gesicht im Rückspiegel betrachtete. »Meinen Sie nicht, dass Sie heute schon genug Spaß hatten?«

Die Reeperbahn ist das Disney World unter den Rotlichtbezirken.

Überall Touristen. Männer strömen in die Herbertstraße, wo die Prostituierten in Schaufenstern sitzen und die offensiveren draußen stehen, um Kunden direkt anzuwerben. Die Reeperbahn ist eine schmutzige Meile mit Stripclubs, Bars, Fastfood-Restaurants und Betrunkenen aller Altersstufen.

Im grellroten Neonlicht erinnerte sie an eine Hölle der Verzweiflung, Frauen versuchten mich lächelnd festzuhalten, boten ihre Dienste an, nannten ihre Preise und unterboten sich gegenseitig, dann wandten sie sich dem nächsten potenziellen Freier zu.

Ich bahnte mir einen Weg zwischen Schaulustigen und Nutten hindurch bis zu der Adresse, die Kostja mir gegeben hatte, ein Büro im dritten Stock über einer Bar. Das Licht war an. Ich ging hinter das Gebäude in einen kleinen Hof, in dem Mülltonnen und ein Abfallcontainer gerade genug Platz für ein parkendes Auto ließen – einen Mercedes.

Ich wartete.

Mein Kopf dröhnte, mein Gesicht brannte in der Kälte.

Ich vergrub die Hände tief in den Taschen und stampfte mit den Füßen auf. Berlin ist eine kalte Stadt, das an der Elbmündung gelegene Hamburg ist außerdem noch feucht. Der Hafen hatte der Stadt im Lauf der Jahrhunderte zu großem Wohlstand verholfen.

Zumindest fiel es mir jetzt nicht mehr schwer, wach zu bleiben.

Es dauerte eine Stunde, bis Willi Stein in einem schweren, teuren Mantel mit einer pelzbesetzten Mütze und einer Aktentasche herauskam. Er drückte auf den Funkschlüssel seines Autos, und als er die Tür aufziehen wollte, schob ich ihm die Makarow ins Kreuz.

Er stockte.

»Nicht umdrehen«, sagte ich.

»Nehmen Sie die Aktentasche und gehen Sie«, sagte er. »Ist aber nicht viel Geld drin. Wir sind ein Kreditunternehmen. Kredite und Bankgeschäfte.«

Ich schubste ihn mit dem Lauf der Waffe. »Steigen Sie ein und setzen Sie sich.«

Während er meinen Befehl befolgte, zog ich die andere Tür auf und setzte mich hinter ihn. »Nur damit Sie's wissen, die Kugel hier würde den Sitz problemlos durchschlagen. Er wird sie nicht schützen, nur einen eventuellen chirurgischen Eingriff erschweren, weil Lederfetzen tief in Ihr Fleisch eindringen. Lassen Sie den Wagen an und fahren Sie los.«

Willi drehte den Zündschlüssel. »Wohin fahre ich?«

»Nach Hause, Willi.«

Bei der Erwähnung seines Namens zuckte er zusammen. »Was wollen Sie von mir?«

»Das hab ich eben gesagt. Fahren Sie.«

Er lebte relativ weit draußen in Blankenese, einer teuren Wohngegend im Westen der Stadt direkt am Elbufer.

Wir hatten Zeit zu reden.

»Wo ist sie?«, fragte ich.

»Wer?«

»So kommen wir nicht weiter, Willi.«

Seine Stimme klang zittrig. »Wir haben viele Mädchen.«

»Ihr Name ist Carolynne«, sagte ich. »Amerikanerin. Wie viele hast du davon?«

»Nur die eine«, sagte er. »Sie ist neu. Ich kenne sie nicht sehr gut.«

»Sie kennen sie gut genug, um sie mit zwei Gorillas nach Berlin zu schicken«, sagte ich. »Die mich umbringen sollten.«

Seine Stimme klang jetzt noch zittriger. »Ich weiß nicht, wovon Sie reden. Sie war heute Abend in Berlin gebucht, ja, aber ...«

»Okay, machen Sie ruhig so weiter. Sind Sie verheiratet, haben Sie eine Frau?«

»Seit dreißig Jahren.«

»Kinder?«

»Sind schon erwachsen und aus dem Haus.«

Sein Haus befand sich am Fuß einer kleinen Anhöhe mit Blick auf den Fluss. Es war weiß, zweistöckig, Giebeldach. Ich kannte die Gegend, weil ich viele Male hier am Fluss entlanggegangen und die Stufen hinaufgestiegen war, die auf den Hügel und zum Leuchtturm führten.

Er parkte den Wagen, und wir stiegen aus. Ich hielt die Waffe auf seinen Rücken gerichtet, als er die Tür aufschloss.

»Wir bewohnen die unteren beiden Stockwerke«, erklärte Willi. »Das obere ist an einen Studenten vermietet.«

»Wie schön. Ist er zu Hause?«

»Er ist über Neujahr und die Heiligen Drei Könige nach Düsseldorf gefahren, dort kommt er her.«

Neujahr, dachte ich. Hatte ich ganz vergessen.

Das Haus war äußerst annehmlich, wunderschön und geschmackvoll eingerichtet. Dezent. Die Steins lasen gerne – die Wände waren voller Bücherregale, größtenteils Hardcoverausgaben. Und entweder Willi oder seine Frau begeisterten sich auch für Musik – unter dem Panoramafenster mit Blick auf den Fluss befanden sich Plattenregale, hauptsächlich klassische Musik, obendrauf ein teurer Plattenspieler von Thorens.

»Hol deine Frau«, sagte ich.
»Sie schläft. Sie geht früh ins Bett.«
»Weck sie.«
Er zögerte.
»Okay«, sagte ich. »Dann mach ich das.«
»Nein, ich geh schon.«
Ich sah ihn durch einen kurzen Flur gehen und eine Tür öffnen. Eine Minute später kam er mit einer großen, eleganten Frau mit langem, kastanienbraunem Haar und ein paar wenigen silbergrauen Strähnen wieder. Sie trug einen Morgenmantel und sah mich gleichermaßen angsterfüllt wie verächtlich an.

»Wenn Sie uns ausrauben wollen, dann tun Sie's«, sagte sie. »Ich mach Ihnen den Safe auf und zeige ihnen meinen Schmuck. Falls Sie's auf eine Vergewaltigung abgesehen haben, dann legen sie los, es ist schon spät und ich würde gerne weiterschlafen.

Ich sah Willi an. »Wo ist Carolynne?«
»Ich sage es Ihnen doch, ich schwör's«, sagte er. »Sie war heute in Berlin gebucht. Im Adlon, soweit ich weiß. Ich kann nachsehen, wenn Sie mich an den Computer lassen.«

»Wo ist sie jetzt?«
»Ich weiß es nicht«, sagte Willi. »Die Mädchen sind eigenständige Unternehmerinnen. Sie kommen und gehen, wann es ihnen passt.«

»Kostja Dudyk«, sagte ich. »Sagt Ihnen der Name was?«
»Nein.«
»Er hat Ihre Nummer in seinem Handy abgespeichert.«
Er zögerte, dann sagte er: »Vielleicht ist er ... manchmal schicken die ... Männer, die alles überprüfen.«
»Wer sind ›die‹?«
Er setzte an, stockte aber.

Ich drängte ihn weiterzusprechen. »Sie hatten die Anweisung, die Information sofort weiterzuleiten, sobald Carolynne gebucht wird. Hab ich recht?«

Er sagte nichts.

»Gehört Elite Ihnen?«, fragte ich.

»Ja, natürlich.«

»Sie lügen, Willi«, sagte ich. »Und das gefällt mir nicht. Elite hat Büros in jeder deutschen Großstadt. Die Frauen arbeiten in ganz Deutschland, Österreich und der Schweiz, ebenso in New York, Las Vegas und Miami. Sie haben ein schönes Haus, aber *so* schön auch wieder nicht. Also, wem gehört Elite? Wer sind ›die‹?«

Er antwortete immer noch nicht.

Ich richtete die Waffe auf seine Frau. »Wie heißen Sie?«

»Inge.«

»Willi, ich werde Inge erschießen, wenn Sie mir nicht sagen, was ich wissen will«, behauptete ich.

»Bitte, sie ist unschuldig.«

»Ein Zuhälter, der Schopenhauer liest und Mahler hört, ist immer noch ein Zuhälter«, sagte ich. »Ihre Frau weiß sehr gut, woher das Geld für ihr kultiviertes Leben kommt, und ich werde sie erschießen, wenn Sie mir nicht sagen, was ich wissen will. Wem gehört Elite?«

»Einer Gruppe«, sagte Inge.

»Hör auf, die bringen uns um«, sagte Willi.

»Morgen vielleicht«, sagte Inge ruhig. »Er tut's jetzt.«

»Ihre Frau hat recht«, sagte ich. »Wer gehört dazu?«

»Viele«, sagte Willi.

»Haben die auch Namen?«, fragte ich. »Wer ist der Chef? Der *Wor?*«

»Ich weiß nicht, was das heißt.«

»Der Boss.«

Sie sahen einander an. Inge nickte so unmerklich, wie ich je jemanden nicken sah, und Willi sagte: »Alex.«

»Du stellst meine Geduld auf die Probe, Willi.«

»Vann.«

»Ist er in Hamburg?«

Willi antwortete nicht.

»Hier in Deutschland zieht Alex Lüneburg vor und pendelt«, sagte Inge.

»Wo ist das?«

»Ungefähr fünfzig Kilometer entfernt im Südosten«, sagte sie. »Eine sehr charmante Kleinstadt.«

»Habt ihr eine Adresse?«

»Nein«, sagte Willi. »Irgendwo in der Altstadt.«

Ich nahm Willis Autoschlüssel.

»Ich wünschte, wir hätten die genaue Adresse für Sie.« Inge lächelte mich an. »Alex wird Sie nämlich töten.«

Willis Mercedes verfügte über ein Navigationssystem, sodass ich problemlos aus Blankenese heraus auf die Autobahn fand.

Ich fuhr in östlicher Richtung am Fluss entlang, dann durch den Elbtunnel, über die A7 und anschließend auf der A39 nach Lüneburg im Süden Hamburgs. Außerhalb der Stadt war ein bisschen Verkehr, der Vollmond tauchte die Bäume und Felder in silbriges Licht.

Ich wusste nicht, ob ich Inge Stein erschossen hätte, wenn sich die beiden stur gestellt hätten, und es ließ mir keine Ruhe. Einiges von dem, was wir im Irak gemacht hatten, um an Informationen zu kommen, verfolgte mich bis heute, aber ich rechtfertigte es damit, dass wir unseren Freunden und Verbündeten das Leben gerettet hatten. Auch unseren Freundinnen natürlich. Vermutlich konnte ich das, was ich bei Willi im Haus getan hatte, auch damit rechtfertigen, dass ich Kim Sprague retten wollte.

Die nun wirklich unschuldig war.

Hätte ich Inge erschossen?

Vielleicht.

Ich war froh, dass ich es nicht herausfinden musste.

Man will manchmal gar nicht wissen, wozu man fähig ist. Vielleicht denkt man, man weiß es, aber ich bin sicher, das ist ein Trugschluss.

Selbsttäuschung muss nicht immer schlecht sein.

Ich war noch nie in Lüneburg gewesen.

Es gehörte zu den Orten, die ich auf meinen Wanderungen hier verpasst hatte.

Ich parkte in der Nähe des Bahnhofs und ging zu Fuß weiter.

Inge hatte recht – ein charmantes Städtchen.

Die Ilmenau floss durch den Stadtkern, die roten Backsteingebäude mit den spitzen Giebeldächern waren dicht an den Fluss gebaut. Weiden hingen jetzt schwer und gebeugt nach den jüngsten Schneefällen über den Uferrand.

Die Altstadt hatte etwas Verwunschenes. Fast sah sie aus wie eine Spielzeugstadt, ein Modell für eine Spielzeugeisenbahn. Die Dächer waren weiß gesprenkelt vom Schnee, wie Puderzucker auf einem Kuchen. Im rosa Licht des anbrechenden Morgens war jetzt alles still. Ich überquerte eine Steinbrücke. Bäume und Häuschen säumten den Fluss zu meiner Linken. Zu meiner Rechten waren zwei alte Segelboote festgemacht, dahinter erhob sich ein alter Hafenkran. Der Anblick war so malerisch, dass ich wünschte, Delgado wäre bei mir und könnte es sich ansehen.

Dann fragte ich mich, wieso ich an sie dachte und nicht an Laura.

Ich spazierte durch die Stadt, um mich zu orientieren und mir einen Plan zu überlegen.

Alex wusste, dass ich noch lebte.

Er wusste außerdem, dass ich unterwegs zu ihm war, vorausgesetzt, Willi hatte ihn angerufen, anstatt das einzig Vernünftige zu tun und mit seiner Frau in den ersten Zug oder den ersten Flieger raus aus Hamburg zu steigen.

Ich hatte Alex' Telefonnummer in Kostjas Handy gefunden, aber kein Foto und keine Adresse. Zeit also, das Gelände zu erkunden.

Im Irak hatte dies zu Charlies Grundprinzipien gehört. Ständig hatte er gepredigt, dass gründliches Auskundschaften einem später viel ersparte.

Und Leben rettete.

Ich rief Alex an.

Es klingelte einmal, dann hörte ich eine wütende russische Stimme, die ich nicht verstand, und ich sagte: »Alex, hier ist Frank Decker. Ich bin zufällig in Lüneburg und dachte, ich klingel mal durch.«

Nach zwei Sekunden Stille sagte Alex: »Wir sollten uns unterhalten.«

»Wo ist Kim Sprague?«

»Ich bin nicht bereit, dieses Gespräch am Telefon zu führen.«

»Wenn sie tot ist, bringe ich Sie um, Alex.«

»Würde ich darüber Auskunft geben, ob sie tot oder lebendig ist«, sagte Alex, »würde ich mich schwer belasten. Wir sollten uns treffen. Ich schlage gerne ...«

»... einen Treffpunkt vor, wo ich nebenbei eine Kugel in den Rücken bekomme?«, meinte ich. »Nein danke. Punkt acht Uhr auf der Brücke in der Lünertorstraße.«

Ich wollte Tageslicht und Menschen.

»Na schön.«

»Ach, und Alex? Kommen Sie alleine.«

Ich wartete ungefähr fünfzig Meter von der Brücke entfernt im Schutz der Bäume und Büsche auf der Westseite des Flusses.

Um genau acht Uhr betraten drei Männer die Brücke von meiner Seite aus, gingen in die Mitte, blieben stehen, warteten, sahen sich um. Zwei von ihnen trugen die obligatorischen schwarzen Lederjacken, außerdem dicke Schals um die Hälse. Einer hatte eine rote Basecap auf dem Kopf, der andere eine wollene Rollmütze. Der dritte, der deutlich kleiner war als die anderen beiden, trug einen eleganten blauen Parka mit Kapuze.

Eindeutig Alex – der eine blieb circa drei Meter weiter rechts stehen, der andere plazierte sich links.

Bodyguards.

Ich wartete zwei Minuten, dann rief ich an.

Alex nahm die Kapuze herunter, um ans Handy zu gehen.

Blonde, kurze Haare. Sehr attraktiv.

Der *Wor* war eine Frau.

Und ich kannte sie.

Die drei Amigas.
Kim, Sloane und Andra.
Alexandra.

»Spielen wir Spielchen?«, fragte sie jetzt.

Sie hatte einen slawischen Akzent.

»Ich habe gesagt, alleine.«

»Wir haben wenig Anlass, einander zu vertrauen, Mr. Decker«, sagte sie. »Und nun noch weniger. Sie sollten wissen, dass das Wohlergehen einer gewissen Dame ganz von Ihrem guten Benehmen abhängt.«

Also lebte Kim.

»Ich könnte Sie auf der Stelle töten«, sagte ich.

Alex war cool, sie drehte sich einmal langsam um die eigene Achse, hielt nach mir Ausschau. Ihre Bodyguards waren nervöser, sie drehten die Köpfe wild hin und her, ihre Hände fuhren unter ihre Jacken. »Aber das werden Sie nicht. Sie wissen, dass dies für Ihre Freundin das Todesurteil wäre.«

Sie war cool, aber nicht vollkommen von sich selbst überzeugt. Etwas beunruhigte sie, bereitete ihr Sorge, sonst wäre sie gar nicht hier aufgekreuzt und würde sich nicht mit mir unterhalten. Es galt immer noch, einen Deal für Kim auszuhandeln.

Oder Alex war auf eine Gelegenheit aus, mich zu töten.

Ich sagte: »Gehen Sie nach Hause. Warten Sie, bis ich anrufe.«

»Glauben Sie, dass Sie die Karten in der Hand halten, Mr. Decker?«, fragte sie. »Glauben Sie wirklich, dass Sie mir drohen können?«

»Wie oft haben Sie versucht, mich umzubringen?«, fragte ich. »Möchten Sie Ihr Leben wirklich darauf verwetten, dass es beim fünften Mal klappt?«

Sie antwortete nicht.

»Ich will nur Kim«, sagte ich. »Der Rest ist mir egal.«

Wieder Stille, während sie darüber nachdachte. Dann: »Ich erwarte Ihren Anruf.«

Ich sah die drei die Brücke wieder entlanggehen und rechts auf die Straße Am Fischmarkt abbiegen. Schnell schob ich mich durch das Gebüsch ins Freie, ließ ihnen einen Vorsprung und folgte ihnen vorbei an den beiden alten Schiffen, dem Kran, dann links in eine Straße, die zu einer kleineren Brücke führte. Hier befand sich ihr Haus, neben dem italienischen Restaurant, direkt am Fluss.

Ich ließ mir Zeit.

Ich wollte sie schmoren lassen, ihr Angst machen. Mächtige Menschen stehen nicht drauf, wenn man sie warten lässt, und wenn sie sich ärgern, machen sie Fehler. Sie würde Leute losschicken, um mich zu suchen. Sie wussten, dass ich ganz in der Nähe war, und würden bald kommen.

Ich ging Am Berge in südlicher Richtung runter, bis ich Am Sande erreichte, wo ich auf eine belebte Einkaufsstraße mit zahlreichen Geschäften und Restaurants stieß. Wenn mich Alex' Leute hier aufspürten, konnten sie nichts ausrichten. An der Ecke entdeckte ich ein ganz anständig aussehendes Café, ging hinein, bestellte einen Kaffee und ein Würstchen im Schlafrock und versuchte, in meinem lädierten, erschöpften Gehirn eins und eins zusammenzuzählen.

Alexandra »Andra« Vann war Ukrainerin.

Und in Brutkas Organisation der Boss.

Ihr und einer »Gruppe« gehörte EliteModels.

Die Ukrainer hatten also gar nicht Sloanes Geschäfte an sich reißen wollen – sie gehörten ihnen längst.

Aber anscheinend versuchten sie verzweifelt, etwas Gewichtigeres als Kims Entführung oder einen Zuhälterring zu vertuschen, und ich wusste nicht, was das war.

Möglich, dass Kim noch am Leben war, möglich aber auch, dass ihre alte Freundin Alex Zeit schinden wollte, um mich dieses Mal endgültig um die Ecke zu bringen.

So oder so, wir würden es herausfinden.

Ich zwang mich, vier Stunden zu warten, dann rief ich erneut Alex an.

»Kennen Sie das Caféhaus Am Sande?«, fragte ich.

»Kennen *Sie's?*«

»Ich schaue direkt drauf«, sagte ich. »In zwanzig Minuten treffen wir uns dort.«

Ich sah aus den Fenstern des Hotels Bergström auf der Ostseite der Brücke. Zwei Minuten später kam Alex mit ihren Handlangern aus dem Haus.

Viel Zeit blieb mir nicht.

Die meisten Cops verstehen was vom Schlösserknacken.

Das bringt der Beruf so mit sich.

Alex' Haustür war nicht leicht, aber auch nicht außergewöhnlich schwierig, und in drei Minuten war ich drin.

In ihrem Zorn hatte sie den Fehler gemacht, ihre beiden Jungs mitzunehmen und niemanden zurückzulassen, der auf den Laden aufpasste. Das Haus war teuer und schön eingerichtet. Eine gläserne Schiebetür führte auf eine kleine

Terrasse über dem Fluss. Ein offener Küchen- und Wohnbereich, moderne Möbel – größtenteils weiß –, eine erstklassige Küche, eine Anlage von Bose, ein Flachbildfernseher von Sony.

Ihr Arbeitszimmer befand sich im zweiten Stock.

Sie hatte am Computer gesessen. Ich schätzte, dass ich fünfzehn, vielleicht zwanzig Minuten hatte. Ich fand einen Speicherstick, schloss ihn an und fing an, alles Mögliche herunterzuladen.

Da waren Foto- und Videodateien, Listen, Zahlungsinformationen, Kontonummern. Während ich die Namen und Bilder von Geschäftsleuten, Politikern – Bürgermeistern, Senatoren, Kabinettsmitgliedern –, hochrangigen Polizeifunktionären und Diplomaten durchging, verging eine ganze Menge Zeit.

Die internationale Kundendatei von EliteModels.

Deutsche, Schweizer, Holländer, Russen, Briten, Amerikaner.

Besondere Aufmerksamkeit widmete ich den unter Miami aufgeführten.

Filmstars, Sportler, weitere Geschäftsleute, Politiker, Polizisten ... dann entdeckte ich eine Unterdatei mit dem Titel »LUMINA«.

Lumina.
Charlies Großprojekt.
Das riesige, milliardenschwere Bauvorhaben am Hafen, von Bürokraten vorübergehend gestoppt.

Ich betrachtete die Namen der Kunden in dieser Datei.
Stadtplaner.
Umwelttechniker.
Senatoren.
Richter.

Allesamt Personen, die Lumina rotes oder grünes Licht geben konnten, hier waren sie alle einzeln abgelichtet, zu hören und zu sehen – im Bett mit EliteModels, bei Partys und Orgien, auf Fotos, Videos und in Gesprächsmitschnitten.

Genug kompromittierendes Material, um Lumina mittels Erpressung Wirklichkeit werden zu lassen.

Eine Liste mit Abfindungen, Bestechungsgeldern, sexuellen Gefälligkeiten.

Jetzt wusste ich, was Alex schützte – und was das Morden wert war. Ihre Organisation war an Lumina beteiligt. Aber sie hatte nicht damit gerechnet, dass Brutka Kim entführte, um sie Charlies Schulden abarbeiten zu lassen. Dadurch drohte jetzt der ganze Lumina-Schwindel aufzufliegen.

Als Charlie mich eingeschaltet hatte, waren sie ausgeflippt und hatten mich töten wollen.

Die Kugel, die Sloane umgebracht hatte, war gar nicht für sie bestimmt gewesen, sondern für mich.

Auch der Überfall in dem Berliner Hotel war ein geplanter Mordanschlag gewesen.

Kostjas Telefon klingelte.

»Noch mehr Spielchen?«, fragte Alex. »Meine Geduld ist erschöpft. Betrachten Sie Ihre Freundin als tot.«

»Das glaube ich kaum, Andra.«

Ich las ihr die Namen vor.

Die Verbindung wurde unterbrochen.

Ich sah zu, wie sich das kleine bunte Rädchen drehte.

»Komm schon, komm.«

Drei Minuten, dann war alles gespeichert. Ich zog den Speicherstick heraus und steckte ihn in meine Jackentasche.

Als ich die Treppe runterwollte, flog die Haustür auf.

Ich rannte durch die Schiebetür nach draußen. Sprang über das Geländer auf die angrenzende Terrasse der Nachbarn, dann auf die nächste, doch irgendwann gingen mir die Terrassen aus. Die Schiebetür auf der letzten war aber zum Glück nicht verschlossen, und ich trottete durchs Wohnzimmer, vorbei an einer verdatterten Frau, zur Haustür hinaus auf die Straße, wo ich Alex und ihren Gorilla bereits auf mich zukommen sah.

Ich entwischte in ein Restaurant und durch die Küche zur Hintertür hinaus auf die Lünertorstraße, versuchte wieder zurück über die Brücke zu gelangen, wohin ich die drei am Morgen bestellt hatte, um anschließend dann den Bahnhof zu erreichen.

Aber sie waren mir einen Schritt voraus – der Gorilla wartete schon auf der Brücke, und angesichts der Informationen, die ich hatte mitgehen lassen, war mir klar, dass sie nicht zögern würden, mich auf offener Straße zu erschießen.

Ich kletterte unter die Brücke und rannte den Uferpfad entlang, was mich aber nur noch weiter von meinem Ziel wegführte. Als ich mich kurz umdrehte, sah ich, dass der Gorilla die Verfolgung aufgenommen hatte, mir scheinbar mühelos hinterherrannte, und als ich nach vorne sah, wusste ich, dass ich einen Fehler gemacht hatte – ich bewegte mich auf einen Grünstreifen zu – Bäume und damit Möglichkeiten, nach einer Schießerei abzutauchen.

Ich joggte nach links weg vom Fluss und kam an eine stark befahrene zweispurige Straße, die über den Fluss führte. Keine Ampel, kein Fußgängerüberweg, nur vorüberrasende Autos, eines nach dem anderen, und der Gorilla inzwischen nur noch circa sechs Meter hinter mir. Ich sprintete drauflos, versuchte die Lücken zwischen den Fahrzeugen abzupassen.

Autos wichen aus und bremsten.

Lautes Hupen, aber ich schaffte es, um einen Wagen herum auf die andere Seite zu gelangen.

Der Gorilla nicht.

Ihm fehlte der Mumm.

Ich rannte weiter, ein Stück die Straße entlang, dann im Schutz einiger Bäume und auf verschlungenen kleinen Straßen weiter in nördlicher Richtung in einem großen Bogen, bis ich schließlich den Bahnhof erreichte.

Ich stieg in Willis Mercedes.

Und spürte, wie sich mir der Lauf einer Pistole in den Hinterkopf bohrte.

Du hast etwas, das uns gehört.«
Eine Männerstimme, russischer Akzent.
»In meiner Jackentasche«, sagte ich.

Ich wusste, dass er in der Sekunde abdrücken würde, in der ich ihm den Speicherstick übergab. Er hatte es nur deshalb nicht bereits getan, weil sich auf dem Bahnhofsparkplatz andere Menschen befanden und er nicht meine Leiche durchsuchen und dadurch Aufmerksamkeit erregen wollte.

»Ganz langsam«, sagte er. »Gib her.«

Ich griff in meine Jackentasche, zog das Messer und stach hinter meinem Rücken dorthin, wo ich seine Kehle vermutete. Anscheinend hatte ich mich nicht verschätzt, denn ich lebte noch, und als ich mich umdrehte, hatte er die Pistole fallen lassen und versuchte, die Klinge aus seinem Hals zu ziehen.

Ich trieb sie noch tiefer hinein und hielt das Messer fest.

Seine Füße traten von hinten gegen die Lehne.

Er drückte den Rücken durch.

Dann starb er.

Ich zog das Messer heraus, stieß seinen toten Körper zurück und sah aus dem Fenster, ob wir beobachtet worden waren.

Anscheinend hatte niemand etwas gesehen, und so nahm ich seine Pistole an mich – eine MP443 Gratsch, die »Jarygin PJa«, schob sie unter meine Jacke, stieg aus dem Wagen und ging zu Fuß zum Bahnhof, verfluchte mich, weil ich so blöd gewesen und zu dem Wagen zurückgekehrt war, den die anderen natürlich kannten.

Alex war auf Zack.

Sie hatte ihre Leute im Bahnhof postiert.

Polizisten entdecken Beobachter. Sie stehen auf eine bestimmte Weise da, sehen sich auf eine bestimmte Art um, suchen langsam alles ab, halten sich aufrecht. Sie waren mindestens zu dritt und ließen mich nicht aus den Augen. Sie hatten mich sofort auf dem Schirm, kaum dass ich das Gebäude betreten hatte.

Sie würden entweder mit einem Messer oder einer schallgedämpften Pistole angreifen, aber für beides würden sie nahe herankommen müssen.

Der Bahnhof war klein, es gab nur drei Bahnsteige.

Ich sah zur Tafel hin, um festzustellen, wann der nächste Zug eintreffen würde.

Egal, wohin er fuhr.

Die Regionalbahn nach Celle sollte in acht Minuten auf Gleis zwei einfahren. Ich machte mich auf den Weg zum Bahnsteig, und einer der Beobachter setzte sich in Bewegung und folgte mir. Die anderen beiden kamen ihm einzeln hinterher. Ich lief auf den Bahnsteig und hielt mich so dicht wie möglich bei den anderen wartenden Fahrgästen.

Der erste kam auf circa zwei Meter an mich heran, wartete auf seine Chance, mich aus kurzer Entfernung zu erschießen oder zu erstechen.

Wenn er sie auf dem Bahnsteig nicht bekam, würde er mit mir in den Zug steigen.

Es würde kein Ende nehmen.

Über Lautsprecher wurde die Einfahrt des Zuges angekündigt. Ich sah das Gleis entlang und glaubte, den Zug bereits zu sehen, doch dann begriff ich, dass ich mich geirrt hatte und vor der Ankunft des RB noch ein ICE durchfahren würde.

Allerdings hatte ich mich auch geirrt, was die Pläne meines Gegners betraf.

Mein Mann hatte etwas anderes vor.

Er drängelte sich zu mir durch, wollte mich aufs Gleis stoßen. Ich wirbelte links herum. Für den Bruchteil einer Sekunde schwankte er und fiel.

Die Wartenden schrien.

Die Menge scharte sich am Bahnsteigrand.

Ich zwängte mich zwischen den Schaulustigen hindurch. Zwanzig Minuten später stieg ich in einen Zug nach Uelzen.

Von Uelzen aus nahm ich einen Zug nach Hannover, suchte mir ein bescheidenes Hotel und rief Alex an.

»Die Informationen in Ihrem Besitz sind Millionen wert«, sagte sie. »Sie müssen nichts anderes tun, als abzukassieren, und schon sind Sie sehr reich.«

»Ich will keine Millionen«, sagte ich. »Ich will Kim. Wenn ich sie nicht gesund und munter bekomme, gehe ich mit dem Speicherstick an die Presse und übergebe ihn anschließend den Behörden. In Anbetracht der unzähligen Mächtigen, die Sie bloßgestellt haben, wird Ihr Leben nichts mehr wert sein. Alleine die Russen auf der Liste werden Sie bei lebendigem Leibe häuten.«

»Verstehe.«

»Ich sage Ihnen, was Sie tun werden«, sagte ich. »Sie nehmen das Telefon in die Hand, rufen Brutka an und erklären ihm die neue Sachlage. Er lässt Kim frei und die Spragues in Zukunft in Ruhe.«

»Ist das alles?«

»Nein«, sagte ich. »Hören Sie auf, mich umbringen zu wollen.«

»Geben Sie mir eine Stunde«, sagte sie, »dann rufe ich zurück.«

»Eine Stunde«, erwiderte ich. »Und nicht länger. Ach, und Alex, wenn Kim tot ist, sind unsere Absprachen hinfällig. Dann lass ich Ihren gesamten Ring, Ihr Unternehmen mitsamt Lumina auffliegen. Erst töte ich Brutka, dann Sie.«

Ich beendete die Verbindung.

Manchmal kann eine Dusche ein Geschenk des Universums sein.

Ich ließ mir das heiße Wasser auf den Rücken und den Nacken prasseln, schrubbte mich ab und rasierte mich. Dann legte ich mich aufs Bett und schlief. Oder versuchte es jedenfalls. Ich sah einen Mann vor mir, dem mein Messer in der Kehle steckte.

Ein anderer wurde unter einem ICE zermalmt.

Vielleicht war es gut, dass ich diese Bilder sah. Vielleicht bedeutete es, dass ich trotz allem ein Gewissen hatte, noch einen Rest Menschlichkeit besaß. Oder war das Problem die Menschlichkeit selbst? Waren wir einfach nur Affen mit opponierbaren Daumen, die es uns ermöglichten, Waffen zu bauen?

Kostjas Handy klingelte.

Alex sagte: »Wir haben einen Deal.«

»Erst wenn ich mit Kim gesprochen habe«, sagte ich.

»Sie ist nicht bei mir.«

»Viel Glück mit den Russen«, sagte ich, wollte auflegen.

Alex warf hastig ein: »Wir haben sie an einen sicheren Ort gebracht. Sicher vor Ihnen. Wenn Sie dranbleiben, kann ich sie in die Leitung holen.«

»Ich bleibe dran.«

Es dauerte dreißig endlose Sekunden, aber dann hörte ich: »Deck?«

Eine sanfte, liebe, honigsüße Stimme.

»Kim, geht's dir gut?«

»Alles in Ordnung, Deck.«

»Haben sie dir weh getan? Ich meine, abgesehen von …«

»Alles okay. Deck, kommst du mich holen?«

Sie fing an zu weinen.

»Ich …«

Die Verbindung wurde unterbrochen, und Alex meldete sich wieder. »Zufrieden? Reicht das als ›Lebenszeichen‹ oder wie ihr das nennt?«

»Wo ist sie?«

»Die Übergabe muss an einem Ort stattfinden, den auch wir als sicher erachten«, sagte Alex.

»Und wo soll das sein?«

Ich nahm Alex' Anweisungen entgegen, beendete die Verbindung, kopierte den Speicherstick, suchte mir anschließend eine Postfiliale und einen Cheeseburger, und verzog mich mit Letzterem wieder auf mein Zimmer.

Am nächsten Morgen nahm ich den ICE von Hannover nach Erfurt.

Jeder, der behauptet, es gäbe keine großen Unterschiede mehr zwischen Ost- und Westdeutschland, lügt. Der Osten war viel weniger entwickelt, in jeder Hinsicht weniger »westlich«. Auch waren die Menschen hier ärmer, und viele von ihnen hatten das Gefühl, unter der kommunistischen Diktatur besser dran gewesen zu sein als unter dem Diktat des Kapitalismus.

Alex' Beobachter erwarteten mich am Bahnhof. Sie ließen mich nicht aus den Augen, während ich durch das Gebäude hinaus auf die Straße ging, in ein Taxi stieg und zum Hotel am Kaisersaal unweit der Altstadt fuhr.

Das Zimmer war schön. Zwei Einzelbetten mit Daunendecken, sauber und schlicht, ich war froh, keine Luxushotels mehr zu brauchen. Vom Fenster aus sah ich auf eine Baustelle – ein riesiges Loch in der Erde, Löffelbagger, Krane und Schlagbohrer, die wie Maschinengewehrfeuer knatterten.

Ich rief Alex Vann an. »Ich bin hier, aber das wissen Sie ja bereits.«

»Wir melden uns bei Ihnen.«

»Machen Sie schnell.«

Ich legte auf.

Und beschloss, ihre Leute ein bisschen spazieren zu führen. Die Ukrainer würden sich erst mal vergewissern wollen, ob ich alleine gekommen war, bevor sie Zeit und Ort der Übergabe vereinbarten. Ich wollte, dass sie mich sahen, und hatte nichts dagegen, sie mir meinerseits einmal gründlich anzusehen.

An der Rezeption holte ich mir einen Stadtplan und zog los wie ein Tourist.

Oder besser einer, der die Gegend auskundschaften will.

Erfurt ist eine Stadt mit über 200 000 Einwohnern – sehr viel größer als Lüneburg. Jetzt sollte es mein Operationsgebiet werden, und ich wollte es kennenlernen, damit ich es später nicht vergeigte. Ich ging die Straße hinunter zur Krämerbrücke über dem Breitstrom. Zweiunddreißig Häuser, die meisten davon mittelalterliche Fachwerkbauten, befanden sich auf der Brücke, wobei in den meisten ebenerdig Geschäfte untergebracht waren. Wie mir die Dame an der Rezeption erklärt hatte, musste man das »unbedingt mal gesehen haben«.

Ich überquerte die Krämerbrücke bis auf den Benediktsplatz, ging vorbei an einer Synagoge, die im 11. Jahrhundert erbaut worden war. Dann entschied ich mich für eine schmale Straße, Fischmarkt, zwang meine Verfolger in die Enge und blieb stehen, um mir die Auslagen anzusehen. Ungefähr sechs Meter hinter mir blieben zwei Ukrainer stehen, als hätten sie Bremsen an den Schuhen. Das waren diejenigen, die ich entdeckte. Echte Profis wären allerdings einfach weitergegangen, weil sie gewusst hätten, dass es hier nur einen Weg heraus gab, und falls ich kehrtmachen sollte, würden sie sich ebenfalls einfach umdrehen.

Ich ging weiter und gelangte schließlich auf einen kleinen offenen Platz, den eigentlichen Fischmarkt, überquerte ihn an seinem Rand und bog in die Marktstraße ein, dort beschleunigte ich meinen Schritt, weil ich sehen wollte, wer sich beeilen würde, um an mir dranzubleiben.

Ungefähr zehn Meter hinter mir machte ein junger Mann im Trainingsanzug längere Schritte. Ich drehte mich zu ihm um, woraufhin er urplötzlich etwas wahnsinnig Interessantes in einem Schaufenster entdeckte.

Ich ging weiter.

Am Ende der Straße erhob sich ein Hügel, und ich wollte hinaufgehen, um zu schauen, ob man die Stadt von dort überblicken konnte, also bewegte ich mich in dieser Richtung weiter, blieb nur hin und wieder stehen, um mir etwas in einem Geschäft oder Schaufenster anzusehen.

Der Himmel war blau, aber die Luft war kalt, und ich machte zunächst in einem Café Station, um mich aufzuwärmen und weil ich sehen wollte, wer mit mir Pause machte. Die beiden Männer, die Vann geschickt hatte, drückten sich auf der gegenüberliegenden Straßenseite herum, stampften mit den Füßen, bliesen sich warme Luft in die Hände, und ich ließ mir aus purer Bosheit viel Zeit mit meinem Kaffee.

Den im Trainingsanzug sah ich nicht mehr, also hatte er mich wohl einem anderen übergeben, vielleicht der attraktiven jungen Dame, die sich jetzt am Tresen einen Kaffee zum Mitnehmen bestellte und deren Klamotten aussahen, als hätte sie sie in München oder Berlin gekauft.

Wieder draußen ging ich die Marktstraße weiter entlang, auf der sich mir jetzt eine der schönsten Aussichten bot, die ich im Leben gesehen hatte.

Auf der anderen Seite eines großen Platzes erhoben sich zwei Kathedralen.

Massive, uneinnehmbare Kolosse aus Stein.

Beide waren gotisch, die Türme ragten wie Gebete in den Himmel.

Die beiden Gotteshäuser so nebeneinander zu sehen, wirkte im wahrsten Sinne des Wortes ehrfurchtgebietend.

Was vermutlich der Absicht ihrer Erbauer entsprach.

Ich überquerte eine breite belebte Durchgangsstraße mit Straßenbahnschienen und erreichte den Domplatz, der von den Kathedralen beherrscht und von drei oder vier mittelalterlichen Häusern in Weiß, Blau und Knallgelb begrenzt wurde. Der Platz war wunderschön und stimmte mich traurig, weil ich ihn mir am liebsten mit Delgado angesehen hätte. Gerne wäre ich noch eine Weile geblieben, aber ich eilte weiter Richtung Hügel.

Ein anderer militärischer Grundsatz lautet: Suche immer höher gelegene Stellen.

Ich folgte den Schildern, die vom Domplatz zur Zitadelle wiesen.

Als ich die Zitadelle Petersberg erreichte, war ich ein kleines bisschen außer Atem. Der Weg an den Mauern der im frühen 18. Jahrhundert errichteten Festung entlang bescherte mir den Panoramablick auf die Stadt, den ich mir erhofft hatte. Die Altstadt und der Domplatz lagen unter mir im Osten. Die sehr viel größere, moderne Stadt erstreckte sich bis weit in den Norden. Im Westen, direkt unterhalb des Hügels, befanden sich ein Park und ein Gebäude, die nach Verwaltung aussahen, dahinter weitere Häuser und ein kleines Industriegebiet, schließlich Ackerland. Im Süden weitere Wohngebiete, dahinter die Gera und einige landwirtschaftliche Betriebe.

Autobahnen schlangen sich wie Seile um die Stadt.

Meine beiden ukrainischen Begleiter standen weiter unten herum, die junge Dame aus dem Café ging zielstrebig an mir vorbei auf die Verwaltungsgebäude zu.

Ich rief Vann an.

»Sagen Sie Dumm und Dümmer, dass sie jetzt nach Hause gehen können«, sagte ich. »Es sei denn, Sie sind immer noch nicht davon überzeugt, dass ich alleine gekommen bin.«

»Ich habe gesagt, dass *wir* uns bei *Ihnen* melden.«

»Nur bestimmen Sie nicht die Regeln.« Ich wollte, dass sie wusste, dass sie nicht allein die Karten in der Hand hielt. »Wenn wir das durchziehen wollen, dann lassen Sie's uns jetzt durchziehen.«

»Sie sind ja so amerikanisch. Ungeduldig.«

»Heute Abend. Zehn Uhr. Auf dem Domplatz.«

»Damit die versammelten deutschen Polizeikräfte sich aus allen Richtungen auf uns stürzen?«, fragte sie. »Wohl kaum.«

»Wo denn?«

»Das teilen wir Ihnen noch mit.«

»Nur damit *Sie's wissen*«, sagte ich. »Falls Sie Zeit schinden wollen, um mich doch noch auszuschalten – eine Kopie Ihrer Daten ist an einem für Sie unerreichbaren Ort hinterlegt.«

»Selbstverständlich. Sie sind ja kein Idiot.«

»Vergessen Sie das nicht.«

»Aber Mr. Decker«, sagte sie. »Wenn wir diese und eventuelle andere Kopien nicht bekommen, wird Charlie Sprague bei einem Bootsunglück ums Leben kommen.«

»Geht klar.«

»Dito.«

»Lassen Sie sich nicht mehr allzu lange Zeit«, sagte ich. »Ich bleibe nicht ewig in dieser Stadt.«

Wobei ich mir in diesem Punkt gar nicht so sicher war.

Im deutschen Winter wird es sehr früh dunkel.

Der Wind wurde kälter und schneidender.

Auf dem Weg den Hügel herunter und über den Domplatz zurück, der jetzt in der Dämmerung wunderschön beleuchtet war, zog ich die Schultern hoch. Meine Schuhe knirschten auf dem Schnee, der liegen geblieben war auf dem Kopfsteinpflaster der engen Straßen, die mich zur Krämerbrücke und ins Hotel führten.

Auf der Baustelle war jetzt Feierabend, alles war still.

Ich schaltete den Fernseher ein. Die Sendungen waren ausschließlich in deutscher Sprache, und so suchte ich ein Fußballspiel, sah es mir eine Weile an.

Dann klingelte Kostjas Handy.

»Heute Abend um neun Uhr«, sagte Alex. »Fahren Sie zum Bahnhof. Rufen Sie von dort aus an. Wenn Sie nicht alleine sind, töten wir Kim.«

»Und ich veröffentliche Ihre Dateien.«

»Dann haben wir uns ja verstanden«, sagte sie.

Ich streckte mich aus und starrte an die Decke. Mir tat der Kopf noch von der Gehirnerschütterung weh und mein Bein pochte wegen einer alten Verletzung, die keine Kälte vertrug. Eine Sekunde lang dachte ich, ich sei wieder im Krankenhaus in Landstuhl, und fast erwartete ich, Charlie im Bett rechts neben mir zu sehen, aber es war leer.

In dem Moment kapierte ich es.

Und es brach mir das Herz.

Manchmal begreift man etwas nicht, weil man's einfach übersieht.

Müdigkeit, Schmerzen, Stress oder Flucht mögen ihren Teil dazu beitragen.

Manchmal aber sieht man etwas nicht, weil man es nicht sehen will. Weil es zu sehr weh tun würde, es zu sehen.

Und weil es einem das Herz bricht.

Als ich dort lag, so wie damals mit Charlie in Landstuhl, ging mir endlich ein Licht auf. Vielleicht war es das leere Bett, die leere Zeit, jetzt konnte ich es nicht mehr übersehen, weil es gar nichts anderes zu sehen gab.

Charlie.

Die Ukrainer waren seine Partner.

Sie brauchten einen Strohmann.

Ohne ihn konnten sie nicht in Lumina investieren.

Aber wer war das Bindeglied? Alex nicht, sie war in Europa. Brutka nicht, der war ein grobschlächtiger Gorilla, ein Zuhälter und Drogenhändler, ausschließlich für Kleinkram zuständig.

In Gedanken ging ich noch einmal die Liste der hohen Tiere durch, deren Namen Delgado aufgezählt hatte, als sie nacheinander in das Restaurant gegangen waren. *Der Bürgermeister mit seiner Frau, der Vorsitzende der Planungskommission mit seiner Freundin, die Vorsitzende des Gemeinderats mit ihrem Ehemann ...*

Sie befanden sich alle in Alex' Erpresserdatei.
Und ...
No jodas.
Dasha Levitov.
Er hatte zum Essen geladen.
Aber in der Datei war er nicht vertreten.
Natürlich nicht, dachte ich.
Sie gehörte ihm.
Er war Baulöwe. Einer der mächtigsten Männer der Welt. Putins bester Freund, bis er sich wegen der Ukraine mit ihm zerstritten hatte.

Ich stand auf und ging an den Computer, betrachtete die Fotos von Charlies und Kims Hochzeit. Sah, wie Brutka sich vollstopfte, und im Hintergrund, zwei Tische weiter ... Levitov und seine Frau, die Kaiserin.

Die Leute, die Charlie hatte einladen müssen.

Wieso zum Teufel hatte ich das nicht gesehen? Levitov war ein russischer Oligarch mit Beziehungen zu Putin. Er konnte nicht einfach so amerikanische Immobilien kaufen. Er brauchte einen Strohmann, einen Stellvertreter.

Und Charlie ...

Ich nahm mein Handy und rief ihn an. »Ich dachte, du willst vielleicht wissen, dass Kim lebt«, sagte ich.

»Deck ...«

»Vielleicht interessiert dich auch, dass ich die gesamte Lumina-Erpresserdatei gegen sie eintausche.«

Ich wollte ihn sagen hören, dass er nicht wisse, worüber zum Teufel ich eigentlich sprach. Ich wollte es so unbedingt. Stattdessen sagte er: »Du lieber Gott, Deck, die bringen uns alle um.«

»Sag mir einfach nur die gottverdammte Wahrheit«, erwiderte ich.

»Das kann ich nicht.«

»Dann sag ich sie dir. Und wenn ich recht habe, sagst du gar nichts.«

Ich wartete eine Sekunde, dann: »Du hast deine Schulden bei Brutka beglichen, indem du Levitov zu Lumina geholt hast, du verlogenes Stück Scheiße. Dann haben die Ukrainer Kim entführt, um sicherzugehen, dass du dich gut benimmst. Sie war nie in dem Einkaufszentrum. Jemand anders ist in ihrem Wagen gefahren. Was hast du gemacht, Charlie, bist du mit ihr zur Anlegestelle spaziert und hast sie Brutka aufs Boot gesetzt?«

Sein Schweigen verriet mir alles, was ich wissen musste.

Ich hörte mein Herz brechen, ein Geräusch wie Stiefeltritte auf hartem, vereistem Schnee.

»Dann hattest du die geniale Idee, mich einzuschalten«, sagte ich. »Dadurch hast du gut ausgesehen, konntest Verdachtsmomente ablenken. Nur hast du das nicht mit deinen Vorgesetzten abgeklärt, die sind nämlich nervös geworden und haben versucht, mich auszuschalten.«

»Deck, ich schwöre. Ich wusste nicht, dass sie dich umbringen wollten.«

»Du wusstest aber, dass die Entführung nur vorgetäuscht war«, sagte ich. »Und hast mich trotzdem losgeschickt. Du hast mich in die Falle gelockt. Tja, tut mir leid, dass es nicht für dich funktioniert hat, Charlie.«

»Ich wusste das nicht«, behauptete Charlie. »Das musst du mir glauben. So ein Mensch bin ich nicht.«

»Welcher Mann schickt seine Frau auf so eine Höllentour, um seine Schulden zu begleichen?«

In dem Moment kam der andere Charlie zum Vorschein. Der Charlie Sprague, den ich nie kennengelernt hatte und niemals hatte kennenlernen wollen.

»Sie war sowieso eine Hure«, sagte er. »Sie hat die halbe Kleinstadt gevögelt und mit den meisten Russen in North Miami auch – was glaubst du wohl, wieso die auf die Idee gekommen sind? Die Trailerpark-Nutte hat sich im weißen Brautkleid zum Altar führen lassen, in unserer Hochzeitsnacht hat sie geheult, und dann muss ich mir von einem russischen Mafioso sagen lassen, dass sie eine verfluchte Hure ist?!«

»Du bist nicht mehr der Mann, den ich mal gekannt habe.«

»Wir sind alle nicht mehr die, die wir früher waren.«

Das war der erste wahre Satz, den er seit langem zu mir gesagt hatte.

»Was hast du jetzt vor?«, fragte Charlie.

»Was ich gesagt habe.«

»Die bringen dich um, Decker«, sagte Charlie. »Und mich auch.«

»Dann haben wir beide Pech gehabt«, erwiderte ich.

»Deck, wir sind doch noch Freunde, oder? Bruder vor Luder, stimmt's? Semper Fi?«

»Fahr zur Hölle.«

»Ich hab dir dein verfluchtes Leben gerettet, verdammte Scheiße!«, brüllte er. »Hast du mir mal ins Gesicht gesehen?! So sehe ich aus, weil ich dir dein beschissenes Leben gerettet habe! Du bist mir was schuldig!«

Ich legte auf.

Mein nächster Anruf galt Laura.

»Wo bist du, Deck?«, fragte sie. »Oder kannst du's nicht sagen?«

»Letzteres«, sagte ich.

»Immer noch der alte Deck.«

»Hast du dich schon entschieden, ob du dich zur Bürgermeisterwahl aufstellen lässt?«, fragte ich.

»Ich überlege immer noch hin und her.«

»Das wäre genau die richtige Herausforderung für dich.«

»Meinst du wirklich?«

»Absolut«, sagte ich. »Hör mal, Laura, ich will nur sagen ... alles, was passiert ist ... das war meine Schuld.«

»Es gehören immer zwei dazu«, sagte sie, »aber nett von dir, dass du das sagst. Größtenteils war's ja auch wirklich deine Schuld.«

Wir mussten beide lachen.

Dann sagte ich: »Na ja, mehr wollte ich gar nicht sagen.«

»Du lieber Gott, Deck, das klingt nach einem Abschiedsanruf.«

Ich versicherte ihr, dass es das nicht sei und ich mich wieder melden würde, sobald ich in Lincoln war. Aber irgendwie war's doch einer. Ich wusste nicht, ob ich zurückkommen würde.

Dann rief ich Delgado an.

»Ich hab mir solche Sorgen um dich gemacht«, sagte sie. »Alles in Ordnung?«

»War nie besser.«

Ich erzählte ihr, wie kurz ich davor war, Kim zu bekommen, und dann sagte ich: »Hör mal, ich hab dir was geschickt, einen Speicherstick. Miete ein Bankschließfach irgendwo außerhalb von Miami und bring ihn dorthin.«

»Was ist drauf?«

»Etwas, das uns beiden das Leben retten könnte«, sagte ich. »Und noch was – hör mir zu und bitte widersprich nicht – fahr irgendwohin, bis du von mir hörst. Sag weder deiner Familie, deinen Freunden noch mir, wohin. Fahr einfach los.«

»Du lieber Gott, Deck.«
»Tu's einfach. Versprich es mir.«
»Okay, ich versprech's. Wann kommst du zurück?«
»Ich weiß es nicht. In ein paar Tagen, hoffe ich.«
»Ich werde warten.«
»Hey, Delgado?«
»Decker?«
»Die beiden Nächte mit dir«, sagte ich. »Das war nicht nur so ... ich meine, mir haben sie was bedeutet.«
»Mir auch«, sagte sie. »Vielleicht könntest du aufhören, mich mit meinem Nachnamen anzusprechen?«
»Dolores?«
»Meine Freunde nennen mich D.«
»Okay, D.«
»Okay, Deck.«
»Wir sehen uns in ein paar Tagen.«
»Hey, Deck?«, sagte sie, »Pass bloß auf, dass du deinen beschissenen Arsch herschiebst.«
Ich wollte zurückkommen.
Dieses Mal wirklich.
Aber zuerst musste ich noch einen Krieg überstehen.
Dann platzte die Tür ins Zimmer.
Der Trainingsanzug und die zielstrebige junge Dame.

Bevor ich mich rühren konnte, hatten sie ihre Waffen auf mich gerichtet. Zwei HK USPs – eine auf meinen Kopf, die andere auf meine Brust.

Ich hob die Hände, während mich Trainingsanzug von oben bis unten abtastete und die Frau mich in Schach hielt. Er nahm mir die Makarow ab und nickte anschließend der Frau zu. Sie sprach in ein am Hals verstecktes Mikro, woraufhin ein weiterer Mann eintrat.

Die Frau ging ans Fenster, zog die Vorhänge zu und spähte dahinter versteckt nach draußen. Trainingsanzug blieb an der Tür stehen. Beide taten professionell so, als wären sie taub. Der neue Mann zeigte mir seinen Ausweis und stellte sich anschließend höflich vor: »Hans-Peter Baumann. BKA.«

Bundeskriminalamt – im Prinzip so was wie das deutsche FBI. Dort beschäftigte man sich mit organisiertem Verbrechen, Terrorbekämpfung und kommerziellem Kindesmissbrauch. Als ich am Fall Hayley Hansen arbeitete, hatte es das Gerücht gegeben – welches sich wie die meisten als unbegründet erwiesen hatte –, dass sie nach Deutschland gebracht worden war, und ich hatte mich kurz telefonisch mit dem BKA verständigt.

Damals hatte ich das Gefühl gehabt, dass die Kollegen sehr gut waren.

Mein erster Eindruck von Baumann widersprach dem nicht.

Vermutlich war er Anfang vierzig, das braune Haar wurde langsam dünner, er trug eine Brille, einen braunen Anzug, darüber einen Mantel, und er sprach mit sehr leiser Stimme. »Mr. Decker?«

»Ja.«

»Francis Decker?«

»Frank, ja.«

»Wir haben Sie überall gesucht«, sagte Baumann. »Darf ich mich setzen?«

Ich schob eine Jeans vom Stuhl und bedeutete ihm, sich zu setzen. Dann nahm ich selbst auf dem Bett Platz. »Was kann ich für Sie tun?«

»Sie sind in Deutschland einigermaßen herumgekommen«, sagte er. »Durchs ganze Land gereist, haben sämtliche Rotlichtbezirke abgeklappert, Bordelle besucht, Escort-Agenturen angerufen und sich nach einer Prostituierten namens Carolynne Sprague erkundigt. Und überall, wo Sie aufgetaucht sind, Mr. Decker, kam es zu Zwischenfällen. In ihrem Hotelzimmer in Berlin gab es eine Messerstecherei, einen Autodiebstahl in Hamburg, das gestohlene Fahrzeug wurde später am Bahnhof in Lüneburg gefunden, nur dass sich plötzlich eine Leiche darin befand und zufällig ein anderer Mann dort unter einen durchfahrenden Zug geriet.«

Ich zuckte mit den Schultern.

Da ich mich häufig genug bei solchen Gesprächen auf der anderen Seite befunden hatte, wusste ich, dass man am besten so wenig wie möglich sagte.

»Aber lassen wir diese Zwischenfälle vorläufig mal beiseite«, sagte Baumann. »Darf ich fragen, in welcher Beziehung Sie zu Carolynne Sprague stehen?«

»Ihr Ehemann hat mich gebeten, sie zu suchen.«

»Prostitution ist in Deutschland legal«, sagte er. »Haben

Sie Anlass zu der Vermutung, dass sie sich gegen ihren Willen hier aufhält?«

»Hätten Sie nicht selbst Anlass zu der Vermutung, dass Carolynne Sprague von Menschenhändlern festgehalten wird, wären Sie gar nicht hier. Dann wäre das eine Sache der Bundespolizei.«

»Ja, tatsächlich, Sie waren wohl selbst mal im Polizeidienst, das merkt man«, sagte Baumann. »Mir ist das amerikanische System durchaus geläufig, im Rahmen eines Austauschprogramms habe ich an einer Fortbildung in Quantico teilgenommen. John Tomacelli spricht sehr gut über Sie.«

Tomacelli war ein FBI-Agent bei der Rapid Response Force und spezialisiert auf Kindesentführungen. Wir hatten bei der Arbeit am Fall Hansen miteinander zu tun. Auch ich hatte nur Gutes über ihn zu sagen. Sehr Gutes sogar. Aber interessant war, dass Baumann ihn angerufen hatte.

Er hatte seine Hausaufgaben gemacht.

»Tomacelli ist ein guter Mann«, sagte ich.

»Trotzdem«, sagte Baumann. »Ich fürchte, wir werden Sie in Gewahrsam nehmen müssen.«

»Weswegen?«

»Mr. Decker«, sagte Baumann. »Sie sind *mindestens* ein wichtiger Zeuge, wenn nicht gar tatverdächtig bei einem Überfall, einer Entführung und einem Mord, offensichtlich mit Beteiligung von Angehörigen des ukrainischen organisierten Verbrechens. Sie haben ganz recht – das fällt in meinen Aufgabenbereich. Angesichts ihrer Akte und der Tatsache, dass der deutschen Bevölkerung durch den Tod der Betreffenden wohl kaum ein großer Verlust entsteht, sind wir bereit, Sie morgen früh in das erste Flugzeug zurück in die Vereinigten Staaten zu setzen, unter der Voraussetzung, dass Sie niemals, und ich meine *niemals*, wieder in dieses

Land zurückkehren. Unter den gegebenen Umständen ist das, wie ich finde, ein sehr großzügiges Angebot.«

»Und wenn ich nicht einverstanden bin?«

»Dann nehme ich Sie wegen Mordverdachts fest und stecke Sie in die übelste Zelle, die ich finden kann.«

»So oder so«, sagte ich, »werden Sie dann für den Tod einer unschuldigen Frau verantwortlich sein.«

»Das hier ist nicht Ihr Zuständigkeitsbereich«, sagte Baumann. »Ihre moralische Entrüstung gibt Ihnen noch lange nicht das Recht, auf deutschem Boden Amok zu laufen, deutsche Staatsbürger zu entführen oder zu bedrohen, oder Menschen nach Belieben zu töten. Hin und wieder sehe ich mir ganz gerne einen Dirty-Harry-Film an, aber ich würde ihn niemals mit der Realität verwechseln.«

Er hatte recht, und ich war ein Heuchler. Hätte jemand in ähnlicher Manier in meinem Zuständigkeitsbereich herumgetobt, hätte ich ihm seinen eigenen Kopf serviert und den Rest zum Teufel gejagt.

Aber es interessierte mich nicht, wer recht hatte. »Die werden die Frau töten.«

Baumann seufzte. »Lassen wir den Mist jetzt mal. Wir beide wollen dasselbe – Vanns Organisation hochgehen lassen. Die ukrainische Mafia hat einen Stützpunkt hier in Erfurt. Das ist durchaus einleuchtend, hier gibt es längst viele osteuropäische Einwanderer, und mit dem Zustrom der Flüchtlinge aus Syrien sind die örtlichen Polizeikräfte schon überfordert, wenn es nur darum geht, die bestehende Ordnung zu wahren.«

»Das ist Ihr Problem, nicht meins.«

»Wenn die Vann-Organisation diese Frau gegen ihren Willen festhält«, sagte Baumann, »kann ich diesen Tatbestand nutzen, um sie zu zerschlagen. Wenn Sie wissen, wo sie ist, dann sagen Sie's mir. Ich lasse die GSG 9 anrücken, und die holen sie raus.«

Aber eher tot als lebendig, dachte ich.

Kein Zweifel, die GSG9 war eine der weltweit besten Spezialeinheiten, trotzdem geht so was gerne mal schief – meist müssen die Bösen dran glauben, häufig aber auch die Geiseln.

Ich hatte einen Deal abgeschlossen, um Kim wiederzubekommen, den Baumann allerdings niemals akzeptieren würde, wenn er wüsste, was wirklich alles dazugehörte. Aber ohne Baumanns Hilfe würde ich ihn nicht durchziehen können. Wenn er mich festnahm oder ins Flugzeug setzte, war Kim tot.

»Wir wollen nicht dasselbe«, sagte ich. »Sie wollen die Organisation, ich will Kim Sprague, und zwar lebendig.«

»Was sich nicht zwangsläufig ausschließt«, sagte er. »Gütiger Gott, wir sind doch nicht herzlos. Natürlich hat die Sicherheit der Frau für uns oberste Priorität.«

Es war verlockend. Ich war ein Mann mit einer Pistole und einem Messer, wenn ich überhaupt nah genug herankam. Er bot mir eine speziell ausgebildete Eliteeinheit. Aber ich hatte etwas, das die Ukrainer unbedingt haben wollten, und diese Karte musste ich ausspielen.

Die hässliche Ironie der Geschichte war, dass mein Kollege jetzt zu meinem Feind wurde.

Baumann war mir einen Schritt voraus. »Sie haben einen Deal mit den Leuten geschlossen.«

Ich antwortete nicht.

»Ein Lösegeld?«, fragte er. »Ein Mann mit Ihrer Erfahrung muss wissen, dass die sie trotzdem töten werden.«

»Ich denke, es ist die beste Chance, die wir haben.«

Baumann dachte darüber nach und sagte: »In Ordnung,

Sie übergeben das Lösegeld unter unserer Beobachtung. Sobald Sie die Frau in Sicherheit gebracht haben, greifen wir ein.«

Ich musste improvisieren. Nicht mein größtes Talent. »Es ist noch ein bisschen komplizierter. Ich werde sie am Übergabepunkt treffen. Kim Spragues Ehemann wird das Geld auf ein eigens eingerichtetes Konto transferieren. Sobald es angekommen ist, wird Mrs. Sprague freigelassen.«

»Das ändert nichts an der Vorgehensweise.«

»Wenn die die Polizei riechen …«

»Werden sie nicht.«

»Was, wenn die Sie hier im Hotel gesehen haben?«

»Haben sie nicht, das kann ich Ihnen versichern.«

Ich zögerte.

Baumann drängte weiter. »Was haben Sie für eine Wahl? Entweder, Sie machen es mit uns, oder ich nehme Sie jetzt sofort mit.«

»Dann stirbt Kim Sprague.«

Jetzt zuckte er mit den Schultern. Als wär's ihm scheißegal, ob sie lebte oder tot war. Er machte seine Sache wirklich gut.

»Okay«, sagte ich. »Wir machen das so, wie Sie meinen.«

»Wo soll die Übergabe stattfinden?«

»Das weiß ich noch nicht«, sagte ich. »Um 19:30 Uhr soll ich zum Bahnhof gehen und auf einen Anruf warten.«

»Wir werden Sie observieren und verkabeln«, sagte Baumann. »Und einen Transponder bekommen Sie auch, damit wir Sie aufspüren können.«

»Nein.«

»Er dient Ihrer eigenen Sicherheit«, sagte er, »und der von Mrs. Sprague.«

Und dir und deinen Ermittlungen, dachte ich. »Was, wenn

sie's mitbekommen? Wenn sie mich abtasten? Ich mache das nicht.«

»Und wenn die Sie irgendwohin bringen und wir Sie nicht finden können?«

»Ich dachte, Ihre Observierungsleute sind so verdammt gut.«

»Das liegt zum Teil an der Technik, die sie benutzen«, sagte Baumann. »Das Gerät ist so klein, dass es sich nicht finden lässt.«

»Ich mach das nicht.«

»Doch«, sagte Baumann.

Seine Sorte Cop kannte ich.

Leise Stimme, aber durchsetzungsstark.

Wenn ich's mir recht überlege, war ich als Cop eigentlich genauso gewesen.

»Wenn Mrs. Sprague etwas zustößt«, sagte ich, »mache ich Sie dafür verantwortlich.«

»Damit kann ich leben«, sagte Baumann. »Jetzt machen wir uns an die Arbeit.«

Die junge Frau holte die Geräte aus der Manteltasche und verkabelte mich. Das Mikro war nur ein kleines rundes Metallplättchen, nicht größer als der Kopf eines kleinen Nagels und so dünn wie eine schmale Uhrenbatterie.

Sie tupfte mir einen Flüssigkleber auf die Brust und drückte mir das Gerät auf die Haut.

»Sagen Sie bitte etwas.«

»Eins, zwei, drei, vier …«

Der Trainingsanzug nickte. »Sehr gut.«

Baumann sagte: »Folgen Sie den Anweisungen. Wir hören alles, was die zu Ihnen sagen, aber bestätigen Sie's, indem Sie's wiederholen. Sie werden unsere Leute nicht sehen, aber glauben Sie mir, sie werden da sein. Sobald Mrs.

Sprague und Sie den Übergabeort verlassen haben, greifen wir ein. Verstanden?«

»Ja.«

»Sie selbst werden unter gar keinen Umständen aktiv«, sagte Baumann. »Ist das klar?«

»Kristallklar.«

»Gut«, sagte er. Dann schaute er auf die Uhr. »Wir haben noch Zeit. Vielleicht möchten Sie etwas essen?«

»Ich habe keinen Hunger«, sagte ich. »Aber halten Sie sich nicht wegen mir zurück.«

Er lächelte. »Ich habe auch keinen Hunger. Warten wir einfach.«

Wir warteten.

Ich schaltete den Fernseher ein, wieder lief ein Fußballspiel, für das ich müde Interesse vortäuschte, während ich mir überlegte, was ich zu tun hatte.

Waffen wiederbeschaffen – eine Pistole und ein Messer.

Beiden ausweichen, dem BKA und der GSG9.

In die Höhle des Löwen spazieren, Vanns Organisation zerschlagen und Kim Sprague nach Hause holen.

Okay, dann mal los.

Um 18:45 Uhr stand ich auf und sagte: »Ich würde gerne mal ins Bad gehen, mich frisch machen.«
Trainingsanzug verschwand darin, kam wenige Sekunden später wieder und nickte Baumann zu, der mich ansah und »Okay« sagte.

Ich griff nach meiner Tasche. Wenn sie mich aufhielten, war's vorbei.

Im Fernseher wurde geschrien. Jemand hatte ein Tor geschossen. Aller Augen wanderten zum Bildschirm, ich nahm die Tasche, trat ins Badezimmer und schloss die Tür.

Dann ließ ich Wasser laufen, nahm das Messer aus der Tasche, Hansaplast aus der Erste-Hilfe-Packung und klebte es mir damit um den rechten Fußknöchel. Dann hielt ich mir die Yarygin hinter den Rücken, die ich meinem verhinderten Killer am Lüneburger Bahnhof abgenommen hatte, und klebte sie mir ebenfalls mit Hansaplast ins Kreuz.

Optimal war es nicht, aber es musste genügen.

Ich machte das Wasser aus, wartete eine weitere Minute, dann betätigte ich die Toilettenspülung. Anschließend ließ ich erneut Wasser laufen, wusch meine Hände und putzte mir die Zähne, verstaute sämtliche Toilettenartikel wieder in der Tasche und kam raus.

Komisches Gefühl, auf der anderen Seite des Gesetzes zu stehen, Cops zu sehen und zu denken, *Bitte durchsucht mich nicht, bitte nicht*. Ich nahm meine Cabanjacke und zog sie über. Kostjas Handy war noch in der Tasche und ich nahm außerdem mein eigenes vom Nachttisch und steckte es ein. Ich wollte mich ablenken, also sagte ich zu Baumann: »Ich halte den Transponder immer noch für einen Fehler. Nehmen Sie ihn mir ab.«

Er wirkte müde. »Das haben wir doch längst besprochen.«

»Dann besprechen wir es eben noch einmal.«

Baumann sah auf die Uhr. »Wir haben keine Zeit für Diskussionen. Die Angelegenheit wurde entschieden.«

Ich sah ihn wütend an, und er sah wütend zurück.

Dann gab ich es auf. »Sind Ihre Leute bereit?«

»Sie haben Position bezogen.«

»Das hoffe ich.«

Sie ließen mich raus.

Ich ging zum Bahnhof. Die Nacht war bitterkalt.

Ich hatte anderthalb Stunden eingerechnet, um Baumanns Leute abzuschütteln. Ein paar würden mir folgen, ein weiteres Team würde am Bahnhof sein. Das Beste war, sie an einem Ort zusammenzuführen.

Vann mochte ebenfalls Leute vor das Hotel gestellt haben, und in diesem Fall dürfte sie sich fragen, weshalb ich so früh losging, und vielleicht Verdacht schöpfen. Im Moment konnte ich nichts dagegen tun, also schob ich den Gedanken beiseite.

Aber es ist ein komisches Gefühl, durch die Straßen zu gehen und zu wissen, dass Blicke auf einem ruhen, vielleicht sogar von unterschiedlichen Parteien. Wenn Vann mich jetzt töten und es trotz kopierter Dateien drauf ankommen lassen wollte, konnte jeden Augenblick eine Kugel aus der Dunkelheit angezischt kommen. Oder ein Wagen hinter mir heranrasen. Sie würden mich schnappen, bevor ich nach meiner

Waffe greifen oder Baumanns Leute reagieren konnten. Er würde ihnen den Befehl gegeben haben, Abstand zu halten, schließlich hatten sie ja auch das verdammte Transpondersignal.

Abgesehen von der klirrenden Kälte, den fremden Blicken und der Aussicht, bald zu sterben, war der Spaziergang sehr schön.

Erfurt lag in der Mitte des Landes und war ein Bahnknotenpunkt – es gab zehn Bahngleise, Züge fuhren in alle Richtungen, und der Bahnhof war rund um die Uhr geöffnet. Ich wusste, warum Vann mich hierhergeschickt hatte – es gab immer Wartende hier, ihre Leute würden also nicht auffallen, wenn sie herumstanden, konnten aber in der großen Bahnhofshalle unschwer eventuelle andere Beobachter ausmachen.

Es war viel los. Reisende fuhren nicht nur von einer Stadt in die andere, sondern auch mit Regional- und Straßenbahnen zu den unterschiedlichsten Zielen innerhalb des Großraums Erfurt.

Ich stand da, als würde ich auf Anweisungen warten. Dann rief ich mit Kostjas Handy meine eigene Nummer an, zog schließlich mein Telefon aus der Tasche und tat, als würde ich eine SMS lesen.

Dann eilte ich auf den Bahnsteig, von dem in Kürze eine Regionalbahn Richtung Erfurter Nordbahnhof abfahren sollte. Ich konnte Baumanns Leute in der Menge nicht erkennen, war aber sicher, dass sie mir gefolgt waren. Der Zug war brechend voll und ich musste mich hineindrängen. Über Schultern und Menschen hinweg, beobachtete ich, wer sich nach mir noch in den Zug schob. Ein junger Mann – anscheinend waren sie alle jung –, er sah in meine Richtung. Kurz bevor sich die Türen schlossen, sagte ich »Verzeihung, Verzeihung« und zwängte mich, begleitet von lautem Schimpfen, seitwärts wieder heraus.

Die Tür war zu.

Einen war ich also losgeworden, aber ich wusste, dass Baumann weitere Leute im Bahnhof verteilt hatte. Sicher war er sauer, dass er die Anweisungen nicht hatte mithören können, würde aber vermuten, dass Vann genau aus diesem Grund eine SMS geschickt hatte, und es mir nicht vorwerfen. Außerdem musste er davon ausgehen, dass ich den Befehl bekommen hatte, in den Regionalexpress ein- und gleich wieder auszusteigen und mich anschließend auf Bahnsteig 3 zu begeben. Zumindest hoffte ich das. Auf Gleis 3 fuhr gerade ein Zug aus Gotha ein, und ich kaufte eine Fahrkarte nach Weimar am Automaten.

Ich stieg ein und wartete.

Zwei weitere Leute stiegen zu mir in den Wagen, ein Mann um die dreißig in Zivilkleidung, der aber sehr nach Militär aussah, außerdem eine Frau mittleren Alters. Ich tippte auf die Frau. Ich ging in den nächsten Wagen weiter, drehte mich noch einmal um und stellte fest, dass ich mich getäuscht hatte.

Es war doch der Mann.

Ich setzte mich, und er nahm drei Reihen hinter mir auf der anderen Seite des Gangs Platz.

Die Türen schlossen sich.

Die Fahrt nach Weimar dauerte zweiundzwanzig Minuten, und mir lief die Zeit davon. Ich sprang aus der Tür, kaum dass sie aufging, und rannte weiter zur Bahnhofshalle. Er sprintete mir hinterher, weil er wusste, dass der Wettlauf jetzt alles entschied.

Ungefähr fünf Sekunden vor ihm schob ich mich durch

einen Seitenausgang, presste mich dahinter gegen die Tür und wartete, schätzte seine Größe. Als er durch die Tür kam, wirbelte ich herum und verpasste ihm einen Schlag gegen den Kehlkopf. Es war nicht meine Absicht, einen Kollegen zu verletzen, aber dass Kim Sprague umgebracht wurde, wollte ich auch nicht. Ihm blieb lange genug die Luft weg, sodass ich ihn am Kopf packen und ihm ein Knie in die Magengrube rammen konnte.

Er sackte zusammen.

Ich stieg über ihn weg, lief zurück in die Bahnhofshalle und rannte zum Bahnsteig. Ein Zug fuhr ein. Ich raste los, aber die Türen schlossen sich schon wieder.

Plötzlich fuhr eine Hand dazwischen, sodass sie noch einmal aufgingen.

»Danke, mein Freund«, sagte ich und stieg ein.

Ein junger, betrunkener Mann. Er war mit Freunden unterwegs, die johlten und grölten, eine ganze Gruppe.

»Wo willst du hin?«, fragte er.

»Nach Erfurt«, sagte ich. »Und du?«

»Nach Göttingen, da steigt 'ne Party.«

»Viel Spaß.«

Ich wartete ein paar Minuten, dann griff ich in mein Hemd, riss den Transponder ab und ließ ihn in seine Jackentasche gleiten. Baumann würde inzwischen mitbekommen haben, dass ich mich der Observierung entzogen hatte – der Mann, den ich verprügelt hatte, musste ihn angerufen haben. Der Transponder würde ihm anzeigen, dass ich unterwegs nach Erfurt war, und er würde Leute auf den Bahnsteig stellen. Aber dann würde ihm das Signal anzeigen, dass ich nach Göttingen weiterfuhr.

Allerdings war der Bahnsteig ein Problem.

Drei Minuten später schob ich mich durch den Zug nach

hinten in den vorletzten Wagen. Als er allmählich langsamer wurde, zwängte ich mich durch die Tür, wünschte mir selbst Glück …

… und sprang.

Ich kam hart auf und vertrat mir schmerzhaft den Knöchel. Wäre in diesem Moment ein anderer Zug gekommen, wäre ich so tot gewesen wie das arme Schwein in Lüneburg. Es war dunkel, und niemand sah mich. Ich kletterte auf der gegenüberliegenden Seite auf den Bahnsteig, sodass ich von dem einfahrenden Zug, den ich gerade verlassen hatte, abgeschirmt wurde.

Ich verließ den Bahnhof, so schnell ich konnte, und rief Vann an.

Es war genau 21 Uhr.

»Nehmen Sie ein Taxi, lassen Sie sich an der Kreuzung Straße der Nationen und Bukarester Straße absetzen«, sagte sie. »Warten Sie, bis wir Sie anrufen. Haben Sie das verstanden?«

»Straße der Nationen und Bukarester Straße.«

Ich stieg ins Taxi und sagte, wohin ich wollte. Unterwegs nahm ich mein Handy und sah auf GoogleMaps nach.

Die Kreuzung befand sich im Viertel Moskauer Platz.

Eine heruntergekommene Gegend mit alten Fabrikgebäuden und Plattenbauten im Nordwesten der Stadt.

Der Taxifahrer setzte mich ab.

Ich stellte mich an die Straßenecke, bis erneut das Handy klingelte.

»Moskauer Straße 5«, sagte Vann. »Gehen Sie zu Fuß. Sie haben zehn Minuten.«

Ich sah auf der Karte nach und bog in die Bukarester Straße ein. Das Satellitenfoto zeigte eine verlassene Fabrik. Offensichtlich hatten sie vor, Kim und mich umzubringen.

Die alte Fabrik war ein baufälliges dreistöckiges Gebäude. Stahltüren hingen wie schwankende Säufer schief in den Türrahmen. Fensterscheiben waren teilweise zerbrochen, die Gitterstäbe herausgerissen, anscheinend hatte hier jemand ausgeschlachtet, was noch zu gebrauchen war, andere waren noch intakt, verrostete alte Wärter, die nichts mehr bewachten.

Ich stand auf dem leeren Parkplatz auf einer Decke aus schmutzigem Schnee, den niemand geschippt oder geräumt hatte. Im Mondlicht konnte ich Fußabdrücke erkennen, die in das Gebäude hinein- und wieder herausführten. Die meisten waren alt, einige aber ganz frisch.

Die angrenzenden Gebäude waren ebenfalls Fabriken oder Lagerhallen gewesen, jetzt standen praktisch nur noch die Außenmauern, sie warteten auf die Stadtsanierung oder einen Bulldozer. Die Fabrik, in der Kim festgehalten wurde, war wie sie selbst dem Tode geweiht.

Im Irak war ich Dutzende Male in solche Gebäude eingedrungen.

Ausgebombt, ausgebrannt und verlassen, nur die Al Qaida nutzte sie noch als Stützpunkte, als Bombenfabriken, Zufluchtsorte, Folterkammern. Oft fanden sich unschuldige Zivilisten dort – Frauen, Kinder, alte Männer. Oder aber die Zivilisten waren gar nicht so unschuldig, sondern hatten Schusswaffen, Messer oder Sprengsätze am Körper.

Es war schwer, sie zu unterscheiden, und manchmal gelang es uns auch nicht.

Ich war Dutzende Male in solche Gebäude eingedrungen, danach aber nie wieder.

Bis jetzt.

Kim Sprague war da drin.

Die ich zum Altar geführt und Charlie übergeben hatte.

Und auch jetzt würde ich sie wieder zu ihm bringen.

Vann ließ mich eine Minute draußen stehen, dann rief sie an.

»Sehen Sie die Tür in der Mitte?«, fragte sie. »Kommen Sie da durch.«

»Nein«, sagte ich. »Ihr schickt sie raus. Wenn sie hier ist, lass ich den Speicherstick liegen.«

»Wir müssen sehen, was drauf ist.«

»Lassen Sie mich mit ihr sprechen.«

Dieses Mal gab es keine Widerworte. Sie übergab Kim das Telefon, damit ich wusste, dass sie sich im Gebäude aufhielt.

»Kim, alles in Ordnung?«

»Ja.«

»Ich hol dich jetzt«, sagte ich. »Alles wird gut. Alles kommt in Ordnung.«

Vann meldete sich wieder.

»Ich komme rein«, sagte ich.

»Wir wollen Ihre Hände sehen.«

Die Hände ausgestreckt vor mir, ging ich zur Tür. Dort angekommen, stieß ich sie mit dem Fuß auf und trat ein paar Schritte weiter in den Raum. Eine Hand packte mich an der Jacke und stieß mich gegen die Wand.

Eine einsame Neonröhre hing schief an einer Kette von der Decke und leuchtete schwach. Irgendwann einmal war dies ein kleines Foyer gewesen, ein Empfangsbereich, aber die Trockenbauwand war größtenteils herausgerissen. Die Decke war einst mit billigen Akkustikfliesen abgehängt gewesen – jetzt waren sie zerbrochen, das Metallgestell dahinter kam zum Vorschein, und teilweise konnte man in den ersten Stock hinaufsehen.

Bogdan Brutka richtete eine Pistole auf mich.

Er wirkte nicht glücklich in der eiskalten stillgelegten Fabrik. Kulyk oder Vedmid genauso wenig. Keiner von der alten Hallandale-Crew schien sich über den Ortswechsel weg von Sunny Isles Beach oder mein Erscheinen zu freuen.

»Zieh dich aus«, befahl Brutka mir.

»Nein«, sagte ich. »Dann nehmt ihr euch, was ihr wollt, und ich bekomme nicht, was ich will.«

»Ich kann dich auch einfach abknallen und es mir nehmen«, sagte er.

»Kannst du nicht«, sagte ich. »Dein Boss wird dir das nicht erlauben. Wie fühlt sich das eigentlich an, für eine Frau zu arbeiten? Ich wette, die hast du nicht auf dem Sofa getestet, so wie deine Stripperinnen und Nutten.«

Kulyk machte eine Bewegung auf mich zu.

»Wenn du mich anrührst, verschönere ich auch noch den Rest deines Gesichts«, sagte ich.

»Er muss dich abklopfen«, sagte Brutka.

»Nein«, erwiderte ich. »Ihr seid bewaffnet, ich bin bewaffnet. Jetzt hört auf mit dem Blödsinn und bringt mich zu eurer Chefin.«

Er rief an, sagte etwas auf Ukrainisch. Vermutlich erkundigte er sich bei Vann, was sie machen sollten. Und offensichtlich sagte sie es ihm, denn er beendete die Verbindung und fuhr mich an: »Komm schon, du Arschloch.«

Brutka ging vor. Zufrieden nahm ich zur Kenntnis, dass er den Fuß, auf den ich geschossen hatte, leicht nachzog.

Die anderen beiden kamen hinter mir her und wir gingen durch eine Tür in die eigentliche Fabrikhalle.

Die meisten Maschinen waren ausgeweidet, aber die Überreste einiger Pressen und Walzen standen noch herum.

Ich blickte nach oben und sah, dass sich im ersten Stock eine Galerie mit den ehemaligen Büros befand, von wo aus man in die Halle unten blicken konnte. Jetzt standen Vanns Männer dort Spalier und richteten Maschinenpistolen auf mich.

In dem trüben Licht ließen sie sich schwer zählen, aber es waren mindestens ein Dutzend. Schwarze Leder- oder Daunenjacken, glühend rote Punkte am Ende der Zigaretten in ihren Mundwinkeln.

Ich konnte nachvollziehen, weshalb Vann sich keine großen Sorgen wegen des Arsenals machte, das ich möglicherweise am Körper trug.

Mitten in der Halle blieben wir stehen.

Alex Vann hatte ein Gespür für Dramatik.

Sie kam eine Wendeltreppe herunter, gefolgt von drei Männern mit Maschinenpistolen – PP-2000. Sie hatte denselben Kapuzenparka an wie auch schon in Lüneburg, die Kapuze hatte sie nicht aufgesetzt, aber den Pelzkragen hochgestellt. Unter dem linken Arm trug sie einen Laptop.

»Mr. Decker«, sagte sie im Ton eines vielbeschäftigten Vorstandsmitglieds, auf das noch weitere Termine warteten.

»Wo ist Kim Sprague?«

»Wir haben vorher noch ein paar andere Fragen zu klären.«

»Das ist die einzige Frage, die mich interessiert.«

Sie nahm den Laptop und stellte ihn auf einen alten Zeichentisch, klappte ihn auf und schaltete ihn ein. »Ich muss sehen, ob Sie wirklich besitzen, was Sie behaupten.«

»Und ich muss sehen, ob Sie wirklich besitzen, was Sie behaupten.«

Vann schob das Kinn fast unmerklich in Richtung der Männer auf der Galerie. »Meinen Sie, Sie sind in der Position, Forderungen zu stellen?«

»Allerdings. Wenn Kim oder mir etwas passiert, erscheint ihre Datei auf der Website des Miami Herald.«

Sie starrte mich an, wollte wissen, ob ich Angst hatte.

Ich hatte Angst.

Alex wird dich töten.

Brutka hängt dich an einen Fleischerhaken.

Aber ich ließ es mir nicht anmerken.

Zeigt man einem Hund gegenüber Angst, greift er an.

Vann fauchte etwas auf Russisch. Wenige Sekunden später sah ich Kim die Treppe herunterkommen. Jeweils ein Mann hielt sie an jeweils einem Ellbogen fest, und sie blieben unten an der Treppe stehen, noch gut dreißig Meter von uns entfernt.

Sie stand im Gegenlicht, aber es war Kim.

»Bring sie hierher«, sagte ich.

»Zuerst die Datei«, sagte Vann.

»Nein.«

Dann hörte ich Kim rufen: »Deck, bitte! Die haben gesagt, dass sie mich gehen lassen, wenn du ihnen gibst, was sie wollen. Bitte!«

Ich griff in die Hemdtasche.

Nahm den Stick heraus und übergab ihn Vann.

Sie steckte ihn in den Computer.

Er brauchte eine Minute zum Laden.

Vann betrachtete den Bildschirm, drückte auf ein paar Tasten, um die verschiedenen Dateien zu überprüfen, und sagte: »Scheint alles da zu sein.«

»Das ist es. Jetzt lasst sie gehen.«

Vann sah mich an. Ihre blauen Augen wirkten amüsiert. »Ich muss schon sagen, Ihre Naivität gefällt mir. Haben Sie wirklich geglaubt, sich mit einer Kopie hiervon schützen zu können? Haben Sie die Namen hier gelesen? Glauben Sie wirklich, die kommen nicht an FedEx, UPS, eine Bank oder ihre kleine Kubanerin heran? Fast müsste man Sie bewundern, Decker, wenn Sie nur nicht so verdammt dämlich wären.«

Sie klappte den Laptop wieder zu und klemmte ihn sich unter den Arm.

»Leben Sie wohl, Mr. Decker.«

Brutka grinste mich an und hob die Pistole.

Ich packte Vann an der Kapuze ihres Parkas, legte ihr den linken Unterarm um den Hals und zog fest zu.
Dann ging ich in die Hocke und riss das Messer von meinem Knöchel, richtete mich blitzschnell wieder auf und drückte ihr die Klinge an die Kehle.

Brutka erstarrte.

Waffen wurden gezogen.

Kulyk hatte seine angelegt, Maxim seine .45er auf meinen Kopf gerichtet. Die Läufe der Maschinenpistolen oben zeigten alle auf mich. Ich drückte ihr die Klinge noch ein bisschen fester ins Fleisch, gerade so, dass es ein bisschen blutete. Dann schrie ich: »Bringt Kim her!«

»Los doch«, sagte Vann.

Ich konnte spüren, wie sie zitterte.

Möglicherweise zitterte ich selbst. Die Männer führten Kim her, dann sagte Brutka: »*Njet!*«

Vann sah ihn verdutzt an.

Ich drückte die Klinge noch fester an ihren Hals. »Ich bring sie um.«

Brutka zuckte mit den Schultern, hielt Vann die Pistole an den Kopf und drückte ab. Blut spritzte mir ins Gesicht.

»Du hast recht«, sagte Brutka. »Ich hasse es, für eine Frau zu arbeiten.«

Dafür verlangt Levitov deinen Kopf«, sagte ich.

»Dasha hat es genehmigt«, sagte Brutka. »Sie hat den Karren in den Dreck gefahren. Jetzt bin ich der *Wor*. Und meine erste Aufgabe wird sein, zu entscheiden, was wir mit dir machen.«

Er betrachtete mich wie ein Stück Fleisch, ohne sich entscheiden zu können, ob er es grillen oder braten wollte. Ich äußerte keine Meinung zum Thema.

»Du hast meine Männer getötet«, sagte Brutka. »Hast mir meine Geschäfte versaut, wegen dir sitze ich in diesem Dreckloch und muss mich von dieser *pyzda* herumkommandieren lassen, dann schießt du mir auch noch in den Fuß und wofür? Alles nur wegen Charlie Spragues kleiner Nutte? Ein Fleischerhaken ist noch viel zu gut für dich, du …«

Ich schleuderte ihm Vanns leblosen Körper entgegen, wirbelte herum und rammte Kulyk mein Messer in den Bauch, ließ es dort stecken, riss ihm die Maschinenpistole aus der Hand und schoss Vedmid zweimal in den Kopf.

Brutka wollte gerade Vanns Leiche von sich stoßen, als ich ihm eine Salve in den Rücken jagte.

Er torkelte rückwärts, ließ Vann auf den Boden knallen.

Anschließend schaute er runter auf die Einschusslöcher in seinem Bauch und seiner Brust, dann sah er mich an. Er wollte die Hand mit der Waffe heben, aber sein Herz hatte zu viel damit zu tun, Blut zu pumpen, sodass sein Arm schlaff herunterhing.

Brutka stöhnte und drehte sich um, wollte gehen, als wäre das eine Lösung.

Er machte drei schwankende Schritte, dann fiel er aufs Gesicht.

Ich zog den Speicherstick aus Vanns Laptop und sah, dass die beiden Männer Kim eilig zu der Wendeltreppe schoben.

Aber sie gingen nicht hinauf, sondern hinunter.

Ich wollte ihnen hinterherlaufen, aber Maschinengewehrfeuer von der Galerie ließ mich schnell hinter einer der Metallpressen abtauchen. Kugeln zischten und prasselten ohrenbetäubend auf das Metall. Ich schob mich bis zum Rand vor und feuerte. Die Kugeln kamen von vier Seiten und eine davon würde mich jeden Augenblick treffen.

In diesem Moment hätte ich Forbes, Villalobos, Michetti und Cooper gebrauchen können. Brewer auch, sogar Charlie. Ein Team, das für Rückendeckung sorgt, während einer weiter vorrückt, und das immer im Wechsel. Feuern und vorrücken, feuern und vorrücken.

Aber ich hatte nur mich, und ich musste meine Chancen irgendwie verbessern.

Ich lugte kurz hervor und schoss auf eine der Lampen.

Schaffte es, bevor die nächste Salve kam, wieder abzutauchen.

Ein paar Sekunden abwarten, dann noch mal.

Und noch mal.

Bis es stockdunkel war.

Ich kroch hervor und schoss auf eine der glühenden Zigaretten, hörte unmittelbar darauf einen dumpfen Aufprall, dann wieder Gewehrfeuer und sah, dass die Zigaretten ausgingen. Ich machte mich so flach ich konnte und kroch auf dem Bauch zur Treppe, die jetzt noch ungefähr dreißig Meter von mir entfernt war. Die Ukrainer schossen weiter, orientierten sich im roten Licht des Mündungsfeuers. Es war ein entsetzliches Gruselkabinett – Dunkelheit, dann das Knattern einer Maschinenpistole, ein rot aufblitzendes Gesicht, dann wieder Dunkelheit.

Funken sprühten wie Glühwürmchen, während Kugeln in Mauerwerk, Maschinen und den Boden einschlugen.

Die Blitze kamen näher, da einige der Schützen jetzt die Treppe herunterrannten, um den Abstand zu verringern. Anscheinend gingen sie wieder geschlossener vor, einige bewegten sich von Maschine zu Maschine, während andere sie deckten, und ich wusste, dass ich es keine dreißig Meter weiter schaffen würde, bevor sie mich erreichten.

Ich würde Kim nicht bekommen.

Dann sah ich die Kanister, große alte Metallbehälter mit Treibstoff für die Maschinen.

Benzin oder Kerosin, egal.

Beim nächsten Aufblitzen griff ich nach oben, riss den Deckel herunter und kippte den Behälter aus. Ich konnte den Treibstoff riechen, als er sich auf dem Betonboden verteilte.

Dann kroch ich um mein Leben.

Der nächste Funke würde die Dämpfe entzünden.

Eine blendend grelle Flammenwand schoss zwischen mir und den Schützen in die Höhe.

Ich rannte zur Treppe.

Ich tastete mich im Dunkeln herunter, bis ich an eine Tür gelangte.

Sie führte in einen schmalen Korridor.

Dunkelheit.

Ich streckte beide Hände aus, berührte die Mauern und schob mich vorsichtig voran. Über mir hörte ich Flammen knistern und Männer schreien. Zu meinen Füßen quiekten Ratten. Trotz der Kälte stank es nach Abfall und Urin.

Ich griff in meine Tasche, nahm mein Handy und nutzte es als Lichtquelle. Ich konnte damit kaum einen halben Meter weit sehen, aber immerhin das. Mir war schlecht vor Erschöpfung, Adrenalin und Angst.

Ich legte die Vityaz ab. Es lief auf einen Nahkampf hinaus. Ich wollte keine Gewehrsalve abfeuern und womöglich Kim damit töten. Hier war Präzision gefragt, also griff ich hinter mich und zog die Yarygin heraus.

Neun Millimeter und siebzehn Schuss.

Zwei Männer hatten Kim abgeführt, aber vielleicht waren noch mehr hier unten.

Es kam mir vor, als würde ich ewig durch den dunklen Gang gehen, aber endlich sah ich eine Tür am Ende, ein schwaches Licht, das unter dem Spalt hindurchdrang.

Sie war geschlossen.

Ich blieb davor stehen.

Wieder ein tödlicher Trichter.

Ich beruhigte meine Atmung und meinen Herzschlag.
Und lauschte.
Leise Männerstimmen, Russen.
Dann hörte ich noch etwas.
Eine Frau summte.
Tröstete sich.
Es dauerte ein paar Sekunden, bis mir einfiel, was es war.
Chopin.
Nocturne No.1 in b-Moll.
Ich öffnete die Tür und ging hinein.

Ich wurde vom Licht einer Taschenlampe geblendet.

Den Schützen dahinter konnte ich gerade so erkennen und schaltete ihn mit zwei direkt aufeinanderfolgenden Schüssen aus. Die Lampe fiel dabei laut klappernd zu Boden. Auch der zweite Schütze war langsam, und auch ihn tötete ich.

Dann sah ich ihre Augen.

Blau wie ein winterlicher See.

Durchdringend, wunderschön.

Fünf Monate lang hatte ich diese Augen gesucht, seit Kims Verschwinden, und jetzt sah ich sie im unheimlichen Dämmerlicht einer Taschenlampe. Auch das Gesicht – die leicht gebogene Nase, die modellierten Wangenknochen, die vollen Lippen, das goldene Haar.

Ein amerikanisches Dream Girl.

Eine Schönheitskönigin.

Cheerleaderin.

Model.

Milliardärsgattin.

Kim sah mich und riss die Augen weit auf.

Dann sah ich Metall aufblitzen.

Ich wusste, was es war, aber es war schon zu spät.

Sie hob die Pistole und feuerte.

Ich wurde gegen die Wand geschleudert.

Fassungslos glitt ich an ihr herunter, spürte, wie mir Blut über den Bauch lief.

Kim kam zu mir und nahm mir die Waffe ab. Dann sah sie auf mich herab und sagte: »Deck, du bist ein Vollidiot. So dumm. Fast hättest du alles verdorben.«

Manchmal dämmert einem die Wahrheit nur sehr langsam.

Aber jetzt sah ich alles klar vor mir, noch bevor sie es mir erklärte.

»Sieben Jahre«, sagte sie, als ich zu ihr aufblickte. »Sieben Jahre meines Lebens habe ich allein in die Vorbereitung investiert. Schau dir doch seine fürchterliche Visage an. Ständig musste ich auf schüchtern machen, so tun, als sei ich schwer zu erobern, ihm die Jungfrau vorspielen, die er sich gewünscht hatte, das liebe süße Südstaatenmädchen mit den Pfirsichlippen und der rosa Muschi.

In unserer Hochzeitsnacht dachte er, ich würde vor Schmerzen weinen, und fühlte sich geschmeichelt. Ich erklärte ihm, in Wirklichkeit sei es Freude, und er fühlte sich noch mehr gebauchpinselt. Dann musste ich sein Gesicht in beide Hände nehmen, ihm tief in die Augen schauen und sagen: ›Ich liebe dich, ich will dich, mach's mir gleich noch einmal.‹ Dabei hätte ich am liebsten gekotzt.«

Ihr Gesicht war so hübsch.

Das Gesicht eines Engels.

Sie wirkte entrückt, als sie sagte: »Du bist ein Mann, du kannst dir nicht vorstellen, wie das ist. Männer stecken ihr Ding in dich rein und benutzen dich. Während sie keuchend und stöhnend auf mir lagen, habe ich mir geschworen, dass ich sie eines Tages ebenfalls benutzen würde, um zu bekommen, was *ich* will, was *ich* brauche.«

Vor meinem geistigen Auge blitzten die Fotos aus ihrer Kindheit auf.

Eine Puppe.

»Mein Gott, Decker«, sagte sie. »Glaubst du, ich würde wirklich auf einen Freak wie Charlie abfahren? Andra hat ihn gefunden, Sloane hat uns verkuppelt. Wir haben ihn ausgenommen. Der blöde kleine Charlie mit seiner abstoßenden Monsterfresse konnte nicht anders, als er von einer wunderschönen Frau all das gesagt bekam, was er hören wollte. Als sie ihn liebte, fickte, im Wohnzimmer die Dame gab, und im Schlafzimmer die Hure. Nacht für Nacht, Tag für Tag wachte ich auf und musste in seine lächelnde Fratze sehen. Glaubst du, Dasha Levitov hat mich entführt? Ich hab ihn angefleht, endlich abhauen zu dürfen.«

»Levitov und du«, sagte ich. »Lumina.«

Auch meine Stimme klang jetzt wie von fern.

»Die Hälfte von allem, was Dasha mit Lumina verdient hat, gehört Andra und mir«, sagte Kim. »Das war unser ›Finderlohn‹. Du hast geglaubt, ich bin hier und verkaufe mich. Du wolltest mich retten? Ich bin Millionärin. Milliardärin. Und Carolynne Woodley ist tot. Kim Sprague ist tot. Ich habe ein neues Leben. Aber dann musstest du hier auftauchen.«

Voller Verachtung sah sie erneut auf mich herab. »Warum hättest du's nicht einfach auf sich beruhen lassen können, Deck? Hm? Warum konntest du nicht die Finger davon lassen?«

Ich sah den auf meinen Kopf gerichteten Pistolenlauf.

Das schöne Gesicht dahinter.

Die blauen Augen.

Kalt wie ein vereister See.

Kein Licht darin.

Der personifizierte Tod.

Und dann den roten Punkt auf ihrer Stirn.

Baumanns Stimme: »Keine Bewegung. Lassen Sie die Waffe fallen.«

Dann hörte ich nichts mehr.

Ich kam im Krankenhaus zu mir, was mir eine Scheißangst einjagte.

Die steife, gestärkte Bettwäsche.

Die uniformierten Schwestern.

Spritzen, Schläuche, leise piepende Monitore.

Aber kein Charlie im Bett nebenan.

Eine Schwester kam, um die Monitore zu checken, und ich fragte sie, wo ich sei.

»Im Helios-Klinikum«, sagte sie, »in Erfurt.«

Ich starrte sie an.

»Deutschland«, ergänzte sie, und guckte verdattert, weil ich plötzlich lachen musste.

Schnell merkte ich allerdings, dass mir das Lachen weh tat und verkniff es mir.

Dann stellte ich ihr noch eine Frage. »Wo ist Kim Sprague?«

Sie sah mich seltsam an.

Verdammt noch mal, die Frage stellte ich seit Monaten allen und wollte immer noch die Antwort wissen.

Ich lag da und überlegte, ob ich oder doch Charlie Sprague der dümmste Mann unter der Sonne war.

Wahrscheinlich lief es auf ein Unentschieden hinaus.

Die Sache war von Anfang an so geplant gewesen.

Kim und Sloane waren Freundinnen, arbeiteten für Elite-Models, die Agentur, die Alex Vann so erfolgreich führte, dass sie zum *Wor* befördert wurde und nach Europa zurückkehrte.

Die drei Amigas heckten einen Plan aus, demzufolge Kim einen Milliardär heiraten und Stück für Stück Levitov und der Mafia zum Fraß vorwerfen sollte. Sie ließ sich auf das Langzeitspiel ein, gab die perfekte Gattin – bis Lumina. Charlie verstrickte sich bis über beide Ohren in die Geschäfte mit den Ukrainern, und sie sah ihre Chance gekommen, endlich abzukassieren.

Levitov erklärte Charlie, er wolle Kim als Rückversicherung behalten, damit sie seine Schulden abbezahlte. Dann täuschte er ihr Verschwinden vor. Charlie fürchtete, Lumina könne durch einen solchen Skandal gefährdet werden, und holte mich mit ins Boot, um besser dazustehen.

Ich kam angeritten wie der hirnlose weiße Ritter, der ich bin.

Als ich noch darüber nachdachte, warum ich so was bloß machte, zeigten die Schmerzmittel erneut Wirkung.

Ich wachte wieder auf, und Baumann saß in einer Ecke auf einem Stuhl, las in einer Zeitschrift übers Skifahren.

Er sah mich mit seinem milden Lächeln an. »Ich sehe, Sie kehren allmählich ins Reich der Lebenden zurück. Waren Sie schon mal beim Hahnenkammrennen in Kitzbühel?«

»Ich weiß nicht mal, was das ist.«

»Das beste Skirennen der Welt«, sagte er und schlug die Zeitschrift zu. »Steht auf der Liste der Dinge, die ich unbedingt machen will, bevor ich sterbe: Einmal ein Rennen dort sehen.«

»Wo ist Kim Sprague?«

»Sicher in Gewahrsam«, sagte Baumann. »So wie Sie auch, Decker. Ich habe Ihnen ausdrücklich verboten, selbst aktiv zu werden, und Sie haben sich unserer Vereinbarung widersetzt. Dazu kommt ungenehmigter Schusswaffenbesitz, ungenehmigtes, verdecktes Mitführen von Schusswaffen, Mitführen eines Kampfmessers, Angriff auf einen Beamten des BKA ... selbst wenn Sie mit Ihrer Verteidigungsstrategie in Bezug auf die zahlreichen Morde durchkommen, werden Sie noch sehr lange Gast in diesem Land bleiben.«

»Wie haben Sie mich gefunden?«

»Bitte«, sagte Baumann, als würde er mit einem nicht besonders intelligenten Hund sprechen. »Als Sie aufs Klo gegangen sind, um Ihre Waffen zu verstecken, haben wir Ihre Handys mit Sendern versehen. Ich gebe gerne zu, dass uns der Umweg über Göttingen ein kleines bisschen irritiert hat – das war nicht schlecht –, aber nur ein kleines bisschen.«

»Sie wussten, dass ich es so oder so durchziehen würde«, sagte ich. »Und Sie haben mich als Strohmann vorgeschickt.«

Baumanns Grinsen bestätigte meine Vermutung. Aber er sagte dazu: »Sie sind kaum in der Position, uns zu kritisieren.«

»Hab ich auch nicht getan«, sagte ich. »War eher ein Ausdruck von Bewunderung.«

»Wenn das Ihre Art ist, sich bei mir dafür zu bedanken, dass ich Ihnen das Leben gerettet habe«, sagte er, »dann gern geschehen. Bei der Mobilfunkfirma können Sie sich ebenfalls bedanken. Das Handy hat die Kugel abgefangen und verlangsamt. Die Ärzte haben sie mitsamt einiger Gehäusesplitter knapp unterhalb des Brustkorbs entfernt. Hartnäckige kleine Mistdinger sind das. Wir haben eine lange Liste von Kontaktpersonen aus Kostjas Handy gewonnen. Mit Mrs. Spragues Aussage, sollte sie sich entschließen, mit uns zu kooperieren, werden wir Vanns Organisation zerschlagen. Jedenfalls das, was Sie davon übrig gelassen haben.«

»Alex Vann habe ich nicht erschossen.«

»Ich mag Sie, Decker«, sagte Baumann, »also bitte, erzählen Sie mir nicht noch mehr. Heben Sie sich das für Ihren Verteidiger auf.«

»Was ist mit Kim?«

»Noch ist sie nicht bereit zu reden, aber das wird sie«, sagte Baumann. »Wenn ihr klar wird, dass sie sich auf zwanzig Jahre Gefängnis gefasst machen muss ... na ja, eine Frau wie sie wird einen Deal eingehen wollen.«

Ja, bestimmt, dachte ich.

Aber ich hatte ein besseres Angebot zu machen.

»Ich sag Ihnen, wie das läuft«, erklärte ich. »Sobald ich mich wieder bewegen kann, setzen Sie Kim Sprague und mich in ein Militärflugzeug zurück in die Staaten. Dann hören Sie nie wieder von uns. Sie werden weder ihr noch mir Straftaten vorwerfen, Sie haben längst mehr als genug Informationen, um Vanns Organisation zu zerschlagen. Wie Sie gesagt haben, es ist sowieso nicht mehr viel davon übrig.«

Baumann lachte. »Das lieben wir so an euch Amerikanern, euren grenzenlosen Optimismus. Eure Arroganz ist dagegen weniger charmant. Glauben Sie wirklich, dass ihr einfach so durch Deutschland spazieren, im ganzen Land herumballern und töten könnt, wie es euch gefällt, und wir uns später auch noch dafür bedanken?«

»Im Prinzip schon.«

»Ich komme noch mal wieder, wenn Ihnen die Schmerzmittel nicht mehr das Gehirn vernebeln.«

Er stand auf.

»Sind meine Klamotten hier?«, fragte ich.

»In der Asservatenkammer«, sagte Baumann. »Ich glaube, die Staatsanwaltschaft wird die unterschiedlichen Blutproben, die darauf zu finden sind, für die Anklageschrift brauchen.«

»In der linken Brusttasche der Jacke«, sagte ich, »befindet sich ein Speicherstick. Vielleicht sollten Sie sich die Dateien darauf mal ansehen und sich dann wieder bei mir melden. Übrigens liegt in den Vereinigten Staaten eine Sicherungskopie.«

»Wollen Sie der Liste Ihrer Straftaten jetzt auch noch Erpressung hinzufügen?«, fragte Baumann.

»Lassen Sie mir die Zeitschrift da«, sagte ich. »Vielleicht fahre ich wirklich mal nach Kitzbühel.«

»Hoffentlich, wenn ich nicht gerade da bin«, sagte er.

Baumann kam drei Stunden später wieder.

Er übergab mir den Speicherstick. »Interessant.«

»Haben Sie's Ihren Vorgesetzten gezeigt?«, fragte ich.

»Ich glaube, die wissen ungefähr, was da zu sehen ist, meinen Sie nicht?«, behauptete er. »Zumal einer von ihnen ausführlich gezeigt wird?«

»Ich wette, die Freude war groß.«

»Übrigens«, sagte Baumann, »konnten wir bei der Durchsuchung von Ms. Vanns Lüneburger Wohnhaus interessantes Material sicherstellen, das unverzüglich als geheim eingestuft wurde.«

»Und Sie möchten sicher nicht, dass Kim Sprague oder ich dem vor Gericht widersprechen.«

»Man hat entschieden, dass die Einleitung rechtlicher Schritte gegen Sie überflüssig ist«, erklärte Baumann. »Dringende Fragen der nationalen Sicherheit sind vorrangig zu behandeln. Und je schneller Sie und Mrs. Sprague das Land verlassen, desto besser. Eine Einschätzung, der ich nur voll und ganz zustimmen kann.«

Ich bot ihm den Speicherstick an. »Sie sollten sich selbst eine Kopie ziehen. Als Maßnahme zur Sicherung des eigenen Arbeitsplatzes.«

Er grinste. »Längst geschehen.«

Natürlich, dachte ich.

»Darf ich Sie was fragen?«, sagte Baumann. »Es liegt auf der Hand, dass Sie sich selbst retten wollen, aber Mrs. Sprague hätte Sie um ein Haar getötet. Weshalb wollen Sie ihr helfen?«

»Weil ich es versprochen habe.«

So einfach ist das.

Ich hatte versprochen, Kim Sprague zurückzubringen.

Aus dem Flugzeugfenster sah ich Deutschland in der Ferne verschwinden.

Beim ersten Mal war ich unter Schmerzen dort angekommen, ebenso psychisch wie körperlich. Dann war ich geblieben, um meine Seele zu finden, hatte geglaubt, es sei mir gelungen, aber das war es nicht.

Und jetzt flog ich wieder fort.

Unter körperlichen Schmerzen.

Aber mit intakter Seele.

Der Irak hatte ein Stück von mir genommen. Ich hatte versucht, es bei meinen Wanderungen wiederzufinden, auch als Polizist und in meiner Ehe mit Laura, auf der Suche nach Hayley Hansen, aber vergeblich.

Jetzt hatte ich es gefunden.

Ich wusste, was ich tun musste, um es behalten zu dürfen.

Endlich konnte ich Deutschland hinter mir lassen.

Ein bisschen tat es mir leid, dass es ein Abschied für immer sein sollte, denn trotz allem hatte ich das Land lieben gelernt.

Ich würde es vermissen.

Aber Baumann hatte keinen Zweifel daran gelassen, dass ich unter keinen Umständen jemals wieder einen Fuß in die Bundesrepublik Deutschland setzen durfte.

Mit Freude nahm ich zur Kenntnis, dass Kitzbühel in Österreich lag.

Auf dem Rückflug sprach Kim kein einziges Wort mit mir.

Ich war erleichtert.

Was gab es zu sagen?

Hey, tut mir leid, dass ich dich umbringen wollte. Willst du vielleicht einen Eistee? Eine Praline?

Sie saß einfach da, blätterte in Modezeitschriften. Ich war ihr dankbar dafür, dass sie sich nicht zu rechtfertigen versuchte. Ich wollte es nicht hören, ich kannte das alles längst. Ich wollte kein Mitleid für sie empfinden, aber ich tat es trotzdem. Sie war ein missbrauchtes Mädchen, das sich selbst neu hatte erfinden müssen.

Aber der Missbrauch hatte eine Psychopathin aus ihr gemacht – außer ihrem eigenen Schmerz konnte sie nichts nachempfinden.

Aber dieser war intensiv, eines Tages würde sie sich ihm stellen müssen, und darum beneidete ich sie nicht.

Andererseits war deshalb sehr viel Blut geflossen, und auch ich hatte einiges vergossen und würde mich dem stellen müssen.

Worum ich mich ebenfalls nicht beneidete.

Der Flug war lang, und ich schlief viel. Irgendwann ging ich nach hinten und rief Laura an.

»Du klingst komisch«, sagte sie. »Wo bist du?«

»Im Flugzeug nach Hause.«

»Da darfst du telefonieren?«

»In diesem Flugzeug schon«, sagte ich. »Mein letzter Anruf war ein bisschen düster. Ich wollte dir nur sagen, dass es mir gutgeht.«

»Ich bin immer froh zu hören, dass es dir gutgeht, Deck.«

»Ja, umgekehrt auch«, sagte ich und meinte es auch so. »Was hast du entschieden wegen der Kandidatur?«

»Ich mach's.«

»Gut.«

»Deine Unterstützung bedeutet mir viel.«

»Das beruht auf Gegenseitigkeit.«

Als Nächstes rief ich Delgado an.

»*Jesu Cristo*«, sagte sie. »*Gracias a dios.*«

»Ich bin auf dem Rückflug«, sagte ich. »Mit Kim Sprague.«

»Verflucht, Frank Decker.«

»Hast du das Päckchen bekommen?«

»Ja.«

»Hast du's dir angesehen?«, fragte ich.

»Natürlich«, erwiderte sie. »Ich bin Polizistin. Verfluchte Scheiße, Deck, das ist ein Pulverfass. Ich kann verstehen, warum du dir Sorgen machst.«

»Ich sorge dafür, dass du deinen Job wiederbekommst, wenn du willst. Wo bist du?«

»Kann ich's jetzt sagen?«

»Ja.«

»Ich bin auf den Florida Keys«, sagte sie. »Schön, aber ein bisschen langweilig. Wann kann ich zurückkommen?«

»Bald. Ich ruf dich an«, sagte ich. Dann setzte ich noch dazu, »D – *te amo.*«

»*Yo tambien. Te amo.*«

Das hatte ich verstanden.

Ein bisschen Spanisch hatte sie mir ja schon beigebracht.

Wir rollten bereits über die Landebahn, als Kim endlich den Mund aufmachte.

»Was passiert jetzt mit mir?«

Mir wurde bewusst, dass sie glaubte, ich hätte sie nach Hause gebracht, um sie in den Staaten unter Anklage zu stellen, und sie hatte Angst.

»Ich bringe dich zu Charlie«, sagte ich. »Danach kannst du machen, was du willst. Bei ihm bleiben, ihn verlassen, nach Jasper zurückkehren oder zur Hölle fahren. Mir scheißegal.«

Sie wirkte aufrichtig verletzt.

Vielleicht war es nur Show, ich weiß es nicht.

Es interessierte mich nicht.

Ich mietete einen Wagen und setzte sie vorne auf den Beifahrersitz.

Dann fuhr ich über die Florida 112 auf die Interstate 95 über die Powell Bridge, vorbei am Old Rickenbacker Causeway, rüber nach Virginia Key und von dort aus weiter nach Key Biscayne.

»Das ist der falsche Weg«, sagte Kim.

»Halt den Mund.«

Ich bog rechts in den Harbor Drive ein, vorbei am Hurricane Harbor, zum South Basin, bis zu einer kleinen Halbinsel, die in den Pines Canal ragte.

Das Haus – wohl eher ein Anwesen – setzte sich aus sechs

einstöckigen Gebäuden mit Ziegeldächern zusammen, die sich auf einem halben Hektar voller Palmen verteilten, der bis zum Kanal heranreichte. Angestellte eilten heran, um die Jaguars, Mercedes, Rolls-Royce und Porsches der Partygäste zu parken.

Das Tor war schmiedeeisern und der Name »Levitov« darin eingearbeitet.

Ich fuhr ein Stück rückwärts, stellte mich unter eine der vielen Palmen und holte ein paar Handschellen aus der Tasche.

»Was hast du vor?«, fragte Kim.

Ich fesselte sie an den Türgriff.

»Bleib sitzen, rühr dich nicht von der Stelle«, sagte ich.

»Aber ...«

Ich zog eine Socke aus der Tasche. »Mund auf.«

Sie wollte widersprechen, dann sah sie den Blick in meinen Augen und öffnete den Mund. Ich stopfte die Socke hinein.

Und ging auf das Anwesen zu. Sicherheitskräfte in schwarzen T-Shirts beobachteten die Straße und die Auffahrt, rechneten aber nicht damit, dass jemand sich von den Bäumen her näherte. Ich schlich mich hinter ihnen vorbei auf einen Tennisplatz, auf dem Champagner und Hors d'œuvres auf Tischen bereitstanden, und mischte mich unter die Gäste. Der Bürgermeister und seine Frau waren da. Auch ein paar andere, die ich von Charlies und Kims Hochzeit vor sechs Jahren wiedererkannte.

Es war eine schillernd bunte Menge – schöne Frauen, gut aussehende Männer, alle wunderbar gekleidet. Anscheinend kannten sich die meisten untereinander, und die Gespräche und das Gelächter schienen sich wie der Wein im Fluss zu befinden.

Ich gab mir Mühe, in meinem Hemd und der Jeans nicht

aufzufallen. Möglichst lässig arbeitete ich mich vom Tennisplatz über den Swimmingpool nach oben und betrat das Haus durch den Kücheneingang.

In der Küche bereiteten die Köche das Essen zu, und Kellner trugen Tabletts hin und her. Ich schob mich unauffällig weiter, bis ich das »große Zimmer« erreichte. Riesige Balken zogen sich über die fünf Meter hohe Decke. Der Boden war mit Steinfliesen ausgelegt. Gemälde, die ich schon einmal im Museum gesehen hatte, hingen an den Wänden. Ein wandbreiter Flachbildfernseher zeigte Musikvideos.

Auf Fotos an den Wänden war Levitov mit einem amerikanischen Präsidenten, ein oder zwei Senatoren, Prominenten, Filmstars und Schauspielern zu sehen. Auf einem verlieh ihm der Bürgermeister von Miami eine Auszeichnung, auf einem anderen zerschnitt er anlässlich der Einweihung eines Einkaufszentrums ein rotes Band und auf dem dritten unterhielt er sich mit Ghettokindern.

Der Raum war voller schöner Menschen.

Das Tolle an sehr reichen Menschen ist, dass sie sich eigentlich überhaupt nicht dafür interessieren, was man macht, sondern nur für das, was sie selbst machen, und so kam ich ganz gut mit meinem Smalltalk durch, stellte ein paar Fragen, nickte und lauschte den darauffolgenden Monologen über afrikanische Safaris, Kunstkäufe in Santa Fe, die Börse, Bikram Yoga, Saftkuren und die Wahnsinnspreise für Bootsanlegestellen heutzutage.

Eine schlanke Frau (andere waren hier nicht) in einem goldenen, bis zum Bauchnabel ausgeschnittenen Lamékleid sagte zu mir: »Dasha schmeißt die besten Partys, oder?«

»Absolut.«

Sie raunte: »Wer sich nicht bei den Sonntagstreffen der Levitovs blicken lässt, ist ein Niemand.«

»Und wer will schon ein Niemand sein?«, erwiderte ich.

Levitov, im grauen Anzug mit offenem blauen Hemd, plauderte mit einem Schauspieler, den ich aus dem Kino kannte. Er hatte ein Glas Wodka in der Hand und schien über das Gespräch nicht sonderlich amüsiert. Schließlich verschwanden sie gemeinsam in einem Gang, der, wie ich vermutete, zu einem der angrenzenden Gebäude führte.

Eine Kellnerin bot mir ein Glas Weißwein an, das ich nahm, obwohl ich eher Biertrinker bin. Sie nickte mitfühlend. »Kommen Sie auch zur Party der Party?«

»Der was ...«

»Gehen Sie nur«, sagte sie. »Dasha wird dort sein. Alle wichtigen Leute werden dort sein. Fragen Sie einfach nach dem Filmzimmer. Wenn Sie das wissen, wissen Sie genug, damit die wissen, dass sie Sie reinlassen müssen.«

Ich brauchte eine Sekunde, bis ich das begriffen hatte.

Aber ich wollte auf jeden Fall Dasha Levitov sehen.

Sie hob die Hand. »Fünf Minuten.«

»Verstanden.«

Ich wartete fünf Minuten und fragte den Securitytypen nach dem Filmzimmer.

Mit verhaltenem Grinsen sagte er: »Hier den Gang durch, das zweite Gebäude links, Sir.«

»Danke.«

»Viel Spaß.«

Ich schob mich durch die Menge, ging zum zweiten Gebäude links und stieß auf einen weiteren Securitymann.

»Das Filmzimmer?«, fragte ich.

Er öffnete die Tür und ließ mich ein.

Es war ein großer, tiefer gelegener, kreisrunder Raum, dessen Wand aus einer einzigen großen Videoleinwand zu bestehen schien, auf der Pornos gezeigt wurden. Körper wanden und räkelten sich in HD, dazu Stöhnen und Keuchen ringsum im Surround-Sound.

Auf dem Boden ein einziges großes, rotes Kissen, auf dem sich das projizierte Geschehen live wiederholte.

Ich war nie auf einer Orgie gewesen und rechne auch nicht damit, noch einmal Zeuge einer solchen zu werden, aber genau das war es. Am Rand standen Tischchen mit Koks und Schalen mit Pillen – vermutlich Ecstasy und Viagra.

In der Mitte stellten schöne Menschen schöne Dinge mit ihren schönen Körpern an. Sie trugen die unterschiedlichsten Dessous, Morgenmäntel, Kostüme – Feen, Katzen, Piraten.

Einige trugen Masken.

Levitov nicht.

Er befand sich in der Mitte ausgestreckt über der Kaiserin, und besorgte es ihr mit langen athletischen Stößen, sein Gesichtsausdruck war ruhig und beherrscht, er genoss sichtlich die Wirkung, die er erzielte.

Die Frau in dem goldenen Lamékleid kam zu mir, das Kleid hatte sie sich jetzt bis zur Taille heruntergeschält.

»Freut mich, Sie hier zu sehen.«

»Danke.«

»Gefällt Ihnen die Party der Party?«

»Interessant.«

»Kommen Sie, spielen Sie mit uns.«

»Uns?«

»Meiner Freundin Charlotte und mir«, sagte sie. »Sie werden sie lieben. Sie kann ganz wundervoll blasen.«

Ich blickte zu einer Frau auf einer Matratze hinunter, die abgesehen von ein paar Katzenohren nackt war und zu uns aufschaute.

»Ich würde ja sehr gerne«, sagte ich. »Aber ich habe eine Katzenallergie.«

Sie wollte gerade antworten, als mich einer der Securitymänner am Ellbogen packte. Ein zweiter nahm mir meine Waffe ab. »Mr. Decker, ich muss Sie bitten, mitzukommen.«

Sie führten mich ins Poolhaus.

Levitov kam herein, setzte sich auf ein kleines Sofa und entließ seine Sicherheitskräfte mit gebieterischer Handbewegung.

In einen weißen Bademantel gekleidet, ein Handtuch um den Hals, als hätte er gerade eine Partie Tennis gespielt, sah er mich an. »Meine Frau liebt es, wenn ich sie vor anderen befriedige. Das beweist unsere Leidenschaft.«

»Wie schön für Sie«, sagte ich.

Eine Hausangestellte servierte Orangensaft, Eistee und Kaffee in Silberkrügen, dann ließ sie uns alleine.

»Es sei denn, Sie möchten etwas Stärkeres«, sagte Levitov.

»Ich will gar nicht mit Ihnen trinken.«

»Ach«, sagte Levitov. »Einem Mann von Ihrem aufrechten moralischen Format bin ich wohl nicht gut genug?«

»So ungefähr.«

»Setzen Sie sich trotzdem.«

»Ich stehe lieber«, erwiderte ich.

»Wie Sie wünschen.« Er setzte sich und schenkte sich ein Glas Orangensaft ein. »Was wollen Sie?«

»Frieden.«

»Frieden«, sagte Levitov. »Das ist ein bisschen viel verlangt.«

»Eigentlich nicht«, widersprach ich. »Ich sag Ihnen, wie's funktioniert: Lumina ist mir scheißegal. Bauen Sie oder lassen Sie's bleiben, das interessiert mich nicht. EliteModels ebenso wenig. Was ich weiß, behalte ich für mich, werde die Dateien niemals der Presse oder der Polizei übergeben.«

»Tatsächlich?«

»Im Gegenzug«, sagte ich, »betrachten Sie Charlies Schulden damit als abbezahlt, dass er Sie zu Lumina ins Boot geholt hat. Wenn Sie trotzdem mit ihm arbeiten wollen, nur zu, aber falls Kim oder er bei einem tragischen ›Bootsunfall‹ ums Leben kommen sollten, ist der Deal geplatzt, und ich weiß, wen ich suchen muss.«

»Die Hälfte der mächtigsten Menschen von South Florida befindet sich auf dieser Party«, sagte Levitov. »Die andere Hälfte wünschte, sie wäre hier. Und Sie wollen *mir* drohen?«

»Anscheinend ist mir das bisher ganz gut gelungen«, sagte ich.

»Und das war's?«, fragte er. »Mehr wollen Sie nicht? Das Leben der Spragues? Warum? Beide wollten Sie umbringen.«

»Das ist *meine* Sache«, sagte ich. »Mir ist egal, was Sie und ihre milliardenschweren Freunde treiben. Lumina bauen, Callgirls abzocken, sich gegenseitig um den Verstand ficken, bestechen Sie ruhig die ganze Welt, wenn Sie können.

371

Ich lasse Sie in Ruhe, und Sie lassen mich und die Spragues in Ruhe.«

»Was noch?«

»Sergeant Dolores Delgado ist tabu«, sagte ich. »Unantastbar.«

»Ach ja, richtig«, sagte er. »Die ficken Sie ja, hab ich recht?«

Am liebsten hätte ich ihm eine reingehauen.

Aber der Deal war mir wichtiger.

»Woher weiß ich, dass ich Ihnen vertrauen kann?«, fragte Levitov.

»Gar nicht«, sagte ich. »Genauso wenig, wie ich weiß, ob ich Ihnen vertrauen kann. Deshalb halten wir uns ja gegenseitig das Messer an die Kehle.«

Er dachte darüber nach, dann sagte er: »Na schön.«

Einmal hatte Charlie mir das Leben gerettet.

Jetzt hatte ich ihm seins gerettet. Wir waren quitt.

»Wir haben einen Deal.« Levitov stand auf und streckte mir die Hand hin.

Ich schlug nicht ein.

»Noch nicht«, sagte ich. »Ich will fünf Millionen Dollar.«

Levitov grinste.

Ein Habgieriger, der sich über Habgier freute.

»Sieh einer an«, sagte er. »Mr. Moralapostel ist wohl doch nicht so aufrecht. Charlie wird gerne hören, dass Sie nicht anders sind, als wir alle. Fünf Millionen?«

»Das ist doch der Preis, den Sie für Kim Sprague veranschlagt hatten, oder?«

»Rationalisieren Sie's ruhig«, sagte er, immer noch mit einem dreckigen Grinsen.

»Sie werden fünf Millionen in eine von mir gegründete gemeinnützige Stiftung einzahlen«, sagte ich. »Ich werde Ihren Buchhaltern zweimal jährlich eine vollständige Abrechnung schicken. Das Geld wird meine Kosten decken.«

»Welche Kosten?«

»Für die Suche nach Vermissten.«

Tausende gab es da draußen, und die meisten ihrer Angehörigen waren keine Milliardäre. Sie konnten es sich nicht leisten, jemanden zu engagieren, der sie suchte.

Jetzt schon.

Wenn Levitov sich auf meinen Deal einließ.

»Sie sind ein interessanter Mann, Decker«, sagte Levitov. Nichts hätte mir egaler sein können, als die Meinung dieses arroganten Gangsters über mich.

Levitov grinste. »Sie haben sich unter Wert verkauft. Sie

373

hätten auch zehn Millionen oder zwanzig verlangen können, wir hätten es gezahlt. Sie hätten sehr reich werden können.«

»Fünf Millionen genügen mir.«

Er machte eine ausholende Bewegung, mit der er auf die Größe seines Anwesens verwies. »Sie hätten leben können wie ich.«

Nein, das hätte ich nicht gekonnt, dachte ich im Weggehen.

Gott sei Dank.

Ich hielt in der kreisrunden Auffahrt vor Charlies Haus. Brachte Kim zur Tür und klingelte.

Charlie machte auf und sah sie an.

»Hier ist sie«, sagte ich. »Ihr beiden habt einander verdient.«

Sie sagte kein Wort. Schob sich an Charlie vorbei ins Haus wie ein bockiger Teenager, der nach einer Party von der Polizei nach Hause gebracht wird.

Das Letzte, was ich von Kim Sprague sah, war ihr goldener Haarschopf von hinten.

»Gern geschehen«, sagte ich zu Charlie.

Er wirkte ein bisschen betrunken. »Die bringen mich sowieso um.«

»Nein, tun sie nicht.«

Er verstand. »Danke.«

»Spar dir das«, sagte ich.

Ich wollte mir keinen Blödsinn mehr von Charlie anhören.

Er sagte: »Wenn ich mal was für dich ...«

»Ich sag dir, was du machen kannst«, erklärte ich. »In Raiford sitzt ein Mann namens DeMicheal Morrison. Du wirst ihm den besten Strafverteidiger von Miami besorgen und auch bezahlen.«

»Okay. Alles, was du willst.«

»Leb wohl, Charlie.«

»Komm schon, Deck, wir können immer noch ...«

»Nein, können wir nicht.«

Er wandte sich ab, zeigte mir die gute Seite seines Gesichts.

Und genau so wollte ich Charlie Sprague in Erinnerung behalten.

EPILOG

Ich sah aus dem Küchenfenster meiner Hütte auf den halben Meter Schnee, der sich davor auftürmte. Und es schneite immer weiter.

Draußen herrschten Minusgrade, aber der kleine Holzofen sorgte für eine schöne Wärme drinnen. Ich habe nie gerne Holz gehackt, und daran hat sich auch nichts geändert, trotzdem ist es mir lieber, als zu frieren.

Das Leben hängt von den Entscheidungen ab, die man trifft.

Die Nachrichtensprecherin im Vormittagsfernsehen zwitscherte etwas von wegen »Und nun das Neueste im Fall des vermissten Models, der bekannten Milliardärsgattin Kim Sprague aus Miami: Sie und ihr Mann Charles Sprague der Dritte – oder Trey, wie er auch genannt wird – gaben heute ihre Trennung bekannt. Billy, ist das nicht traurig? Findest du nicht? Kim und Trey sind kein Paar mehr.«

Ich fand es weder traurig noch nicht traurig.

Mir war es egal.

Charlie hatte einen Killer von einem Strafverteidiger für Morrison engagiert und Levitov die fünf Millionen auf das Konto der Stiftung überwiesen. Ansonsten hatte ich von beiden nichts gehört und vermutete, dass sie mit dem Bau von Lumina beschäftigt waren.

Laura hatte eine gemeinnützige Stiftung für mich ins Leben gerufen, und ich fand einen konservativen Investmentbanker in Lincoln, der sie in meinem Auftrag leitete, sodass ich weitermachen konnte, womit ich angefangen hatte, ohne das eigentliche Stiftungsgeld anrühren zu müssen.

Jetzt machte ich eine Packung Bustelo auf, gab Wasser in die *Moka*-Kanne, die ich bei Amazon bestellt hatte, und stellte sie auf den Herd. Anschließend löffelte ich weißen Zucker hinein, und als die Mischung kochte, gab ich den gemahlenen Kaffee dazu und rührte, bis sich Schaum bildete, und ließ alles noch mehrmals aufkochen.

So köstlich wie der von D war er nicht, aber doch ziemlich gut.

Ich schenkte zwei Tassen ein und ging damit ins Schlafzimmer.

D lag tief unter den schweren Decken vergraben, machte aber die Augen auf und schnupperte.

»*Huele fantástico*«, sagte sie.

Es roch wirklich köstlich.

So wie sie.

D war immer noch suspendiert. Es würde noch Wochen dauern, wenn nicht Monate, bis Miami-Dade den Fall bearbeitet hatte. Aber ich wusste, dass sie schließlich von allen Verdachtsmomenten freigesprochen und befördert werden würde und zu ihrem Job, ihrer Familie und der Gemeinde, die sie liebte, würde zurückkehren können.

Vielleicht würde ich mitkommen, mich dorthin verlagern.

Ich wusste es nicht.

Ich wusste nur, dass ich froh war, sie hier zu haben.

Ich setzte mich auf die Bettkante, sie richtete sich auf, und ich reichte ihr die Tasse. Ihre schwarzen Haare waren zerzaust vom Schlaf und der Liebe, und sie trug eins meiner alten T-Shirts, das ihr bis zu den Knien reichte.

In Landstuhl im Krankenhaus hatte ich, gequält von Schmerzen, Wut und Verbitterung, Sophokles gelesen: Ein einziges Wort befreit uns von der Last und dem Leid des Lebens, und dieses Wort heißt LIEBE.
Jetzt trank ich langsam meinen *café cubano* und sah D über den Tassenrand hinweg in die Augen.
Braun.
Warm wie Kaminfeuer.
Instinktiv, wunderschön.
Mein Name ist Frank Decker.
Ich spüre vermisste Personen auf.